페스트

알베르 카뮈(Albert Camus, 1913-1960)
(1957년, 유나이티드 프레스 인터내셔널 촬영)

현대지성 클래식 63

페스트

LA PESTE

알베르 카뮈 | 유기환 옮김

현대
지성

파울 퓌르스트, 〈로마의 페스트 의사〉, 1656.

하나의 감금 상태를 다른 하나의 감금 상태로 표현하는 것은
실제로 존재하는 무엇인가를 실제로 존재하지 않는 무엇인가로
표현하는 것만큼이나 합리적인 일이다.

- 대니얼 디포

일러두기

1 번역의 저본으로는 프랑스 갈리마르 출판사에서 간행한 플레이아드판 카뮈 『전집』(Albert Camus, *Oeuvres complètes : Essais*, Gallimard, Bibliothèque de la Pléiade, 1965)을 사용했다.

2 원문에서《 》로 강조된 낱말이나 표현은 ' '로 표시했다.

3 노래 제목은 〈 〉, 오페라 제목은《 》로 표시했다.

4 일람표 제목은 「 」, 책 제목과 신문 이름은 『 』로 표시했다.

5 모든 주석은 옮긴이가 붙인 것이다.

차례

제1부

알베르 마르케, 〈알제의 거리〉, 1942-1944.

1

이 연대기의 주제를 이루는 기이한 사건들은 194×년 오랑에서 발생했다. 일반적으로 볼 때, 그 사건들은 다소 이례적이라서 거기서 일어날 법하지 않은 일들이었다. 언뜻 보기에도 오랑은 평범한 도시로 알제리 해안에 있는 프랑스 도청 소재지에 지나지 않는다.

솔직히 이 도시가 보기에 흉하다는 사실을 고백하지 않을 수 없다. 겉모습은 평온해서, 이 도시가 세계 각지의 수많은 상업 도시와 어떻게 다른지를 알아차리려면 시간이 좀 걸린다. 비둘기와 나무와 공원이 없어서 새들의 날갯짓 소리도 나뭇잎 흔들리는 소리도 들리지 않는 도시, 한마디로 무색무취한 이 중성적인 장소를 어떻게 설명해야 사람들이 상상할 수 있을까? 여기서는 계절의 변화조차 하늘을 통해서만 읽힌다. 즉 사람들은 공기의 질감을 통해, 또는 꽃 파는 아이들이 교외에서 가져오는 꽃바구니를 통해 비로소 봄의 도래를 깨닫는다. 요컨대 시장에서 사고파는 것이 바로 봄이다. 여름에는 태양이 그러잖아도 바싹 마른 집에 불을 지를 듯 이글거리고, 벽을 희뿌연 재로 뒤덮는다. 그러니 사람들은 덧창을 내리고 어둠 속에서 지낼 수밖에 없다. 가을에는 반대로 흙탕물이 홍수를 이룬다. 맑은 날은 겨울에만 찾아온다.

한 도시를 파악하는 편리한 방법은 사람들이 거기서 어떻게 일하고 사랑하고 죽는지를 알아보는 것이다. 기후의 영향일까, 우리의 소도시에서는 열정적인 듯하면서도 무덤덤한 분위기 속에서 그 모든 것이 이루어진다. 말하자면 여기서는 사람들이 권태에 젖어 있으면서도 관례를 따르려고 애쓴다. 시민들은 열심히 일하지만, 그것은 언제나 부자가 되기 위해서다. 그들은 특히 장사에 관심이 많고, 그들의 표현에 따르면 무엇보다 사업에 몰두한다. 물론 단순한 즐거움도 마다하지 않기에 여자, 영화, 해수욕을 좋아한다. 그러나 당연하게도 그들은 이런 즐거움을 토요일이나 일요일로 미루고 주중에는 돈을 많이 벌려고 노력한다. 저녁에 사무실을 나서면 일정한 시간에 카페에서 모이거나, 늘 같은 대로에서 산책하거나, 아니면 집에 가서 발코니에 자리를 잡는다. 젊은이들의 욕망은 격렬하고 짧은 데 비해, 나이 든 사람들의 취미는 공굴리기, 친한 사람들과의 회식, 판돈이 큰 카드놀이 같은 것에 한정된다.

우리 도시의 시민들만 특별히 그런 게 아니고 결국 현대인 모두가 그렇지 않느냐고 누군가 반문할지도 모르겠다. 확실히 오늘날에는 아침부터 저녁까지 일하고, 나머지 시간을 카드놀이나 카페 잡담으로 허비하는 것만큼 자연스러운 것도 없다. 그러나 무엇인가 다른 게 있지 않을까 하는 예감이 드는 도시나 고장이 있다. 물론 그렇다고 삶이 바뀌는 것은 아니다. 하지만 예감이 든다는 사실만으로도 이미 의미가 있지 않을까. 오랑은 분명히 아무런 예감이 들지 않는 도시, 말하자면 완전히 현대적인 도시다. 그러므로 이 도시 사람들이 서로 사랑하는 방식을 자세히 설명할 필요가 없다. 남자들과 여자들은 이른바 성행위를 통해 빠르게 서로를 탕진해버리든가, 아니면 둘만의 기나긴 습관 속으로 빠져들고 만다. 두 극단 사이에서 중간이란 찾아보기 어렵다. 이것 또한 오랑만의 고유한 현상은 아니다. 다른 도시와 마찬가지로 오랑에서는 사람들이 시간도 없고 생각도 깊이 하지 않기 때문에, 사랑이 무엇인지 알지 못한 채 서로 사랑할 수밖에 없다.

우리 도시에 좀 더 독특한 게 있다면, 그것은 죽을 때 맞닥뜨리는 어려움이리라. 어쩌면 어려움이라는 표현은 적절하지 않고 불편함이라고 해야 정확할 듯하다. 아프다는 것은 결코 기분 좋은 일이 아니지만, 병든 당신을 도와주고 병자들을 안심시키는 도시와 고장이 있다. 병자는 부드러움을 필요로 하며 무엇인가에 기대고 싶어 하는데, 그것은 지극히 자연스러운 일이다. 하지만 오랑에서는 거친 기후, 사업의 중요성, 척박한 환경, 순식간에 사라지는 황혼, 쾌락의 향유 등 모든 것이 건강한 몸을 요구한다. 여기서 병자는 몹시 외롭다. 모두가 전화기를 들거나 카페에 앉아서 어음이니 선하증권이니 할인이니 하면서 사업에 몰두할 때, 열기로 탁탁 소리를 내는 벽 뒤에서 덫에 걸린 듯 홀로 죽어가는 사람을 생각해보라. 메마른 고장에서 죽음이 그렇게 들이닥칠 때, 그 죽음이 아무리 현대적이라 할지라도 거기에는 무엇인가 불편한 것이 있다는 사실을 이해할 수 있으리라.

이상의 몇 가지 지적만으로도 오랑이 어떤 도시인지 대강 짐작했을 줄로 안다. 그렇지만 무엇이든 과장해서는 안 된다. 강조해야 할 것은 이 도시와 삶의 평범한 양상이다. 사람이란 일단 습관을 들이면 하루하루를 별다른 어려움 없이 보낼 수 있다. 우리 도시가 습관을 조장하는 이상, 만사가 순조롭게 흘러간다고 말할 수 있다. 이런 시각에서 보면, 우리 도시의 삶이란 그리 흥미진진하지 않다. 하지만 그러다 보니 사람들이 적어도 무질서와 혼란을 겪지는 않는다. 솔직하고 친절하고 활동적인 우리 주민은 여행자들로부터 늘 합리적이라는 평을 받아왔다. 아름다운 풍경도 식물도 영혼도 없으나 이 도시에서 지내다 보면 마음이 푸근해져서 마침내 잠들어버린다. 그러나 햇빛이 눈부신 언덕들과 그림처럼 선명한 만(灣)에 둘러싸인 채 헐벗은 고원 한가운데 서 있는 이 도시가 비할 데 없는 경치를 지니고 있다는 사실도 덧붙이는 게 옳으리라. 다만 이 도시가 만을 등지고 건설되었기에 바다가 보이지 않으며, 바다를 보려면 굳이 찾아 나서야 한다는 게 유감스러운 일이다.

이 정도로 설명했으면 그해 봄에 일어난 말썽거리들, 즉 우리가 여기서 연대기를 기록하고자 하는 일련의 중대한 사건들을 예고하는 첫 신호였던 말썽거리들을 시민들은 전혀 예상하지 못하고 있었음을 이해할 수 있으리라. 이런 사실들은 어떤 이들에게는 당연하게 보일 것이고, 또 다른 어떤 이들에게는 터무니없게 보일 것이다. 그러나 연대기 서술자가 이런 모순을 모두 고려할 수는 없다. 실제로 그런 일이 일어났고, 그런 일이 모든 사람의 삶에 영향을 끼쳤으며, 그의 연대기가 진실이라고 증언할 수많은 증인이 존재함을 알고 있으므로, 그는 단지 "그런 일이 일어났다"라고 말하기만 하면 된다.

게다가 때가 되면 그가 누구인지 밝혀지겠지만, 만일 우연이 그로 하여금 이런저런 증언을 수집하게 해주지 않았더라면, 그리고 만일 운명이 그로 하여금 지금 이야기하고자 하는 모든 일에 휩쓸리게 하지 않았더라면, 이 연대기의 서술자는 이런 시도를 할 만한 자격을 갖추지 못했으리라. 그가 역사가의 역할을 떠맡게 된 데는 이런 사정이 있었다. 역사가란 아마추어라 할지라도 자료를 확보하기 마련이다. 당연히 이 이야기의 서술자도 자료를 확보했다. 우선 자신의 증언이 있다. 다음으로 다른 사람들의 증언을 확보했는데, 자신의 역할 덕분에 이 연대기에 등장하는 모든 인물의 속내 이야기를 들을 수 있었기 때문이다. 끝으로 그의 수중에 들어온 기록들이 있다. 필요한 경우, 그는 그 자료들을 마음껏 활용할 생각이다. 또 다른 생각으로는…. 그러나 배경 설명과 서론은 이 정도로 그치고, 이제 본격적으로 이야기를 시작하자. 처음 며칠 동안 일어난 일들은 다음과 같다.

아돌프 폰 베커, <잠자는 회색 고양이와 쥐>, 1864.

2

4월 16일 아침, 의사 베르나르 리외는 진료실을 나서다가 층계참 한가운데서 죽은 쥐 한 마리를 보았다. 그때는 별다른 생각 없이 발로 쥐를 옆으로 밀어놓고 계단을 내려갔다. 그러나 거리로 나서자 쥐가 나올 곳이 아니라는 생각이 들었고, 발길을 돌려 문지기에게 알려주러 갔다. 미셸 영감의 반응을 보고서는 쥐를 발견한 게 예사로운 일이 아니라는 걸 다시 느꼈다. 죽은 쥐의 존재가 그에게는 단지 희한한 일에 불과했지만, 문지기에게는 그야말로 추문이 되는 일이었다. 문지기의 입장은 단호했다. 이 건물에는 쥐가 없다는 것이었다. 2층 층계참에 쥐 한 마리가 있다고, 아마도 죽은 것 같다고 말해줘도 소용없었다. 미셸 영감의 확신은 완전했다. 건물에는 쥐가 없었다. 그러니 만일 쥐가 발견되었다면 그것은 누군가가 밖에서 가져온 게 틀림없었다. 간단히 말해, 누군가의 장난이라는 것이다.

그날 저녁 베르나르 리외가 집으로 올라가기 전에 건물 복도에 서서 열쇠를 찾고 있을 때, 어두침침한 복도 안쪽에서 털이 젖은 커다란 쥐 한 마리가 불쑥 나타나 비틀거리는 것을 보았다. 쥐는 발걸음을 멈추고 균형을 잡는 듯하더니 의사를 향해 달려왔고, 다시 발걸음을 멈추고는 조그맣게 소리 지르며 제자리에서 맴돌다가 반쯤 열린 주둥이로 피를 토하며 쓰러졌다. 의사는 잠시 쥐를 바라보다가 집으로 올라갔다.

그가 생각한 것은 쥐가 아니었다. 쥐의 피가 그의 걱정거리를 상기시켰다. 일 년 전부터 앓고 있는 그의 아내가 이튿날 산속 요양원으로 떠날 참이었다. 그가 권한 대로, 그녀는 여행의 피로에 대비하기 위해 침실에 누워 있었다. 그녀는 미소를 지으며 말했다.

"기분이 아주 좋아요."

의사는 침대 머리맡에 놓인 램프의 불빛을 받으며 그를 향해 있는 아내의 얼굴을 바라보았다. 서른 살이라는 나이와 병색에도 불구하고, 그 얼굴은 리외에게 언제나 청춘의 얼굴이었다. 아마도 나머지 요소를 압도하는 미소 덕분인 듯했다.

"가능하면 잠을 자둬." 그가 말했다. "열한 시에 간병인이 올 거야. 열두 시 기차를 탈 수 있도록 내가 데려다줄게."

그는 약간 땀이 난 아내의 이마에 입을 맞추었다. 그가 방문을 나설 때까지 아내가 미소를 지었다.

이튿날 4월 17일 여덟 시, 문지기는 지나가는 의사를 붙들고 못된 장난꾼들이 죽은 쥐 세 마리를 복도 한가운데에 갖다 놓았다고 투덜거렸다. 쥐들이 피투성이인 걸 보면 덫으로 잡은 게 틀림없다고 했다. 범인들이 낄낄거리며 모습을 드러내지 않을까 기대하며 문지기는 손으로 쥐의 다리를 쥔 채 잠시 문턱에 서 있었다. 그러나 아무 일도 일어나지 않았다.

"아! 못된 놈들, 내가 꼭 잡고 말 거야." 미셸 영감이 말했다.

미심쩍은 생각이 든 리외는 자기 환자 중에서 가장 가난한 사람들이 사는 변두리 지역부터 회진하기로 했다. 자동차로 먼지가 자욱한 동네의 곧은 길을 따라가니 여전히 길가에 놓여 있는 쓰레기통들이 보였다. 지금보다 훨씬 더 늦은 시각에 쓰레기를 수거해 가기 때문이다. 의사가 지나가는 길에서만 해도 채소 쓰레기와 더러운 걸레 위에 던져진 쥐가 여남은 마리에 이르렀다.

첫 번째 환자는 침대에 누워 있었는데, 침실 겸 식당으로 쓰이는 그 방은 거리에 면해 있었다. 표정이 굳어 있고 얼굴에 주름살이 많은 그 환자는 늙은 스페인 사람이었다. 환자 앞 이불 위에는 완두콩이 가득 담긴 냄비 두 개가 놓여 있었다. 의사가 들어가자, 반쯤 몸을 일으킨 채 침대에 앉아 있던 환자는 오랜 천식으로 거칠어진 숨결을 진정시키느라 몸을 뒤로 젖혔다. 그의 아내가 세숫대야를 가져왔다.

"그런데 선생님." 주사를 맞으며 그가 말했다. "그놈들이 여기저기서 나와요, 봤습니까?"

"맞아요." 그의 아내가 말했다. "옆집에서도 세 마리나 주워서 버렸답니다."

노인이 두 손을 비볐다.

"그놈들이 쏟아져 나와 쓰레기통을 뒤지고 있어요. 아마도 배가 고픈 모양이오."

뒤이어 리외는 온 동네가 쥐 이야기를 하고 있다는 사실을 어렵지 않게 확인했다. 회진을 끝낸 그는 집으로 돌아왔다.

"선생님에게 전보가 와서 위층에 올려두었습니다." 미셸 영감이 말했다.

의사가 쥐를 또 보았느냐고 그에게 물었다.

"아! 천만에요." 문지기가 말했다. "제가 눈을 부릅뜬 채 지키고 있습니다. 그러니 그 못된 놈들이 감히 갖다 놓지 못하지요."

전보는 이튿날 그의 어머니가 도착한다는 내용이었다. 며느리가 집을 비우는 동안 아들의 집안일을 대신 해주러 오는 것이었다. 의사가 집에 들어가보니 간병인이 벌써 와 있었다. 리외는 아내가 정장 차림으로 화장까지 한 채 서 있는 것을 보았다.

"좋은데." 그가 말했다. "아주 좋아."

잠시 후, 역에 도착한 그는 아내를 침대칸으로 데려가서 앉혔다. 그녀는 주변을 둘러보았다.

"우리 형편으로는 너무 비싸지 않아요?"

"괜찮아, 이렇게 해야 해."

"그 쥐 이야기는 도대체 뭐죠?"

"모르겠어. 이상하긴 하지만, 금세 사라지겠지."

그런 다음 그는 미안하다고, 잘 보살펴야 했는데 너무 소홀했다고 아내에게 빠르게 말했다. 그녀는 그만하라는 듯 고개를 가로저었다. 하지만 그는 이렇게 덧붙였다.

"당신이 돌아오면 모든 게 나아질 거야. 그때 새롭게 시작하자."

"그래요." 그녀가 눈을 반짝이며 말했다. "새롭게 시작해요."

잠시 후, 그녀는 등을 돌린 채 창밖을 바라보았다. 플랫폼에서는 사람들이 발걸음을 서두르다가 서로 부딪히곤 했다. 기관차가 증기를 내뿜는 소리가 들렸다. 그가 아내의 이름을 불렀고, 아내가 고개를 돌렸을 때 그 얼굴은 눈물에 젖어 있었다.

"울지 마." 그가 다정하게 말했다.

눈물이 고인 두 눈에 경련이 이는 듯한 미소가 되살아났다. 그녀는 숨을 크게 들이쉬었다.

"이제 가보세요, 모든 게 잘될 거예요."

그는 그녀를 껴안았다. 플랫폼으로 내려왔을 때, 차창 너머로 보이는 것이라고는 그녀의 미소밖에 없었다.

"몸조심해." 그가 말했다.

그러나 그녀에게는 들리지 않았다.

역의 출구 근처 플랫폼에서, 리외는 어린 아들의 손을 잡은 예심판사 오통 씨와 마주쳤다. 의사는 여행을 떠나느냐고 그에게 물었다. 키가 크고 머리칼이 검은 오통 씨는 반은 옛 사교계 인물을 닮았고 반은 장의사 일꾼을 닮았는데, 친근하면서도 짧게 대답했다.

"시댁에 인사차 다녀오는 아내를 기다리고 있습니다."

기관차가 기적을 울렸다.

"쥐들이…." 예심판사가 말했다.

리외는 기차 쪽으로 몸을 돌렸다가, 다시 출구를 향했다.

"예." 그가 말했다. "별일 아닙니다."

그때, 역무원이 죽은 쥐가 가득 든 상자를 겨드랑이에 낀 채 지나가는 모습이 그의 눈에 들어왔다.

그날 오후 진찰을 시작할 무렵, 이미 아침에도 한차례 다녀갔었다는 젊은 신문기자가 리외를 찾아왔다. 이름은 레몽 랑베르였다. 키가 작고 어깨가 단단하고 표정이 단호하고 눈이 맑고 영리해 보이는 랑베르는 스포츠맨 스타일의 옷을 입고 있었고, 자유로운 사고방식을 가진 듯했다. 그는 곧바로 본론으로 들어갔다. 파리의 큰 신문사에서 일하는 그는 아랍인들의 생활 조건을 취재하고 있어서 그들의 보건 상태에 대한 정보를 얻고자 했다. 리외는 보건 상태가 좋지 않다고 말했다. 하지만 더 깊이 들어가기 전에, 그는 신문기자가 진실을 보도할 수 있는지 알고 싶어 했다.

"물론입니다." 기자가 대답했다.

"조금 더 구체적으로 물을게요. 철저하게 고발할 수 있겠습니까?"

"철저하게는 못 한다고 말씀드려야겠죠. 그런데 그 고발에 충분한 근거가 있을까요?"

부드러운 어조로 리외는 그런 식의 고발이란 대개 근거가 충분하지 않을 것이라고, 하지만 그렇게 질문함으로써 랑베르가 거리낌 없이 증언할 수 있는지 알고 싶었다고 말했다.

"저는 철저한 증언이 아니라면 받아들이지 않습니다. 따라서 취재를 도와드리기 힘들겠습니다."

"생쥐스트[1]식의 발언이군요." 기자가 미소 지으며 말했다.

리외는 생쥐스트식의 발언에 대해서는 아는 바가 없다고, 하지만

---

[1] 생쥐스트(Louis Antoine de Saint-Just, 1767-1794)는 프랑스대혁명 시대 로베르피에르의 측근으로서 루이 16세의 처형을 이끌었는데, 로베스피에르보다 훨씬 더 비타협적인 인물이었다고 일컬어진다.

이것은 자신이 사는 세계에 지쳤지만 인간에 대한 애정을 지니고 있으며 불의와의 타협을 거부하려고 결심한 사람의 발언이라고 담담하게 말했다. 랑베르는 목을 움츠린 채 의사를 바라보았다.

"무슨 말씀인지 알 것 같습니다." 이윽고 그가 자리에서 일어나며 말했다.

의사는 문까지 그를 배웅했다.

"그렇게 이해해주시니 감사합니다."

랑베르는 다소 짜증이 난 듯했다.

"예." 그가 말했다. "이해하고말고요. 일을 방해해서 죄송합니다."

의사는 악수를 청했고, 현재 이 도시에서 죽은 쥐가 많이 발견되는데 그에 관해 흥미로운 르포 기사를 쓸 수 있으리라고 말했다.

"아!" 랑베르가 놀라워했다. "그거 흥미롭군요."

오후 다섯 시, 의사는 다시 왕진을 나가다가 계단에서 육중한 체격에 얼굴이 크면서도 갸름하고 눈썹이 짙은 남자와 마주쳤는데, 아직 젊은 축에 속하는 사람이었다. 의사는 건물 맨 꼭대기 층에 사는 스페인 무용수들의 집에서 그를 몇 번 만났었다. 장 타루는 담배를 피우면서, 계단 위 자기 발치에서 마지막 경련을 일으키며 죽어가는 쥐 한 마리를 지켜보고 있었다. 그는 회색 눈을 들어 무엇인가 뜻이 담긴 침착한 눈빛으로 의사를 보며 인사했고, 이렇게 쥐가 나타나다니 신기한 일이라고 덧붙였다.

"그렇죠." 리외가 말했다. "하지만 끝내 성가신 일이 될 겁니다."

"어떤 의미에서 그럴 수도 있겠죠, 선생님, 단지 어떤 의미에서. 우리는 이런 경우를 본 적이 없어요, 그뿐입니다. 하지만 흥미롭네요,

정말요, 대단히 흥미롭습니다."

타루는 머리칼을 뒤로 쓸어 넘기더니 다시 꼼짝하지 않고 쥐를 바라보았다. 그런 다음, 리외에게 미소 지었다.

"하기야 선생님, 이건 문지기가 걱정할 일이죠."

바로 그때, 건물 출입구 근처에서 벽에 등을 기댄 채 서 있는 문지기가 의사의 눈에 띄었다. 평소에는 벌겋던 문지기의 얼굴에 피곤한 기색이 역력했다.

"예, 저도 알고 있습니다." 쥐가 또 나타났다고 알려주는 리외에게 미셸 영감이 말했다. "이제 두세 마리가 한꺼번에 나타나요. 다른 건물에서도 마찬가지입니다."

그는 풀이 죽고 근심이 많아 보였는데, 기계적인 동작으로 손으로 목을 문질렀다. 리외는 불편한 데가 있느냐고 물었다. 당연한 일이지만 문지기로서는 몸이 불편하다고 말할 수 없었다. 하지만 그는 마음이 편치 않았다. 아무래도 기분 문제인 듯했다. 이놈의 쥐들 때문에 충격을 받아서 쥐가 사라져야 만사형통할 것 같았다.

그러나 이튿날인 4월 18일 아침, 역에서 어머니를 모시고 온 의사는 미셸 영감의 안색이 더욱 초췌해진 것을 알아차렸다. 지하실에서 지붕 밑 방까지 10마리가량의 쥐가 계단에 널브러져 있었기 때문이다. 이웃 건물들의 쓰레기통들 또한 쥐로 가득 차 있었다. 의사의 어머니는 그 이야기를 듣고도 놀라지 않았다.

"그럴 수도 있지."

그녀는 은발에 까맣고 온화한 눈을 가진 자그마한 부인이었다.

"너를 다시 만나서 기쁘구나, 베르나르." 그녀가 말했다. "그러니 그

까짓 쥐쯤이야 아무것도 아니지."

그도 같은 마음이었다. 어머니와 함께 있으면 늘 모든 일이 쉬워 보였다.

그래도 리외는 시청의 쥐잡이 담당 과에 전화를 해보았다. 담당 과장은 잘 아는 사람이었다. 쥐들이 떼 지어 밖으로 나와 죽는다는 이야기를 담당 과장도 들었을까? 담당 과장 메르시에는 그 이야기를 벌써 들었고, 부두에서 멀지 않은 자기 사무실에서도 50여 마리의 쥐를 발견했다고 말했다. 하지만 그것이 심각한 일인지 아닌지 판단을 내리지 못하고 있었다. 리외도 결정적으로 단언할 수는 없었지만, 담당 과가 시급히 개입해야 한다고 생각했다.

"그래야지, 명령이 내려오면." 메르시에가 말했다. "자네가 정말 그럴 필요가 있다고 생각한다면, 내가 명령이 떨어지도록 손을 써볼 수도 있어."

"그럴 필요가 있어." 리외가 말했다.

방금 막 가정부가 자기 남편이 일하는 큰 공장에서 죽은 쥐 수백 마리를 수거했다는 사실을 리외에게 알려준 참이었다.

어쨌든 우리 시민들이 불안해하기 시작한 것은 이 무렵부터였다. 18일부터 공장과 창고에서 죽은 쥐가 수백 마리씩 쏟아져 나왔기 때문이다. 어떤 경우에는 죽기까지 시간이 너무 오래 걸려서 일부러 죽여야 할 때도 있었다. 변두리에서 도심까지 의사 리외가 다니는 모든 곳에서, 우리 시민들이 모이는 모든 곳에서 쥐가 쓰레기통에 무더기로 쌓여 있거나, 배수로를 따라 줄지어 쓰러져 있었다. 그날부터 석간 신문이 그 문제를 집중적으로 다루었고, 시청이 행동에 나설 예정인지 아닌지, 시청이 혐오스러운 쥐 떼의 습격으로부터 시민들을 보호하기 위해 어떤 긴급 조치를 취할 것인지 물었다. 시청은 어떤 행동을 예정하거나 조치를 고려해보지는 않았지만, 우선 문제를 토의하기 위해 회의를 열었다. 쥐잡이 담당 과에 새벽마다 죽은 쥐를 수거하라는 명령이 하달되었다. 수거가 완료되는 즉시 담당 과의 차량 두 대가 죽은 쥐를 쓰레기 소각장으로 옮겨 불에 태워야 했다.

그러나 며칠 사이에 상황이 심각해졌다. 출몰하는 쥐의 수도 점점 많아졌고, 수거량도 매일 아침 늘어났다. 나흘째가 되자, 쥐들이 떼를 지어 몰려나와 죽기 시작했다. 후미진 곳, 지하실, 지하 창고, 하수구에서 쥐들이 갈지자로 비틀거리며 올라왔고, 햇살 속에서 바르르 떨며 제자리를 맴돌다가 사람들 곁에서 죽었다. 밤이면, 복도나 골목에서 죽어가는 쥐들이 내지르는 가느다란 비명이 들렸다. 아침이면, 뾰족한 주둥이에 작은 꽃 같은 피를 묻힌 쥐들이 변두리 배수로에 널브러져 있었는데, 몇몇 놈은 퉁퉁 불어 썩어 있었고, 몇몇 놈은 수염을 세운 채 뻣뻣하게 굳어 있었다. 시내에서도 층계참이나 안마당에 죽은 쥐가 작은 무더기로 쌓여 있는 게 눈에 띄었다. 때로는 관공서 로비, 학교 체육관, 카페테라스에서 한 마리씩 외따로 죽어 있기도 했다. 심지어 시민들의 왕래가 가장 빈번한 장소에서도 죽은 쥐가 나타나 사람들을 깜짝 놀라게 했다. 아름 광장, 여러 대로大路, 프롱드메르 산책로에서 더러운 쥐가 드문드문 눈에 띄었다. 새벽에 깨끗이 치워도 그 수가 점점 늘어났다. 밤에 보도를 산책하던 사람들이 방금 죽은 사체의 물컹한 덩어리를 밟는 일도 드물지 않게 발생했다. 마치 우리 집들을 품은 바로 그 땅이 더러운 분비물을 쏟아내고, 지금까지 안에서 곪고 있던 종기와 피고름을 표면으로 배출하는 듯했다. 건강한 사람의 정상적인 피가 갑자기 역류하기라도 하듯, 지금까지 그토록 조용하던 소도시가 며칠 만에 발칵 뒤집혔으니, 시민들이 얼마나 놀랐을지 상상해보라!

사태는 심각하게 전개되었다. (주제에 상관없이 온갖 정보와 자료를 제공하는) 랑스도크 통신사가 무료 라디오 방송을 통해 25일 단 하루 동안 6,231마리의 쥐가 소각 처리되었다고 보도했다. 그 구체적인 숫자가 시민들이 일상적으로 목격하던 광경에 분명한 의미를 부여함에 따라 혼란이 증폭되었다. 지금까지는 다소 불쾌한 사건이라고 불평하는 정도였다. 그러나 시민들은 이제 원인도 규명할 수 없고 규모도 측정할 수 없는 이 현상에 위협적인 무엇인가가 도사리고 있음을 깨달았다. 다만 천식 환자인 스페인 노인만이 두 손을 비비며 노년 특유의 여유와 함께 즐겁게 되풀이했다. "그놈들이 나와, 또 나와."

4월 28일, 랑스도크 통신사가 약 8,000마리의 쥐를 수거했다고 보도하자, 도시의 불안이 절정에 달했다. 시민들은 근본적인 대책을 요구하며 당국을 비난했고, 바닷가에 집을 가진 몇몇 사람은 벌써 거기로 피신하겠다고 말했다. 그러나 이튿날, 통신사는 그 현상이 갑자기 멈추었고, 쥐잡이 담당 과의 수거량이 무시해도 좋을 정도였다고 보도했다. 시민들은 안도의 한숨을 내쉬었다.

그러나 그날 정오에, 아파트 건물 앞에 차를 세우던 의사 리외는 거리의 저쪽 끝에서 문지기 영감이 고개를 푹 숙이고 팔다리를 늘어뜨린 채 허수아비 같은 자세로 힘겹게 걸어오는 모습을 보았다. 노인은 의사도 잘 아는 한 사제의 부축을 받고 있었다. 사제는 리외가 가끔 만났었던 파늘루 신부였다. 파늘루는 박식하고 투쟁적인 예수회 신부로서 우리 도시에서는 종교에 무관심한 사람들 사이에서도 평판이 좋은 인물이었다. 리외는 두 사람이 다가오기를 기다렸다. 미셸 영감의 눈이 번득였고, 숨소리도 거칠었다. 그는 몸이 개운치 않아 바람을 쐬러 나갔다가 목과 겨드랑이와 사타구니에 격심한 통증을 느껴 어쩔 수 없이 집으로 발길을 돌렸고, 우연히 만난 파늘루 신부에게 도움을 청할 수밖에 없었다.

"종기가 났어요." 문지기가 말했다. "과로한 모양입니다."

의사는 차창 밖으로 팔을 뻗어 미셸 영감이 내민 목을 손가락으로 여기저기 만져보았다. 일종의 나무 공이 같은 것이 만져졌다.

"누워서 쉬세요, 체온도 재보시고. 오후에 가서 봐드릴게요."

문지기가 떠나자, 리외는 파늘루 신부에게 쥐 이야기를 어떻게 생각하느냐고 물었다.

"아!" 신부가 말했다. "전염병일 테지요." 동그란 안경 너머로 신부의 눈이 미소 지었다.

점심 식사 후, 아내가 잘 도착했음을 알려주는 요양원 전보를 리외가 다시 읽고 있을 때 전화벨이 울렸다. 전화를 건 사람은 옛 환자였던 시청 직원이었다. 그는 대동맥협착증으로 오랫동안 고생했는데, 가난해서 리외가 무료로 치료해준 적이 있었다.

"예, 저를 기억하시는군요." 그가 말했다. "이번에는 다른 사람 문제로 전화를 드렸습니다. 빨리 좀 와주세요. 이웃집에 안 좋은 일이 생겼습니다."

숨 가쁜 목소리였다. 리외는 문지기를 떠올렸으나 나중에 보기로

했다. 잠시 후, 그는 변두리 동네인 페데르브 거리의 나지막한 집으로 들어갔다. 선선하면서도 악취를 풍기는 계단 한가운데서, 그는 마중 나온 시청 직원 조제프 그랑을 만났다. 노란 콧수염을 기른 그랑은 키가 크고 등이 굽었으며 어깨가 좁고 팔다리가 야윈 50대 남자였다.

"그 사람의 상태가 많이 나아졌습니다." 그가 계단을 내려오면서 리외에게 말했다. "아까는 금세 죽을 것처럼 보였거든요."

그는 코를 풀었다. 맨 위층인 3층 왼쪽 아파트 문 위에 빨간 분필로 "들어오시오, 나는 목을 매달았소"라고 쓴 글자가 보였다.

그들은 안으로 들어갔다. 탁자가 한쪽 구석으로 치워져 있었고, 밧줄이 뒤집힌 의자 위로 늘어져 있었다. 허공에는 곧게 내려온 밧줄이 보일 뿐이었다.

"때마침 제가 밧줄을 풀어주었습니다." 더없이 간단한 말을 할 때조차 그랑은 알맞은 표현을 찾으려고 애쓰는 듯했다. "외출하려고 막 나가는데 문틈으로 소리가 들렸어요. 문 위에 적힌 글자를 보았을 때, 뭐랄까, 그저 장난인 줄 알았습니다. 그런데 저 사람이 이상한 신음, 어쩌면 음산하다고까지 말할 수 있는 신음을 내는 거예요."

그는 머리를 긁적였다.

"제 생각으로는, 목을 매달자 무척 고통스러웠던 것 같습니다. 신음을 듣자마자, 당연히 저는 안으로 들어갔죠."

리외와 그랑은 침실 문을 열고 문턱에 섰다. 밝은 빛이 들어왔으나 가구는 보잘것없는 방이었다. 키가 작고 얼굴이 동그란 남자가 구리 침대 위에 누워 있었다. 그는 거칠게 숨을 몰아쉬며 충혈된 눈으로 그들을 바라보았다. 의사가 동작을 멈추었다. 남자의 숨소리 사이사이로 무엇인가 쥐 울음소리 같은 것이 들리는 듯했다. 그러나 구석구석 둘러보아도 아무것도 없었다. 리외는 침대 쪽으로 다가갔다. 남자는 아주 높은 데서 떨어진 것도 아니고 별안간 떨어진 것도 아니어서 척추에는 아무런 문제가 없었다. 다만 약간의 질식 증상이 확인되었다. 아마도 엑스레이 사진을 찍어봐야 하리라. 의사는 강심제 주사 한 대를 놓아준 뒤, 며칠 지나면 회복될 것이라고 말했다.

"고맙습니다, 선생님." 남자가 숨이 찬 목소리로 말했다.

리외는 그랑에게 경찰서에 신고했는지 물었다. 그러자 시청 직원은 당황한 표정을 지었다.

"아뇨." 그가 말했다. "아, 그럴 겨를이 없었네요. 급한 일부터 처리하느라…."

"알겠습니다." 리외가 말을 잘랐다. "제가 신고하겠습니다."

바로 그때, 동요하는 기색이 역력한 환자가 몸을 일으켜 자기는 아무렇지도 않으니 신고할 필요가 없다고 주장했다.

"진정하세요." 리외가 말했다. "대수로운 일이 아닙니다, 저를 믿으세요. 신고는 그저 절차상의 의무 사항일 뿐입니다."

"아!" 하고 환자가 탄식했다.

그는 몸을 다시 눕히더니 훌쩍거리며 눈물을 흘렸다. 그때, 콧수염을 만지작거리던 그랑이 그에게로 다가갔다.

"이봐요, 코타르 씨." 그랑이 말했다. "이해하셔야 합니다. 사람들이 의사에게 책임을 물을 수도 있어요, 만일 당신이 또 이런 짓을 저지른다면…."

코타르는 눈물을 흘리며 다시는 그런 일을 저지르지 않을 것이고,

한순간 정신이 나갔던 것뿐이며, 자기를 가만히 내버려두면 좋겠다고 말했다. 리외는 처방전을 작성했다.

"알겠습니다." 리외가 말했다. "그 문제는 거론하지 맙시다. 이삼일 후에 다시 오겠습니다. 하지만 어리석은 짓은 하지 마세요."

층계참에서 그는 신고가 의무 사항이지만, 경찰에게 이틀 후에나 조사해줄 것을 부탁하겠다고 그랑에게 말했다.

"오늘 밤에 저 사람을 지키고 있어야 합니다. 가족은 있나요?"

"저도 모르겠습니다. 오늘 밤에는 제가 돌볼게요."

그랑이 고개를 가로저으며 말을 이었다.

"사실 저는 저 사람을 잘 몰라요. 선생님도 보시다시피 알고 지내는 사이는 아니지만, 그래도 서로 돕고 살아야죠."

복도에서 리외는 무의식적으로 후미진 구석을 바라보았고, 동네에서 쥐가 완전히 사라졌느냐고 그랑에게 물었다. 시청 직원은 아무것도 몰랐다. 사실 이 문제를 들은 적은 있지만, 동네 소문에는 별로 관심이 없다고 했다.

"다른 골칫거리가 있거든요." 그가 말했다.

리외는 벌써 그랑에게 악수를 청하고 있었다. 아내에게 편지를 쓰기 전에 문지기의 상태를 봐줘야 했기에 마음이 급했다.

거리에서 석간신문 판매원들이 쥐의 습격이 멈췄다고 외치고 있었다. 리외는 문지기가 한쪽 손으로는 배를, 다른 쪽 손으로는 목덜미를 움켜쥔 채 침대 밖으로 상반신을 반쯤 내놓고서는, 마치 목구멍에서 뽑아내듯 오물통에 불그스름한 담즙을 게우고 있는 모습을 보았다. 한참 동안 애쓴 끝에, 문지기는 숨을 헐떡이며 다시 자리에 누웠다.

체온이 39.5도까지 올라갔고, 목의 림프샘과 팔다리가 부었으며, 옆구리에는 거무스름한 반점 두 개가 번지고 있었다. 이제 그는 배 속이 뒤틀린다고 하소연했다.

"몸에서 불이 나는 것 같습니다." 그가 말했다. "이 망할 놈이 온몸을 불태우고 있어요."

검게 그을린 듯한 입술 탓에 말꼬리가 우물우물 흐려졌다. 그는 툭 튀어나온 두 눈을 의사에게로 돌렸는데, 두통으로 눈물이 고여 있었다. 걱정스러운 눈빛으로 그의 아내가 말없이 서 있는 리외를 바라보았다.

"선생님." 그녀가 말했다. "도대체 뭐가 어떻게 된 건가요?"

"여러 가지로 볼 수 있습니다. 그렇지만 지금으로서는 아무것도 확실치 않아요. 오늘 저녁까지는 금식하면서 해독제를 복용하도록 합시다. 무엇보다 물을 많이 마시게 하세요."

바로 그때 문지기가 견딜 수 없는 갈증을 호소했다.

집으로 돌아온 리외는 오랑에서 손꼽히는 의사 가운데 하나인 동료 리샤르에게 전화했다.

"아뇨." 리샤르가 말했다. "특별한 증상은 아무것도 보지 못했습니다."

"국부 염증을 동반한 발열도 없었나요?"

"아! 그러고 보니 경부 림프샘에 염증이 심한 환자가 둘 있었습니다."

"비정상적일 정도로?"

"글쎄" 리샤르가 말했다. "정상이란 게, 아시다시피…."

그날 저녁에 문지기는 정신착란을 일으키며 헛소리를 했고, 열이 40도에 이르자 쥐를 탓했다. 리외는 고정 종양 치료를 시도했다. 테레벤틴이 들어가자 타오르는 듯한 통증으로 문지기가 고함을 질렀다. "아! 그 망할 놈들 때문에!"

경부 림프샘이 더욱 부풀어 있었는데, 손으로 만져보니 나무처럼 딱딱했다. 문지기의 아내도 반쯤 넋이 나가 있었다.

"밤새워 잘 지켜보세요." 의사가 그녀에게 말했다. "무슨 일이 생기면 곧바로 저한테 전화하세요."

이튿날인 4월 30일, 푸르고 촉촉한 하늘에 벌써 따스한 봄바람이 불었다. 가장 먼 교외의 꽃향기가 봄바람에 실려 왔다. 거리에서 들리는 아침의 소음이 평소보다 더 활기차고 상쾌하게 느껴졌다. 일주일 내내 시달린 어렴풋한 근심에서 벗어난 우리 소도시 주민들에게는 이날이야말로 소생의 날이었다. 아내의 편지를 받고 마음이 놓인 리외도 가벼운 발걸음으로 문지기의 집으로 내려갔다. 밤이 지나고 아침이 되면서 열이 38도로 떨어졌다. 쇠약해지기는 했으나 문지기는 침대에서 미소를 지었다.

"좋아지고 있는 거죠, 선생님?" 그의 아내가 말했다.

"좀 더 지켜봅시다."

그러나 정오가 되자 대번에 열이 40도까지 올라갔고, 환자는 끊임없이 헛소리를 하고 다시 토하기 시작했다. 목의 림프샘에 손만 대도 아팠기 때문에, 문지기는 몸에서 머리를 가능한 한 멀리 떼어두고 싶어 하는 듯했다. 침대 하단 가까이 앉은 그의 아내는 이불 위로 손을 뻗어 환자의 발을 가볍게 쥐고 있었다. 그녀는 리외를 바라보았다.

"잘 들으세요." 리외가 말했다. "환자를 격리한 후 특수 치료를 해야 겠습니다. 병원에 전화를 걸어 구급차로 이송할게요."

두 시간 후, 의사와 여자는 환자를 향해 몸을 기울이고 있었다. 진균성 종양으로 뒤덮인 환자의 입에서 조각난 말들이 새어 나왔다. 그는 "쥐야, 쥐!"라고 말했다. 얼굴이 푸르스름해진 그는 입술에 핏기가 없었고, 눈꺼풀은 납처럼 무거웠으며, 호흡도 끊어질 듯 짧고 불규칙했다. 림프샘 통증으로 미치도록 괴로워하면서 마치 간이침대를 온몸에 뒤집어쓰려는 듯 아니면 땅속에서 무엇인가가 쉼 없이 그를 부르는 듯 간이침대 깊숙이 몸을 옹크린 문지기는 보이지 않는 무게에 짓눌린 채 질식 상태에 이르렀다. 그의 아내가 울고 있었다.

"더 이상 희망이 없는 건가요, 선생님?"

"사망하셨습니다." 리외가 말했다.

에드바르 뭉크, 〈병실에서의 죽음〉, 1893.

3

문지기의 죽음과 함께 당혹스러운 징조로 가득 찼던 한 시기가 끝나고 상대적으로 더 어려운 다른 시기, 초기의 놀라움이 차츰 공포로 변해가는 다른 시기가 시작되었다고 말할 수 있으리라. 이제부터는 실감하겠지만, 지금까지 시민들은 우리의 소도시가 쥐들이 밖으로 나와 죽고 문지기들이 이상한 질병으로 사망하는 특별한 장소가 되리라고는 결코 상상하지 못했다. 이런 점에서 그들은 오류에 빠져 있었고, 그들의 생각은 수정되어야 했다. 만일 사태가 그 정도에서 그쳤더라면, 어떻게든 일상적인 삶이 계속되었으리라. 그러나 시민들 가운데 다른 사람들, 문지기나 가난뱅이가 아닌 다른 사람들이 미셸 씨가 맨 먼저 들어선 그 길을 따라가야만 했다. 공포가 그리고 공포와 함께 반성이 시작된 것은 바로 그때부터였다.

그런데 이 새로운 사건들을 자세히 기술하기 전에, 서술자로서는 방금 설명한 시기에 대한 또 다른 증인의 의견을 소개하는 것이 유용하리라 생각한다. 이 이야기의 도입부에서 이미 등장했던 장 타루는 몇 주 전에 오랑에 정착해 도심에 있는 큰 호텔에서 살고 있었다. 그는 언뜻 보기에 경제적으로 여유로운 듯했다. 오랑시에서 그의 얼굴이 점점 익숙해졌음에도, 그가 어디서 왔는지 그리고 왜 여기에 머무르는지 아는 사람이 아무도 없었다. 시민들은 공공장소 어디서나 그와 마주쳤다. 봄이 시작되면서 그는 바닷가에 자주 나타났고, 수영을 무척 즐겼다. 언제나 미소를 띤 호인으로서 일반적인 오락거리라면 뭐든지 마다하지 않았으나 거기에 빠져 살지는 않는 듯했다. 사실 우리가 알고 있는 그의 유일한 습벽은 우리 도시에 꽤 많은 스페인 무용수와 악사들 집에 열심히 드나든다는 것이었다.

　아무튼 그의 수첩 또한 그 힘든 시기의 연대기를 구성한다. 그것은 무의미해 보이는 사실만을 고집스럽게 기록한 매우 특별한 연대기다. 언뜻 보기에, 타루가 사람들과 사물들을 과소평가한다고 여길 수도 있으리라. 재난이 점점 일반화됨에도 그는 아무런 역사성이 없는 사실들만을 기록하는 역사가가 되려고 애쓰고 있었다. 물론 그런 결심을 유감스럽게 생각하고, 마음이 메마른 게 아닐까 하고 의심할 수도 있을 것이다. 그러나 그의 수첩이 그 시기의 연대기를 작성할 때 무척 중요한 수많은 세부 사항을 제공한다는 것은 부인할 수 없는 사실이다. 또한 그 세부 사항들의 기묘한 특성이 이 흥미로운 인물을 성급하게 판단하지 못하도록 가로막는다.

　장 타루의 첫 번째 노트는 그가 오랑에 도착한 날에 시작된다. 그 노트는 그가 이처럼 추한 도시에 살게 되었음에도 처음부터 만족스러워했다는 이상한 사실을 보여준다. 거기에는 시청을 장식하는 두 마리의 청동 사자상에 대한 상세한 묘사가 있고, 눈에 띄지 않는 나무, 볼품없는 가옥, 불합리한 도시 계획에 대한 호의적인 평가가 있다. 또한 타루는 전차나 거리에서 들은 대화를 거기에 섞었는데, 그 대화에 논평을 가하는 법이 없었다. 다만 좀 더 나중의 일이기는 하지만, 캉이라는 인물과 관련된 대화에는 예외적으로 자신의 논평을 적었다. 타루는 전차 요금 수납원 둘이 주고받은 대화를 이렇게 옮겼다.

"자네도 캉을 잘 알지?" 한 수납원이 말했다.

"캉? 검은 콧수염을 기른 키다리 말이야?"

"그래. 선로 변경 작업반에서 일했잖아."

"맞아, 그랬지."

"그런데 그 사람, 죽었어."

"저런, 언제?"

"쥐 때문에 소동이 난 후에."

"허! 도대체 무슨 일이 있었던 거지?"

"나도 몰라, 고열에 시달렸대. 평소에도 강골은 아니었잖아. 겨드랑이에 종기가 났는데 견뎌내질 못했나 봐."

"그래도 다른 사람들과 별반 차이가 없었는데."

"아냐, 폐가 약했는데도 브라스밴드에서 나팔을 불었잖아. 사시사철 나팔을 불면 몸이 상하기 마련이지."

"맞아!" 두 번째 수납원이 대화를 마무리했다. "아플 땐 나팔을 불지 말아야 해."

이런 내용을 기록한 후, 타루는 왜 캉이 건강에 좋지 않을 게 분명함에도 브라스밴드에 들어갔는지, 왜 캉이 생명의 위험을 무릅쓰면서

까지 일요일 시가행진을 감행했는지 자문했다.

그다음으로, 타루는 자기 방 창문 맞은편에 있는 발코니에서 종종 목격되는 장면에 흥미를 느낀 듯했다. 그의 방은 작은 거리에 면해 있었는데, 그곳 담장 그늘에서 고양이들이 낮잠을 자곤 했다. 그런데 매일 점심 식사 후 도시 전체가 열기 속에서 졸고 있을 때, 자그마한 노인 하나가 작은 거리의 맞은편 발코니에 나타났다. 단정하게 빗어넘긴 백발, 군복처럼 재단한 옷, 꼿꼿한 자세로 말미암아 근엄해 보이는 노인은 쌀쌀하면서도 부드러운 목소리로 "야옹아, 야옹아" 하고 고양이들을 불렀다. 고양이들은 몸을 고정한 채 졸음에 겨운 흐릿한 눈만 살며시 들었다. 노인은 종이를 잘게 찢어 고양이들을 향해 날렸고, 고양이들은 흰 나비처럼 날아다니는 종잇조각에 이끌려 차도 한가운데로 나와 마지막 종잇조각을 향해 머뭇거리며 한쪽 발을 내밀었다. 바로 그때, 노인이 고양이들을 향해 힘차고 정확하게 침을 뱉었다. 침이 목표물에 명중하면, 노인은 껄껄거리며 웃었다.

끝으로, 타루는 도시의 상업적 성격에 매혹된 듯했다. 그가 보기에는 도시의 외관, 활기, 심지어 쾌락조차 상거래의 필요성에 따라 주문된 것 같았다. 그 특이성(이것은 수첩에서 사용된 용어다)은 타루의 경탄을 자아냈고, 그의 찬사 중 하나는 심지어 이런 감탄사로 끝났다. "맙소사!" 이 부분이 그 시기에 기록된 타루의 노트에서 개인적인 감흥이 드러나는 유일한 대목이다. 하지만 그 대목이 무엇을 의미하는지, 그 대목이 얼마나 진지한 것인지 가늠하기란 쉽지 않다. 호텔 회계원이 죽은 쥐 한 마리를 발견하고서 계산 실수를 저질렀다는 사실을 기록한 뒤, 타루는 평소보다 덜 선명한 글씨로 이렇게 덧붙였다. "질문:

시간을 낭비하지 않으려면 어떻게 해야 할까? 답변: 시간을 통째로 관통할 것. 방법: 치과 대기실에서 불편한 의자에 앉아 한나절을 보낼 것, 일요일 오후를 자기 집 발코니에서 지낼 것, 알아듣지 못하는 외국어로 진행되는 강연을 들을 것, 가장 길고 가장 불편한 노선을 선택하여 입석으로 여행할 것, 공연장 매표소 앞에서 줄을 서서 기다리다가 차례가 오면 표를 사지 말 것….” 그러나 이 같은 말과 생각의 일탈에 이어서 곧바로 그의 수첩은 우리 도시의 전차, 그 조각배 같은 모양, 그 흐릿한 색깔, 그 일상적인 불결함을 상세히 묘사하기 시작하고서는 아무런 설명 없이 “이것은 주목할 만한 일이다”라는 한마디와 함께 갑자기 관찰을 끝맺는다.

어쨌든 쥐 소동에 대해 타루가 기록한 내용은 다음과 같다.

“오늘, 맞은편에 사는 자그마한 노인이 당황스러워한다. 고양이들이 보이지 않는 것이다. 여기저기 거리에서 무더기로 발견되는 죽은 쥐 때문에 흥분한 탓인지 고양이들이 자취를 감추었다. 내 생각에, 고양이들이 죽은 쥐를 먹는다는 것은 말도 안 된다. 내가 키우던 고양이들이 그런 경우를 끔찍하게 싫어했다는 사실이 기억난다. 어쨌든 고양이들이 지하실에서 뛰어다니고 있는 게 틀림없다. 노인은 당황스러운 표정을 지우지 못한다. 노인은 머리칼 빗질도 부실하게 했고, 활기도 좀 떨어진 듯하다. 어쩌면 불안해 보이기도 한다. 잠시 후, 노인은 거실로 들어가버렸다. 다만, 그 이전에 허공으로 한 차례 침을 뱉기는 했다.

도시에서, 오늘 죽은 쥐 한 마리가 발견되어 전차가 멈춰 섰다. 어떻게 그 쥐가 전차에 오르게 되었는지는 아무도 모른다. 여자들 두셋

이 전차에서 내렸다. 누군가가 죽은 쥐를 전차 밖으로 던져버렸다. 전차가 다시 출발했다.

신뢰할 만한 사람인 호텔 야간 경비원이 쥐 때문에 불행이 닥칠 듯한 예감이 든다고 내게 말했다. '쥐가 배를 떠날 땐….' 배의 경우에는 그 말이 맞지만, 도시의 경우에는 전혀 검증된 바가 없다고 내가 대답했다. 하지만 그는 확신하고 있었다. 어떤 불행이 닥칠 것 같으냐고 내가 물었다. 불행이란 예상할 수 없는 것이기에 잘은 모르겠지만, 지진이 일어나도 놀라지 않으리라고 그는 말했다. 나는 그럴 수도 있겠다고 동의를 표했다. 그는 내게 불안하지 않으냐고 물었다.

'제 관심을 끄는 유일한 것은' 하고 내가 대답했다. '내면의 평화를 찾는 일입니다.'

그는 무슨 말인지 잘 알겠다고 했다.

호텔 레스토랑에 무척 흥미로운 가족 하나가 오곤 한다. 깃이 빳빳한 검은색 정장을 차려입은 아버지는 깡마르고 키가 크다. 머리 가운데가 대머리인데, 좌우 양쪽으로 잿빛 머리칼이 한 움큼씩 남아 있다. 날카로운 눈초리로 동그랗게 뜬 작은 두 눈, 얇은 코, 일자로 꼭 다문 입으로 인해 잘 훈련받은 올빼미처럼 보인다. 언제나 제일 먼저 레스토랑 입구에 도착하는 그는 옆으로 비켜서서 까만 생쥐처럼 자그마한 아내를 들여보낸 다음, 재주를 부리는 강아지처럼 예쁘게 차려입은 아들과 딸을 뒤에 달고 들어간다. 식탁에 이르면 아내가 앉기를 기다렸다가 그가 자리를 잡으며, 뒤따라 두 강아지도 의자에 올라앉는다. 그는 아내와 아이들에게 존댓말을 하는데, 아내에게는 예의 바르게 핀잔을 주고, 아이들은 엄격하게 훈계한다.

'니콜, 극도로 불쾌하게 행동하는군요!'

그러면 딸이 눈물을 글썽인다. 늘 그런 식이다.

오늘 아침에는 아들이 쥐 이야기로 몹시 흥분해 있었다. 아이는 식탁에서 그 이야기를 하고 싶어 했다.

'쥐 이야기는 식탁에서 하는 게 아니랍니다, 필립. 앞으로 쥐 이야기를 입에 올리지 않도록 해요.'

'아버지 말씀이 옳아요.' 까만 생쥐가 말했다.

두 복슬강아지는 음식에 코를 박았고, 올빼미는 의미 없는 고갯짓으로 생쥐에게 감사를 표했다.

이런 모범적인 사례 외에도 시내에서는 쥐 이야기가 많이 오갔다. 신문도 거기에 끼어들었다. 평소에는 매우 다양하게 꾸며지던 지역 관련 소식란도 이제는 시청에 반대하는 캠페인으로 가득 찼다. '시 당국자들은 쥐의 사체가 썩으면서 발생할 위험을 생각해봤는가?' 호텔 지배인은 자나 깨나 쥐 이야기만 했다. 아마도 화가 났기 때문이리라. 점잖은 호텔의 엘리베이터에서 쥐가 발견된다는 것은 그로서는 상상할 수 없는 일이었다. 위로 삼아 나는 이렇게 말했다. '어디나 마찬가지인걸요.'

'바로 그렇습니다.' 그가 대답했다. '우리 호텔이 다른 곳과 똑같이 되어버렸다니까요.'

시민들이 불안을 느끼기 시작한 그 돌발적인 열병에 관해 처음으로 내게 말해준 사람도 바로 그 지배인이었다. 객실 청소부 하나가 열병에 걸렸다고 했다.

'물론 전염성은 아닙니다.' 그가 서둘러 덧붙였다.

나는 그런 건 상관없다고 말했다.

'아! 알겠습니다. 선생님도 저처럼 운명론자군요.'

나는 그런 말을 한 적이 없었고, 게다가 운명론자도 아니었다. 그래서 나는 그에게 그렇게 말했다….”

이때부터 타루의 수첩은 시민들에게 공공연히 불안감을 조성하던 그 미지의 열병을 좀 더 자세히 기록하기 시작한다. 쥐가 사라지자 다시 나타난 고양이들에게 키 작은 노인이 가래침 사격을 끈질기게 계속하고 있다는 사실을 기록하면서, 타루는 열병 환자를 여남은쯤 확인했는데 대부분 치명적인 경우라고 덧붙였다.

끝으로 타루가 묘사한 의사 리외의 모습을 참고삼아 여기에 옮겨 놓고자 한다. 서술자의 판단으로는 상당히 충실한 묘사로 여겨진다.

“서른다섯 살가량으로 보인다. 중간 정도의 키. 다부진 어깨. 직사각형에 가까운 얼굴. 가지런하고 짙은 눈, 앞으로 튀어나온 턱. 코가 크고 반듯하다. 아주 짧게 깎은 검은 머리칼. 두툼한 입술은 활처럼 휘어 있고, 입은 거의 언제나 굳게 닫혀 있다. 햇볕에 그을린 피부, 검은색 털, 그에게 어울리는 짙은 색깔의 옷이 어딘지 모르게 시칠리아 농부를 연상케 한다.

그는 빨리 걷는다. 걸음걸이를 바꾸지 않고 보도를 따라 내려가지만, 세 번에 두 번은 반대편 보도로 가볍게 뛰어오른다. 자동차로 운전할 때 방심하기 일쑤여서 길모퉁이를 회전한 후에도 방향 지시등을 끄지 않을 때가 많다. 늘 모자를 쓰지 않은 맨머리. 모든 걸 다 알고 있다는 듯한 표정.”

4

타루의 숫자는 정확했다. 의사 리외도 그와 관련해서 조금 아는 게 있었다. 문지기의 시신을 격리한 후, 그는 사타구니 열병에 관해 묻고자 리샤르에게 전화를 걸었다.

"아무것도 모르겠어요." 리샤르가 말했다. "사망자가 둘입니다. 한 사람은 48시간 만에 죽었고, 다른 한 사람은 사흘 만에 죽었습니다. 두 번째 사람은 며칠 전 아침에 보니 회복 중인 듯해서 그대로 두었었지요."

"또 다른 사례가 발견되면 제게 좀 알려주세요." 리외가 말했다.

그는 몇몇 다른 의사들에게도 전화를 걸었다. 그런 식으로 조사를 해보니 며칠 만에 20건 정도의 유사 사례가 발생했음을 알 수 있었다. 거의 모두 치명적인 경우였다. 그래서 그는 오랑시 의사회 회장인 리샤르에게 새로운 환자들의 격리를 요청했다.

"그렇지만 제가 할 수 있는 게 아무것도 없어요." 리샤르가 말했다.

"도지사 차원의 조처가 필요합니다. 그런데 전염의 위험이 있다고 누가 그러던가요?"

"어디서 들은 건 아니지만 증상이 걱정스럽습니다."

그러나 리샤르는 자신에게 그럴 만한 자격이 없다고 판단했다. 그가 할 수 있는 일은 도지사에게 건의하는 것뿐이었다.

시민들이 쥐 이야기를 화제에 올리는 동안, 날씨가 점점 나빠졌다. 문지기가 죽은 이튿날, 짙은 안개가 하늘을 덮었다. 세찬 소나기가 억수처럼 도시 위로 쏟아졌다. 갑작스러운 폭우에 뒤이어 무더위가 몰려왔다. 안개 낀 하늘 아래에서 바다도 선명한 푸른색을 잃었고, 은빛이나 쇳빛으로 반짝여서 눈이 아플 정도였다. 봄의 습기 찬 더위보다는 차라리 쨍쨍한 여름의 열기가 나을 성싶었다. 바다 쪽으로는 거의 열리지 않은 도시, 높은 언덕 위에 달팽이 모양으로 건설된 도시를 암울한 무력감이 짓누르고 있었다. 개흙을 바른 기다란 벽을 따라서, 먼지가 자욱한 진열창이 늘어선 거리에서, 칙칙하게 탈색된 노란색 전차에서 사람들은 하늘 아래 감금된 죄수가 된 듯했다. 오직 리외가 돌보는 늙은 환자만이 천식을 이겨내며 그 날씨를 즐기고 있었다.

"푹푹 찌는구먼." 그가 말했다. "이런 날씨가 기관지에 좋다오."

실제로 푹푹 찌는 날씨였다. 하지만 그것이 열병의 신열보다 더하거나 덜하지는 않았다. 도시 전체가 열병을 앓고 있었다. 적어도 코타르 자살미수 사건 조사에 입회하려고 페데르브 거리로 가던 날 아침에 의사 리외를 사로잡은 느낌이 그랬다. 그러나 터무니없는 느낌일지도 몰랐다. 그는 신경이 날카로워지고 걱정거리가 많아진 탓이라고 여겼고, 먼저 혼란한 머릿속을 차근차근 정돈해야겠다고 생각했다.

그가 도착했을 때, 형사는 아직 그 자리에 없었다. 그랑이 층계참에서 기다리고 있었다. 그들은 우선 그랑의 집으로 들어가서 문을 열어둔 채 기다리기로 했다. 시청 직원은 가구가 거의 없는 방 두 개짜리 아파트에 살고 있었다. 눈에 띄는 것이라고는 사전이 두세 권 꽂힌 흰색 나무 선반 하나, 반쯤 지워지기는 했으나 '꽃이 만발한 오솔길'이라는 글씨를 읽을 수 있는 칠판 하나뿐이었다. 그랑은 코타르가 간밤에는 잘 잤지만 아침에 일어났을 때는 두통이 심해서 대답조차 하지 못했다고 말했다. 그랑은 피곤하고 긴장한 듯 이리저리 서성였고, 손으로 쓴 원고가 가득 찬 책상 위의 두툼한 서류철을 열었다 닫았다 했다.

그랑은 코타르를 잘 알지는 못하나 재산이 좀 있는 것 같다고 의사에게 말했다. 코타르는 이상한 사람이었다. 오랫동안 그들의 관계는 계단을 오르내리면서 인사말을 건네는 정도에 머물러 있었다.

"그 사람과 이야기를 나눈 건 딱 두 번입니다. 며칠 전에 제가 집으로 가져가던 분필 상자를 층계참에서 엎은 적이 있습니다. 붉은색 분필과 푸른색 분필이 들어 있었죠. 바로 그때 집에서 나오던 코타르가 분필 줍는 걸 도와줬습니다. 그러면서 이런 색분필을 어디에 쓰느냐고 묻더군요."

그래서 그랑은 라틴어를 다시 공부해볼까 한다고 설명해주었다. 고등학교를 졸업한 후로 라틴어 지식이 점점 옅어지고 있었다.

"그래요, 라틴어 지식이 프랑스어 낱말의 의미를 더 잘 이해하는 데 도움이 된다는 말을 들었거든요." 그랑이 의사에게 말했다.

그는 칠판 위에 라틴어 낱말들을 썼다. 격 변화와 활용 법칙에 따라 변화하는 부분을 푸른색 분필로 다시 썼고, 절대로 변화하지 않는 부분을 붉은색 분필로 다시 썼다.

"코타르가 제 말을 제대로 이해했는지 모르겠지만, 흥미를 느낀 듯 붉은색 분필 하나를 달라고 하더군요. 저는 좀 놀랐으나 어쨌든…. 하지만 그 분필이 그런 계획에 사용되리라고는 꿈에도 몰랐습니다."

리외는 두 번째 대화 주제가 무엇이었는지 물었다. 바로 그때 서기를 동반한 형사가 도착했고, 먼저 그랑의 진술을 듣고 싶다고 했다. 의사는 그랑이 코타르에 관해 말할 때 항상 '절망한 사람'이라고 지칭한다는 사실을 알게 되었다. 심지어 한 번은 '숙명적 결단'이라는 표현까지 사용했다. 그들은 자살을 시도한 동기에 대해서도 이야기를 나누었는데, 그랑은 어휘를 선택하는 데 유별나게 신경을 썼다. 결국 그들은 그것을 '내적인 슬픔'이라고 표현하기로 했다. 형사는 코타르의 태도에서 '결심'이라고 부를 만한 행위를 엿볼 수 있는 게 아무것도 없었는지 물었다.

"어제 제 아파트 문을 두드리더니 성냥을 빌려달라고 했습니다." 그랑이 말했다. "제가 성냥 통을 줬죠. 그랬더니 '이웃 사이에…'라고 하면서 미안해하더군요. 그러고는 성냥 통을 꼭 돌려주겠노라고 말했습니다. 저는 가져도 된다고 했죠."

형사는 코타르가 이상해 보이지는 않았느냐고 시청 직원에게 물었다.

"제가 보기에 이상한 점이 있기는 있었습니다. 그 사람은 대화를 하고 싶어 하는 듯했어요. 하지만 저는 일하는 중이었습니다."

그랑은 리외를 향해 고개를 돌렸고, 난처한 표정으로 덧붙였다.

"개인적인 작업을 하고 있었죠."

형사는 환자를 만나보겠다고 했다. 그러나 리외는 먼저 코타르에게 형사의 방문을 알려 마음의 준비를 시킬 필요가 있다고 생각했다. 의사가 방으로 들어갔을 때, 잿빛 플란넬 잠옷 차림으로 침대에 앉아 있던 코타르가 불안한 표정으로 문을 향해 고개를 돌렸다.

"경찰이죠, 그렇죠?"

"예." 리외가 대답했다. "그렇지만 불안해하지 마세요. 두세 가지 형식적인 조사만 하면 끝납니다."

그러나 코타르는 그런 건 전혀 쓸모없는 일이며, 자기는 경찰을 싫어한다고 대답했다. 리외가 다소 불편한 기색을 드러냈다.

"저도 경찰을 좋아하지 않아요. 그러나 한 번으로 끝내려면 질문에 신속하고 정확하게 대답해야 합니다."

코타르가 입을 다물었고, 의사는 문을 향해 돌아섰다. 그러자 그 키작은 사내는 황급히 의사를 불렀다. 의사가 침대에 다가서자, 그가 손을 잡으며 말했다.

"경찰이 환자에게, 목을 매단 사람에게 무슨 짓을 하지는 않겠지요, 그렇죠, 선생님?"

리외는 잠시 그를 바라보았다. 그리고 그런 일은 절대로 일어날 수 없으며, 자기는 환자를 보호하기 위해 여기에 있다고 말했다. 코타르가 안심하는 듯한 표정을 짓자, 리외가 형사를 들어오게 했다.

형사가 코타르에게 그랑의 증언을 읽어주었고, 행동의 동기를 밝힐 수 있느냐고 물었다. 코타르는 형사를 쳐다보지도 않은 채 "내적인 슬픔, 바로 그거예요"라고 간단히 대답했다. 형사는 또 그런 짓을 저지르고 싶은지 말하라고 채근했다. 코타르는 다소 흥분하면서 아니라고, 이제 자기를 가만히 내버려두기를 바랄 뿐이라고 대답했다.

"분명히 말해두지만." 형사가 화가 난 어투로 말했다. "지금 다른 사람들을 귀찮게 하는 건 바로 당신이야."

그러자 리외가 눈짓으로 만류했고, 말다툼은 그쯤에서 그쳤다.

"아시다시피." 밖으로 나오면서 형사가 한숨을 쉬었다. "열병이 발생한 후로 신경 쓸 일이 한두 가지가 아니거든요."

형사는 의사에게 사태가 심각한지 물었고, 의사는 현재로서는 아무것도 모르겠다고 말했다.

"날씨가 문제죠, 그 때문입니다." 형사가 결론지었다.

어쩌면 날씨 때문일지도 몰랐다. 날이 갈수록 손에 닿는 모든 것이 끈적거렸고, 환자를 왕진할 때마다 불안감이 커졌다. 그날 저녁, 교외에 사는 늙은 환자의 이웃 한 사람이 샅타구니를 움켜쥔 채 헛소리를 하며 구토 증세를 보였다. 림프샘의 멍울이 문지기의 그것보다 훨씬 더 컸다. 멍울 하나가 곪기 시작하더니 금세 썩은 과일처럼 터져버렸다. 리외는 집으로 돌아와서 도청의 의약품 보관소에 전화를 걸었다. 그가 쓴 그날의 임상일지에는 '부정적인 답변'이라고만 언급되어 있다. 벌써 다른 곳에서 비슷한 증세를 보이는 환자들이 그에게 왕진을 요청했다. 종기를 절개하는 것밖에는 어쩔 도리가 없었다. 메스로 십자형을 긋자마자 멍울에서 피고름이 쏟아져 나왔다. 환자들은 피를 흘리고 사지를 비틀었다. 배와 다리에 반점이 나타났고, 어떤 멍울은 더 이상 곪지는 않았으나 또다시 부풀어 올랐다. 환자들은 대부분 끔찍한 악취를 풍기며 죽었다.

쥐 사건에는 그토록 시끄러웠던 언론이 환자의 죽음에는 아무런 말도 하지 않았다. 아마도 쥐는 거리에서 죽은 반면, 사람들은 방에서 죽었기 때문이리라. 신문은 거리에서 일어나는 일에만 신경을 쓴다. 그러나 도청과 시청은 의문을 품기 시작했다. 의사들이 각자 두세 가지 사례밖에 가지고 있지 않았을 때는 아무도 움직일 생각을 하지 않았다. 그러나 그 수를 간단히 더해보는 것만으로도 충분했는데, 이는 모두를 아연실색하게 했다. 겨우 며칠 만에 사망 건수가 몇 배로 늘었고, 그 해괴한 병에 관여하는 사람들에게 그것이 전염병이라는 사실이 확실해졌다. 그러자 리외보다 훨씬 더 나이가 많은 동료 의사 카스텔이 그를 만나러 왔다.

"당연히." 카스텔이 말했다. "당신도 이게 뭔지 알고 있지요?"

"분석 결과를 기다리고 있습니다."

"난 알고 있소. 분석할 필요조차 없습니다. 나는 중국에서 일한 적도 있고, 20여 년 전에 파리에서 비슷한 사례를 본 적도 있어요. 그렇지만 당시에는 감히 병명을 말하지 못했소. 여론이란 고약한 것이거든…. 특히 공포 분위기를 조성해서는 안 돼요. 이미 어떤 동료 의사가 말했잖소. '말도 안 돼, 서양에서 그게 사라졌다는 건 모두가 알아요.' 그럼, 모두가 알고 있지, 죽은 환자들만 빼고는…. 자, 리외, 당신도 이게 뭔지 나만큼 잘 알잖소."

리외는 곰곰이 생각했다. 진료실 창문을 통해 저 멀리 만(灣)의 끝자락에 있는 절벽 바위 등성이를 바라보았다. 하늘이 아직 푸르기는 했으나 오후가 저물어감에 따라 점점 광채를 잃어가고 있었다.

"그래요, 카스텔." 리외가 말했다. "도무지 믿을 수가 없어요. 하지만 확실히 페스트인 것 같습니다."

카스텔이 자리에서 일어나 문을 향해 갔다.

"사람들이 우리에게 뭐라고 대답할지 당신도 알겠지요." 늙은 의사
가 말했다. "그들은 '온대 지방에서는 여러 해 전에 사라졌는걸요'라
고 말할 게 틀림없습니다."

"사라진다는 게 뭘 뜻할까요?" 리외가 어깨를 으쓱하며 물었다.

"그렇소. 20년 전에도 그게 파리에 있었다는 사실을 잊지 말아야
해요."

"알겠습니다. 지금이 그때보다 더 심하지 않기를 바라야겠군요. 그
렇지만 정말 믿을 수가 없습니다."

에드바르 뭉크, 〈불안〉, 1896.

5

'페스트'라는 단어가 처음으로 입 밖에 나왔다. 조금 전에 베르나르 리외가 창문 앞에 서 있던 장면에서 그가 내보인 불확신과 놀라움을 서술자로서 정당화하려고 하니 이해해주길 바란다. 뉘앙스의 차이는 있겠으나, 시민들 대부분도 의사처럼 반응했다. 사실상 재앙은 누구나 겪을 수 있는 것이지만, 막상 그것이 자신에게 닥치면 그 사실을 잘 받아들이지 못한다. 이 세상에서는 페스트가 전쟁만큼이나 빈번히 발생했다. 그리고 페스트나 전쟁이나 사람들을 속수무책으로 만들었다. 의사 리외도 시민들처럼 속수무책이었다. 그런 관점에서 그의 불확신을 이해해야 한다. 또한 그가 불안감과 안도감을 동시에 느꼈다는 사실도 그런 관점에서 이해할 필요가 있다. 전쟁이 발발하면 사람들은 이렇게 말한다. "오래가지 않을 거야, 그건 너무 어리석은 짓이니까." 물론 전쟁은 너무나 어리석은 짓이지만, 그렇다고 오래가지 않는 것은 아니다. 어리석은 짓은 언제나 저질러진다. 만약 사람들이 자기 자신만을 생각하지 않는다면, 사람들은 그 점을 깨달을 수 있으리라. 우리 시민들도 여느 사람과 다르지 않아 자기 자신만을 생각했다. 달리 말하자면, 재앙을 믿지 않는다는 점에서 그들은 인간 중심주의자들이었다. 재앙은 인간의 척도를 벗어난다. 사람들은 재앙이 비현실적인 것이고, 금세 사라질 악몽이라고 생각한다. 그러나 재앙이 언제나 금세 사라지는 것은 아니다. 악몽에서 악몽으로 이어지면서 사라지는 것은 오히려 인간들, 특히 예방 조치를 하지 않은 인간 중심주의자들이다. 그렇다고 우리 시민들이 다른 사람들보다 더 큰 잘못을 저지르지도 않았다. 그들은 겸손을 잊었다, 그뿐이다. 자신들에게는 모든 것이 가능하다고 생각했는데, 이는 자신들에게 재앙이 닥치지 않으리라는 사실을 전제하는 생각이었다. 그들은 사업을 계속했고, 여행을 준비했으며, 제각기 의견을 피력했다. 어떻게 그들이 미래와 여행과 토론을 없애버리는 페스트를 상상이나 했겠는가? 그들은 스스로 자유롭다고 믿었지만, 재앙이 존재하는 한, 아무도 결코 자유롭지 못할 것이다.

의사 리외가 여기저기 산재한 몇몇 환자들이 갑자기 페스트로 사망했다는 사실을 카스텔 앞에서 인정했을 때조차, 위험은 그에게 현실적인 것으로 보이지 않았다. 하지만 직업이 의사일 때 누구나 고통에 관해 생각하게 되고, 좀 더 풍부한 상상력을 발휘하게 된다. 창문을 통해 아무것도 변하지 않은 도시를 바라보면서, 의사는 불안이라고 불리는 미래 앞에서 가벼운 구토감이 이는 것을 설핏 느꼈다. 그는 그 병에 대해 자신이 알고 있는 것을 머릿속에 모아보려고 애썼다. 숫자가 기억 속에서 떠다녔다. 그는 역사상 30여 차례의 대규모 페스트로 약 1억 명의 사망자가 발생했다는 사실을 떠올렸다. 그러나 사망자 1억 명이 무엇을 뜻할 수 있을까? 전쟁이 터지면 사망자 한 명이 큰 의미를 가질 수는 없는 법이다. 게다가 죽은 사람이란 우리가 눈앞에서 볼 때만 실감이 나기 때문에, 역사를 거쳐 여기저기 흩어진 1억명의 시체는 상상 속에서는 한 줄기 연기에 지나지 않는다. 프로코피우스가 하루 만에 만 명의 희생자를 냈다고 기록한 콘스탄티노플 페스트가 의사의 뇌리에 떠올랐다. 만 명이라면 대형 극장을 가득 채운 관객의 다섯 배에 해당한다. 이렇게 생각하면 이해하기가 쉬울까, 다섯 개의 극장에서 나오는 사람들을 도시 광장으로 데려간 후 모두 죽여서 무더기로 쌓아놓는다고 말이다. 그러면 적어도 그 익명의 시쳇더미 위에 낯익은 얼굴들을 올려놓을 수도 있으리라. 물론 실현 불가능한 일이다. 게다가 만 명의 얼굴을 아는 사람이 누가 있겠는가? 더욱이 프로코피우스 같은 역사가들이 수를 셀 줄 모른다는 사실은 잘 알려져 있다. 70년 전 중국 광둥 지방에서는 재앙이 주민에게 퍼지기전에 4만 마리의 쥐가 죽었다고 전해진다. 그러나 1870년에는 쥐의 수를 헤아릴 방법이 없었다. 근사치로 대충 계산했기 때문에 오차가 있을 게 틀림없으리라. 그렇지만 쥐 한 마리의 몸길이가 30센티미터라고 할 때 4만 마리를 끝에서 끝까지 이어놓으면….

의사는 초조해졌다. 지금까지는 흘러가는 대로 내버려두었는데, 앞으로는 그렇게 하면 안 될 것 같았다. 몇몇 사례를 보고 전염병이라고 단정해서는 안 되며, 예방책을 잘 세우는 것으로 충분하리라고 생각하지 않았던가. 이미 알려진 사실에 집중할 필요가 있었다. 마비 증세와 탈진, 충혈된 눈, 구강 오염, 두통, 림프샘 멍울, 끔찍한 갈증, 정신착란, 몸의 반점, 장이 파열되는 듯한 통증 그리고 그 모든 증세가 지나가면…. 그 모든 증세가 지나가면 어떻게 되는지에 관해 의사 리외의 머릿속으로 한 문장, 의학서적에서 증상의 열거를 마무리하는 한 문장이 스쳐 지나갔다. "맥박이 실낱같이 가늘어지고, 무의미한 몸짓과 함께 사망한다." 그렇다, 그 모든 증세가 지나가면 환자들은 한낱 실에 매달린 신세가 되었고, 그들 중 4분의 3은—이것은 정확한 수치다—죽음을 향해 돌진하는 그 미미한 몸짓을 서둘러 마무리했다.

의사는 여전히 창밖을 바라보았다. 유리창 저쪽에는 신선한 봄 하늘이 있었고, 유리창 이쪽에는 아직도 울려 퍼지는 페스트라는 단어가 있었다. 그 단어는 과학이 부여한 내용뿐만 아니라 일련의 특별한 이미지들을 함축했는데, 그 특별한 이미지들은 이 시각이면 적당히 활기를 띠면서 시끄럽다기보다는 웅성거리는 이 도시, 만약 인간이 행복한 동시에 우울할 수 있다면 행복하다고도 할 수 있을 노랗고 희뿌연 이 도시와는 어울리지 않았다. 이 도시가 간직한 그토록 평화롭고 무심하고 고즈넉한 모습은 재앙의 해묵은 이미지들을 손쉽게 지워버렸다. 페스트가 휩쓸어 새들이 자취를 감추었던 아테네, 말없이 죽어가는 병자들로 가득 찼던 중국의 도시들, 썩은 물이 뚝뚝 떨어지는 시체들로 구덩이를 메운 마르세유의 도형수들, 페스트의 광풍을 막고자 프로방스에 건설한 거대한 성벽, 이스라엘 도시 야파와 그 흉측한 거지들, 콘스탄티노플 병원의 진흙땅에 늘어놓아 축축하게 썩어간 병상들, 환자들을 병실 밖으로 찍어낸 갈고리들, 페스트 절정기에 마스크를 쓴 의사들이 벌인 카니발, 밀라노의 공동묘지에서 벌어졌던 산자들의 성교, 공포의 도가니가 된 런던에서 시체를 운반한 수레들, 도처에서 언제나 사람들의 비명으로 가득 찼던 낮과 밤. 그 모든 이미지는 아직 이 한나절의 평화를 지울 정도로 강력하지는 않았다. 유리창 저쪽에서 보이지 않는 전차의 경적이 갑자기 울리면서 그 참혹한 고통을 대번에 물리쳐버렸다. 흐릿한 바둑판 모양의 집들 너머로 보이는 바다만이 세상에 드리워진 불안스러운 무엇인가를 짐작하게 했다. 만灣을 바라보던 의사 리외는 루크레티우스가 말한 적 있는 장작더미, 페스트에 휩쓸린 아테네 시민들이 바다 앞에 세웠던 장작더미를 떠올렸다. 시민들이 밤중에 시체를 거기에 올렸으나 자리가 모자랐고, 살아 있는 자들은 사랑했던 사람을 거기에 올리려고 횃불을 휘두르며 서로 싸웠다. 시신을 방치하기보다는 차라리 피 흘리는 싸움을 택한 것이었다. 고요하고 캄캄한 바다 앞에서 붉게 타오르는 장작더미, 불꽃이 탁탁 튀는 어둠 속에서 벌어지는 횃불싸움, 하늘을 향해 올라가는 자욱한 독성 연기를 우리는 상상할 수 있다. 두려운 것은….

그러나 이런 현기증 나는 상상도 이성 앞에서는 지속될 수 없었다. '페스트'라는 단어가 입 밖으로 나온 것은 사실이며, 지금도 재앙이 희생자 한두 명을 뒤흔들고 땅바닥으로 내팽개치는 것도 사실이다. 그러나 재앙을 멈출 수도 있었다. 우리가 해야 할 일은 인정해야 할 것을 분명히 인정하는 것, 쓸데없는 환영幻影을 쫓아버리는 것, 적절하게 조처하는 것이었다. 그렇게 되면 페스트가 멈출 것이다. 왜냐하면 페스트가 아예 상상되지 않거나 색다르게 상상될 것이기 때문이었다. 만일 페스트가 멈춘다면—이것은 개연성이 아주 높다—모든 일이 잘 돌아갈 것이다. 반대의 경우라면 우리는 그것이 무엇인지, 그것을 적절하게 다루고 극복할 방법이 있는지 알게 될 것이다.

의사가 창문을 열었더니 도시의 소음이 갑자기 크게 들렸다. 이웃 작업장에서 짧고 반복적인 기계톱 소리가 올라왔다. 리외는 머리를 흔들었다. 확실한 것은 거기에, 일상의 노동 속에 있었다. 나머지는 무의미한 몸짓과 가느다란 실에 매달려 있었는데, 우리는 거기서 멈출 수 없었다. 중요한 것은 자신의 일을 충실히 해나가는 것이었다.

6

의사 리외의 생각이 거기까지 미쳤을 때, 조제프 그랑이 찾아왔다. 시청 직원으로서 그는 매우 다양한 일을 하면서도 정기적으로 통계과와 호적과에 배치되었다. 현재 그는 사망자 수를 합산하는 일을 하고 있었다. 천성적으로 친절한 그는 합산 기록의 사본을 리외의 병원으로 갖다주기로 했었다.

의사는 그랑이 이웃 코타르와 함께 들어오는 것을 보았다. 시청 직원은 손에 쥔 서류 한 장을 흔들었다.

"숫자가 늘어나고 있어요, 선생님." 그랑이 말했다. "48시간 만에 11명이 사망했습니다."

리외가 코타르에게 인사하며 몸은 좀 어떠냐고 물었다. 그랑은 코타르가 감사하다는 말과 함께 폐를 끼쳐서 미안하다는 말을 의사에게 전하고 싶어 한다고 설명했다. 그러나 리외는 통계표를 들여다보고 있었다.

"자, 이제 이 질병의 이름을 제대로 불러야 할지 결정해야겠군요." 리외가 말했다. "지금까지 우리는 제자리걸음만 한 셈입니다. 연구소에 가야 하는데 저와 함께 가시죠."

"예, 좋습니다." 의사를 따라 계단을 내려가면서 그랑이 말했다. "무엇이든 이름을 제대로 불러야죠. 그런데 병명이 뭔가요?"

"그건 말씀드릴 수 없습니다. 게다가 말씀드린다고 해서 선생님에게 도움이 될 것도 없고."

"그것 봐요." 시청 직원이 미소 지었다. "그렇게 쉬운 일이 아니잖아요."

그들은 아름 광장을 향해 걸었다. 코타르는 여전히 말이 없었다. 거리는 사람들로 붐비기 시작했다. 우리 고장 특유의 성마른 황혼이 벌써 저물기 시작했고, 아직 선명한 수평선 위로 초저녁 별이 떠오르고 있었다. 잠시 후 가로등이 켜지면서 하늘이 더욱 어두워졌고, 사람들의 말소리가 좀 더 크게 들리는 듯했다.

"죄송합니다." 아름 광장의 모퉁이에서 그랑이 말했다. "저는 전차를 타야겠어요. 제 저녁 시간은 신성불가침입니다. 제 고향에서는 이렇게 말하죠. '오늘 할 일을 내일로 미루지 말라….'"

리외는 이미 그랑의 기벽奇癖을 눈여겨보았다. 몽텔리마르 출신인 그는 고향의 명구名句를 들먹인 후에 '꿈 같은 시절' 또는 '도원경의 불빛' 같은 출처 모를 진부한 문자를 덧붙이는 버릇이 있었다.

"아, 정말 그래요!" 코타르가 말했다. "저녁 식사 후에 저 사람을 집 밖으로 불러내는 건 불가능해요."

리외는 저녁때 집에서 시청 업무를 보느냐고 물었다. 그랑은 아니라고 대답했다. 그는 개인적인 일을 하고 있었다.

"아, 그렇군요!" 리외가 뭐라도 말을 하기 위해 다시 물었다. "일은 잘되어갑니까?"

"여러 해 전부터 해온 일인데 잘되어가야죠. 하지만 또 다른 의미에서 보면 별다른 진척이 없습니다."

"도대체 어떤 일이죠?" 의사가 물었다.

그랑은 둥근 모자를 귓전까지 눌러쓰면서 무엇인가 중얼거렸다. 리외는 그것이 개성의 발현과 관련된 일임을 어렴풋이 알아챘다. 그러나 시청 직원은 벌써 그들의 곁을 떠나 잰걸음을 서두르며 무화과나무 아래로 마른 대로를 따라 올라갔다. 연구소 문턱에서, 코타르가 조언을 구하기 위해 의사를 만나고 싶다고 했다. 호주머니에 든 통계표를 만지작거리던 리외는 진찰실로 오라고 했다가, 생각을 바꾸어 내일 그 동네로 갈 일이 있으니 오후 늦게 집에 들르겠다고 말했다.

코타르와 헤어지면서, 의사는 자기가 그랑을 생각하고 있다는 사실을 깨달았다. 그는 그랑이 페스트의 한복판에 놓인 상황을 상상했다. 필경 심각하지는 않을 지금 여기의 페스트가 아니라 역사적인 대규모 페스트의 한복판 말이다. "거기서도 살아남을 위인이야." 그는 페스트가 허약한 사람들을 살려주고 특히 강건한 사람들을 쓰러뜨린다는 글을 읽은 기억이 났다. 그렇게 생각을 이어가다 보니, 시청 직원에게서 약간 신비로운 분위기가 느껴졌다.

첫눈에 보기에도, 조제프 그랑은 행동거지가 시청의 말단 직원에 어울리는 사람이었다. 깡마르고 호리호리한 그는 옷이 커야 오래 입을 수 있다는 생각으로 늘 지나치게 큰 옷을 고르는 탓에 온몸이 옷

속에서 떠다니는 듯했다. 아래쪽 잇몸에는 대부분의 이가 남아 있었지만, 위쪽 잇몸에는 이가 하나도 없었다. 웃을 때는 윗입술이 지나치게 쳐들려서 마치 유령의 입처럼 보였다. 이런 겉모습에 신학생 같은 걸음걸이, 벽을 스치듯 지나가다가 슬그머니 문으로 미끄러져 들어가는 기술, 포도주 냄새와 담배 냄새, 무의미를 드러내는 온갖 표정을 덧붙이면, 책상 앞에 앉아 도시의 공중목욕탕 요금을 검토하거나 젊은 문서계 직원을 위해 가정용 쓰레기 수거세 관련 보고서 자료를 모으는 일에 열중한 모습과 다른 그랑의 모습을 상상하기는 힘들 것이다. 선입견 없이 보더라도, 그는 일당 62프랑 30상팀을 받으며 일하는 시청의 비정규 직원의 기능, 즉 눈에 띄지는 않으나 없어서는 안 될 기능을 수행하기 위해 태어난 사람 같았다.

사실 일당은 그가 말해준 것인데, 고용 서류의 '급료' 항목에 그렇게 기재되어 있다고 했다. 22년 전 돈이 없어서 어쩔 수 없이 대학을 중퇴해야 했을 때, 그는 머잖아 '정규직' 발령이 날 거라는 말에 이 직책을 받아들였다. 임시직을 수행하는 얼마간의 기간은 그저 우리 시의 행정이 제기하는 여러 까다로운 문제를 처리하는 능력을 입증하는 시간일 뿐이었다. 그런 다음에는 틀림없이 문서계 직원으로 발령 나서 생활하는 데 부족함이 없으리라고 시청 사람들은 말했다. 그랑이 우울하게 미소 지으며 단언했는데, 야심 때문에 그런 선택을 한 것은 아니었다. 하지만 정직하게 돈을 벌어 여유 있게 살아갈 수 있다는 희망, 그렇게 되면 자기가 좋아하는 일에 후회 없이 몰두할 수 있다는 가능성에 마음이 강하게 끌렸다. 그가 시청의 제안을 받아들인 것은 그처럼 명예로운 이유, 이를테면 이상에 대한 충실성 때문이었다.

하지만 잠정적인 비정규직 상태가 오랫동안 계속되었다. 그동안 물가는 엄청나게 올랐으나 그랑의 급료는 몇 번의 통상적인 인상에도 불구하고 여전히 보잘것없었다. 그는 리외에게 푸념을 늘어놓았지만, 시청에서는 아무도 그것을 신경 쓰지 않는 듯했다. 그랑의 특별한 점, 아니면 적어도 그의 특성 중 하나가 바로 이것이었다. 사실 확실한 권리는 아닐지라도 적어도 사람들이 그에게 한 약속에 대해서는 따질 수 있었으리라. 그러나 그를 채용한 국장이 오래전에 사망했고, 직원 자신도 약속의 정확한 어휘를 기억하지 못했다. 결국 그리고 특히, 조제프 그랑은 자신의 주장을 담을 알맞은 표현을 찾아내지 못했다.

리외가 주목한 대로, 우리의 시민 그랑이 누구인지 가장 잘 보여주는 것이 바로 이런 특성이다. 이런 특성이 그로 하여금 제출해야 할 청원서를 못 쓰게 했고, 상황이 요구하는 절차를 못 밟게 했다. 그에 의하면 '권리'라는 말은 자신이 그것을 확신하지 못해서 쓸 수 없었고, '약속'이라는 말은 당연히 받아야 할 빚을 요구하는 의미가 있는 데다 자신이 맡은 초라한 직책과는 어울리지 않는 무례함이 깃든 듯해서 쓸 수 없었다. 다른 한편, '호의' '청원' '감은感恩' 같은 말은 개인적으로 자존심이 상해서 쓸 수 없었다. 이처럼 적절한 표현을 찾아내지 못했기 때문에, 우리의 시민은 나이가 지긋해질 때까지 그 애매한 직책을 계속 수행하게 되었다. 게다가 의사 리외에게 말한 내용에 따르면, 그는 지출을 수입에 맞추면 되니까 결국에는 생활비가 확보된다는 사실을 깨달았다. 그리하여 그는 시장이 즐겨 쓰는 표현이 옳다는 것을 인정하기에 이르렀다. 우리 시의 대사업가인 시장은 결국(시장은 자신의 논증을 지탱하는 이 말을 강조했다), 결국 굶어서 죽은 사람을 여태껏 본 적이 없다고 역설하곤 했다. 어쨌든 조제프 그랑은 거의 고행에 가까운 생활을 영위함으로써 물질적인 근심에서 해방되었다. 하지만 그는 자신에게 알맞은 표현을 계속 찾고 있었다.

어떤 의미에서 그의 삶은 모범적이었다. 그는 우리 도시에서든 다른 도시에서든 흔히 볼 수 없는 사람으로서 선의의 용기를 지니고 있었다. 자신에 대해 털어놓은 간헐적 이야기는 그가 오늘날 좀체 보기 힘든 선의와 애착을 가진 인물임을 보여준다. 그는 2년마다 프랑스에 가서 만나는 유일한 혈육, 즉 누이와 조카들을 사랑한다는 사실을 망설임 없이 이야기했다. 그가 아직 젊었을 때 돌아가신 부모님을 생각하면 여전히 슬퍼진다는 사실도 숨기지 않았다. 그리고 오후 다섯 시경 은은히 울려 퍼지는 동네 종소리를 무엇보다 좋아한다는 사실을 기꺼이 인정했다. 그러나 그런 단순한 감정을 표현하기 위해 사소한 단어 하나를 선택하는 일도 그에게는 상당한 고역이었다. 결국 이 어려움이 가장 큰 근심거리가 되었다. "아, 선생님! 저의 마음을 잘 표현하는 법을 배우고 싶습니다." 그는 만날 때마다 리외에게 그렇게 말했다.

그날 저녁, 시청 직원이 멀어지는 모습을 바라보면서 리외는 문득 그가 말하고자 했던 게 무엇인지 이해했다. 아마도 그랑은 책 또는 그와 비슷한 것을 쓰고 있으리라. 연구소에 도착한 후에도 리외는 그 사실로 인해 안도감을 느꼈다. 물론 그런 느낌이 어리석은 것임을 알고 있었지만, 그런 존경할 만한 취미를 갈고 닦는 겸손한 공무원이 존재하는 도시에 페스트가 퍼질 수 있다는 사실이 믿어지지 않았다. 좀 더 정확하게 말하자면, 페스트가 퍼지는 도시에 그런 취향의 여지가 존재한다는 사실이 믿어지지 않았다. 그러므로 그는 실질적으로 페스트가 우리 시민들 사이에서는 창궐하지 않으리라고 판단했다.

7

이튿날, 리외가 무례하다고 여겨질 정도로 고집을 부린 끝에 도청에서 보건위원회가 열리게 되었다.

"시민들이 불안해하는 건 사실입니다." 리샤르도 시민들의 동요를 인정했다. "그리고 말이 많다 보니 모든 게 과장되고 있습니다. 도지사가 제게 이렇게 말하더군요. '개최를 원하신다면 빨리합시다, 조용하게 하고요.' 게다가 도지사는 공연히 야단법석을 떠는 거라고 확신하고 있습니다."

베르나르 리외는 도청으로 가는 길에 카스텔을 자기 차에 태웠다.

"도내에 혈청이 없다는 건 알고 있소?" 카스텔이 물었다.

"예, 알고 있습니다. 의약품 보관소에 전화를 걸었더니, 소장도 깜짝 놀라더군요. 파리에서 혈청을 가져와야 합니다."

"오래 걸리지 않기를 바랍니다."

"벌써 전보를 쳐놓기는 했습니다." 리외가 대답했다.

도지사는 친절했으나 신경이 곤두서 있었다.

"위원 여러분, 회의를 시작하겠습니다." 그가 말했다. "제가 상황을 요약해야 할까요?"

리샤르는 그럴 필요가 없다고 생각했다. 의사들은 상황을 파악하고 있었다. 문제는 어떻게 조치하는 게 좋을지를 아는 것이었다.

"문제는," 카스텔이 단도직입적으로 말했다. "이 질병이 페스트인지 아닌지를 알아내는 것입니다."

두세 명의 의사가 탄성을 질렀다. 다른 의사들은 망설이는 눈치였다. 도지사는 펄쩍 뛰며 기계적으로 문을 향해 몸을 돌렸다. 그는 이 엄청난 실언이 복도로 퍼져나가지 않도록 문이 잘 닫혀 있는지 확인하려는 듯했다. 리샤르는 사람들이 불안에 휩쓸리지 않아야 한다는 것이 자신의 의견이라고 말했다. 지금 단계에서 확언할 수 있는 사실은 사타구니 합병증을 동반한 열병이 있었다는 것뿐이며, 삶에서도 그렇듯 과학에서도 가정假定은 언제나 위험하다는 말이었다. 노란 콧수염을 씹고 있던 늙은 카스텔이 맑은 눈을 들어 리외를 쳐다보았다. 그런 다음에 친절한 눈길로 참석자들을 둘러보았고, 자기는 그것이 페스트라는 사실을 알고 있으며 그 사실이 공식적으로 인정되면 가혹하게 조치할 수밖에 없으리라고 지적했다. 동료들을 뒤로 물러서게 하는 게 바로 그 점이므로, 그 자신도 동료들을 안심시키기 위해 페스트가 아니라고 말하고 싶다고 했다. 도지사는 안절부절못하더니 이것이 어쨌든 바람직한 추론 방식은 아니라고 말했다.

"중요한 것은 추론 방식이 바람직하다는 사실이 아니라 그 추론이 우리를 깊이 생각하게 만든다는 사실입니다"라고 카스텔이 말했다.

리외가 침묵을 지키자, 위원들이 그의 의견을 물었다.

"이것은 장티푸스 성격의 열병이지만, 림프샘 멍울과 구토를 동반하고 있습니다. 멍울을 절개해서 연구소에 분석을 요청했더니 페스트 세균 덩어리 같은 것이 발견되었습니다. 그렇지만 좀 더 정확하게 말씀드리자면, 세균의 특수한 변화 양상이 페스트의 고전적인 묘사와는 일치하지 않습니다."

리샤르는 바로 그 점 때문에 망설이게 된다면서, 일련의 분석이 며칠 전에 시작되었으니 통계 결과를 기다리자고 힘주어 말했다.

"세균이 사흘 만에 비장脾臟을 네 배로 키우고 장간막의 멍울을 오렌지 크기로 키워서 죽처럼 물렁물렁하게 만든다면, 한시도 망설일 시간이 없습니다." 잠시 입을 다물고 있던 리외가 다시 말했다. "세균에 감염된 가정이 점점 늘어나고 있습니다. 질병이 확산되는 추세로 볼 때, 감염을 저지하지 못하면 두 달 내에 시민의 절반이 사망할 위험이 있습니다. 따라서 그것을 페스트라고 부르든 골수염이라고 부르든 명칭은 중요하지 않아요. 중요한 것은 시민의 절반이 사망하는 사태를 막는 일입니다."

리샤르는 상황을 지나치게 비관적으로 봐서는 안 되며, 자기가 돌보는 환자들의 경우 가족이 아직 감염되지 않았으므로 전염성도 확증된 게 아니라고 말했다.

"그렇지만 다른 환자들은 죽었습니다." 리외가 지적했다. "물론 전염성은 확증되지 않았습니다. 전염성이라면 벌써 감염자 수가 무한히 늘어났을 테고, 인구가 엄청나게 줄었겠죠. 사태를 비관적으로 보자는 것이 아닙니다. 요지는 예방책을 세우자는 겁니다."

그러나 리샤르는 질병이 저절로 멈추지 않을 경우, 질병을 멈추게 하려면 법이 정한 강력한 예방 조치를 현실화해야 하고, 그러기 위해서는 이것이 페스트라는 사실을 공식적으로 인정해야 하는데, 그 점을 확신할 수 없으므로 신중하게 생각할 수밖에 없노라고 말하며 상황을 정리하고자 했다.

"문제는 법이 정한 조치가 강력한지 아닌지를 아는 게 아닙니다" 하고 리외가 힘주어 말했다. "문제는 시민의 절반이 사망하는 사태를 막기 위해 그 조치가 필요한지 아닌지를 아는 것입니다. 나머지는 행정적인 사항이고, 그런 행정적인 사항을 처리하기 위해 우리 제도가 도지사를 두고 있는 거죠."

"물론입니다." 도지사가 말했다. "하지만 그것이 페스트라는 전염병이라고 여러분이 공식적으로 인정해주셔야만 저는 일을 할 수 있습니다."

"우리가 그것을 인정하지 않더라도," 리외가 말했다. "그 질병은 시민의 절반을 죽일 위험이 있습니다."

리샤르가 다소 신경질적으로 개입했다.

"사실 우리 동료는 그것을 페스트라고 생각하고 있습니다. 그의 증후 묘사가 그 점을 입증합니다."

리외는 증후를 묘사한 게 아니라 눈으로 본 것을 묘사했노라고 말했다. 그리고 그가 본 것은 림프샘 멍울, 반점, 정신착란, 48시간 이내에 죽음을 불러오는 치명적인 고열이었다. 엄격한 예방 조치 없이도 전염병이 종식되리라고 단언한 데에 리샤르 씨는 책임을 질 수 있단 말인가?

리샤르는 망설이며 리외를 바라보았다.

"솔직하게 의견을 말씀해주세요. 이 질병이 페스트라고 확신하십니까?"

"문제를 잘못 제기하셨습니다. 이건 용어 문제가 아니라 시간 문제입니다."

"그러니까 선생님의 생각은 설령 이것이 페스트가 아니라 하더라도 페스트일 때와 똑같은 예방 조치가 적용되어야 한다는 것이군요." 도지사가 말했다.

"제 생각을 굳이 밝혀야 한다면, 바로 그렇습니다."

의사들이 서로 의견을 주고받았고, 마침내 리샤르가 입을 열었다.

"우리가 이 질병을 페스트처럼 취급한다면 당연히 공동 책임을 져야 합니다."

모두가 그 표현에 열렬히 동의했다.

"당신의 의견이기도 하죠, 친애하는 동업자 양반?" 리샤르가 물었다.

"표현은 상관없습니다." 리외가 말했다. "다만 우리가 시민의 절반이 죽을 위험이 없는 것처럼 행동해서는 안 된다는 것을 말씀드리고 싶습니다. 그런 일이 닥칠 수도 있으니까요."

모두가 심경이 불편한 가운데 리외가 자리를 떠났다. 잠시 후, 튀김 냄새와 오줌 냄새가 풍기는 변두리에서 사타구니에 피를 흘리며 죽을 듯이 소리를 지르는 여자 하나가 그를 향해 고개를 돌렸다.

8

회의가 개최된 이튿날, 열병이 다시 소폭으로 확산했다. 신문에도 기사가 났으나 가벼운 논조로 열병을 암시하는 데 그쳤다. 아무튼 이틀 후, 리외는 도청이 시에서 가장 외진 구석에 급하게 붙인 자그마한 흰색 포고문을 읽을 수 있었다. 포고문에서 당국이 사태를 직시하고 있다는 증거를 찾기는 어려웠다. 조치는 엄중하지 않았고, 당국은 여론을 자극하지 않으려고 많은 것을 포기한 듯했다. 실제로 포고문은 다음의 내용을 전하고 있을 뿐이었다. 아직 전염성이라고 확신할 수 없는 악성 열병 몇 건이 오랑시에서 발생했다. 그 사례들은 현실적으로 우려할 만한 특징적인 증상을 보여주지 않았다. 시민들이 냉정을 잃지 않으리라는 것은 말할 필요조차 없다. 그럼에도 불구하고 도지사는 신중을 기하기 위해 몇 가지 예방 조치를 하기로 했다. 시민들이 도청의 의도를 이해하고 따라준다면 이 조치들은 당연히 전염병의 위협을 물리칠 것이다. 도지사는 시민들이 도청의 노력에 적극적으로 협조해줄 것을 믿어 의심치 않는다.

포고문은 이어서 전반적인 방역 조치를 알렸는데, 거기에는 하수구에 독가스를 주입함으로써 과학적으로 쥐를 박멸한다든가 식수 공급을 엄격하게 관리 감독한다든가 하는 방안이 들어 있었다. 또한 포고문은 주민들에게 극도의 청결을 유지할 것을 요청했고, 몸에 벼룩이 있는 사람들은 시의 보건소로 출두하기를 권했다. 의사의 확진 판정을 받은 경우, 환자의 가족은 그 사실을 의무적으로 신고해야 했고, 환자를 병원의 특별실에 격리하는 데 동의해야 했다. 특별실은 최단 시간 내에 최대한의 완치 가능성을 확보하는 치료 설비를 갖추고 있었다. 몇몇 부가 조항은 환자의 방과 운반 차량을 의무적으로 소독하도록 규정했다. 끝으로 포고문은 환자 주변인들에게 위생상의 주의를 게을리하지 말 것을 권고하고 있었다.

의사 리외는 별안간 몸을 돌렸고, 자신의 의원으로 가는 길로 접어들었다. 그를 기다리고 있던 조제프 그랑이 그를 보자 두 팔을 들어 올렸다.

"그래요, 알고 있습니다." 리외가 말했다. "숫자가 올라가고 있지요."

어제 시내에서 10명이 넘는 환자가 사망했다. 의사는 저녁에 코타르를 찾아가기로 했으므로 그 무렵에 만나자고 그랑에게 말했다.

"잘 생각하셨습니다." 그랑이 말했다. "그 사람한테는 선생님이 약입니다. 벌써 많이 변했다니까요."

"변하다니, 어떻게요?"

"태도가 공손해졌습니다."

"예전에는 그렇지 않았나요?"

그랑은 망설였다. 코타르가 무례했다고 말할 수는 없었다. 그런 표현은 옳지 않았다. 품새가 약간 멧돼지를 연상케 하는 코타르는 조용히 집에 틀어박혀 지내는 사람이었다. 자신의 방, 싸구려 식당, 상당히 비밀스러운 외출이 생활의 전부였다. 공식적으로는 포도주와 리쾨르를 취급하는 주류 판매원이었고, 이따금 고객으로 보이는 남자 두세 명이 그를 찾아오곤 했다. 저녁에는 가끔 집 맞은편에 있는 영화관에 갔다. 시청 직원은 코타르가 갱 영화를 좋아한다는 사실도 알게 되었다. 그러나 대개 코타르는 혼자 지내며 다른 사람을 경계했다.

그랑에 의하면, 그 모든 것이 딴판으로 변했다.

"뭐라고 말씀드려야 할지 모르겠지만, 코타르는 사람들의 호감을 얻으려고 애쓰면서 모든 사람을 자기 편으로 만들고 싶어 하는 듯합니다. 저한테도 자주 말을 걸고 함께 외출하자고 청하기도 하는데 번번이 거절할 수가 없었습니다. 게다가 제 흥미를 끌기도 해요. 어쨌든 제가 그 사람의 목숨을 구했잖아요."

자살을 시도한 이후, 코타르를 찾아오는 사람은 더 이상 없었다. 거리에서나 거래처에서 그는 사람들의 공감을 사려고 애썼다. 식료품 가게 주인과 이야기할 때 그처럼 상냥한 사람도 없었고, 담배 가게 여주인의 말을 그처럼 흥미롭게 들어주는 사람도 없었다.

"그 담배 가게 여주인은 정말 독사 같은 여자랍니다." 그랑이 말했다. "제가 코타르에게 그렇게 이야기했더니, 그는 제가 틀렸다고 하면서 잘 보면 그 여자에게도 착한 면이 있다고 대답하더군요."

코타르는 두세 번 시내 고급 레스토랑과 카페로 그랑을 데리고 갔다. 실제로 그는 거기에 자주 드나들고 있었다.

"여기는 분위기가 좋아요." 그가 말했다. "게다가 손님들도 품위가 있습니다."

그랑은 주류 판매원에 대한 종업원들의 특별 대우를 주목했는데, 그가 과도한 팁을 주는 걸 보고 그 이유를 알아차렸다. 코타르는 팁을 주고 얻는 친절함에 무척 민감한 듯했다. 어느 날 종업원 팀장이 그를 배웅하면서 외투 입는 걸 도와주었을 때, 코타르는 그랑에게 이렇게 말했다.

"괜찮은 친구입니다. 저만하면 증언도 해줄 수 있겠는데요."

"뭘 증언한다는 거죠?"

코타르는 대답하기를 망설였다.

"아, 그저 제가 나쁜 사람이 아니라는 걸 말입니다."

그런데 그는 기분이 오락가락할 때가 많았다. 식료품 가게 주인이 평소보다 덜 친절하게 그를 대했던 어느 날, 그는 엄청나게 화가 나서 집으로 돌아왔다.

"다른 놈들과 똑같은 놈이야, 사기꾼 같으니라고!" 그가 되풀이했다.

"다른 놈들? 그게 누구죠?"

"다른 놈들 모두 말입니다."

그랑은 담배 가게에서 이상한 장면을 목격하기도 했다. 활발하게 대화하던 중에 여주인이 최근에 알제를 떠들썩하게 만든 살인자 체포 사건을 이야기했다. 젊은 상사商社 직원이 해변에서 아랍인을 죽인 사건이었다.

"그런 불량배들일랑 모조리 감옥에 처넣어야 정직한 사람들이 숨을 쉬고 살죠." 여주인이 말했다.

그러나 코타르가 갑자기 흥분해서 실례의 말도 없이 가게 밖으로 뛰쳐나가는 바람에 그녀는 말문을 닫아야 했다. 그랑과 여주인은 그가 사라지는 모습을 멍하니 바라보았다.

그 후에, 그랑은 코타르가 보여준 성격상의 변화를 몇 가지 더 리외에게 알려주었다. 코타르의 의견은 늘 자유주의적이었다. 그가 애호하는 문장이 그 점을 입증해준다. "큰 놈들이 언제나 작은 놈들을 잡아먹는다." 그러나 얼마 전부터 그는 오랑의 보수적인 신문을 사서, 그것을 공공장소에서 보란 듯이 읽었다. 그런 모습을 보며 사람들은 그가 무엇인가 과시하고 있다고 생각하지 않을 수 없었다. 또한 병상에서 일어난 지 며칠이 지나지 않은 어느 날, 그는 우체국에 가는 그랑에게 우편환을 부쳐달라고 부탁했다. 사실 그는 먼 곳에 사는 누이에게 매달 100프랑을 보내고 있었다. 그러나 그랑이 집을 나설 때, 그가 다시 이렇게 부탁했다.

"이번에는 200프랑을 보내주세요. 그러면 누이가 깜짝 놀라겠죠. 그 애는 제가 자기 생각을 하지 않는다고 여깁니다. 하지만 진실은 그게 아녜요. 저는 누이를 무척 사랑합니다."

끝으로, 그랑은 코타르와 다소 특별한 대화를 한 적이 있었다. 저녁마다 무슨 일을 그토록 열심히 하는지 코타르가 궁금증을 이기지 못하고 질문을 해서 그랑이 대답하지 않을 수 없었다.

"그렇군요." 코타르가 말했다. "책을 쓰시는군요."

"그것도 맞는 말씀이지만, 그보다는 좀 더 복잡한 일이랍니다."

"아!" 코타르가 탄성을 질렀다. "나도 당신처럼 글을 쓸 수 있다면 좋을 텐데."

그랑이 놀란 표정을 짓자, 코타르는 예술가가 되면 많은 문제가 해결될 거라고 더듬거리며 말했다.

"왜요?" 그랑이 물었다.

"글쎄, 모두가 알다시피 예술가는 다른 사람들보다 권리가 더 많은 것 같아요. 예술가라면 사람들이 눈감아주는 게 더 많죠."

포고문이 나붙은 날 아침에 이런 이야기를 그랑에게서 들은 리외가 말했다. "그렇군요. 쥐 이야기가 다른 사람들과 마찬가지로 그 사람에게도 상당한 충격을 준 모양입니다. 그런 거겠죠, 뭐. 열병에 걸릴까 봐 두렵기도 할 테고."

그랑이 대답했다.

"그게 아닌 것 같아요, 선생님. 제 생각에는….."

쥐 수거 차량이 부르릉거리는 소리를 내며 창문 아래로 지나갔다. 리외는 거리가 조용해질 때까지 기다렸다가 시청 직원의 의견이 무엇인지 무심히 물었다. 시청 직원은 심각한 표정으로 리외를 쳐다보았다.

"그 사람은 무엇인가 자책하고 있는 듯합니다."

의사가 어깨를 으쓱했다. 형사의 말대로 신경 쓸 일이 한두 가지가 아니었다.

그날 오후, 리외는 카스텔과 함께 이야기를 나누었다. 혈청이 도착하지 않은 것이었다.

"그런데 혈청이 도움이 될까요?" 리외가 물었다. "병균이 좀 이상해서 말입니다.”

“오!”카스텔이 말했다. “내 생각은 좀 달라요. 이놈들은 늘 독특해 보이지만 근본적으로 똑같습니다.”

“그럴 수도 있겠죠. 어쨌든 우리는 이 병에 대해 아무것도 모르는 것 같습니다.”

“물론 내 경우도 추측일 뿐이오. 하지만 확실히 아는 사람이 어디에 있겠소?”

온종일 의사는 페스트를 생각할 때마다 가벼운 현기증을 느꼈다. 결국 그는 두렵다는 사실을 인정했다. 그는 사람들이 가득 찬 카페에 두 번 들어갔다. 코타르처럼 그 또한 사람의 온기가 그리웠다. 리외는 그것이 어리석은 행동임을 잘 알고 있었다. 하지만 그 덕분에 저녁에 코타르를 만나기로 한 약속이 떠올랐다.

그날 저녁, 코타르는 식탁 앞에 앉아 있었다. 리외는 들어가면서 식탁 위에 탐정 소설 한 권이 펼쳐진 것을 보았다. 벌써 날이 저물어 어둠이 깃든 까닭에 책을 읽기는 어려웠으리라. 조금 전에 코타르는 희미한 빛 속에 앉아서 골똘히 생각에 잠겨 있었음이 틀림없었다. 리외는 그에게 몸이 좀 어떤지 물었다. 다시 자리에 앉으면서 코타르는 컨디션이 괜찮으며, 자기를 주시하는 사람이 아무도 없다는 걸 확신할 수 있으면 훨씬 더 좋아질 것 같다고 투덜거렸다. 리외는 누구나 늘 혼자 지낼 수는 없는 법이라고 말했다.

“아! 그런 게 아닙니다. 괜히 남의 일에 참견하며 귀찮게 구는 사람들을 이야기하는 겁니다.”

리외는 입을 다물었다.

"지금 말씀드리는 건 제 이야기가 아니라 제가 읽고 있던 소설 내용입니다. 어느 날 아침에 별안간 체포된 불행한 남자가 있었습니다. 사람들이 그를 주시하고 있었지만, 그는 아무것도 모르고 있었죠. 사무실에서도 그 남자 이야기가 오갔고, 범죄자 카드에도 그의 이름이 올라 있었습니다. 그런 일이 옳다고 생각하세요? 사람들이 그 남자에게 그렇게 할 권리가 있다고 생각하세요?"

"경우에 따라 다를 것 같습니다." 리외가 말했다. "어떤 의미에서는 그럴 권리가 없지요. 하지만 이런 건 중요한 문제가 아닙니다. 너무 오랫동안 틀어박혀 지내서는 안 돼요, 외출을 좀 하세요."

코타르는 흥분한 듯 외출밖에 하는 일이 없다고, 필요하다면 온 동네 사람들이 증언해줄 수 있다고 말했다. 그는 동네 사람들 외에도 만나는 사람들이 적지 않다고 주장했다.

"건축가인 리고 씨를 아세요? 그 사람도 제 친구입니다."

방 안에 어둠이 짙어졌다. 변두리의 거리가 활기를 띠었고, 가로등의 불이 켜지는 순간 나지막하고 가벼운 탄성이 들렸다. 리외가 발코니로 나갔고, 코타르가 뒤를 따랐다. 여느 저녁처럼, 동네에서 사람들이 웅성거리는 소리, 석쇠로 고기를 굽는 냄새, 즐겁고 향긋한 자유의 소음이 부드러운 미풍에 실려 왔다. 그 자유의 소음은 소란스러운 젊은이들로 가득 찬 거리에서 점점 더 커지고 있었다. 어둠, 보이지 않는 선박들에서 흘러나오는 고함, 바다의 물결 소리와 무리를 지어 흘러가는 군중 소리, 리외에게 익숙하고 예전에는 좋아했던 이 시간이 오늘은 그가 알고 있는 모든 것 때문에 마음을 짓눌렀다.

"불을 좀 켤 수 있을까요?" 리외가 코타르에게 말했다.

불이 켜지자 그 작은 남자가 눈을 깜박이며 그를 바라보았다.

"선생님, 제가 병에 걸리면 선생님이 치료해주시겠습니까?"

"그럼요."

그러자 코타르는 진료소나 병원에 입원한 환자가 체포당한 적이 있느냐고 물었다. 리외는 그런 경우를 본 적이 있으나 모든 것은 환자의 상태에 달려 있다고 대답했다.

"저는 선생님을 믿습니다." 코타르가 말했다.

그러고서 그는 시내까지 차로 데려다줄 수 있느냐고 의사에게 물었다.

도심 속 거리에는 벌써 사람들이 줄어들었고, 불빛도 드물게 보였다. 하지만 아이들은 여전히 문 앞에서 놀고 있었다. 코타르가 아이들 앞에 차를 세워 달라고 해서 의사는 정지했다. 아이들은 소리를 지르며 돌 차기 놀이를 하고 있었다. 그중에서 검은 머리칼에 가르마를 반듯하게 탔으나 얼굴이 지저분한 아이 하나가 맑은 눈으로 위협하듯 리외를 빤히 쳐다보았다. 의사는 눈길을 돌렸다. 코타르가 인도에 서서 핸들을 쥐고 있는 의사와 악수했다. 그는 쉰 목소리로 힘겹게 말했다. 그는 두세 번 등 뒤를 돌아보았다.

"전염병이 돈다는 이야기를 들었습니다. 그게 사실인가요, 선생님?"

"사람들은 늘 이런저런 이야기를 하지요. 그게 당연한 거고."

"맞습니다. 10명만 죽어도 세상이 끝난 것처럼 호들갑을 떨죠. 우리에게 필요한 건 그런 게 아닌데."

벌써 엔진 소리가 들렸다. 리외는 자동차 기어에 손을 올렸다. 그러고서 심각하고 조용한 눈초리로 자기를 뚫어지게 바라보는 아이를 다시 보았다. 그런데 아이가 갑자기 하얀 이를 활짝 드러내며 미소 지었다.

"그렇다면 우리에게 필요한 게 뭘까요?" 의사가 아이에게 미소 지으며 코타르에게 물었다.

코타르가 갑자기 자동차 문을 잡더니 눈물과 분노가 뒤섞인 목소리로 이렇게 외치며 사라졌다.

"지진이죠, 진짜 지진 말입니다."

지진은 일어나지 않았고, 리외는 도시 곳곳을 쫓아다니며 환자 가족들과 이야기를 나누고 환자들과 이러니저러니 입씨름하는 데 이튿날 하루를 보냈다. 자신의 직업이 그토록 힘들게 느껴진 적은 일찍이 없었다. 지금까지는 환자들이 그를 믿고 온전히 몸을 맡겨서 일하기가 쉬웠다. 그런데 처음으로 환자들이 속내를 감춘 채 놀란 눈빛으로 그를 경계하면서, 병 깊숙이 피신하는 것을 느꼈다. 그것은 그에게 익숙하지 않은 싸움이었다. 밤 열 시경 마지막 왕진 환자인 늙은 천식 환자의 집 앞에 차를 세운 리외는 운전석에서 일어나기가 힘겨웠다. 잠시 리외는 어두운 거리와 캄캄한 밤하늘에 반짝였다 사라졌다 하는 별들을 바라보았다.

늙은 천식 환자는 침대 위에 앉아 있었다. 숨 쉬는 게 전보다 더 나아진 듯했는데, 병아리콩을 이 냄비에서 저 냄비로 옮기며 세고 있었다. 그는 반가운 얼굴로 의사를 맞이했다.

"선생님, 콜레라인가요?"

"그런 이야기는 어디서 들으셨습니까?"

"신문에서 읽었지요. 라디오에서도 그렇다고 하고."

"아닙니다, 콜레라는 아닙니다."

"하여간." 노인이 몹시 흥분해서 말했다. "잘난 놈들은 뭐든 부풀린다니까!"

"아무것도 믿지 마세요" 하고 의사가 말했다.

노인을 진료한 후, 그는 잠시 남루한 식탁 앞에 앉았다. 그렇다, 그는 공포를 느끼고 있었다. 이 변두리 동네에서만 해도 내일 아침이면 10명이 넘는 환자가 림프샘 멍울로 허리를 펴지도 못한 채 그를 기다릴 터였다. 멍울 절개로 차도를 보인 사례는 두세 건에 불과했다. 대부분 병원에 입원해야 할 테고, 입원이 가난한 이들에게 무엇을 의미하는지는 그가 잘 알고 있었다. "이 사람이 실험 대상으로 쓰이는 건 싫어요" 하고 어느 환자의 아내가 말했었다. 환자는 실험 대상으로 쓰이는 게 아니라 죽게 될 뿐이었다. 당국이 결정한 조치가 불충분하다는 것은 분명했다. '특별한 설비'를 갖춘 병실이란 게 무엇인지 그도 잘 알고 있었다. 그것은 일반 환자들을 서둘러 다른 곳으로 옮긴 후, 창문을 밀폐하고 위생 차단선을 둘러친 병동 두 개에 불과했다. 전염병이 저절로 멈추지 않는 한, 당국이 상상해낸 조치로는 전염병을 물리칠 수 없을 듯했다.

그러나 저녁에 나온 공식 발표는 여전히 낙관적이었다. 이튿날 랑스도크 통신사는 도지사의 조치가 평온하게 받아들여졌고, 환자 30명이 발병을 신고했다고 보도했다. 카스텔이 리외에게 전화했다.

"특수 병동에 병상이 몇 개나 있지요?"

"80개입니다."

"시내에 환자가 30명 이상은 될 테고?"

"겁이 나서 신고하지 않은 사람들도 있겠지만, 많은 사람이 시간이 없어서 신고하지 못했을 겁니다."

"장례는 통제가 되고 있겠지요?"

"아닙니다. 제가 리샤르에게 전화해서 포고문만 붙일 게 아니라 완벽한 조치가 필요하고, 전염병을 제대로 차단하든가 아니면 아무것도 하지 않든가 해야 한다고 말했습니다."

"그랬더니?"

"자기한테는 권한이 없다고 답하더군요. 제 생각으로는 상황이 더 안 좋아질 것 같습니다."

실제로 사흘 만에 병동 두 개가 가득 찼다. 리샤르는 학교를 보조 병원으로 변경할 수 있으리라고 생각했다. 리외는 백신을 기다리면서 멍울을 절개했다. 카스텔은 예전에 보던 책을 다시 꺼내 들었고, 도서관에 오래도록 머물렀다.

"최근에 쥐가 죽은 건 페스트나 페스트와 유사한 무엇인가 때문이오." 카스텔이 결론을 내렸다. "쥐가 벼룩 수만 마리를 퍼뜨려놓았기 때문에, 제때 차단하지 못하면 전염병이 기하급수적으로 퍼질 거요."

리외는 잠자코 침묵을 지켰다.

그 무렵에는 시간이 정지한 듯했다. 태양은 소나기로 생긴 웅덩이에서 물을 빨아올리고 있었다. 노란 햇빛이 넘쳐흐르는 아름다운 푸른 하늘, 이제 막 시작되는 열기를 가로지르는 비행기의 소음, 계절 특유의 모든 풍경이 평온한 분위기를 자아냈다. 그렇지만 열병은 나흘 만에 네 차례 솟구치며 악화일로를 걸었다. 사망자가 16명, 24명, 28명, 32명으로 점점 늘어났다. 나흘째 되던 날, 유치원에 보조 병원이 개설되었다는 소식이 들렸다. 그때까지 농담을 건네며 애써 불안감을 숨기던 시민들도 기가 꺾인 듯 말없이 거리를 오갔다.

리외는 도지사에게 전화를 걸지 않을 수 없었다.

"조치가 불충분합니다."

"저도 통계 수치를 받았는데 실제로 우려할 만한 수준이더군요" 하고 도지사가 말했다.

"우려할 만한 수준 이상입니다. 분명합니다."

"저도 중앙 정부에 지침을 내려달라고 요청하겠습니다."

리외는 카스텔이 보는 가운데 전화를 끊었다.

"지침이라니! 상상력을 발휘해야지, 원!"

"혈청은 어떻게 됐소?"

"주중에 도착할 겁니다."

도지사는 리샤르를 통해 리외에게 보고서 작성을 의뢰했는데, 그 보고서는 중앙 정부의 지침을 요청하기 위해 식민지 수도로 발송되는 것이었다. 리외는 임상적인 진술과 통계 수치를 보고서에 기재했다. 그날, 40명의 사망자가 새롭게 발생했다. 도지사는 자신이 말한 대로, 이미 공표된 조치들을 이튿날부터 한층 더 강화할 것을 책임지고 결정했다. 환자를 의무적으로 신고하고 격리하는 조치는 그대로 유지되었다. 환자의 집은 폐쇄하고 소독해야 했고, 환자의 가족은 안전 격리 조치를 받아들여야 했으며, 매장은 향후 결정될 조건에 따라 시 당국이 진행하기로 했다. 하루가 지나자, 혈청이 항공편으로 도착했다. 현재 치료 중인 환자들에게는 충분한 양이었지만, 전염병이 확산될 경우에는 그리 충분한 양이 아니었다. 리외가 전보를 보내자 응급용 재고가 바닥이 나서 새롭게 제조에 들어갔다는 답변이 돌아왔다.

그러는 동안에도 봄은 교외 곳곳에서 시장으로 도착했다. 인도를 따라 늘어선 꽃장수들의 바구니에서 장미 수천 송이가 시들어갔고, 거기에서 발산되는 달콤한 향기가 시내 전체에 떠돌았다. 외관상으로는 아무것도 변한 게 없었다. 출퇴근 시간 전차는 여전히 만원이었고, 낮에는 텅 빈 채 더러운 모습을 드러냈다. 타루는 키 작은 노인을 관찰했고, 키 작은 노인은 고양이들에게 침을 뱉었다. 그랑은 매일 저녁 집으로 돌아가서 비밀스러운 작업을 계속했다. 코타르는 쳇바퀴 돌 듯 맴돌았고, 예심판사 오통 씨는 여전히 자신의 동물원을 이끌었다. 늙은 천식 환자는 콩을 옮겨 담았고, 신문기자 랑베르도 가끔 눈에 띄었는데 조용하면서도 호기심이 동하는 표정을 지었다. 저녁마다 거리는 한결같이 인파로 가득 찼고, 극장 앞에서는 기다리는 줄이 길게 늘어섰다. 게다가 전염병이 수그러드는 듯했고, 사망자도 10명 정도에 지나지 않았다. 그러더니 갑자기 사망자가 급증했다. 사망자 수가 다시 30명에 이른 날, 베르나르 리외는 도지사가 이렇게 말하면서 건네준 지급 통신문을 손에 쥐었다. "그들이 겁을 먹었나 봐요." 지급 통신문의 내용은 다음과 같았다. "페스트 사태를 선언하라. 도시를 폐쇄하라."

에곤 실레, 〈죽음의 도시 III〉, 1911.

제2부

1

그때부터 페스트는 우리 모두의 문제가 되었다고 말할 수 있다. 이 기이한 사건이 불러일으킨 놀라움과 불안감에도 불구하고, 지금까지 시민들은 각자 자기 자리에서 묵묵히 자기 일을 계속해왔다. 그리고 별다른 일이 없었다면 그런 상태가 계속되었으리라. 하지만 시문市門이 봉쇄되자 서술자를 비롯한 시민들은 모두 한배를 타게 되었고, 모든 문제를 자기들끼리 해결해야 한다는 사실을 깨달았다. 그리하여 사랑하는 사람과의 이별처럼 전적으로 개인적인 감정이 갑자기 만인이 공유하는 감정이 되었고, 그 오랜 유배 시절에 공포와 더불어 사람들을 괴롭힌 주요 감정이 되었다.

시문의 폐쇄가 초래한 가장 주목할 만한 결과 하나가 바로 그 이별이었는데, 사람들은 전혀 준비가 안 된 상태에서 느닷없이 이별을 맞이했다. 어머니와 자식, 남편과 아내, 사랑하는 연인 들은 며칠 전에 잠시 떨어져 있는 것이라고 여기면서, 역의 플랫폼에서 몇 마디 당부를 주고받으며 서로 포옹했었다. 어리석은 인간적 믿음으로 며칠 후 또는 몇 주 후에 당연히 재회하리라고 확신한 그들은 작별하면서도 일상적인 걱정거리들을 내려놓지 못했다. 그런데 졸지에 무한히 멀어 져서 다시 만나지도 못하고 소식을 전하지도 못하게 되었다. 도청의 명령이 공포되기 몇 시간 전에 시문이 폐쇄되었고, 당연히도 도청이 개인적인 사정까지 고려할 수는 없었다. 질병의 갑작스러운 침략이 초래한 첫 번째 결과는 시민들이 마치 개인적인 감정이 없는 듯 행동 해야 했다는 것이다. 명령이 발효된 첫날, 몇 시간 동안 도청은 전화 나 방문을 통해 하나같이 절실하고 또한 하나같이 검토할 수 없는 사 정을 호소하는 민원인들로 북새통을 이루었다. 사실상 우리가 타협의 여지가 없는 상황에 놓여 있으며, '합의' '특전' '예외'라는 단어가 더 이상 의미가 없다는 것을 깨닫는 데 며칠이 걸렸다.

심지어 편지를 쓰는 가벼운 기쁨조차 우리에게는 허용되지 않았다. 한편 실제로 통상적인 통신 수단으로는 다른 지역과 연락할 수 없었 고, 다른 한편으로 편지가 감염 경로가 될까 봐 서신 교환을 전면적으 로 금지하는 새로운 명령이 공포되었다. 초기에는, 몇몇 특권층 인사 들이 시문의 보초에게 하소연하여 외부로 메시지를 전달할 수 있었 다. 그때는 전염병이 막 퍼지기 시작하던 때여서 보초들도 동정심을 느끼는 게 당연했다. 그러나 얼마 지나지 않아 그들은 사태의 심각성 을 깨달았고, 그 범위가 어디까지 확대될지 모를 책임을 감당하려 하 지 않았다. 처음에 자유롭게 허용되었던 시외전화도 공중전화 부스로 사람들이 엄청나게 몰려들고 회선에 과부하가 걸리자 며칠 동안 전면 중단되었고, 이후에는 사망, 출생, 결혼처럼 이른바 긴급 상황에서만 허용되었다. 그래서 전보가 우리의 유일한 통신 수단이 되었다. 정신과 감성과 육체로 공고히 맺어졌던 사람들이 이제 대문자로 된 열 단어짜리 통신문을 통해서만 예전의 일체감을 확인해야 했다. 그런데 실제로 전보에 쓸 수 있는 문구가 금세 바닥을 드러냈기 때문에, 오랜 공동생활이나 고뇌에 찬 열정이 다음과 같은 상투적인 문구의 주기적인 교환으로 빠르게 축소되었다. "난 잘 지내. 당신을 생각해. 사랑해."

그렇지만 우리 가운데 몇몇은 외부 사람들과 연락하기 위해 고집스럽게 편지를 썼고, 그것을 전달할 방안을 끊임없이 상상했다. 결국에는 모든 방안이 부질없는 것으로 드러났다. 설령 우리가 생각해낸 방안이 성공했다 하더라도, 회신을 받을 수 없으므로 우리로서는 아무것도 알 수 없었다. 몇 주 동안 우리는 똑같은 편지를 끊임없이 다시 쓰고 똑같은 하소연을 끝없이 되풀이했는데, 그러다 보니 애초에 가슴에서 솟구친 뼈저린 낱말들이 시간이 흐르면서 점차 의미를 잃어갔다. 우리는 그 죽어버린 문장으로 우리의 고단한 삶을 표현하기 위해 똑같은 편지를 기계적으로 쓰고 또 썼다. 그러다가 결국 우리는 그 집요한 불모의 독백, 그 무미건조한 벽과의 대화보다 차라리 상투적인 전보 문구가 더 낫다고 생각하기에 이르렀다.

며칠 후 아무도 도시에서 빠져나갈 수 없다는 게 분명해졌을 때, 시민들은 전염병이 돌기 전에 밖으로 나간 사람들이 돌아와도 되는지 궁금해졌다. 며칠간 숙고한 끝에, 도청은 긍정적인 답변을 제시했다. 하지만 귀환한 자는 어떤 경우에도 다시 도시를 떠날 수 없으며, 들어올 자유는 있으나 나갈 자유는 없음을 분명히 했다. 드물긴 했으나 상황을 가볍게 본 몇몇 가족은 조심하는 마음보다 혈육을 보고 싶은 마음이 훨씬 더 컸기에 이 기회를 이용해볼까 하는 생각을 품었다. 그러나 페스트의 수인囚人이 된 그들은 혈육에게 닥칠 수 있는 위험을 곧바로 깨달았고, 따라서 생이별을 감수했다. 질병이 가장 심각했던 시기에, 인간적 감정이 끔찍한 죽음의 공포보다 더 강했던 사례는 단 한 건밖에 없었다. 일반적인 예상과 달리, 그 사례는 사랑의 열정으로 모든 고통을 넘어 서로를 향해 달려가는 젊은 연인들의 사례가 아니었다. 그 사례는 결혼한 지 아주 오래된 늙은 의사 카스텔과 그의 아내였다. 카스텔 부인은 전염병이 돌기 전에 이웃 도시에 갔었다. 그들은 사람들에게 행복한 가정의 본보기도 아니었고, 서술자가 보기에는 오히려 결혼 생활에 만족하노라고 확실히 말하지 못할 부부였다. 그렇지만 갑작스럽게 시작되어 길게 이어진 그 이별이 노부부로 하여금 서로 떨어져서는 살 수 없으며, 별안간 드러난 이 진실에 비하면 페스트가 하찮은 것임을 깨닫게 했다.

이것은 예외적인 경우였다. 대부분의 경우에는 전염병이 사라져야 이별도 끝날 모양이었다. 그리고 우리의 삶을 이루고 있으나 우리가 익히 안다고 자신했던 감정들이 (이미 말했듯 오랑 시민들은 단순한 감정의 소유자들이다) 우리에게 새로운 얼굴로 다가왔다. 배우자를 절대적으로 신뢰했던 남편들과 연인들이 이별의 시간이 길어지자 질투심에 사로잡히기도 했다. 사랑을 가볍게 여기던 남자들이 성실함을 되찾았다. 어머니와 함께 살 때는 어머니를 거들떠보지도 않았던 아들들이 자신의 뇌리에 떠오르는 어머니 얼굴의 주름살 하나에도 가책과 후회를 느꼈다. 언제 끝날지 모를 그 갑작스러운 생이별은 우리를 당혹스럽게 했고, 아직도 그토록 가까운데 벌써 그토록 멀어진 존재를 온종일 추억하지 않을 수 없게 했다. 사실상 우리는 고통을 이중으로 겪고 있었다. 우리 자신의 고통과 더불어 지금 곁에 없는 아들이나 아내나 연인이 겪으리라고 생각되는 고통이 그것이었다.

다른 상황이었더라면, 우리 시민들은 좀 더 적극적이고 외부적인 활동에서 출구를 찾았으리라. 그러나 페스트 때문에 아무것도 할 수 없었고, 그저 음울한 도시를 맴돌며 하루하루 부질없는 추억에 젖을 뿐이었다. 왜냐하면 그처럼 작은 도시에서 일정한 목적지 없이 걷다 보면 늘 같은 길을 지나가게 되었는데 그 길이 이제는 곁에 없는 사람과 예전에 함께 걸었던 길이었기 때문이다.

이처럼, 페스트가 우리에게 제일 먼저 갖다준 것은 유배였다. 서술자는 그 당시 자신이 경험한 것을 만인의 이름으로 여기에 기록해도 괜찮으리라고 생각하는데, 왜냐하면 그것이 우리 시민들과 함께 경험한 것이기 때문이다. 그렇다, 우리의 내면에 패여 사라지지 않았던 구멍, 그 어찌할 수 없었던 정서, 과거로 돌아가거나 거꾸로 시간의 흐름을 재촉하고 싶었던 터무니없는 욕망, 추억의 불화살 등 그 모든 것이 바로 유배의 감정이었다. 때때로 우리는 상상력에 기대어 사랑하는 이가 누르는 초인종 소리 또는 계단을 올라오는 익숙한 발걸음 소리를 즐거운 마음으로 기다렸다. 그럴 때면 우리는 기차가 운행을 멈추었다는 사실을 잊으려 애썼고, 그리하여 저녁 급행열차를 탄 여행자가 동네에 도착할 무렵에 집에 있으려고 일정을 조정하기도 했지만, 당연히도 그 모든 유희가 오래 지속될 수는 없었다. 기차가 운행되지 않는다는 사실을 분명히 깨닫는 순간은 늘 오기 마련이었다. 우리는 이별의 시간이 연장될 수밖에 없고, 또 그 시간에 맞추어 우리의 삶을 조율해야 한다는 사실을 새삼스럽게 인정했다. 그때부터 우리는 요컨대 죄수의 삶으로 복귀해서 각자 자신의 과거만을 되돌아보았다. 우리 가운데 몇몇은 미래를 생각하며 살려는 유혹을 느끼기도 했지만, 상상력에 기대는 사람이 결국 입게 될 상처를 떠올리며 가능한 한 빨리 그 유혹을 떨쳐버렸다.

특히, 우리 시민들은 저마다 이별의 시간이 얼마나 지속될지 따져보는 습관을 빠르고 공공연하게 지워버렸다. 왜 그랬을까? 예컨대 가장 염세적인 사람들이 이별의 시간을 6개월로 예정하면서 다가올 6개월의 고통을 미리 맛보았고, 최대한 용기를 발휘하여 그토록 오랜 고통을 이를 악물고 버텼다고 해도, 이따금 우연히 만난 친구, 신문에 실린 의견, 순간적으로 스치는 의심 또는 불현듯 발휘되는 통찰력 때문에 결국 질병이 6개월 이상, 아마도 일 년 혹은 그 이상 계속되리라고 생각하지 않을 수 없기 때문이었다.

그 무렵 용기와 의지와 인내심이 얼마나 급격하게 무너졌던지 그들은 그 수렁에서 결코 헤어나지 못할 듯했다. 따라서 해방이라는 낱말을 절대로 떠올리지 않으려 했고, 더 이상 미래를 향해 몸을 돌리지 않으면서 이를테면 언제나 눈을 내리깔고 살고자 했다. 그러나 싸움을 피하려고 방어 자세를 취하며 고통을 숨기는 신중한 방법도 당연히 별다른 효과가 없었다. 다시 말해 어떤 대가를 치르더라도 피하고 싶었던 심리적 붕괴를 면할 수는 있었지만, 그와 동시에 미래에 있을 해후를 생각하며 페스트를 잊을 수 있었던 그 빈번한 순간들을 상실하고 말았다. 그리하여 심연과 산정의 중간에서 좌초한 그들은 방향 없는 시간과 메마른 추억 속에 방치된 채, 고통의 대지에 뿌리박지 않고는 힘을 얻을 수 없어 방황하는 유령처럼 산다기보다 차라리 떠돌았다.

한마디로 그들은 감옥에 갇힌 죄수나 유배지에 격리된 추방자들이 겪는 고통, 즉 쓸모없는 기억과 함께 살아야 하는 쓰라린 고통을 경험했다. 그들이 끊임없이 떠올린 그 과거조차 그들에게 오직 후회만을 맛보게 했다. 필경 뼈저린 후회 속에서, 그들은 자신이 기다리는 남자 또는 여자와 함께 예전에 할 수 있었으나 하지 못했던 모든 것을 그 과거에 추가하고 싶었으리라. 또한 그들은 죄수의 삶일지라도 상대적으로 행복할 수도 있는 현재 생활의 모든 장면에 그 그리운 사람을 섞어 넣었다. 지금 있는 그대로의 상태는 그들로서는 도저히 견딜 수 없는 것이었다. 현재는 참을 수 없고, 과거는 혐오스럽고, 미래는 박탈당한 처지에서, 우리는 인간적인 정의감이나 증오심으로 감옥에 갇힌 사람들을 닮아가고 있었다. 결국 그 참을 수 없는 휴가에서 벗어나는 유일한 방법은 상상 속에서 기차를 다시 달리게 하고, 고집스레 침묵을 지키는 초인종을 연거푸 누름으로써 시간을 채우는 것이었다.

그러나 유배라고 해도, 대부분 자기 집에서의 유배였다. 서술자도 여느 사람과 똑같은 유배를 겪었다. 그러나 신문기자 랑베르 같은 사람들을 잊어서는 안 되는데, 그들은 페스트의 기습으로 도시에 억류된 여행자들로서 사랑하는 사람과 고향으로부터 별안간 격리되었기에 이별의 고통이 더욱 컸다. 모두가 유배된 가운데서도 그들이 가장 심하게 유배된 사람들이었다. 왜냐하면 다른 사람들과 마찬가지로 시간에 결부된 고통을 겪으면서 공간에 결부된 고통을 추가로 겪어야 했기 때문이다. 다시 말해 그들은 페스트에 휩쓸린 객지와 잃어버린 고향을 갈라놓는 장벽에 끊임없이 부딪혔다. 자기들만이 아는 고향의 아침과 저녁을 소리 없이 부르면서 먼지가 이는 도시를 온종일 헤매고 다니는 사람들이 바로 그들이었으리라. 그들은 제비들의 비행, 해질 녘의 이슬방울 또는 인적 없는 거리에 태양이 남긴 야릇한 햇살처럼 뜻밖의 기호나 난처한 메시지 때문에 더 큰 고통을 느꼈다. 근심 걱정을 잊도록 도와주는 게 외부 세계인데 그들은 외부 세계에 눈을 감았고, 너무나 생생하게 느껴지는 공상에 집요하게 매달렸으며, 특유의 햇살, 언덕 두세 개, 좋아하는 나무와 여자들의 얼굴이 무엇으로도 대체할 수 없는 하나의 풍토를 이루는 고향 땅의 이미지를 전력으로 좇았다.

  끝으로 가장 흥미로운 이야기, 그것을 기록하기에 서술자가 다른 사람들보다 더 알맞은 위치에 있는 이야기, 즉 연인들의 이야기를 남기도록 하자. 그들은 색다른 고뇌들로 괴로워했는데, 그중에 회한을 언급하지 않을 수 없다. 페스트 상황은 그들로 하여금 그들의 감정을 더없이 객관적으로 바라보게 했다. 그들이 흔히 저질렀던 잘못이 그들에게 명백하게 드러났다. 지금 곁에 없는 사람의 행적을 정확히 상상하기 어렵다는 것이 잘못을 깨닫는 첫 번째 계기가 되었다. 그들은 그 사람이 어떻게 시간을 보내는지 모른다는 사실을 한탄했다. 그것을 알려고 하지도 않았으며 짐짓 사랑하는 이의 시간표를 아는 게 행복의 근원일 수 없다고 여기는 척했던 행동이 얼마나 경솔했는지 새삼스럽게 깨달았다. 그 순간부터, 자신들의 사랑 속으로 거슬러 올라가 불완전했던 점을 찾는 것은 어려운 일이 아니었다. 평상시에는 의식적이든 아니든 간에 우리는 모두 점차 식어가지 않는 사랑이란 없다는 것을 알고 있었고, 동시에 우리의 사랑이 보잘것없다는 것도 담담히 인정하고 있었다. 그러나 추억은 훨씬 더 까다롭다. 외부에서 들어와 도시 전체를 강타한 그 불행은 결과적으로 우리가 분노할 수밖에 없는 부당한 고통을 가져다준 데만 그치지 않았다. 그 불행은 우리로 하여금 자기 자신을 괴롭히게 했고, 고통에 스스로 동의하게 했다. 그것이 바로 질병이 우리의 관심을 딴 데로 돌리고 자신의 저의를 감추는 방법 가운데 하나였다.

그리하여 우리는 각자의 하늘 아래에서 혼자 그날그날을 살아갈 수밖에 없었다. 종국적으로는 품성을 도야할 수도 있었던 이 전반적인 포기 상태가 우선에는 그것을 경박하게 만들었다. 예를 들어 우리 시민 중 몇몇은 비가 오는가 햇살이 비치는가에 따라 기분이 바뀌는 노예 상태에 이르렀다. 그들의 표정을 보면, 난생처음으로 날씨의 영향을 직접적으로 받는 듯했다. 황금빛 햇살이 잠시 비치기만 해도 금세 얼굴이 환해졌고, 비가 내리는 날이면 얼굴과 생각에 두꺼운 베일이 드리웠다. 몇 주 전만 해도 그들은 이렇게 허약하지도 않았고, 이처럼 터무니없는 예속 상태에 빠지지도 않았다. 그들만이 세계와 대면하고 있는 게 아닌 데다가 그들과 함께 사는 존재가 어떤 면에서 그들의 우주 앞에 있었기 때문이다. 그 반대로, 이제부터 그들은 하늘의 변덕에 내맡겨진 듯했다. 말하자면 그들은 까닭 없이 고통스러워했고, 까닭 없이 희망을 품었다.

이런 극단적 고독 속에서 결국 아무도 이웃의 도움을 기대할 수 없었고, 각자 혼자서 자신의 걱정거리를 안고 살았다. 우리 중 하나가 우연히 자기 마음을 털어놓거나 자신의 감정을 이야기했을 때 돌아오는 대답은 그것이 무엇이든 간에 대개 그에게 상처를 주었다. 그때 그는 상대방과 자신이 서로 다른 이야기를 하고 있다는 사실을 깨달았다. 실제로 그는 오래도록 곱씹어보고 괴로워한 끝에 심경을 토로했고, 그가 전하려고 한 이미지는 기대와 열정의 불에 오랫동안 익힌 것이었다. 그 반대로 상대방은 그것이 상투적인 감정, 시장에서 사고파는 고통, 연속극에서 볼 수 있는 우울증이라고 생각했다. 호의적이든 적대적이든 간에 대답이 언제나 과녁을 비껴갔기에, 모두가 속 깊은 대화를 단념할 수밖에 없었다. 그러나 침묵을 견디지 못하는 사람들도 있었는데, 그들은 상대방이 가슴에서 우러나온 말을 하지 않는 이상 자신도 시장의 언어를 택해 상투적인 말투로, 즉 사무적인 관계의 말투나 잡보 기사의 말투로 이야기했다. 결국 더없이 절실한 고통이 일상생활의 진부한 대화체로 으레 전달되었다. 어쨌든 이 같은 대가를 치르고서야 페스트의 포로들은 문지기의 동정을 얻을 수 있었고, 상대방의 관심을 끌 수 있었다.

그렇지만—이것이 가장 중요한 점인데—고통이 아무리 힘겨워도, 텅 빈 가슴이 아무리 무거워도 페스트 초기에는 이 유배된 시민들이 그래도 특권자들이었다. 실제로 시민들이 불안에 빠져들기 시작한 그 순간에도, 그들의 생각은 전적으로 그들이 기다리는 사람을 향했다. 모두가 곤경에 처한 가운데 사랑의 이기심이 그들을 지켜주었다. 페스트를 떠올리는 것은 그로 인해 이별이 영속화될 위험이 있을 때만으로 한정되었다. 그리하여 전염병의 한복판에서도 그들은 유익한 방심을 내보였는데, 사람들은 그 방심을 침착함으로 착각하기 일쑤였다. 사랑의 절망감이 극단적 질병의 공포로부터 그들을 지켜주었으니, 불행에도 이점이 있는 셈이었다. 만일 그들 중 하나가 질병으로 목숨을 잃었다면, 그것은 대체로 그가 그 병을 경계하지 않았기 때문이리라. 유령 같은 부재자와 나누던 그 기나긴 내적 대화로부터 끌려 나오자마자, 그는 곧장 더없이 무거운 대지의 침묵 속으로 내던져졌다. 그는 무엇인가에 대처할 시간이 전혀 없었다.

2

우리 시민들이 이 갑작스러운 유배 생활에 적응하려고 애쓰는 동안, 페스트로 인해 시문에는 보초가 세워졌고, 오랑을 향해 오던 선박들은 항로를 바꾸었다. 시문이 폐쇄된 후, 도시로 들어오는 차량은 단한 대도 없었다. 그날부터 자동차들은 시내를 뱅뱅 도는 듯했다. 대로의 높은 곳에서 내려다보는 사람들의 눈에는 항구도 이상한 모습을 띠고 있었다. 해안에서 가장 활기가 넘치는 항구 가운데 하나였으나 지금은 활기가 완전히 사라졌다. 검역 중인 몇몇 선박이 보였다. 그러나 부두에는 작동이 멈춘 대형 기중기들, 옆으로 쓰러진 소화물 운반차들, 한적하게 쌓여 있는 술통과 포대 더미가 있었는데, 페스트로 무역이 죽어버렸다는 게 완연히 드러났다.

이런 익숙하지 않은 광경에도 불구하고, 시민들은 무슨 일이 닥쳤는지 제대로 이해하지 못하는 듯했다. 이별이나 공포를 공통으로 느꼈지만, 그들은 계속 개인적 관심사를 우선시했다. 질병을 현실적으로 받아들이는 사람은 아무도 없었다. 시민 대부분은 자신의 습관을 방해하거나 이익을 해치는 일에 특히 민감했다. 그런 일이 생기면 그들은 화를 내거나 짜증을 냈는데, 기실 이런 감정으로 페스트에 맞설 수는 없었다. 예컨대 그들의 첫 번째 반응은 행정당국을 비난하는 것이었다. 비판 여론을 반영한 언론이 "예정된 조치를 완화할 수는 없는가"라고 질문하자, 도지사는 예상외의 답변을 내놓았다. 지금까지 신문과 랑스도크 통신사는 질병의 공식적인 통계를 전달받지 못했다. 도지사는 질병 통계를 날마다 통신사에 전달할 테니 주간 보도를 내달라고 부탁했다.

그렇지만 대중은 여전히 즉각 반응하지 않았다. 페스트 발생 3주 차에 사망자가 302명이라는 보도가 나왔으나 시민들은 술렁이지 않았다. 모두가 페스트로 죽은 것은 아닐 터였고, 다른 한편으로 평상시 일주일에 몇 명이 이 도시에서 사망하는지 아는 사람이 아무도 없었다. 도시의 인구는 20만 명이었다. 사람들은 사망률이 통상적인 수준인지 아닌지 몰랐다. 사망률이 분명히 흥미로웠음에도 일반적으로 사람들은 그런 통계의 구체적 의미에 관심을 두지 않는다. 어떤 면에서 대중에게는 비교 항이 없다. 결국 사망자 수가 증가하면서 여론은 비로소 진실을 깨달았다. 5주 차에는 321명, 6주 차에는 345명이 사망했다. 아무튼 사망자가 증가하는 추세에 있다는 사실이 심상치 않았다. 그러나 사망률이 충격적이지는 않았던지 우리 시민들은 불안한 가운데서도, 유감스러운 사고가 발생했으나 결국 일시적인 현상에 그치리라고 예상했다.

그들은 여전히 거리를 돌아다녔고, 카페테라스에 자리를 잡았다.

전체적으로 보아 그들은 겁쟁이가 아니었고, 한탄보다 농담을 더 많이 주고받았으며, 일시적으로 지나갈 게 확실한 불편함을 기분 좋게 받아들이는 척했다. 그러니 체면치레는 한 셈이었다. 하지만 월말이 되자, 그리고 나중에 이야기하겠지만 기도 주간에 일어난 심각한 변화가 우리 시의 모습을 바꾸어놓았다. 우선, 도지사가 차량 운행 및 식량 보급에 관한 조처를 내렸다. 식량 보급이 제한되었고, 휘발유도 할당량 판매제로 변경되었다. 심지어 절전 명령도 공포되었다. 다만 생활필수품만이 육로와 항공을 통해 오랑으로 반입되고 있었다. 아무튼 그런 식으로 교통량이 점점 줄어들더니 아예 차량을 보기 힘들어졌고, 사치품 가게들도 나날이 문을 닫았으며, 다른 가게들도 손님들이 문 앞에 줄을 서 있음에도 품절이라는 게시문을 진열창에 붙였다.

오랑의 모습이 완전히 달라졌다. 보행자 수가 훨씬 더 많아졌고, 가게와 사무실이 대거 문을 닫는 바람에 할 일이 없어진 시민들이 평소 같으면 한산해야 할 시간에도 거리와 카페를 가득 채웠다. 그들은 적어도 아직은 실직 상태가 아니라 휴가 중이었다. 그리하여 예컨대 오후 세 시경 하늘이 맑을 때면, 오랑은 공개 행사 진행을 위해 교통이 차단되고 가게 문이 닫힌 축제의 도시, 시민들이 즐거운 행사에 참여하기 위해 거리로 쏟아져 나온 축제의 도시라는 착각을 불러일으켰다.

당연히 영화관은 이 일반적인 휴가 상태를 이용해 상당한 수입을 올렸다. 그러나 도내로 들어오던 필름 유통이 차단되었다. 2주가 지나자 어쩔 수 없이 영화관들끼리 필름을 교환해야 했고, 얼마간 시간이 더 지나자, 영화관들은 저마다 매일 똑같은 영화를 상영했다. 그럼에도 영화관 수입은 줄어들지 않았다.

포도주와 주류 산업이 선두를 달리는 도시에 비축된 상당한 재고 덕분에 카페는 손님들의 주문에 문제없이 응할 수 있었다. 실제로 사람들은 술을 많이 마셨다. 어느 카페에서 "양질의 포도주가 세균을 죽입니다"라는 문구를 내걸자, 그러잖아도 술이 전염병 예방에 좋다고 생각하던 대중이 그런 생각을 더욱 확고히 받아들였다. 매일 새벽 두시경, 카페에서 쫓겨난 취객 상당수가 거리를 메운 채 낙관적인 이야기를 주고받았다.

그러나 이 모든 변화가 어떤 의미에서 너무 예외적이고 급속하게 이루어져서 그것이 정상적이고 지속 가능하리라고 생각하기는 어려웠다. 그 결과, 우리는 개인적 감정을 계속 최우선으로 고려했다.

시문이 폐쇄된 지 이틀 후, 병원에서 나오던 의사 리외는 만족스러운 표정을 짓고 있는 코타르를 만났다. 리외는 얼굴이 좋아 보인다고 하며 인사를 건넸다.

"예, 컨디션이 아주 좋습니다." 키 작은 사내가 말했다. "그런데 선생님, 그 망할 놈의 페스트 말이에요! 그게 점점 더 심각해지는 것 같습니다."

의사가 그렇다고 했다. 그러자 코타르는 환한 표정으로 확인하듯 말했다.

"이제 그놈이 멈출 까닭이 없어요. 모든 게 엉망진창이 될 겁니다."

그들은 잠시 함께 걸었다. 코타르는 자기 동네의 큰 식료품 가게 주인이 비싸게 팔 생각으로 식료품을 매점했는데, 사람들이 페스트에 걸린 그를 병원으로 이송하려고 갔더니 침대 밑에 통조림이 잔뜩 쌓여 있더라고 이야기했다. "그 사람은 병원에서 죽었어요. 페스트에는 돈도 소용없습니다." 코타르의 머릿속은 사실인지 거짓인지 모를 전염병 이야기로 가득 차 있었다. 예를 들면 어느 날 아침, 시내에서 페스트 증세를 보이던 한 남자가 광기에 시달리며 거리로 뛰쳐나갔고, 첫 번째로 마주친 여자를 다짜고짜 껴안더니 자기가 페스트에 걸렸다고 외쳤다는 것이었다.

"그럼요!" 코타르가 이야기의 내용과 어울리지 않게 상냥한 어조로 말했다. "모두가 미치고 말 겁니다, 확실해요."

그날 오후, 조제프 그랑이 마침내 의사 리외에게 개인적인 이야기를 털어놓았다. 책상 위에 놓인 의사 아내의 사진에 눈길을 던진 후 의사를 바라보았다. 리외는 아내가 도시 밖에서 요양 중이라고 답했다. "어떤 의미에서는 다행입니다" 하고 그랑이 말했다. 의사도 어쩌면 잘된 일이고 아내가 거기서 낫기를 바랄 수밖에 없다고 답했다.

"예, 이해가 갑니다." 그랑이 말했다.

리외가 그를 알게 된 이후 처음으로, 그는 말을 많이 하기 시작했다. 여전히 적합한 단어를 찾느라 애를 썼는데, 마치 오래전부터 무엇을 말할지 생각해둔 것처럼 매번 그 단어를 찾아내곤 했다.

그랑은 아주 젊은 나이에 이웃에 사는 가난한 아가씨와 결혼했다. 공부를 중단하고 직장을 구한 것도 결혼하기 위해서였다. 잔도 그도 동네를 벗어난 적이 없었다. 그는 그녀의 집으로 가서 그녀를 만났고, 잔의 부모는 말이 없고 서투른 그 구혼자를 다소 비웃는 눈치였다. 잔의 아버지는 철도원이었다. 집에서 쉴 때, 잔의 아버지는 언제나 커다란 두 손을 허벅지에 얹고 창가에 앉아 생각에 잠긴 채 거리를 바라보왔다. 잔의 어머니는 늘 살림살이에 전념했고, 잔이 어머니를 도왔다. 잔은 몸이 얼마나 가냘팠던지 그녀가 길을 건널 때마다 그랑은 불안했다. 지나가는 차량이 너무 커 보였기 때문이다. 어느 날 크리스마스 선물 가게 진열창을 감탄하며 바라보던 잔이 "정말 아름다워요!"라고 말하며 그에게 몸을 기댔다. 그는 그녀의 손목을 꼭 쥐었다. 그렇게 해서 결혼이 결정되었다.

그랑에 의하면, 나머지 이야기는 아주 간단했다. 다른 사람들의 경우와 다를 바 없었다. 결혼을 하고, 여전히 조금 사랑하고, 일을 한다. 열심히 일하다 보면 사랑하기를 잊게 된다. 국장이 약속을 지키지 않았기 때문에, 잔도 일을 해야 했다. 여기서 그랑이 말하고자 하는 바를 이해하려면 약간의 상상력이 필요했다. 그는 피로가 쌓여 다소 되는대로 살았고, 점점 입을 다물었으며, 젊은 아내에게 계속 사랑받고 있다는 확신을 주지 못했다. 일하는 남자, 가난, 서서히 막히는 미래, 저녁 식탁을 둘러싼 침묵, 그런 세계에 정념을 위한 자리란 존재할 수 없다. 아마 잔은 괴로웠으리라. 그렇지만 잔은 떠나지 않았다. 사람이란 그런 줄도 모르고 오래도록 고통을 당하기도 하니까 말이다. 그렇게 몇 년이 지났다. 그 후, 그녀는 떠났다. 물론 혼자서 떠나지는 않았다. "당신을 무척 사랑했지만, 이제는 지쳤어요…. 떠나는 게 기쁘지는 않아요. 하지만 새롭게 시작하기 위해 꼭 행복할 필요는 없잖아요." 이것이 그녀가 남긴 편지의 대략적인 내용이었다.

이번에는 조제프 그랑이 고통을 겪었다. 그도 리외의 말대로 새롭게 시작할 수 있었으리라. 그러나 확신이 없었다.

간단히 말해 그는 여전히 그녀를 생각하고 있었다. 그는 편지라도 써서 자기 입장을 설명하고 싶었다. "하지만 그게 쉽지 않더군요." 그가 말했다. "그렇게 생각한 지도 오래되었습니다. 서로를 사랑할 땐 굳이 말하지 않아도 서로를 이해할 수 있죠. 그러나 항상 서로를 사랑할 수는 없잖아요. 언젠가 적당한 말을 찾아내서 아내를 붙들었어야 했는데 그렇게 하지 못했습니다." 그랑은 체크무늬 손수건에 코를 푼 다음, 콧수염을 닦았다. 리외는 그를 바라보았다.

"죄송합니다, 선생님." 그랑이 말했다. "하지만 뭐랄까? … 저는 선생님을 믿어요. 선생님에게는 이야기를 털어놓을 수 있습니다. 그래서 그런지 좀 흥분이 되네요."

확실히 그랑은 페스트로부터 멀리 떨어져 있었다.

그날 저녁, 리외는 아내에게 전보를 쳐서 도시가 봉쇄되었으나 자기는 잘 지내고 있다고, 계속해서 몸조리를 잘하라고, 그녀를 잊지 않고 있다고 말했다.

시문이 폐쇄된 지 3주 후에 병원에서 나오던 리외는 자기를 기다리는 젊은 남자를 보았다.

"저를 기억하실지 모르겠습니다." 젊은이가 말했다.

리외는 알 것 같았으나 망설였다.

"사건이 터지기 전에 선생님을 만났었죠." 젊은 남자가 다시 말했다. "아랍인의 생활 조건을 취재하려고 말입니다. 제 이름은 레몽 랑베르입니다."

"아! 기억납니다." 리외가 말했다. "이제 특종을 찾은 셈이군요."

젊은이는 약간 긴장한 듯했다. 그는 기사 때문이 아니라 의사에게 도움을 청하러 왔다고 말했다.

"죄송하지만," 그가 덧붙였다. "이 도시에서 아는 사람이 아무도 없는 데다가 우리 신문사 주재원은 불행히도 바보 멍청이거든요."

중심가 보건소에 몇 가지 지시할 사항이 있었기에, 리외는 거기까지 함께 걸어가자고 했다. 그들은 흑인 동네의 좁다란 골목길을 따라 내려갔다. 땅거미가 지고 있었다. 예전에는 이 시각에 떠들썩하던 도시가 지금은 이상하게도 고적해 보였다. 변함없이 황금빛으로 물든 하늘에 울려 퍼지는 나팔 소리만이 군인들이 직무를 수행하고 있다는 사실을 알려주었다. 무어 양식 가옥의 파란색, 황갈색, 보라색 벽들 사이로 난 가파른 길을 따라가면서, 랑베르는 몹시 흥분한 표정으로 말했다. 파리에 아내가 있었다. 정확하게 말하자면, 결혼은 하지 않았으나 아내나 마찬가지였다. 도시가 봉쇄되자, 그가 할 수 있는 일은 겨우 아내에게 전보를 치는 것 뿐이었다. 처음에는 일시적인 일이라고 생각해서 편지를 주고받으려고 노력했다. 그러나 오랑의 동료 기자들은 도울 수 있는 게 아무것도 없다고 말했고, 우체국은 그를 돌려보냈으며, 도청 여직원은 코웃음을 쳤다. 두 시간이나 줄을 서서 기다린 끝에, 그는 마침내 전보를 보낼 수 있었다. "만사형통. 곧 만나자."

그러나 아침에 잠자리에서 일어났을 때, 불현듯 사태가 언제까지 지속될지 알 수 없다는 생각이 들었다. 그는 떠나기로 결심했다. (기자 신분이라 이런저런 편의가 제공되어) 도청의 비서실장을 만날 수 있었다. 그는 자신이 오랑과는 아무런 관계가 없는 사람이고, 더 이상 여기에 머물 이유도 없는데 우연히 남았을 뿐이며, 밖으로 나가면 격리 수용을 받아들일 테니 일단 내보내달라고 말했다. 비서실장은 충분히 이해할 수 있지만 예외를 만들 수는 없으며, 검토해보겠으나 상황이 심각해서 아무것도 확답할 수는 없다고 말했다.

"그렇지만," 랑베르가 말했다. "저는 이 도시 사람이 아닙니다."

"그렇겠죠. 어쨌거나 전염병이 멈추기를 기대합시다."

끝으로 비서실장은 오랑에서 흥미로운 기삿거리를 찾을 수도 있고, 잘 생각해보면 무슨 사건이든 좋은 면이 있는 법이라고 말하면서 랑베르를 위로하려고 애썼다. 여기까지 이야기하면서 랑베르는 어깨를 으쓱했다. 두 사람은 시내 중심가에 이르렀다.

"이건 말도 안 됩니다, 선생님, 아시잖아요. 저는 르포 기사를 쓰기 위해 세상에 태어난 게 아녜요. 저는 여자와 살기 위해 세상에 태어났습니다. 그게 이치에 맞는 거 아닌가요?"

리외는 그 말이 옳다고 했다.

대로에는 평소보다 사람이 적었다. 몇몇 행인은 원거리에 있는 집을 향해 발걸음을 서둘렀다. 아무도 미소 짓지 않았다. 리외는 그날 보도된 랑스도크 통신사의 통계 때문이라고 생각했다. 24시간이 지나면 시민들은 다시 희망을 품지만, 당일에는 숫자가 너무도 생생히 뇌리에 박혔다.

"만난 지 얼마 되지는 않았지만, 우리는 마음이 통하는 듯합니다." 랑베르가 불쑥 말했다.

리외는 아무 말도 하지 않았다.

"제가 선생님을 성가시게 하는군요." 랑베르가 다시 말했다. "저는 단지 제가 이 몹쓸 병에 걸리지 않았다는 확인서를 써주실 수 있는지 알고 싶었습니다. 그게 도움이 될 것 같아서요."

리외는 고개를 끄덕이며 이야기를 들었다. 그때 조그마한 아이 하나가 달려오다가 넘어지는 바람에 그가 천천히 아이를 일으켜주었다. 그러고서 다시 발걸음을 옮겨 아름 광장에 이르렀다. 희뿌옇게 더러워진 공화국 여신상 주변에 무화과나무와 종려나무 가지들이 잿빛 먼지를 뒤집어쓴 채 가만히 늘어져 있었다. 그들은 여신상 아래에서 발걸음을 멈추었다. 리외가 희뿌연 먼지에 덮인 두 발을 번갈아 땅에 툭툭 털었다. 그러다가 랑베르에게로 눈길을 돌렸다. 펠트 모자를 약간 뒤로 젖혀 쓰고 넥타이 밑 와이셔츠 깃의 단추를 푼 채 면도도 하지 않은 기자는 고집이 세고 퉁명스러워 보였다.

"충분히 이해가 갑니다." 마침내 리외가 말했다. "하지만 설득력 있는 주장으로 들리지는 않습니다. 확인서는 써드릴 수 없을 듯한데, 기자님이 그 병에 걸렸는지 안 걸렸는지 모를 뿐만 아니라, 걸리지 않았다 해도 기자님이 진료실을 나가서 도청으로 들어가는 동안 전염되지 않으리라고 확신할 수 없기 때문입니다. 게다가…."

"게다가?" 랑베르가 물었다.

"제가 확인서를 써드려도 아무런 소용이 없을 겁니다."

"왜죠?"

"이 도시에는 기자님 같은 사람이 수천 명이나 있고, 그 사람들을 모두 밖으로 내보낼 수는 없기 때문이죠."

"페스트에 걸리지 않은 사람도요?"

"그것은 충분한 이유가 되지 못합니다. 물론 어처구니없는 이야기인 줄은 압니다. 하지만 우리는 모두 같은 배를 타고 있습니다. 상황을 있는 그대로 받아들여야 합니다."

"그런데 저는 여기 사람이 아닙니다."

"지금부터는 불행히도! 우리 모두와 마찬가지로 기자님은 여기 사람입니다."

랑베르가 흥분했다.

"단언하건대, 이건 인도적인 문제입니다. 서로 사랑하는 두 사람에게 이런 이별이 무엇을 뜻하는지 선생님은 이해하지 못하시는군요."

리외는 곧바로 대답하지 않았다. 그러고서 자기 생각에는 잘 이해하고 있는 듯하다고 말했다. 리외는 랑베르가 아내를 다시 만나고 서로 사랑하는 모든 사람이 재결합하기를 진심으로 바라지만, 포고령과 법률이 있고 또 페스트가 있기에 자신의 의무를 다해야 한다고 답했다.

"아뇨." 랑베르가 신랄하게 말했다. "선생님은 이해하지 못하고 계십니다. 선생님은 이성의 언어로 말씀하시고, 추상의 세계에 살고 계십니다."

의사는 공화국 여신상을 향해 고개를 들었고, 자신이 이성의 언어로 말하는지는 모르겠으나 명백한 사실의 언어로 말하고 있으며 그 둘이 반드시 동일하지는 않다고 답했다. 기자는 넥타이를 고쳐 맸다.

"그러니까 제가 다른 해결책을 찾아야 한다는 말씀이군요? 저는 반드시 이 도시를 떠날 겁니다." 랑베르가 도전적인 어조로 말했다.

의사는 그 심정을 이해하지만 자기와는 무관한 일이라고 말했다.

"아뇨, 관계가 있습니다." 랑베르가 갑자기 폭발하듯 말했다. "선생님이 봉쇄 결정에 결정적 역할을 했다는 이야기를 들었기 때문에 제가 선생님을 찾아온 겁니다. 선생님이 일으킨 일이니까 적어도 한 건 정도는 해결해주실 수 있으리라고 생각했거든요. 그런데 전혀 상관없는 일이군요. 다른 사람은 안중에도 없네요. 생이별을 당한 사람들은 전혀 고려 대상이 아니라는 거죠."

리외는 어떤 면에서 그 말이 사실이고, 그런 사정까지 고려할 수는 없었다고 말했다.

"아! 알겠습니다." 랑베르가 말했다. "공익을 이야기하시려는군요. 하지만 공익은 개인의 행복에서 출발하는 겁니다."

"글쎄요." 리외가 딴생각을 하다가 깨어난 사람처럼 말했다. "이런 면도 있고 저런 면도 있지요. 속단해서는 안 됩니다. 그리고 화를 낸다고 해결될 문제가 아닙니다. 기자님이 여기를 벗어난다면 저도 정말 기쁘겠습니다. 그렇지만 직무상 해서는 안 될 일이 있는 거죠."

랑베르는 초조한 듯 고개를 가로저었다.

"그래요, 화를 낸다고 해결될 문제가 아니죠. 제가 선생님의 시간을 너무 많이 빼앗았습니다."

리외는 일의 진행 상황을 알려달라면서 자기를 원망하지 말라고 부탁했다. 확실히 그들은 서로 일치하는 면이 있다는 것이었다. 랑베르는 별안간 당황한 듯했다.

"알겠습니다." 잠시 침묵을 지킨 후에 랑베르가 말했다. "예, 알겠습니다. 어쨌든 선생님을 이해합니다."

그는 망설였다.

"그러나 선생님의 말씀에 동의할 수는 없습니다."

그는 펠트 모자를 이마까지 내려쓰더니 빠른 걸음으로 자리를 떠났다. 리외는 장 타루가 사는 호텔로 랑베르가 들어가는 것을 보았다.

잠시 후, 의사는 머리를 흔들었다. 기자가 행복에 조바심을 낸 것도 잘못된 일은 아니었다. 그러나 기자가 그를 비난한 것은 옳은 일인가? "선생님은 추상의 세계에 살고 계십니다." 페스트 상황이 더욱 악화해서 사망자 수가 일주일에 평균 500명에 이른 요즘, 병원에서 보낸 그 많은 시간이 정말 추상이었을까? 그렇다, 불행에는 추상적이고 비현실적인 일면이 있기 마련이다. 그러나 추상이 여러분을 죽이기 시작할 때, 추상에 신경을 쓰지 않으면 안 된다. 그 일이 쉽지 않다는 사실을 리외는 알고 있었다. 예를 들어 그가 책임진 임시 병원(이제는 세 곳이다)을 관리하는 일도 쉽지 않았다. 그는 진료실 맞은편 방을 접수실로 개조하게 했다. 바닥을 판 다음, 크레졸로 소독한 물을 채워 일종의 연못을 만들었고, 연못 가운데에는 작은 벽돌 섬을 두었다. 환자가 섬으로 이송되면 즉시 옷을 벗겼고, 옷은 연못으로 떨어졌다. 사람들은 환자의 몸을 씻기고 물기를 말리고 환자복을 입힌 후, 리외의 진료실을 거쳐 병실로 데려갔다. 어쩔 수 없이 초등학교 실내 체육관까지 동원되었는데, 그곳을 가득 메운 병상 500개는 이제 거의 모두 환자들로 차 있었다. 리외는 아침에 환자 접수를 직접 지휘하고 백신 주사를 놓고 림프샘 멍울을 절개한 후, 통계를 다시 검토하고 자기 병원으로 돌아와 오후 진료를 했다. 저녁에는 왕진을 나갔고, 밤이 이슥해서야 집으로 돌아왔다. 그 전날 밤, 며느리의 전보를 건네주던 어머니가 아들의 손이 떨리는 모습을 보았다.

"그렇네요." 의사가 말했다. "열심히 일하다 보면 괜찮아질 겁니다."

평소에 그는 원기가 왕성했고 강건했다. 사실 아직은 피곤하지도 않았다. 그러나 예컨대 왕진은 참을 수 없는 고역이 되었다. 전염성 열병이라고 진단을 내리면, 그것은 환자를 즉시 격리하라는 말로 받아들여졌다. 그때부터 추상과 난관이 시작되었다. 가족들이 환자가 완치되거나 사망하기 전에는 다시 만날 수 없다는 사실을 알고 있었기 때문이다. "자비를 베풀어주세요, 선생님!" 타루가 묵는 호텔에서 일하는 객실 청소부의 어머니인 로레 부인이 그렇게 말했었다. 그 말이 무엇을 뜻하는가? 물론 그에게도 동정심이 있었다. 하지만 그것은 아무에게도 도움이 되지 않았다. 전화로 알릴 수밖에 없었다. 곧바로 구급차 사이렌이 울렸다. 이웃들이 창문을 열고 내다보았고, 잠시 후 황급히 창문을 닫았다. 그러고 나면 싸움과 눈물과 설득, 요컨대 추상이 시작되었다. 고열과 불안으로 들끓는 아파트에서 그처럼 어리석은 실랑이가 벌어졌다. 그러나 결국 환자는 이송되고, 리외는 자리를 뜰 수 있었다.

처음에는, 전화로 알린 후 구급차를 기다리지 않고 다른 환자를 보러 달려가곤 했다. 그러나 리외가 가고 나면, 가족들은 그 결과를 익히 아는 이별보다 차라리 페스트를 마주하는 게 낫다고 생각하면서 문을 걸어 잠갔다. 고성이 오가고, 법적으로 명령을 내리고, 경찰이 개입하고, 나중에는 군인이 동원됨으로써 환자는 체포되듯 이송되었다. 그래서 처음 몇 주 동안 리외는 구급차가 도착할 때까지 환자의 집에 남아 있어야만 했다. 그 후, 의사 한 명이 자원봉사 감독관 한 명을 동반하게 되면서 리외는 다른 환자에게로 달려갈 수 있었다. 초기에는 로레 부인 집에 갔던 날과 비슷한 상황이 매일 저녁 되풀이되었었다. 그날, 부채와 조화造花로 장식된 조그만 아파트에서 로레 부인은 보일 듯 말 듯한 미소로 의사를 맞이하면서 이렇게 말했다.

"요즘 떠들썩한 그 열병이 아니어야 할 텐데요."

의사는 시트와 속옷을 들춘 후, 배와 허벅지에 생긴 붉은 반점과 부어오른 림프샘을 말없이 살폈다. 어머니는 딸의 다리 사이를 보더니 자기도 모르게 비명을 질렀다. 매일 저녁 치명적인 증상이 빠짐없이 드러난 배를 보고 어머니들은 울부짖었고, 매일 저녁 가족들이 리외의 팔을 붙잡고 무의미한 말과 약속과 눈물을 쏟았으며, 매일 저녁 구급차의 사이렌이 사람들의 고통스러운 발작을 불러일으켰으나 아무런 소용이 없었다. 늘 비슷한 저녁이 되풀이되면서 리외는 끝없이 반복되는 비슷한 광경 외에는 아무것도 기대할 수 없었다. 그렇다, 페스트는 추상처럼 단조로웠다. 단 한 가지가 변했는데, 그것은 바로 리외 자신이었다. 공화국 여신상 아래에서 그는 그렇게 느꼈다. 그리고 랑베르가 들어간 호텔의 문을 바라보면서, 그는 자기 마음을 채우기 시작한 난처한 무관심을 의식했다.

황혼이 질 무렵 시민들이 거리로 쏟아져 나와 이리저리 맴돌던 그 기진맥진한 몇 주가 지난 후, 리외는 더 이상 동정심에 맞서 싸울 필요가 없다는 사실을 깨달았다. 동정심이 쓸모가 없을 때는 동정하는 데도 지치는 법이다. 의사는 자기 자신에게서도 서서히 마음이 닫히는 데서 그 힘겨운 날들에 대한 유일한 위안을 찾았다. 그렇게 되면 일이 훨씬 더 수월해지기 때문이었다. 의사는 그런 체념 상태를 오히려 반겼다. 새벽 두 시에 아들을 맞이한 어머니는 아들의 공허한 눈길을 보고 마음이 몹시 아팠지만, 아들로서는 그 공허 외에 달리 고통을 덜 방법이 없었다. 추상과 싸우기 위해서는 조금이나마 추상을 닮지 않으면 안 되었다. 그러나 어떻게 랑베르가 그것을 느낄 수 있을까? 랑베르에게 추상이란 자기의 행복을 가로막는 모든 것이었다. 기실 리외는 어떤 면에서 기자가 옳다는 사실을 알고 있었다. 그렇지만 그는 추상이 행복보다 더 강렬할 때가 있으며, 그때는 오직 추상만을 고려해야 한다는 사실 또한 알고 있었다. 앞으로 랑베르에게 닥칠 일이 바로 그것이었는데, 의사는 훗날 랑베르가 털어놓은 이야기를 통해 사정을 자세히 알게 되었다. 의사는 그 오랜 시간 시민들의 삶을 송두리째 지배한 싸움, 즉 각자의 행복과 페스트라는 추상 사이에 벌어진 우울한 싸움을 이런 식으로, 새로운 차원에서 추적할 수 있었다.

3

그런데 어떤 사람들이 추상을 보는 곳에서 또 다른 사람들은 진리를 보았다. 페스트가 발생한 첫 달이 저물 무렵, 전염병이 다시 심해지고 파늘루 신부가 격정적으로 강론을 펼친 탓에 도시는 침울한 분위기에 젖어들었다. 미셸 영감의 발병 초기에 도움을 주었던 파늘루 신부는 오랑 지리학회지에 자주 논문을 기고해 이미 유명해졌고, 그의 금석문 복원은 권위를 인정받았다. 그러나 그가 폭넓은 청중을 모은 것은 학문적인 전문 연구보다 현대 개인주의에 대한 일련의 강의를 통해서였다. 강의에서 그는 현대의 방종과 지난 세기의 반反계몽주의를 두루 거부하면서 엄격한 기독교 신앙의 열렬한 수호자를 자처했다. 그리고 청중을 향해 혹독한 진실을 가차 없이 설파했다. 그의 명성은 거기서 비롯되었다.

그달 말에 우리 시의 고위 성직자들이 집단 기도 주간을 기획함으로써 그들 나름대로 페스트와 싸우기로 결정했다. 대중의 신앙심을 고취하려는 이 행사는 페스트에 걸렸던 성 로크의 가호 아래 봉헌하는 장엄한 미사와 함께 일요일에 끝나기로 되어 있었다. 파늘루 신부는 그 미사에서 강론을 부탁받았다. 성 아우구스티누스와 아프리카 교회 연구로 교단에서 각별한 지위를 얻고 있었던 신부는 2주 전에 그 연구에서 빠져나온 상태였다. 천성적으로 격렬하고 열정적인 그는 자신에게 주어진 사명을 결연히 받아들였다. 강론을 하기 오래전부터 벌써 시내에서 화제가 되었는데, 이 강론은 그 시기 역사에서 중요한 획을 긋는 사건이었다.

집단 기도 주간 내내 청중이 몰려들었다. 평상시 오랑 시민들의 신앙심이 특별히 깊었기 때문은 아니었다. 예컨대 일요일 아침이면 해수욕을 택하는 사람들이 미사에 가는 사람만큼 많았다. 또한 갑작스러운 회심이 작용했기 때문도 아니었다. 하지만 도시가 봉쇄되고 항구가 차단되어 더 이상 해수욕을 할 수 없었고, 다른 한편으로 그들은 자신에게 닥친 이 놀라운 사건을 마음속으로는 받아들이지 않으면서도 무엇인가 달라진 것만은 분명히 느끼는 매우 특이한 정신 상태에 놓여 있었다. 그럼에도 많은 이가 전염병이 곧 멈추리라고, 어쨌든 자신과 가족은 전염병에 걸리지 않으리라고 기대했다. 따라서 그들은 아직도 무엇인가 해야 한다고 생각하지 않았다. 그들에게 페스트는 갑자기 찾아와서 언젠가 떠나갈 불쾌한 방문객일 뿐이었다. 그들은 겁이 나긴 했으나 절망하지는 않았다. 페스트가 삶의 양식으로 드러나는 시간, 지금까지 그들이 영위해온 삶을 잊어야 하는 시간은 아직 도래하지 않았다. 요컨대 그들은 대기 상태에 있었다. 그들은 페스트 때문에 다른 많은 문제와 마찬가지로 종교에도 열정이나 무관심이 아닌 기이한 사고방식, '객관성'이란 말로 적절하게 정의할 수 있을 법한 기이한 사고방식을 갖게 되었다. 집단 기도 주간에 참여한 사람들은 대부분 어느 신자가 의사 리외에게 한 말을 공유했으리라. "어쨌든 기도해서 나쁠 건 없지요." 타루도 중국인들은 이런 경우 페스트 귀신 앞에서 북을 두드린다고 기록한 후, 실제로 북이 의학적 예방 조치보다 더 효과적인지는 결코 알 수 없다고 덧붙였다. 그리고 그 문제에 결론을 내리자면 페스트 귀신이 존재하는지 알아야 하는데, 그 존재 여부를 모르는 이상 이런저런 의견이 모두 무의미하다고 적었다.

어쨌든 우리 시의 성당은 집단 기도 주간 내내 신자들로 꽉 차 있었다. 처음 며칠 동안은 많은 시민이 현관 앞에 늘어선 종려나무와 석류나무 정원에 머무르면서, 거리까지 밀물처럼 흘러나오는 축원과 기도 소리를 들었다. 그러다가 차츰 앞사람을 따라 성당 안으로 들어가서 신자들의 답창에 머뭇거리며 끼어들었다. 일요일에는 시민들이 엄청나게 몰려들어 중앙홀을 가득 채우고 앞뜰과 끄트머리 계단까지 인파가 넘쳐났다. 그 전날부터 하늘이 어두워지더니 비가 억수처럼 쏟아졌다. 성당 밖에 있는 사람들은 우산을 펴서 들어야 했다. 향냄새와 축축한 옷 냄새가 성당 안을 떠도는 가운데 파늘루 신부가 설교단으로 올라갔다.

그는 보통 키에 체격이 다부졌다. 설교단 테두리 나무틀을 커다란 양손으로 잡고 섰을 때, 그는 쇠테 안경 아래 붉은 두 뺨이 얼룩처럼 도드라진 두툼하고 시커먼 형체로 보일 뿐이었다. 그의 목소리는 힘차고 열정적이어서 멀리까지 울려 퍼졌다. "형제 여러분, 여러분은 불행을 겪고 있습니다. 형제 여러분, 여러분은 불행을 겪어 마땅합니다." 그가 이 간결한 첫 문장을 격정적으로, 힘주어 내뱉으며 청중을 후려쳤을 때, 일종의 소용돌이가 청중을 거쳐 성당의 앞뜰까지 이르렀다.

논리적으로 볼 때, 그다음 문장은 비장한 첫 문장과 어울리지 않는 듯했다. 그러나 강론이 계속되면서 시민들은 신부가 능란한 웅변술로 강론 전체의 주제를 마치 일격을 가하듯 대번에 제시했다는 사실을 깨달았다. 첫 문장에 뒤이어 파늘루 신부는 출애굽기에서 이집트의 페스트와 관련된 대목을 인용했다. "이 재앙이 역사에 처음으로 출현한 것은 하느님의 적들을 쳐부수기 위해서였습니다. 파라오가 하느님의 영원한 섭리를 거역했으므로, 페스트가 그를 무릎 꿇게 했습니다. 유사 이래 하느님의 재앙은 오만한 자들과 눈먼 자들을 굴복시켰습니다. 그 점을 생각하시고, 무릎을 꿇으십시오."

밖에서는 더욱 세찬 비가 내렸다. 절대적 침묵 속에서 내뱉어진 그 마지막 한마디, 채색 유리창을 때리는 빗방울 소리 탓에 더욱 심오하게 들린 그 마지막 한마디가 얼마나 강렬했던지 몇몇 청중이 잠시 머뭇거리다가 의자에서 내려와 기도대에 기대어 무릎을 꿇었다. 다른 사람들도 그렇게 해야 한다고 생각했다. 의자가 삐걱대는 소리만 들릴 뿐, 조용한 가운데 모든 청중이 차례로 무릎을 꿇었다. 그러자 파늘루 신부가 다시 일어나 깊이 숨을 들이쉰 다음, 점점 더 강렬한 어조로 말을 이어나갔다. "그렇습니다, 오늘 페스트가 여러분에게 닥친 것은 반성할 때가 되었기 때문입니다. 정의로운 자는 두려워할 필요가 없지만, 악한 자들은 당연히 떨어야 합니다. 무자비한 재앙이 우주라는 거대한 곳간에서 짚과 낟알을 가려낼 때까지 인류라는 밀을 가차 없이 타작할 것입니다. 낟알보다는 짚이 더 많을 것이고, 선택받은 자보다는 불려가는 자가 더 많을 것입니다. 하느님은 이 불행을 원하지 않으셨습니다. 이 세상은 너무나 오랫동안 악과 타협했고, 이 세상은 너무나 오랫동안 하느님의 자비에 안주했습니다. 그저 회개하는 것으로 족했고, 모든 게 허용되었습니다. 모두가 회개라면 자신 있다고 생각했습니다. '때가 되면 틀림없이 회개할 거야. 그러니 그때까지 아주 쉽게, 제멋대로 살아가는 거지, 나머지는 하느님의 자비에 맡기면 돼.' 하지만 그런 삶은 더 이상 지속될 수 없었습니다. 그토록 오랫동안 연민의 얼굴로 이 도시의 시민들을 내려다보시던 하느님도 기다림에 지치시고 끝없는 희망에 좌절하신 채 마침내 시선을 돌렸습니다. 그리하여 하느님의 광명을 잃은 우리는 오래도록 페스트라는 암흑 속에 갇히고 말았습니다!"

성당 안에서 누군가가 초조한 말馬처럼 몸을 부르르 떨었다. 잠시 호흡을 가다듬은 뒤, 신부는 더욱 낮은 목소리로 강론을 재개했다. "『황금 전설』에 이런 이야기가 나옵니다. 롬바르디아의 움베르토 왕 재위 시절에 이탈리아는 페스트의 창궐로 얼마나 피폐해졌던지 산 자가 별로 없어 죽은 자를 매장하기도 어려웠습니다. 페스트는 특히 로마와 파비아에서 맹위를 떨쳤습니다. 선한 천사가 나타나서 사냥용 창을 든 악한 천사에게 집집마다 문을 두드리라고 명령했습니다. 문을 두드린 횟수만큼 그 집에서 사망자가 나왔습니다."

이 대목에서 파늘루 신부는 비의 장막 뒤에 있는 무엇인가를 가리키듯, 성당 앞뜰을 향해 짧은 두 팔을 뻗으며 힘주어 말했다. "형제들이여, 그 죽음의 사냥이 오늘 우리가 사는 거리에서 실행되고 있습니다. 보십시오, 루시퍼처럼 아름답고 악 그 자체처럼 빛나는 페스트의 천사가 여러분의 지붕 위에 서서, 오른손으로는 붉은 창을 머리 위로 치켜들고 왼손으로는 여러분의 집을 가리키고 있습니다. 지금 이 순간, 그의 손가락이 여러분의 집을 향하고 그의 창이 나무 대문을 두드리고 있을지도 모릅니다. 지금 이 순간, 페스트가 여러분의 집으로 들어가서 여러분의 방에 앉아 여러분이 돌아오기를 기다리고 있을지도 모릅니다. 참을성과 조심성을 갖춘 페스트는 세상의 질서 그 자체인 양 확고하게 그 자리에 있습니다. 잘 알아두십시오, 그 어떤 지상의 권력도, 그 어떤 인간의 과학도 페스트가 뻗치는 손길에서 여러분을 피하게 해줄 수 없습니다. 여러분은 피로 물든 고통의 타작마당에서 죽도록 두들겨 맞고 짚과 함께 버려질 것입니다."

여기서 신부는 재앙의 비장한 이미지를 더욱 참혹하게 설명했다. 거대한 통나무가 도시의 하늘에서 빙빙 돌면서 사람들을 닥치는 대로 때린 후, 피에 물든 채 다시 솟구쳐 올라 마침내 "진리의 수확을 준비할 씨를 뿌리듯" 인간의 피와 고통을 흩뿌리는 광경을 상기시켰다.

긴 이야기 끝에 파늘루 신부는 잠시 말을 멈추었다. 머리칼이 이마 위로 흘러내렸고, 두 손이 온몸의 전율을 설교단에 전달했다. 그는 더욱 낮은 목소리로, 비난하는 어조로 다시 말했다. "그렇습니다, 반성의 시간이 왔습니다. 여러분은 일요일에 하느님을 만나기만 하면 주중에는 자유로워진다고 믿었습니다. 여러분은 몇 차례 무릎을 꿇기만 하면 죄악의 무관심을 용서받을 수 있다고 생각했습니다. 그러나 하느님은 그렇게 둔감한 분이 아닙니다. 그처럼 간헐적인 관계는 하느님의 크나큰 애정에 턱없이 못 미칩니다. 하느님은 여러분을 더 오래

보고 싶어 하십니다. 그것이 여러분을 사랑하는 하느님의 방식, 사실상 유일한 방식입니다. 바로 그런 이유로 여러분을 기다리다 지친 하느님은 유사 이래 재앙이 모든 죄악의 도시를 찾아갔듯 페스트가 여러분을 찾아가게 하셨던 겁니다. 카인과 그의 아들들, 대홍수 이전의 사람들, 소돔과 고모라의 사람들, 파라오와 욥 그리고 모든 저주받은 사람들처럼 여러분은 이제 죄악이 무엇인지 알고 있습니다. 그리고 그들이 그랬듯, 여러분은 이 도시가 여러분과 재앙을 함께 가둔 날부터 존재와 사물에 새로운 눈길을 던지고 있습니다. 여러분은 지금에서야 비로소 본질로 되돌아가야 한다는 사실을 깨달았습니다.”

　이제 축축한 바람이 중앙홀로 불어왔고, 촛대의 불꽃이 지직거리는 소리를 내며 바람에 흔들렸다. 진한 밀랍 냄새, 기침 소리, 재채기 소리가 파늘루 신부의 귀에까지 들려왔다. 명성이 자자한 절묘한 말솜씨로 본론으로 돌아온 신부는 조용한 음성으로 다시 말했다. “저의 강론이 어떤 결론에 이를지 많은 분이 궁금해하신다는 사실을 잘 알고 있습니다. 저는 여러분을 진리로 이끌고자 하며, 제가 지금까지 말씀드린 사실에도 불구하고 여러분이 행복을 누릴 수 있도록 가르치고자 합니다. 충고나 우정의 손길이 여러분을 선으로 이끌던 시대는 끝났습니다. 오늘날 진리는 하나의 명령입니다. 여러분에게 구원의 길을 보여주고, 여러분을 그곳으로 이끄는 것이 바로 페스트의 붉은 창입니다. 형제 여러분, 만물에 선과 악, 분노와 연민, 페스트와 구원을 깃들게 한 하느님의 자비가 마침내 발현되는 곳이 바로 여기입니다. 여러분을 죽이는 바로 이 재앙이 여러분을 고양하고, 여러분에게 길을 보여주고 있습니다.”

"아주 오래전에, 아비시니아 사람들은 페스트를 하느님이 주신 것으로서 영생에 도달할 수 있는 효과적인 수단으로 여겼습니다. 병에 걸리지 않은 사람들은 확실하게 죽을 수 있도록 페스트 환자의 시트 속으로 들어가 몸을 옹크렸습니다. 그 같은 구원의 광기는 분명히 권할 만한 게 아닙니다. 그것은 유감스럽게도 오만에 가까운 조바심일 뿐입니다. 인간이 하느님보다 더 바쁘게 서둘러서는 안 됩니다. 하느님이 완전하게 구축하신 불변의 질서에 박차를 가하려는 모든 시도는 이단에 이릅니다. 그러나 아비시니아 사람들의 예는 적어도 하나의 교훈을 남깁니다. 그 예는 아비시니아 사람들보다 더 총명한 우리 정신에, 온갖 고통의 밑바닥에서 빛나는 영생의 감미로운 섬광을 부각합니다. 그 섬광은 해방으로 가는 황혼의 길을 비춰줍니다. 그 섬광은 악을 선으로 완벽하게 바꾸는 하느님의 의지를 나타냅니다. 오늘, 죽음과 불안과 아우성의 길을 통해 그 섬광은 우리를 본질적인 침묵으로, 생명의 원칙으로 안내합니다. 형제 여러분, 이것이 바로 제가 여러분에게 드리고 싶은 거대한 위안입니다. 여러분이 여기서 가져가실 것은 징벌의 말씀뿐 아니라 위안의 말씀입니다."

모두가 파늘루 신부의 강론이 끝났다고 생각했다. 밖에서는 비가 그쳤다. 수증기와 햇살을 머금은 하늘에서 더욱 신선한 빛이 광장으로 쏟아졌다. 사람들의 목소리, 차량이 지나가는 소리, 잠에서 깨어나는 도시의 온갖 소리가 거리에서 올라왔다. 청중은 소리를 내지 않으며 조심스럽게 소지품을 챙겼다. 그렇지만 신부가 다시 말을 이었다. 페스트의 신적인 기원과 재앙의 징벌적 성격을 밝혔기에 자기로서는 할 말을 다 했으며, 이처럼 비극적인 주제를 다루면서 장소에 어울리지 않는 웅변으로 결론을 내리고 싶지 않다고 했다. 그가 보기에는 모든 것이 모든 사람에게 분명해졌다. 하지만 그는 마르세유에 페스트가 창궐했을 때 연대기 작가 마티외 마레가 구원도 희망도 없이 지옥에 빠져 살고 있다고 한탄했다는 사실을 상기시켰다. 말도 안 돼! 마티외 마레야말로 눈뜬장님이 아니고 무엇인가! 그와 반대로, 파늘루 신부는 만인에게 베풀어진 하느님의 구원과 기독교적 희망을 오늘만큼 생생하게 느낀 적이 결코 없었다. 매일 벌어지는 참혹한 비극과 죽어가는 사람들의 비명에도 불구하고 우리 시민들이 그리스도의 말씀, 사랑의 말씀만을 하늘을 향해 외치기를 그는 간절히 바라고 또 바랐다. 나머지는 하느님이 알아서 하시리라.

아르놀트 뵈클린, 〈흑사병〉, 1898.

4

그 강론이 시민들에게 영향을 끼쳤는지는 확실히 말하기가 어렵다. 예심판사 오통 씨는 파늘루 신부의 설교가 "반론의 여지 없이 완벽한 것"이었다고 의사 리외에게 단언했다. 그러나 모든 사람의 의견이 그처럼 분명하지는 않았다. 다만 강론 이후 사람들은 그때까지 막연했던 생각, 즉 미지의 죄 때문에 상상하기 힘든 감금을 당했다는 생각에 더욱 민감해졌다. 그리하여 어떤 사람들은 소소한 일상생활을 계속하며 유폐 생활에 점차 적응하려 했고, 어떤 사람들은 반대로 그때부터 이 감옥에서 탈출하려는 생각에만 몰입했다.

처음에 시민들은 외부와의 단절을 몇몇 습관적인 행위를 중단시키는 일시적인 불편 사항 정도라고 받아들였다. 그러나 지글거리는 솥뚜껑처럼 달아오르는 여름 하늘 아래 감금되었다는 사실을 불현듯 의식한 그들은 이런 유폐가 그들의 삶 전체를 위협함을 어렴풋이 느꼈으며, 저녁이 오면 새롭게 깃드는 활력과 함께 이따금 절망적인 행동을 하기에 이르렀다.

우선 우연의 일치인지 모르겠으나, 그 일요일부터 우리 시에 일종의 두려움이 생겼는데, 그 두려움이 상당히 넓고도 깊어서 시민들이 상황을 제대로 인식하기 시작한 게 아닐까 하는 생각이 들 정도였다. 이런 관점에서 볼 때, 우리 도시 분위기에 약간의 변화가 있었다. 그러나 실제로 변한 게 분위기인지 마음인지는 알 수 없었다.

강론이 펼쳐진 지 며칠 후, 그랑과 함께 교외 쪽으로 가면서 강론 이야기를 나누던 리외는 어둠 속에서 앞으로 나아가려 하지 않고 비틀거리는 한 남자와 부딪쳤다. 바로 그때 점점 더 늦게 점등되던 도시의 가로등이 갑자기 환하게 켜졌다. 산책객들 뒤에 서 있는 높다란 전등이 눈을 감은 채 말없이 키득거리는 남자를 퍼뜩 비추었다. 무언의 웃음으로 일그러진 희끄무레한 얼굴 위로 굵은 땀방울이 흘러내렸다. 그들은 그냥 지나쳤다.

"미친 사람입니다." 그랑이 말했다.

서둘러 지나가려고 그의 팔을 잡은 리외는 그랑이 긴장해서 떨고 있는 게 느껴졌다.

"머잖아 우리 도시에는 미친 사람들밖에 없을 겁니다." 리외가 말했다.

그는 피로한 탓인지 목이 말랐다.

"뭐라도 좀 마시죠."

그들이 들어간 조그마한 카페에는 카운터 위의 전등 하나가 실내 전체를 밝히고 있었는데, 답답하고 불그스름한 분위기 속에서 사람들이 뚜렷한 이유도 없이 나지막한 목소리로 이야기를 나누고 있었다.

그랑은 카운터에서 술을 한 잔 주문해서 놀라우리만큼 단숨에 들이켰고, 자기는 술이 세다고 말했다. 그런 다음에 그는 나가자고 했다. 밖으로 나온 리외는 밤이 신음으로 가득 찬 것 같다고 느꼈다. 가로등 위 캄캄한 하늘 어디선가 들려오는 희미한 휘파람 소리가 후텁지근한 공기를 끊임없이 휘젓는 보이지 않는 재앙을 떠올리게 했다.

"다행이죠, 다행." 그랑이 말했다.

리외는 그게 무슨 뜻인지 궁금했다.

"다행히도 제게는 할 일이 있습니다." 그랑이 말했다.

"그래요." 리외가 말했다. "할 일이 있다는 건 좋은 거죠."

리외는 휘파람 소리를 듣지 않으려고 그랑에게 그 일에 만족하느냐고 물었다.

"글쎄요, 괜찮은 것 같습니다."

"오래 걸리나요?"

그랑은 표정이 상기되었고, 목소리에 술기운이 묻어났다.

"잘 모르겠습니다. 하지만 시간은 문제가 아녜요, 선생님, 시간은 문제가 아닙니다."

어둠 속에서도 그랑이 손사래를 치는 게 보였다. 그는 무엇인가 할 말을 준비하는 듯하더니 갑자기 수다스럽게 말하기 시작했다.

"제가 원하는 건, 선생님. 원고가 출판사에 도착하는 날 원고를 읽은 출판업자가 자리에서 일어나 사원들에게 이렇게 말하는 겁니다. '여러분, 모자를 벗어 경의를 표하시오!'"

이 갑작스러운 고백이 리외를 놀라게 했다. 그랑은 한 손을 머리로 가져가더니 모자를 벗는 시늉을 하며 팔을 앞으로 뻗었다. 저기 하늘에서 그 이상한 휘파람 소리가 더 크게 다시 시작되는 듯했다.

"그렇습니다." 그랑이 말했다. "완벽해야 합니다."

문단의 관행에는 문외한일지라도 리외는 일이 그처럼 간단치 않으리라는 느낌과 출판사 직원들이 사무실에서 모자를 쓰고 있지 않으리라는 느낌이 들었다. 그러나 결코 알 수 없는 일이기에 리외는 잠자코 침묵을 지켰다. 그는 페스트가 내는 신비로운 소리에 자기도 모르게 귀를 기울였다. 그랑이 사는 동네에 가까워지고 있었는데, 그 동네는 지대가 상당히 높아서 가벼운 바람이 그들을 시원하게 해주었고 도시의 온갖 소음도 깔끔하게 씻어주었다. 그랑이 이야기를 계속했으나 리외는 그 내용을 전부 이해하지는 못했다. 다만 문제의 작품이 이미 상당히 진척되었고, 그 작품을 완벽하게 만들려고 그가 몹시 고통스럽게 애쓴다는 사실을 알 수 있었다. "며칠 저녁, 몇 주일을 단어 하나 때문에… 때로는 간단한 접속사 하나 때문에." 여기서 그랑은 발걸음을 멈추었고, 의사의 외투 단추 하나를 만지작거렸다. 그의 말이 고르지 못한 치아 사이로 떠듬떠듬 새어 나왔다.

"생각해보세요, 선생님. 엄밀하게 말해서 '그러나mais'와 '그리고et' 사이에서 선택하는 건 상당히 쉽습니다. 하지만 '그리고'와 '그다음에puis' 사이에서 선택하는 건 벌써 꽤 어렵죠. '그다음에'와 '이어서ensuite' 사이의 선택이라면 어려움이 더 커집니다. 확실히 가장 어려운 건 '그리고'를 넣어야 할지 말아야 할지 결정하는 문제입니다."

"그렇군요." 리외가 말했다. "알겠습니다."

그는 다시 길을 걸었다. 그랑은 잠시 당황한 표정을 짓더니 리외 곁으로 다가왔다.

"죄송합니다." 그가 중얼거렸다. "오늘 저녁에 제가 왜 이러는지 모르겠네요."

리외는 그의 어깨를 툭 쳤고, 그의 이야기가 아주 재미있으며 그를 돕고 싶다고 말했다. 그랑은 마음이 평온해진 듯했고, 집 앞에 이르자 조금 망설이다가 의사에게 잠시 올라가자고 청했다. 리외는 좋다고 답했다.

부엌에서 그랑은 리외에게 식탁 앞에 앉으라고 권했다. 식탁은 깨알 같은 글씨 위에 삭제 표시가 가득한 종이로 덮여 있었다.

"예, 바로 이겁니다." 그랑이 눈짓으로 묻는 의사에게 답했다. "마실 것 좀 드릴까요? 포도주가 있습니다."

리외는 사양했다. 그는 종잇장을 바라보고 있었다.

"보지 마세요." 그랑이 말했다. "첫 문장입니다. 그것 때문에 힘들어요, 정말 힘들어요."

그랑 또한 그 모든 종잇장을 바라보다가 참을 수 없었던지 그중 하나를 집어 들고 갓도 씌우지 않은 전구에 비추었다. 손에 쥔 종이가 떨렸다. 리외는 시청 직원의 이마가 땀에 젖어 있는 걸 보았다.

"앉으세요." 리외가 말했다. "좀 읽어주세요."

그랑은 리외를 바라보며 감사의 표시로 미소 지었다.

"예." 그랑이 말했다. "저도 그러고 싶네요."

그랑은 여전히 종이를 보며 잠시 기다리다가 자리에 앉았다. 그와 동시에 리외는 시내에서 들었던 재앙의 휘파람 소리에 답이라도 하듯 어디선가 어렴풋이 윙윙거리는 소리를 들었다. 바로 그 순간 그는 자기 발밑에 펼쳐진 도시, 그 도시가 형성한 닫힌 세계, 그 도시가 어둠 속에서 억누르는 끔찍한 아우성을 더없이 날카롭게 인식했다. 그랑의 목소리가 자기도 모르는 새 고조되었다. "5월달의 화창한 아침나절에, 긴 치마를 입은 우아한 여자가 멋진 밤색 말을 타고서 꽃이 만발한 불로뉴 숲의 오솔길을 달리고 있었다." 다시 침묵이 깃들었고, 고통스러운 도시의 모호한 소음이 들렸다. 그랑은 종잇장을 내려놓고서도 그것을 계속 바라보았다. 잠시 후, 그가 고개를 들었다.

"어떻게 생각하세요?"

리외는 첫 문장을 들으니 다음 문장이 무엇일지 궁금해진다고 대답했다. 그러나 그런 관점은 적절하지 않다고 그랑이 활기차게 말했다. 그가 손바닥으로 원고를 툭 쳤다.

"이건 초안일 뿐입니다. 제가 상상한 그림을 완벽하게 재현하는 데 성공하면, 제 문장이 하나 둘 셋, 하나 둘 셋 하고 말이 달리는 속도와 완벽하게 보조를 맞추게 되면, 바로 그때 나머지 작업이 더욱 쉬워질 것이고, 특히 환상이 첫 문장부터 너무나 강렬하게 작동해서 이렇게 말하지 않을 수 없을 겁니다. '모자를 벗어 경의를 표하시오!'"

그러나 그렇게 되려면 아직 할 일이 많았다. 그는 이 문장을 지금 상태 그대로 인쇄업자에게 넘길 생각은 추호도 없었다. 이따금 만족스러울 때도 있었지만, 아직 현실과 완벽하게 어울리지 않으며 안이한 어조가 배어 있어서 상투적인 문장으로 비칠 가능성이 조금이나마 있다는 사실을 잘 알기 때문이었다. 아무튼 그랑의 말은 대충 그런 의미로 들렸다. 그때, 창문 아래로 사람들이 뛰어가는 소리가 났다. 리외가 자리에서 일어났다.

"제가 그것을 어떻게 만들지 두고 보세요." 그랑이 말했다. 그리고 창문 쪽으로 몸을 돌린 채 덧붙였다. "이 모든 상황이 끝났을 때의 일이지만 말입니다."

　그러나 황급히 달려가는 발소리가 다시 들렸다. 리외는 벌써 계단을 내려가고 있었다. 그가 거리로 나왔을 때, 두 남자가 앞을 지나갔다. 그들은 시문을 향해 달리고 있음이 분명했다. 시민들 가운데 일부가 더위와 페스트 사이에서 이성을 잃은 채 벌써 폭력적으로 변했고, 시문의 경비 초소를 피해 도시 밖으로 탈출을 시도하곤 했다.

5

랑베르처럼 다른 사람들도 점증하는 공포 분위기에서 탈출하려고 애썼다. 랑베르보다 더 성공적이지는 않았으나 랑베르보다 더 집요하고 교묘했다고 할 수 있으리라. 랑베르는 먼저 공식적인 절차를 밟았다. 끈기가 만사를 해결해준다는 것이 그의 지론이었고, 어떤 면에서 난제를 푸는 것이 그의 직업이기도 했다. 그래서 그는 역량이 출중한 관리와 유력 인사 상당수와 접촉했다. 그러나 이 경우에는 역량도 아무런 소용이 없었다. 은행, 수출, 감귤 또는 포도주 거래 관련 업무에 대한 그들의 생각은 대부분 정확했고 분명하게 정리되어 있었다. 그들은 확실한 자격증과 분명한 선의 외에도 소송이나 보험 분야에서 해박하고 전문적인 지식을 갖추고 있었다. 가장 인상적이었던 것은 그들 모두가 보여준 선의였다. 그러나 페스트에 관한 한, 그들은 아는게 거의 없었다.

 랑베르는 상황이 허락할 때마다 그들을 한 사람씩 만나 자신의 입장을 설명하고 하소연했다. 변호의 논거는 언제나 똑같았다. 자기는 이 도시 사람이 아니며, 따라서 자기의 경우는 특별하게 취급되어야 한다는 것이었다. 일반적으로 그들은 그 점을 당연히 인정했다. 그러나 그들은 많은 사람이 비슷한 경우에 처해 있으며, 따라서 그의 문제는 상상하는 것만큼 특별하지는 않다고 주장했다. 랑베르는 그렇다고 해도 자신의 논거에는 변함이 없을 거라고 답했다. 그들은 랑베르의 주장을 받아들이면 행정 방침이 변할 수밖에 없다고 답했다. 누군가에게 특별히 호의적인 조치를 취하면 결국 경멸적인 의미의 선례를 만들 위험이 있다는 것이었다. 랑베르가 리외에게 제시한 분류법에 따르면, 이런 식으로 추론하는 사람들은 형식주의자의 범주에 속했다. 그가 만난 사람들 가운데는 이런 부류 외에도 달변가들이 있었는데 그들은 이 모든 게 오래가지 않으리라고 장담했고, 결정을 요구하면 이런저런 충고를 늘어놓으면서 일시적인 곤경일 뿐이니 참으라고 위로했다. 유력자들의 경우, 랑베르에게 상황을 요약하는 메모를 남기라고, 그 사례를 검토한 후에 결정을 내리겠노라고 말했다. 경박한 사람들은 숙박권이나 저렴한 하숙집 주소를 내밀었다. 체계적인 사람들은 카드를 작성하라고 했고, 뒤이어 그 카드를 분류해두었다. 일에 파묻힌 사람들은 두 손을 쳐들었고, 귀찮아하는 사람들은 눈길을 돌렸다. 끝으로 관례에 따라 일을 처리하는 사람들이 가장 많았는데, 그들은 다른 기관이나 새로운 절차를 알려주었다.

　기자는 이곳저곳을 방문하느라 지칠 대로 지쳤다. 세금이 면제되는 국채를 매입하라거나 식민지 군대에 입대하라고 권하는 광고 포스터 앞에 놓인 인조 가죽 의자에 앉아 기다리다 보니 그리고 직원들의 얼굴, 문서 정리함, 서류 선반만 봐도 일이 어떻게 진행될지 예상되는 관공서 사무실을 들락거리다 보니 시청이나 도청이 어떤 곳인지 정확하게 이해할 수 있었다. 랑베르가 리외에게 쓸쓸하게 말한 것처럼, 그 모든 접촉이 재앙의 진상을 가려주었다는 것이 이점이라면 이점이었다. 실제로 그는 페스트가 확산하는 현황을 모르고 있었다. 시간이 더 빨리 지나가는 것은 아니지만, 도시 전체가 처한 상황에서는 각자가 죽지만 않는다면 하루가 지날 때마다 시련의 종식에 한 걸음 더 다가선다고 말할 수 있었다. 리외는 그 관점이 틀리지 않았으나, 다소 지나친 일반론이라고 생각했다.

한때 랑베르도 탈출에 희망을 품은 적이 있었다. 도청에서 신원조회 서류를 보내 빈칸을 정확하게 채우라고 요청했다. 서류는 신분, 가족관계, 과거와 현재의 수입, '경력'을 묻고 있었다. 그가 보기에는 원래 거주지로 돌려보낼 사람들을 집계하는 조사인 듯했다. 어떤 사무실에서 주워들은 몇몇 모호한 정보 때문에 그 느낌은 더욱 확고해졌다. 그러나 열심히 추적한 끝에 서류를 보낸 기관을 찾아냈는데, 거기서는 '만일의 경우를 위해' 정보를 수집했노라고 답했다.

"어떤 경우를 위해서죠?" 하고 랑베르가 물었다.

그러자 기관에서는 피조사인이 페스트에 걸리거나 사망하면 가족에게 알려야 하고, 다른 한편으로는 병원비를 시 예산에서 부담해야 할지 친인척에게 청구할 수 있을지 알아야 하기 때문이라고 설명했다. 그 일로 미루어 볼 때, 사회가 신경을 쓰고 있는 이상 자기를 기다리고 있는 여인과 완전히 단절된 것은 아님이 분명했다. 그러나 그런 사실도 위로가 되지는 못했다. 랑베르가 보기에 더욱 주목할 만한 사실은 재앙의 절정에서도 한 기관이 자신의 업무를 계속하고, 그 업무를 위해 설치되었다는 이유만으로 종종 최고 당국도 모르게 후일에 대비해 주도적으로 조치할 수 있다는 것이었다.

그 이후는 랑베르에게 가장 쉬운 동시에 가장 어려운 시간이었다. 그것은 마비의 시기였다. 그는 온갖 기관을 방문하고 온갖 수단을 동원했으나 해결책을 찾지 못했다. 그래서 그는 이 카페에서 저 카페로 배회했다. 아침에는 미지근한 맥주잔을 앞에 놓고 테라스에 앉았다. 전염병이 곧 끝난다는 징후가 있지 않을까 하는 희망으로 신문을 읽었고, 행인들의 얼굴을 바라보다가 그들의 슬픈 표정이 싫어서 이내 외면했으며, 맞은편 상점의 간판과 더 이상 판매하지 않는 아페리티프 광고를 지겹도록 읽은 후 자리에서 일어나 노랗게 먼지가 앉은 거리를 발길 닿는 대로 걸었다. 한적한 산책길에서 카페로, 카페에서 레스토랑으로 걸음을 옮기다 보면 어느덧 저녁이 되곤 했다. 리외는 어느 날 저녁에 랑베르가 어떤 카페 앞에서 들어가기를 망설이고 있는 모습을 보았다. 그는 결심한 듯 홀 안쪽으로 가서 앉았다. 그 무렵에는 행정 명령에 따라 카페에서도 가능한 한 늦게 불을 켰다. 황혼이 잿빛 물결처럼 실내로 흘러들었고, 장밋빛 노을이 유리창에 비쳤으며, 어둠이 깃드는 가운데 대리석 테이블이 희미하게 빛났다. 인적 없는 쓸쓸한 홀에서 랑베르는 길 잃은 유령처럼 보였다. 리외는 이때가 랑베르의 자포자기 시절이라고 생각했다. 이때는 또한 도시에 갇힌 모든 수인이 자포자기한 시절이기도 했다. 해방의 시간을 앞당기기 위해 무엇인가 해야 했다. 리외는 몸을 돌렸다.

랑베르는 역에서도 오랜 시간을 보냈다. 플랫폼에 접근하는 것은 금지 사항이었다. 그러나 외부로 연결되는 대합실은 개방되어 있었는데, 그늘이 지고 시원해서 날씨가 더울 때 걸인들이 거기에 자리를 잡았다. 랑베르는 대합실에서 옛날 열차 시간표, 침을 뱉지 말라는 표지판, 질서 유지를 위한 승객 준수 사항 등을 읽었다. 그런 다음, 구석으로 가서 앉았다. 실내는 어두웠다. 구식 살수기를 본뜬 팔각 울타리 안에, 낡은 난로 하나가 몇 달 전부터 불이 꺼진 채 놓여 있었다. 벽에 붙은 포스터는 방돌이나 칸 같은 도시에서 즐기는 행복하고 자유로운 삶을 광고하고 있었다. 대합실에서 랑베르는 극도의 빈곤에서 찾을 수 있는 끔찍한 자유를 느꼈다. 그가 리외에게 고백한 바에 따르면, 그 당시 가장 견디기 힘들었던 이미지는 파리의 이미지였다. 오래된 돌과 물의 풍경, 팔레 루아얄의 비둘기, 북부역, 한적한 팡테옹 그리고 자신이 그토록 사랑하는 줄 몰랐던 도시의 또 다른 장소들이 랑베르를 사로잡아 아무 일도 못 하게 만들었다. 그렇지만 리외가 보기에, 랑베르는 이 같은 이미지를 사랑의 이미지와 동일시하고 있었다. 랑베르가 새벽 네 시에 일어나 파리를 생각하기를 좋아한다고 말한 날, 의사는 자신의 경험에 비추어 랑베르가 파리에 두고 온 여자를 상상하기를 좋아하는 거라고 어렵지 않게 유추했다. 새벽은 그가 그녀를 소유할 수 있는 시간이었다. 새벽 네 시에는 누구나 아무 일도 하지 않으며, 설령 배반의 밤을 보냈다고 하더라도 잠을 잔다. 그렇다, 그 시간에는 누구나 잠을 잔다. 모두가 잠을 자면 안심이 되는데, 왜냐하면 마음이 불안한 사람의 가장 절실한 욕망은 사랑하는 사람을 끝없이 소유하는 것 또는 한동안 헤어져 있는 경우라면 다시 만날 때까지 그 사람을 꿈도 없는 잠 속에 끝없이 빠뜨리는 것이기 때문이다.

6

파늘루 신부의 강론이 끝난 후에 곧바로 더위가 시작되었다. 6월 말이었다. 일요일 강론 때 퍼부었던 철 지난 비가 그친 이튿날, 하늘과 지붕 위에서 대번에 여름이 폭발했다. 낮에는 불에 타듯 뜨거운 바람이 불어 거리의 벽을 말렸다. 태양은 못 박힌 듯 꼼짝도 하지 않았다. 열기와 햇빛의 끝없는 물결이 온종일 도시에 흘러넘쳤다. 거리의 아케이드와 아파트 외에는 도시의 어느 장소도 눈을 못 뜨게 하는 반사광을 피할 수 없었다. 태양은 도시 구석구석까지 시민들을 따라다녔고, 그들이 발걸음을 멈추면 즉시 그들을 사정없이 때렸다. 희생자가 일주일에 700명으로 급증한 시점에 첫 더위가 찾아왔기 때문에, 일종의 좌절감이 도시를 엄습했다. 변두리 지역의 편평한 거리와 테라스를 가진 집들 사이에도 활기가 눈에 띄게 줄었다. 사람들이 늘 문턱에서 살다시피 하는 동네에서도 모든 문이 닫히고 덧창마저 내려졌는데, 페스트를 막으려는 것인지 햇빛을 막으려는 것인지 알 수 없었다.

그럼에도 몇몇 집에서 신음이 새어 나왔다. 예전에는 그런 일이 생기면, 호기심 많은 사람들이 거리에 서서 귀를 기울이곤 했다. 그러나 오래도록 불안에 떨며 살았기에 모두의 마음이 굳어진 듯했고, 마치 신음이 인간의 타고난 언어였던 것처럼 모두가 무심히 지나가거나 그 옆에서 그냥 살았다.

시문에서 폭력이 발생하면 헌병들은 무기를 사용할 수밖에 없었는데, 이런 사건은 도시를 은근히 동요시켰다. 분명히 부상자만 발생했는데도, 더위와 공포로 모든 것이 과장되었던 시내에서는 사망자가 발생했다는 소문이 돌았다. 어쨌든 사실상 불만이 끊임없이 증폭되었고, 최악의 사태를 우려한 당국은 재앙에 붙들린 시민들이 폭동을 일으킬 경우에 해야 할 조치를 진지하게 검토했다. 신문에 실린 포고령은 외출 금지를 재차 강조하면서 위반자를 징역형에 처하리라고 위협했다. 순찰대가 도시를 돌았다. 종종 열기로 달아오른 인적 없는 거리에서, 먼저 포도를 울리는 말발굽 소리가 들린 후 기마 순찰대가 양쪽으로 늘어선 굳게 닫힌 창문들 사이로 지나갔다. 순찰대가 사라지면, 불신으로 가득 찬 무거운 침묵이 위기의 도시에 다시 드리웠다. 최근에 벼룩을 옮길 수도 있는 개와 고양이를 사살하라는 새로운 명령이 떨어졌기에, 그 업무를 담당하는 특수팀의 총소리가 간간이 거리에 울려 퍼졌다. 당연히 그 메마른 총성은 도시에 깃든 불안과 공포의 분위기를 더욱 고조시켰다.

더위와 침묵 속에서, 겁에 질린 시민들은 이 모든 일을 더욱 심각하게 받아들였다. 계절의 변화를 알리는 하늘의 빛깔과 흙냄새를 모든 사람이 처음으로 민감하게 느꼈다. 더위가 전염병을 키운다는 사실을 모두가 알고 두려워했지만, 동시에 여름이 왔다는 사실도 깨달았다. 저녁 하늘을 나는 명매기의 울음소리도 도시 위에서 더욱 가냘프게 들렸다. 우리 고장에서는 수평선을 더 멀리 보이게 하는 6월의 황혼에 그 울음소리는 더 이상 어울리지 않았다. 꽃도 이제 봉오리 상태가 아니라 활짝 핀 채로 시장에 도착했다. 아침에 판매가 끝나면, 먼지가 자욱한 인도에 꽃잎이 잔뜩 흩뿌려져 있었다. 봄이 갔다는 사실, 봄이 사방에서 수천 송이 꽃으로 만발했다가 페스트와 더위에 이중으로 짓눌린 채 천천히 잦아들며 사라졌다는 사실이 분명히 느껴졌다. 먼지와 권태에 물들어 창백하게 변해가는 거리와 그 여름 하늘이 날마다 무겁게 쌓이는 100여 구의 시체만큼이나 시민들에게 위협적인 의미로 다가왔다. 끝없이 쏟아지는 햇빛과 졸음과 휴가를 떠올리게 하는 그 시간은 예전처럼 물과 육체의 향연으로 시민들을 이끌지 못했다. 침묵에 휩싸인 봉쇄된 도시에서, 그 향연은 반대로 공허한 울림을 가질 뿐이었다. 그 향연은 행복한 계절의 구릿빛 광채를 잃고 말았다. 페스트의 태양이 모든 색깔을 지웠고, 모든 기쁨을 사라지게 했다.

바로 이것이 전염병이 초래한 큰 혁명 가운데 하나였다. 보통 때는 모든 시민이 여름을 기쁘게 맞이하곤 했었다. 이를테면 도시가 바다를 향해 활짝 열리면서 젊은이들을 해변에 쏟아놓았다. 그러나 올여름에는 바다에 접근하는 게 금지되어서 육체는 그런 기쁨을 누릴 권리를 잃었다. 이런 상황에서 무엇을 어떻게 해야 할까? 당시 우리의 삶을 가장 충실하게 기록한 사람은 역시 타루였다. 페스트의 일반적인 경과를 지켜보면서, 그는 라디오가 일주일에 몇백 명의 사망자라는 방식이 아니라 하루에 92명, 107명, 120명의 사망자라는 방식으로 통계를 발표한 시점이 전염병의 전환점이었다고 정확히 통찰했다. "신문과 당국은 페스트를 가지고 속임수를 쓰고 있다. 130명이 910명보다 훨씬 더 작은 숫자이기에 그들은 페스트에게서 득점을 빼앗았다고 상상한다." 그는 페스트의 감성적이거나 연극적인 양상도 언급했다. 예를 들어 덧창이 모두 닫힌 한적한 동네에서 어떤 여자가 타루의 머리 위에서 별안간 창문을 열어젖혔고, 두 번이나 크게 비명을 지르더니 깊은 어둠에 잠긴 방의 덧창을 다시 내렸다. 다른 한편 약국에서 박하 드롭스도 동이 났는데 많은 사람이 혹시 전염될까 봐 예방 삼아 그것을 빨아먹었기 때문이라고 그는 기록했다.

그는 자기가 좋아하는 인물들도 계속 관찰했다. 우리는 고양이와 장난치던 그 키 작은 노인도 비극적인 경험을 했다는 사실을 알게 되었다. 어느 날 아침에 총성 몇 발이 울렸는데, 타루가 기록했듯 가래침 대신 납으로 만든 총알이 고양이 대부분을 죽였고, 살아남은 몇몇 고양이는 공포에 질려 거리를 떠났다. 바로 그날, 키 작은 노인은 늘 나오던 시간에 발코니로 나왔다. 그는 흠칫 놀라더니 몸을 숙여 한쪽 끝에서 다른 쪽 끝까지 거리를 유심히 살폈고, 어쩔 수 없다는 듯 가만히 기다렸다. 그의 손이 발코니 철책을 몇 차례 두드렸다. 그는 좀 더 기다리며 종이를 잘게 찢어 날리기도 했고, 안으로 들어갔다가 다시 나오기도 했다. 시간이 얼마간 지나자, 화가 난 그는 갑자기 등 뒤로 발코니 창문을 쾅 닫으며 자취를 감추었다. 동일한 장면이 며칠 동안 계속 펼쳐졌다. 노인의 표정에서 점점 더 뚜렷해지는 슬픔과 혼란이 읽혔다. 일주일 후에 타루는 노인의 출현을 기다렸으나 소용없었고, 창문은 충분히 이해할 수 있는 슬픔으로 굳게 닫혀 있었다. "페스트가 창궐할 때는 고양이에게 침을 뱉지 말 것." 이것이 타루의 수첩에 적힌 결론이었다.

저녁에 호텔로 돌아오면, 타루는 어두운 얼굴로 로비에서 왔다 갔다 하는 야간 경비원을 어김없이 마주쳤다. 사람을 만날 때마다 야간 경비원은 이런 재앙이 일어날 줄 알았다고 끊임없이 되풀이했다. 불행을 예고하는 말을 듣기는 했으나 지진이 일어날 거라고 하지 않았느냐고 타루가 상기시켰을 때, 야간 경비원은 그에게 이렇게 대답했다. "아! 차라리 지진이었으면! 지진은 한 번 흔들리고 나면 더 이상 말이 필요 없잖아요…. 사망자와 생존자를 헤아리고 나면 상황도 끝이죠. 하지만 이 망할 놈의 전염병이란! 감염되지 않은 사람조차 마음으로 병을 앓게 된다니까요."

호텔 지배인도 괴롭기는 마찬가지였다. 처음에는 도시 봉쇄로 발이 묶인 여행객들이 호텔에 남아 있었다. 그러나 전염병이 멈출 기미가 없자 점점 더 많은 여행객이 친구들 집에서 기숙하려고 했다. 더욱이 도시로 들어오는 새로운 여행객이 없었기에 호텔을 손님들로 가득 채웠던 바로 그 이유로 그때부터 호텔이 텅 비었다. 타루는 남아 있는 몇 안 되는 투숙객 중 하나였다. 지배인은 기회 있을 때마다 자기에게 마지막 손님들을 친절하게 모시려는 선의가 없었더라면 오래전에 호텔 문을 닫았으리라고 강조하곤 했다. 그는 종종 타루에게 전염병이 얼마나 오래 지속될지 물었다. "이런 전염병은 추위와 상극이라고 하더군요" 하고 타루가 말했다. 지배인은 미치겠다는 표정을 지었다. "하지만 여기서는 진짜로 추운 날이 없잖아요, 선생님. 어쨌든 아직도 몇 달을 더 기다려야겠군요." 게다가 지배인은 여행객들이 오래도록

이 도시를 외면할 거라고 확신했다. 페스트는 관광 산업을 초토화하고 있었다.

올빼미 신사 오통 씨가 잠시 보이지 않더니 재주 부리는 강아지 같은 두 아이만을 데리고 레스토랑에 다시 나타났다. 사정인즉슨 아내가 친정어머니를 간호하다가 장례를 치렀고, 지금은 격리 상태에 있었다는 것이었다.

"저 양반이 오는 게 달갑지 않습니다." 지배인이 타루에게 말했다. "격리 중이든 아니든 부인도 감염됐을 수 있고, 결과적으로 나머지 가족도 의심스러워요."

그런 관점에서 보면 모든 사람이 의심스러워진다고 타루가 말했다. 그러나 지배인은 단호했고, 그 문제에 관한 한 의견이 확고했다.

"아녜요, 선생님. 선생님도 저도 의심스러울 게 없습니다. 하지만 저들은 의심스러워요."

그러나 오통 씨는 그런 사소한 일로 일상을 바꿀 사람이 아니었기에 이번에도 페스트는 헛수고한 셈이었다. 그는 평소와 다름없는 태도로 레스토랑에 들어왔고, 아이들보다 먼저 자리에 앉아 여느 때처럼 고상하지만 엄격한 어조로 아이들을 훈계했다. 다만 어린 아들의 모습이 변한 게 눈에 띄었다. 누나처럼 검은색 옷을 입고 허리가 약간 굽은 아이는 아버지의 작은 그림자처럼 보였다. 오통 씨를 좋아하지 않는 야간 경비원이 타루에게 이렇게 말한 적이 있었다.

"아! 저 양반은 죽을 때도 정장 차림일 겁니다. 옷을 갈아입을 필요도 없어요. 그냥 그대로 가면 되는 거죠."

파늘루 신부의 강론도 다음과 같은 논평과 함께 기록되어 있었다.

"나는 그의 호의적인 열정을 이해한다. 재앙이 시작될 때와 끝날 때, 누구나 늘 약간의 수사법을 동원하기 마련이다. 재앙이 시작될 때는 아직 습관을 잃지 않아서 그렇고, 재앙이 끝날 때는 벌써 습관을 되찾아서 그렇다. 사람들은 불행의 순간에 이르러서야 비로소 진실에, 즉 침묵에 익숙해진다. 기다리자."

끝으로 타루는 의사 리외와 긴 대화를 나누었는데 결과가 좋았다고만 기록했고, 리외 어머니의 맑은 밤색 눈에 주의를 돌리면서 그처럼 선의가 가득 담긴 시선은 언제나 페스트보다 강한 법이라고 묘하게 단정했으며, 마지막으로 리외가 돌보는 늙은 천식 환자에 관해 상당히 긴 글을 남겼다.

의사와 대화를 나눈 다음, 타루는 그와 함께 늙은 천식 환자를 보러 갔다. 노인은 두 손을 비비면서 다소 냉소적으로 타루를 맞이했다. 완두콩이 담긴 두 냄비를 앞에 둔 그는 베개에 등을 기댄 채 침대에 앉아 있었다. "아! 의사가 또 한 분 오셨구먼." 타루를 보면서 노인이 말했다. "환자보다 의사가 더 많다니 세상이 거꾸로 돌아가는 게야. 전염병이 하도 빨리 퍼지니까, 안 그렇소? 신부님 말이 옳아요. 불행을 겪어 마땅한 거지." 이튿날, 타루는 예고 없이 노인을 다시 찾아갔다.

타루의 수첩에 따르면, 잡화상이었던 늙은 천식 환자는 쉰 살이 되자 일을 할 만큼 했다고 판단했다. 그는 자리에 눕더니 다시 일어나지 않았다. 천식은 일어나서 활동해도 되는 병이었다. 그는 소액의 연금으로 일흔다섯 살이 될 때까지 태평스럽게 지낼 수 있었다. 시계를 끔찍하게 싫어했기에 실제로 그의 집에는 시계가 하나도 없었다. "시계는 비싸기만 하지 전혀 쓸모가 없소"라고 그가 말했다. 시간을, 특히 그에게 중요한 식사 시간을 냄비 두 개로 측정했다. 잠자리에서 일어날 때 냄비 중 하나가 완두콩으로 가득 차 있었는데, 그는 그 완두콩을 하나씩 열심히 다른 냄비로 옮겨 담았다. 그는 냄비로 시간을 측정해 일상생활을 분절했다. "냄비를 열다섯 번 채울 때마다 식사하면 돼요. 아주 간단하지"라고 그가 말했다.

그의 아내에 의하면, 그는 매우 젊었을 때부터 훗날 이런 생활을 영위할 징후를 보였다. 일도 친구들도 카페도 음악도 여자들도 산책도, 아무것도 그의 관심을 끌지 못했다. 가족 문제로 어쩔 수 없이 알제로 가야 했던 단 하루를 제외하면 그는 이 도시를 벗어난 적이 없었다. 사실 그날도 모험을 감행하기 싫었던 그는 오랑에서 가장 가까운 역에서 내렸고, 이튿날 첫차로 돌아오고 말았다.

그는 자신의 칩거 생활에 놀란 표정을 짓는 타루에게, 종교에 따르면 누구에게나 인생의 전반부는 상승기이고 후반부는 하강기인데, 하강기에는 시간이 이미 자기 것이 아니며 언제 죽을지도 모르고 아무것도 할 수 없기에 사실상 아무것도 하지 않는 게 최선이라고 설명했다. 그는 모순을 두려워하지 않는 듯했다. 왜냐하면 바로 뒤이어 타루에게 신이 존재한다면 사제가 필요 없을 것이기에 신이 존재하지 않는 게 분명하다고 말했기 때문이다. 그다음에 노인이 해준 몇 가지 이야기를 들은 후, 타루는 노인의 철학이 교구의 빈번한 헌금 모금이 불러일으킨 감정에 밀접하게 연관되어 있다는 사실을 알았다. 그러나 노인이 어떤 사람인지 결정적으로 이해하게 해주는 것은 타루에게 여러 번 되풀이한 노인의 뿌리 깊은 소망이었다. 그는 아주 오래 살고 싶어 했다.

"그는 성자일까?" 하고 타루가 자문했다. 그리고 스스로 대답했다. "그렇다, 성스러움이 습관의 총체라면 말이다."

그와 동시에 타루는 페스트가 휩쓰는 도시의 하루를 상당히 자세하게 묘사했고, 그럼으로써 올여름 시민들의 관심사와 생활을 분명하게 제시했다. "주정뱅이들 외에는 아무도 웃지 않으며, 주정뱅이들은 너무 많이 웃는다"라고 그는 썼다. 뒤이어 그는 이렇게 묘사했다.

"새벽에는, 아직 인적 없는 도시에 가벼운 바람이 분다. 밤의 죽음과 낮의 고통 사이에 든 이 시각에는 페스트도 잠시 활동을 멈추고 숨을 돌리는 것 같다. 가게는 모두 닫혀 있다. 그러나 몇몇 가게 문에 붙은 '페스트로 인해 폐점'이라는 게시문은 잠시 후에도 다른 가게와 달리 열리지 않으리라는 사실을 말해준다. 신문팔이들은 아직 잠에서 덜 깨서 뉴스를 외치지는 않지만, 몽유병자 같은 몸짓으로 신문을 가로등 아래에 내려놓는다. 잠시 후 첫 번째 전차 소리가 들리면 잠에서 깨어난 그들이 도시 곳곳으로 흩어져 '페스트'라는 글자가 또렷이 찍힌 신문을 앞으로 내밀 것이다. '가을에도 페스트가 유행할까? B교수는 아니라고 답했다.' '페스트 발생 94일째, 124명 사망.'"

"종이가 점점 부족해져서 몇몇 정기 간행물은 지면을 줄일 수밖에 없었다. 그럼에도 『전염병 통신』이라는 신문이 창간되었는데, 이 신문은 '전염병의 상승과 하강을 객관적이고 양심적으로 시민들에게 알리고, 전염병의 미래에 대해 가장 권위 있는 증언을 제공하고, 유명인이든 아니든 재앙에 맞서 싸우는 모든 사람에게 기사를 통해 지지를 표명하고, 시민들의 사기를 북돋우고 당국의 명령을 전달하는 등 한마디로 우리를 괴롭히는 악에 맞서 효과적으로 싸우기 위해 선의를 가진 모든 사람을 결집하는 것'을 사명으로 삼았다. 그러나 이 신문은 금세 페스트 예방에 효과가 있다는 신제품을 광고하는 데 그치고 말 았다."

"신문 판매는 아침 여섯 시경 가게 문이 열리기 한 시간 전부터 줄을 선 사람들 사이에서, 뒤이어 교외로부터 승객을 채워 들어오는 전차에서 시작된다. 전차는 유일한 교통수단이 되었고, 승강구 계단과 난간까지 승객들로 꽉 차서 매우 힘겹게 앞으로 나아간다. 그렇지만 신기한 것은 그 모든 승객이 전염될까 두려워 하면서 가능한 한 서로에게 등을 돌리고 있다는 사실이다. 게다가 정류소마다 전차에서 쏟아져 나온 남녀 승객들은 저마다 멀리 떨어져 혼자가 되려고 발걸음을 서두른다. 단지 기분이 나쁘다는 이유만으로 말다툼이 벌어지곤 했는데, 그 나쁜 기분이 모두에게 만성화되어 간다."

"첫 번째 전차들이 지나가고 나면 도시가 차츰 잠에서 깨고, 가장 먼저 문을 연 카페들이 카운터 위에 이런 게시문을 붙인다. '커피 매진' '설탕을 가져오세요' 등. 뒤이어 가게들이 문을 열면서 거리에 활기가 돈다. 동시에 태양이 떠오르고, 더위가 7월 하늘을 조금씩 납빛으로 물들인다. 할 일이 없는 사람들이 대로를 어슬렁거리는 것도 바로 이 시간이다. 그들 대부분이 사치를 과시함으로써 페스트를 쫓으려고 애쓰는 듯하다. 매일 오전 열한 시경 간선도로를 지나가는 청춘 남녀들의 행렬이 보이는데, 참혹한 불행 가운데서 삶의 열정이 더욱 커진다는 말을 실감하게 된다. 전염병이 퍼지면 윤리 의식도 느슨해지기 마련이다. 우리는 무덤가에서 벌어졌다는 밀라노의 사투르누스 축제를 다시 볼지도 모른다."

"정오에는 레스토랑들이 눈 깜짝할 사이에 손님들로 가득 찬다. 자리를 잡지 못한 사람들이 금세 문 앞에서 무리를 형성한다. 더위가 심해지면서 하늘이 빛을 잃기 시작한다. 태양이 작열하는 거리에서, 식사를 하려는 사람들이 커다란 차양 그늘에서 차례를 기다린다. 레스토랑에 그처럼 손님이 넘쳐나는 것은 거기서 식사 문제가 간단히 해결되기 때문이다. 그렇지만 감염에 대한 공포는 그대로 남는다. 손님들은 몇 분 동안 자기 앞에 놓인 포크와 나이프를 열심히 닦는다. 얼마 전까지만 해도 몇몇 식당은 이런 문구를 내걸었다. '우리 식당은 끓는 물에 식기를 소독합니다.' 그러나 차츰 그런 광고가 중단되었는데 어쨌든 손님은 올 수밖에 없는 상황이었기 때문이다. 게다가 손님들은 흥청망청 돈을 쓴다. 고급 포도주, 고급 알코올, 가장 비싼 안주 등 무절제한 광란의 질주가 시작된다. 하지만 어느 레스토랑에서 얼굴이 창백한 손님 하나가 자리에서 일어나 비틀거리며 황급히 출입구로 나가는 바람에 모두가 공포에 떨기도 했던 모양이다."

"오후 두 시경 도시가 차츰 한산해지는데, 이때가 바로 침묵과 먼지와 태양과 페스트가 거리에서 만나는 시간이다. 커다란 회색 집들을 따라 더위가 끝없이 흐른다. 불타는 저녁이 인구도 많고 말도 많은 도시 위로 내려와야 비로소 기나긴 감금의 시간이 끝난다. 더위가 시작되던 처음 며칠 동안에는 이유를 알 수 없으나 저녁에 인적이 드물었다. 그러나 이제는 선선한 기운이 돌면 희망은 아닐지라도 일종의 안도감이 깃든다. 그러면 모두가 거리로 나와 취한 듯 이야기하거나 다투거나 서로를 탐하며, 7월의 붉은 하늘 아래 쌍쌍의 남녀와 삶의 소란을 실은 도시가 숨 가쁜 밤을 향해 표류한다. 저녁마다 대로에서 신의 계시를 받았다는 노인이 펠트 모자를 쓰고 나비넥타이를 맨 채 군중을 헤치며 쉼 없이 외쳐봤자 소용없었다. '하느님은 위대하시다, 하느님에게로 오라!' 모두가 자신이 잘 알지 못하는 무엇인가, 하느님보다 더 긴급한 무엇인가를 향해 돌진한다. 초기에는 이번 질병도 다른 질병과 다름없다고 여겨져서 종교가 제 역할을 할 수 있었다. 그러나 상황이 심각하다는 사실을 알게 되었을 때, 그들의 뇌리에는 향락이 떠올랐다. 그리하여 희뿌연 먼지 속으로 불타는 황혼이 내리면, 낮 동안 모두의 얼굴에 드리웠던 온갖 불안이 격렬한 흥분으로, 모든 시민을 열에 들뜨게 하는 서투른 자유로 변한다."

"나 또한 그들과 다를 바 없다. 그래서 안 될 이유가 무엇일까! 죽음은 나 같은 인간들에게 아무것도 아니다. 죽음은 나와 그들이 옳다고 말해주는 하나의 사건에 지나지 않는다."

7

타루가 리외에게 면담을 청한 것도 수첩에 기록되어 있었다. 타루를 기다리던 날 저녁, 의사는 식당 구석의 의자에 가만히 앉아 있는 어머니를 바라보았다. 어머니는 해야 할 집안일이 더 이상 없을 때 거기서 시간을 보내곤 했다. 어머니는 두 손을 무릎 위에 올려놓은 채 기다리고 있었다. 리외는 어머니가 기다리던 사람이 자기라고 확신하지 못했다. 그러나 그가 나타나면, 어머니의 얼굴에 무엇인가 변화가 나타났다. 그때서야 고단한 삶이 그 얼굴에 새긴 말 없는 모든 것에 생기가 도는 듯했다. 그런 다음, 어머니는 다시 침묵에 잠겼다. 그날 저녁, 어머니는 창문을 통해 인적이 끊긴 거리를 내려다보고 있었다. 야간 조명이 3분의 2가량 줄어들었다. 간간이 아주 희미한 전등이 도시의 어둠 속에 빛을 약간 투사했다.

"페스트가 유행하는 동안 조명을 계속 제한할 모양이지?" 리외 부인이 말했다.

"아마 그럴 것 같습니다."

"겨울이 오기 전에 끝났으면 좋겠구나. 안 그러면 정말 견디기 힘들 거야."

"맞아요."

리외는 어머니의 눈길이 그의 이마를 향하는 게 느껴졌다. 최근 며칠 동안 불안과 과로로 얼굴이 상한 걸 그도 알고 있었다.

"오늘은 일이 잘 안 풀렸니?" 리외 부인이 물었다.

"아! 평소와 다름없어요."

정말이지 평소와 다름없었다! 말하자면 파리에서 보내준 새로운 혈청은 기존 혈청보다 효과가 떨어지는 듯했고, 통계 수치가 상승하고 있었다. 이미 감염된 환자 가족 이외의 사람들에게 혈청을 예방 접종할 가능성은 여전히 없었다. 접종이 일반화되려면 혈청이 대량 생산되어야 했다. 림프샘 멍울이 딱딱하게 굳는 계절이 되었는지 대부분 메스가 잘 들어가지 않아서 환자들이 몹시 고통스러워했다. 전날 밤부터 전염병의 새로운 형태를 알리는 사례가 도시에서 두 건 발생했다. 이제 페스트는 폐병 양상을 띠었다. 바로 그날 열린 회의에서, 기진맥진한 의사들은 갈피를 못 잡는 도지사에게 폐병 형태의 페스트가 입에서 입으로 감염되는 사태를 막기 위한 새로운 조치를 요구했고, 동의를 얻었다. 평소와 다름없이, 여전히 아무것도 알 수 없었다.

그는 어머니를 바라보았다. 어머니의 아름다운 갈색 눈동자를 보니 불현듯 정겨웠던 시절이 떠올랐다.

"무서우세요, 어머니?"

"내 나이가 되면 더 이상 두려운 게 없어."

"해는 길고, 제가 집에 붙어 있지 않으니 말입니다."

"네가 돌아올 걸 알고 있으니 기다리는 건 괜찮아. 네가 집에 없을 땐 지금쯤 뭘 하고 있을까 생각하기도 해. 그런데 며느리한테서는 무슨 소식이라도 있니?"

"예, 지난번 전보로는 아무런 문제가 없다고 합니다. 하지만 저를 안심시키려고 하는 말이겠죠, 뭐."

초인종이 울렸다. 의사는 어머니에게 미소 지으며 문을 열러 갔다. 층계참의 희미한 불빛 속에 있는 타루는 회색 양복을 입은 커다란 곰처럼 보였다. 리외는 방문객을 사무용 탁자 앞에 앉혔고, 자신은 안락의자 뒤에 서 있었다. 방의 유일한 불빛인 탁자 위 램프가 둘 사이를 갈라놓았다.

"선생님과는 단도직입적으로 이야기할 수 있을 것 같습니다." 타루가 다짜고짜 말했다.

리외가 말없이 고개를 끄덕였다.

"보름이나 한 달이 지나면 선생님은 여기서 아무런 쓸모가 없을 겁니다. 사태가 선생님의 한계를 넘어서는 거죠."

"맞습니다." 리외가 말했다.

"보건위생국 조직이 잘못되어 있습니다. 게다가 선생님에게는 사람도 부족하고 시간도 부족합니다."

리외는 다시 한 번 맞는 말이라고 인정했다.

"도청이 건강한 남자들을 일반 구조 작업에 강제로 참여시키려고 일종의 공익근무제를 실시할 예정이라고 들었습니다."

"잘 알고 계시는군요. 하지만 벌써 불만이 증폭되어 도지사가 망설이고 있습니다."

"왜 자원봉사자를 모집하지 않는 거죠?"

"모집해봤지만 결과가 미미했습니다."

"아무런 확신도 없이 공식적인 경로로 모집해서 그렇습니다. 그들에게는 상상력이 부족해요. 그들로는 절대로 재앙을 이길 수 없습니다. 그들이 생각해낸 처방들은 기껏해야 코감기를 치료할 수준이죠. 그들이 하는 대로 내버려두면, 그들도 우리도 모두 죽을 겁니다."

"그럴지도 모르죠." 리외가 말했다. "제가 위험한 중노동이라고 부르는 고역에 그들이 죄수들을 동원하려고 생각했다는 사실도 말씀드려야겠군요."

"일반인을 동원하면 더 좋을 것 같은데요."

"제 의견도 그렇습니다. 그런데 왜 그렇게 생각하세요?"

"저는 사형선고를 혐오합니다."

리외는 타루를 바라보면서 물었다.

"그래서요?"

"그래서 자원봉사자로 구성된 시민보건대를 조직하면 어떨까 하고요. 저에게 그 일을 맡겨주시고, 행정 당국은 제쳐둡시다. 게다가 행정 당국도 과부하가 걸려 있잖아요. 곳곳에 친구들이 좀 있는데 그들이 핵심 대원이 될 겁니다. 당연히 저도 참여할 테고."

"좋습니다." 리외가 말했다. "기쁘게 받아들이겠습니다. 지금은 도움의 손길이 필요합니다, 특히 의료 분야가 그래요. 도청의 승인을 얻는 건 제가 책임지겠습니다. 도청으로서는 선택의 여지가 없기도 해요. 하지만…"

리외는 곰곰이 생각했다.

"하지만 이 일은 목숨을 위태롭게 할 수도 있습니다, 알고 계시겠지만. 어쨌든 저로서는 미리 알려드려야 합니다. 깊이 생각해보셨나요?"

타루는 회색 눈으로 그를 바라보았다.

"파늘루 신부의 강론을 어떻게 생각하세요, 선생님?"

질문이 자연스럽게 제기되었기에, 리외도 자연스럽게 대답했다.

"저는 병원에서만 살아온 탓에 집단 징벌 같은 개념을 좋아하지 않습니다. 그런데 기독교인들은 실제로 전혀 그렇게 생각하지 않으면서도 가끔 그렇게 말하잖아요. 보기보다는 좋은 사람들입니다."

"선생님도 파늘루 신부처럼 페스트에도 나름의 이점이 있어서 그것이 사람들의 눈을 뜨게 하고 새로운 생각을 하게 한다고 여기시나요?"

의사는 답답하다는 듯 고개를 가로저었다.

"세상의 모든 병이 다 그렇죠. 하지만 세상의 병에 대해 진실인 것은 페스트에 대해서도 진실입니다. 페스트 덕분에 상황이 좋아지는 사람도 더러 있을 테죠. 그러나 페스트가 초래하는 비참과 고통을 보고서도 페스트를 체념하고 감수한다면, 그 사람은 미치광이나 장님이나 비겁자가 아닐까요."

리외는 어조를 거의 높이지 않았다. 그러나 타루는 리외를 진정시키려는 듯한 손짓을 했다. 그리고 미소를 지었다.

"그래요." 리외가 어깨를 으쓱하면서 말했다. "그런데 아직 대답하지 않으셨습니다. 깊이 생각해보셨나요?"

타루는 안락의자에서 좀 더 편안하게 고쳐 앉으면서 머리를 불빛

쪽으로 내밀었다.

"신을 믿으시나요, 선생님?"

다시 질문이 자연스럽게 제기되었다. 그러나 이번에는 리외가 망설였다.

"아뇨, 믿지 않습니다. 하지만 그게 무슨 의미가 있을까요? 저는 어둠 속에 있지만 명징하게 보려고 애씁니다. 게다가 이런 시각이 특별하다고 생각하지 않은 지도 오래되었습니다."

"선생님과 파늘루 신부의 차이점이 바로 그것 아닌가요?"

"그렇게 생각하지 않아요. 파늘루 신부는 학자입니다. 사람이 죽는 모습을 많이 보지 못했기에 진리의 이름으로 말하는 거죠. 그러나 아무리 하찮은 시골 사제라도 신자들에게 병자 성사를 하고 죽어가는 사람의 숨소리를 들어봤다면 저처럼 생각할 겁니다. 그런 사제라면 재앙의 장점을 증명하기 전에 당연히 치료부터 하려고 할 겁니다."

리외가 자리에서 일어났고, 그의 얼굴이 어둠 속에 잠겼다.

"이쯤 해두죠." 그가 말했다. "제 질문에 대답하고 싶지 않으신 것 같으니까."

타루는 안락의자에서 꼼짝하지 않은 채 미소 지었다.

"제가 질문으로 대답을 대신해도 괜찮을까요?"

이번에는 의사가 미소 지었다.

"수수께끼를 좋아하시는군요." 의사가 말했다. "한 번 들어봅시다."

"고맙습니다." 타루가 말했다. "왜 선생님은 신을 믿지도 않으시면서 그토록 헌신적으로 일하시는 거죠? 선생님의 대답을 들으면 저도 대답할 수 있을 것 같습니다."

어둠에 잠긴 채 의사는 그 질문에는 이미 대답했으며, 만약 전지전능한 신을 믿었다면 인간들을 치료하는 일은 벌써 단념하고 신에게 맡겼으리라고 말했다. 그러나 완전히 자신을 방치하는 사람은 없기에 세상 그 누구도, 심지어 신앙을 가진 파늘루 신부조차 전지전능한 신을 믿지는 않으리라고 단언했다. 그리고 리외는 자신도 지금 이대로의 세계에 맞서 싸움으로써 진리의 길을 걷고 있다고 생각한다고 말했다.

"아!" 타루가 말했다. "그것이 바로 선생님의 직업관이군요."

"거의 그렇습니다." 의사가 불빛 쪽으로 다시 나오며 말했다.

타루가 부드럽게 휘파람을 불었고, 의사가 그를 바라보았다.

"그래요." 의사가 말을 이었다. "이렇게 살아가는 데 자부심이 필요하리라고 생각하시겠죠. 하지만 저는 꼭 필요한 만큼의 자부심만 지니고 있습니다. 이 모든 사태가 지나간 뒤에 무슨 일이 저를 기다리는지, 무슨 일이 제게 닥칠지 저는 모릅니다. 그러나 지금 당장으로서는 눈앞에 환자들이 있으니, 그들을 치료해야 합니다. 그런 다음에 환자들도 곰곰이 생각할 테고, 저도 그럴 겁니다. 아무튼 가장 시급한 일은 그들을 치료하는 거죠. 제가 할 수 있는 한 힘껏 그들을 지키겠습니다. 그게 다예요."

"누구로부터 지키는 거죠?"

리외는 창문을 향해 돌아섰다. 저 멀리 더욱 어둡게 응축된 수평선을 바라보며 바다를 짐작했다. 그렇지만 피로감이 엄습했고, 동시에 우정이 느껴지는 이 기이한 사내에게 좀 더 마음을 털어놓고 싶은 갑작스럽고 어처구니없는 욕망에 저항하느라 애썼다.

"모르겠어요, 타루, 정말 모르겠습니다. 이 직업을 택할 때 다소 추상적으로 택한 듯합니다. 저도 직업이 필요했고, 이 직업이 다른 직업들처럼 젊은이들이 지향하는 직업 중 하나였기 때문이죠. 또한 저 같은 노동자의 자식에게는 구하기 어려운 직업이었기 때문일지도 모릅니다. 그러고 나서는 사람들이 죽는 모습을 지켜봐야 했습니다. 죽기를 거부하는 사람들이 있다는 걸 아시나요? 죽는 순간에 '안 돼!'라고 소리치는 여자를 본 적이 있습니까? 저는 봤어요. 그때 저는 죽음에 익숙해질 수 없다는 사실을 깨달았습니다. 저는 젊었고, 세계의 질서를 혐오했습니다. 그 이후, 더 겸손해진 건 사실입니다. 하지만 여전히 죽음에 익숙해지지는 않습니다. 그 이상은 모르겠습니다. 그러나 결국…."

리외는 입을 다물고 다시 자리에 앉았다. 입이 마르는 듯했다.

"결국?" 타루가 부드럽게 물었다.

"결국…." 의사가 다시 말했으나 잠시 주저하며 타루를 유심히 바라보았다. "당신 같은 사람은 이해하실 수 있으리라고 생각하는데, 어떨까요? 세상의 질서가 죽음으로 조율되는 이상, 신이 침묵하는 하늘을 바라보지 말고 신을 거부하면서 온 힘을 다해 죽음에 맞서 싸우는 게 신을 위해서도 더 나을 듯합니다."

"예." 타루가 동의했다. "이해할 수 있습니다. 그러나 선생님의 승리는 언제나 잠정적이라는 게 슬픈 일이죠."

리외의 표정이 어두워진 듯했다.

"언제나… 저도 알고 있습니다. 하지만 그게 싸움을 중단할 이유는 아니죠."

"맞습니다, 싸움을 중단해서는 안 되죠. 페스트가 선생님에게 무엇을 의미할지 상상이 됩니다."

"압니다." 리외가 말했다. "끝없는 패배지요."

타루는 잠시 의사를 빤히 바라보더니, 자리에서 일어나 문을 향해 뚜벅뚜벅 걸어갔다. 리외가 그를 따라갔다. 의사가 가까이 다가가자, 자기 발끝을 바라보는 듯하던 타루가 이렇게 말했다.

"선생님, 이 모든 걸 누가 가르쳐주었습니까?"

"가난이죠."

진료실 문을 열고 복도로 나온 리외는 변두리 지역 환자를 보러 가야 하기에 자기도 내려가겠다고 타루에게 말했다. 타루가 함께 가도 되겠느냐고 묻자 의사가 좋다고 했다. 리외는 복도 끝에서 마주친 어머니에게 타루를 소개했다.

"친구입니다." 그가 말했다.

"오!" 리외 부인이 말했다. "만나서 정말 반가워요."

어머니가 떠나자, 타루는 그녀를 향해 다시 한 번 몸을 돌렸다. 의사는 층계참에서 자동 타임스위치를 작동시켰으나 소용없었다. 계단은 어둠에 잠겨 있었다. 의사는 새로운 절전 조치 때문인가 하고 자문했다. 그러나 알 수 없는 노릇이었다. 얼마 전부터 집과 도시의 모든 게 고장 나 있었다. 어쩌면 그저 문지기들과 주민들이 더 이상 아무것에도 신경 쓰지 않게 되었기 때문일지도 몰랐다. 바로 그때 등 뒤에서 타루의 목소리가 들려 의사는 더 이상 생각할 틈이 없었다.

"우스꽝스럽게 보일지 모르겠지만, 선생님, 한마디만 더 하겠습니다. 선생님 말씀이 전적으로 옳습니다."

리외는 어둠 속에서 어깨를 으쓱했다.

"모르겠습니다, 정말로. 당신은 뭔가 좀 알겠어요?"

"오!" 타루가 태연히 말했다. "저는 배워야 할 게 별로 없습니다."

의사가 발걸음을 멈추었고, 의사를 뒤따르던 타루가 계단 위에서 미끄러졌다. 타루는 리외의 어깨를 붙잡고 바로 섰다.

"인생에 대해 모든 걸 안다고 생각하세요?" 의사가 물었다.

어둠 속에서, 여전히 침착한 목소리에 실린 대답이 들렸다.

"예, 그렇습니다."

거리로 내려왔을 때, 그들은 상당히 늦은 시간임을 알아차렸다. 열한 시쯤 된 듯했다. 간간이 무엇인가 스치는 소리만 들릴 뿐, 도시는 고요했다. 저 멀리서 구급차의 사이렌 소리가 울렸다. 그들은 자동차에 올랐고, 리외가 시동을 걸었다.

"내일 병원에 들러 백신 예방주사를 맞으셔야 합니다." 의사가 말했다. "그 일을 시작하기 전에 마지막으로 생각해보세요. 생존 확률이 3분의 1밖에 안 됩니다."

"선생님도 아시다시피, 그런 계산은 아무런 의미가 없습니다. 100년 전에 페르시아의 한 도시에 페스트가 돌았을 때, 주민이 모두 죽었는데 단 한 사람, 시체를 씻기던 사람만 살아남았다고 하더군요. 쉼 없이 시체를 씻겼는데도 말입니다."

"그 사람은 3분의 1 확률로 운이 좋았을 뿐입니다." 갑자기 리외가 더 나지막한 목소리로 말했다. "하기야 그 문제에 대해서는 우리가 모르는 게 너무 많지요."

그들은 이제 변두리 지역으로 들어섰다. 헤드라이트가 인적 없는 거리를 환히 비추었다. 자동차가 멈춰 섰다. 차 앞에서 리외가 타루에게 들어가겠느냐고 물었고, 타루는 그러겠다고 답했다. 하늘의 반사광이 그들의 얼굴을 비추었다. 리외가 문득 우정의 미소를 지었다.

"이봐요, 타루. 무엇 때문에 이런 일에 몰두하게 됐나요?" 리외가 물었다.

"글쎄요. 아마도 윤리 의식 때문이겠죠."

"어떤 윤리 의식?"

"상호이해."

타루는 집을 향해 몸을 돌렸고, 그들이 늙은 천식 환자의 방으로 들어설 때까지 리외의 눈에 타루의 얼굴은 보이지 않았다.

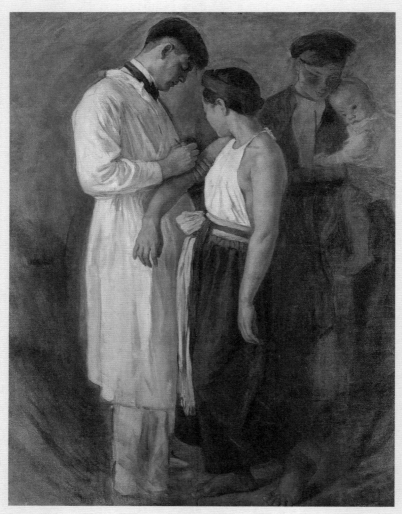

빅토르 타르디유, 〈예방 접종〉, 1923년경.

8

이튿날부터 일을 시작한 타루는 첫 번째 팀을 꾸렸고, 뒤이어 다른 많은 팀을 편성할 예정이었다.

그렇지만 서술자로서는 이 시민보건대의 역할에 실제 이상의 중요성을 부여할 의도는 없다. 오늘날의 시점에서 볼 때, 많은 시민이 서술자의 입장에 선다면 그 역할을 과장하고 싶은 유혹에 굴복하리라. 그러나 선행을 지나치게 강조하다 보면 결국 간접적일지언정 악의 힘을 지나치게 경의하는 데까지 이를 것이라고 서술자는 믿는다. 선행이 그토록 큰 가치를 지닌다는 사실은 선행이 그만큼 보기 드문 일이며, 결국 악의와 무관심이 인간 행동에서 훨씬 더 흔한 동인임을 전제로 하기 때문이다. 서술자가 공유할 수 없는 생각이 바로 이런 생각이다. 세상에 존재하는 악은 거의 언제나 무지에서 비롯되며, 선의도 명확히 이해되지 않으면 악의처럼 피해를 입힐 수 있다. 인간은 악한 존재가 아니라 선한 존재이지만, 그것은 중요하지 않다. 인간은 더 무지

할 수도 있고 덜 무지할 수도 있는데, 전자가 악덕이라고 불리고 후자가 미덕이라고 불린다. 가장 절망적인 악덕은 모든 걸 안다고 믿으며 자신에게 살인을 허용하는 무지의 악덕인바 살인자의 영혼은 맹목적이다. 요컨대 통찰력을 최대한 발휘하지 않으면 진정한 선의도 아름다운 사랑도 존재할 수 없다.

그러므로 타루 덕분에 창설된 시민보건대가 아무리 만족스럽다고 해도 객관적으로 평가되지 않으면 안 된다. 따라서 서술자는 시민보건대의 의지와 영웅적 행동을 미사여구 일색으로 찬양하지는 않을 것이며, 그에 합당한 중요성만을 부여할 것이다. 서술자는 무엇보다 당시 페스트로 끔찍한 고통을 겪은 모든 일반인의 미묘한 마음을 기술하는 역사가로 남을 작정이다.

시민보건대에 헌신한 사람들이 실제로 그렇게까지 찬양받을 이유는 없었다. 그것이 당시로서는 유일하게 할 수 있는 일이었고 그것을 하려고 결심하지 않는다는 건 상상할 수 없는 일이었기 때문이다. 시민보건대는 시민들이 페스트 속으로 좀 더 깊숙이 들어가도록 도와주었고, 전염병이 발생한 이상 전염병과 싸우기 위해 마땅히 할 일을 해야 한다는 사실을 부분적으로나마 시민들에게 이해시켰다. 그렇게 페스트 투쟁이 일부 시민의 의무가 되었기 때문에, 페스트는 이제 실제 있는 그대로의 것, 이를테면 만인의 문제로 나타났다.

그것은 잘된 일이다. 그러나 사람들은 어떤 교사가 2 더하기 2는 4라는 사실을 가르친다고 해서 칭찬하지는 않는다. 어쩌면 사람들은 그 교사가 훌륭한 직업을 선택했다고 칭찬할지도 모른다. 그러므로 타루와 다른 대원들이 2 더하기 2는 4라는 사실을 증명할 과업을 선택했다는 사실이 칭찬받을 만하다고 말하자. 또한 그들의 선의가 교사나 교사와 같은 마음을 지닌 모든 사람에게 공유되었다고, 게다가 이런 선의를 공유하는 사람이 생각보다 훨씬 더 많다고 말하자. 적어도 서술자는 그렇게 확신한다. 그 대원들이 생명의 위험을 무릅쓰지 않았느냐는 반박이 제기될 수 있음을 서술자도 안다. 그러나 역사를 통틀어 2 더하기 2는 4라는 사실을 감히 말한 자가 사형을 당했던 시대는 늘 존재했다. 교사는 그런 사실을 잘 알고 있다. 문제는 이런 추론을 기다리는 보상이나 징벌이 무엇인지를 아는 것이 아니다. 문제는 2 더하기 2가 과연 4인지 아닌지를 아는 것이다. 그 당시 생명의 위험을 무릅쓴 시민들에게 문제가 되는 것은 그들이 페스트 속으로 들어가야 하는지 아닌지, 그들이 페스트와 싸워야 하는지 아닌지를 결정하는 일이었다.

그 당시 우리 도시에서는 새로운 도덕주의자들이 적잖게 나타나서 아무것도 소용없다고, 무릎을 꿇어야 한다고 말하며 돌아다녔다. 타루와 리외와 그들의 친구들은 이렇게 답할 수도 있고 저렇게 답할 수도 있었지만, 결론은 언제나 똑같았다. 즉 어떤 방법으로든 싸워야 했고, 무릎을 꿇지 않아야 했다. 요컨대 문제는 가능한 한 많은 사람을 죽지 않게 하고, 결정적인 이별을 겪지 않게 하는 것이었다. 그러기 위해서는 단 한 가지 방법, 즉 페스트에 맞서 싸우는 방법밖에 없었다. 어쩔 수 없는 귀결이었기 때문에 칭송받을 만한 일도 아니었다.

그러므로 나이 든 의사 카스텔이 임시변통으로 구한 재료로 현장에서 혈청을 만드는 데 신념과 정력을 쏟은 것은 당연한 일이었다. 현재 도시를 휩쓰는 세균이 전통적으로 정의된 페스트균과는 약간 달랐기 때문에, 리외와 카스텔은 세균을 배양해서 만든 혈청이 외부에서 들여온 혈청보다 더 직접적인 효과를 보이기를 기대했다. 카스텔은 첫 번째 혈청이 빨리 만들어지기를 바랐다.

또한 영웅적인 면모가 전혀 없는 그랑이 시민보건대에서 일종의 서기 역할을 맡은 것도 당연한 일이었다. 타루가 조직한 몇몇 팀은 인구 과밀 지역에서 보조적인 방역 업무에 종사했다. 그들은 그곳에 위생 환경을 도입하려고 애썼고, 소독반이 들르지 못한 창고와 지하실의 숫자를 셌다. 다른 몇몇 팀은 의사들의 왕진을 도왔고, 페스트 환자의 이송을 책임졌으며, 나중에는 전문 인력이 없는 경우 환자나 사망자를 태운 차량을 직접 운전했다. 이 모든 일에 기록과 통계 업무가 필요했는데, 그랑이 그 업무를 맡았다.

이런 관점에서 볼 때, 서술자로서는 시민보건대에 생기를 불어넣은 조용한 미덕을 실질적으로 대표하는 사람이 리외나 타루 이상으로 그랑이라고 평가한다. 그랑은 타고난 선의로 주저 없이 그 일을 맡겠다고 했다. 그는 소소한 업무에 도움을 줄 수 있기를 바랐다. 여타의 업무를 맡기에는 자신이 너무 늙었다고 했다. 그는 저녁 여섯 시부터 여덟 시까지 시간을 낼 수 있었다. 리외가 진심으로 고맙다고 말하자, 그는 놀란 표정을 지었다. "가장 어려운 일도 아닌데요, 뭘. 페스트가 발생했으니 우리를 지켜야죠, 그렇잖아요. 만사가 이렇게 간단하면 좋을 텐데!" 그러면서 그는 자신의 문장 이야기를 꺼냈다. 리외는 이따금 저녁에 카드 작성을 끝내고 그랑과 이야기를 나누었다. 나중에는 타루도 대화에 끼어들었고, 그랑은 두 친구에게 점점 더 기쁜 마음으로 속내를 털어놓았다. 페스트 한복판에서 그랑이 끈질기게 계속하는 집필 작업을 두 사람도 흥미롭게 지켜보았다. 결국 두 사람 또한 거기서 일종의 휴식을 찾은 셈이었다.

"말을 탄 여자는 어떻게 되었습니까?" 하고 타루가 종종 물었다. 그러면 그랑이 어색한 미소를 지으며 매번 이렇게 대답했다. "달리고 있어요, 달리고 있어요." 어느 날 저녁, 그랑이 말을 탄 여자에 대해 '우아한'이라는 형용사를 완전히 포기했으며, 이제부터는 '날씬한'이라는 형용사로 수식하겠다고 말했다. 그는 "그게 더 구체적인 듯해서요"라고 덧붙였다. 다른 날 저녁, 그가 다음과 같이 수정한 첫 문장을 두 사람에게 읽어주었다. "5월의 화창한 아침나절에, 긴 치마를 입은 날씬한 여자가 멋진 밤색 말을 타고서 꽃이 만발한 불로뉴 숲의 오솔길을 달리고 있었다."

"어때요?" 그가 말했다. "여자가 더 잘 보이죠. 게다가 '5월의 화창한 아침나절에'라는 표현이 나은 것 같아요. '5월달의'라는 표현이 달리는 속도를 좀 늦추는 느낌이 드니까."

그다음에 그는 '멋진'이라는 형용사 때문에 고심하고 있었다. 그의 생각에 이 표현은 구체성이 없고 밋밋했다. 그는 자신이 상상하는 화려한 암말을 대번에 사진 찍듯 떠올려주는 표현을 찾고 있었다. '기름진'이라는 표현은 구체적이기는 하지만 다소 경멸적이어서 어울리지 않았다. '윤기 있는'이라는 표현이 한때 마음을 끌었지만, 리듬이 잘 맞지 않았다. 어느 날 저녁, 그가 '검은 밤색 암말'이라는 표현을 찾아냈노라고 의기양양하게 말했다. 그에 따르면, 검은색이 은근하게 우아한 맛을 준다는 것이었다.

"그건 안 돼요." 리외가 말했다.

"왜요?"

"'밤색 말'이라는 표현이 품종 이전에 벌써 색깔을 뜻하니까요."

"어떤 색깔요?"

"글쎄요, 어쨌든 검은색은 아니죠."

그랑은 크게 상심한 듯했다.

"고맙습니다." 그가 말했다. "선생님이 계셔서 다행입니다. 그런데 이 일이 얼마나 어려운 일인지 이제 아시겠죠?"

"'화사한'이라고 하면 어떨까요?" 타루가 말했다.

그랑이 그를 보고서는 곰곰이 생각했다.

"그래요." 그가 말했다. "그래요, 좋아요!"

그의 얼굴에 차츰 미소가 되살아났다.

그로부터 시간이 얼마간 지난 후, 그는 '꽃이 만발한'이라는 표현이 거슬린다고 고백했다. 오랑과 몽텔리마르 외에 다른 고장을 몰랐기 때문에, 가끔 그는 꽃이 만발할 때 불로뉴 숲의 오솔길은 어떤 모습인지 두 친구에게 물었다. 솔직히 말하자면 그 오솔길에서 꽃이 만발한 느낌을 받은 적이 결코 없었지만, 시청 직원의 확신이 얼마나 강하던지 두 사람은 자신의 느낌을 의심했다. 그랑은 두 친구가 망설이는 모습을 보고 놀랐다. "하기야 제대로 볼 줄 아는 사람은 예술가들뿐이죠." 한 번은 그가 몹시 흥분하는 모습이 의사의 눈에 띄었다. 그랑이 '꽃이 만발한'을 '꽃으로 가득 찬'으로 바꾼 것이었다. 그가 두 손을 비볐다. "드디어 꽃이 보입니다, 꽃이 느껴져요. 여러분, 모자를 벗어 경의를 표하시오!" 그가 의기양양하게 문장을 읽었다. "5월의 화창한 아침나절에, 긴 치마를 입은 날씬한 여자가 화사한 밤색 말을 타고서 꽃으로 가득 찬 불로뉴 숲의 오솔길을 달리고 있었다." 그러나 큰 소리로 읽어보니 문장을 끝맺는 세 낱말이 음향적으로 귀에 거슬려서 그랑은 말을 약간 더듬었다. 그는 낙심한 듯 털썩 자리에 앉았다. 그러고는 그만 가봐야겠다고 의사에게 양해를 구했다. 좀 더 깊이 생각해볼 필요가 있었다.

나중에 알게 된 사실이지만, 그 무렵 그랑은 시청에서 종종 정신이 딴 데 팔린 듯한 기색을 보였다. 감축된 인원으로 살인적인 업무를 처리해야 할 때여서 당국은 그 점을 유감스럽게 여겼다. 그가 속한 부서원들이 그랑 때문에 힘들어하자, 국장은 일을 잘하라고 월급을 주는데 일이 원활하게 이루어지지 않는다고 그랑을 심하게 질책했다. 국장은 이렇게 말했다. "시청 업무 외에 시민보건대에서 자원봉사를 한다고 들었소. 그건 아무래도 좋아요. 하지만 문제는 당신이 맡은 공적인 업무입니다. 이 끔찍한 상황에서 당신의 유용성을 입증하는 첫 번째 방법은 당신의 업무를 잘 수행하는 거요. 그렇지 않으면, 나머지는 아무런 소용이 없소."

"그 양반 말이 옳습니다." 그랑이 리외에게 말했다.

"그래요, 그 말이 옳아요." 의사가 동의했다.

"하지만 정신이 산만해서 문장의 말미를 어떻게 처리해야 할지 모르겠습니다."

그는 '불로뉴'를 삭제할까도 생각했다. 그렇게 해도 누구나 문장을 이해할 수 있으리라고 여겨졌다. 그러나 그렇게 하면 '오솔길'에 걸려야 할 부분이 '꽃'으로 연결되는 듯했다. 그래서 '꽃으로 가득 찬 숲속 오솔길'로 고칠까 하고 생각하기도 했다. 그러나 '숲속'이라는 단어가

명사와 수식어를 이유 없이 갈라놓고 있어 살 속의 가시처럼 느껴졌다. 어느 날 저녁에는 그가 리외보다 훨씬 더 피곤해 보였다.

그렇다, 그는 집필 작업에 온통 정신을 빼앗겨 피곤했다. 그러나 시민보건대에게 필요한 합산과 통계 업무는 차질 없이 계속했다. 그는 매일 저녁 끈기 있게 카드를 작성했고, 거기에 곡선 도표를 첨부했으며, 느리기는 해도 가능한 한 정확하게 상황을 제시하려고 애썼다. 종종 그는 리외가 봉사하는 병원으로 찾아와서 사무실이나 의무실에 탁자 하나만 내어달라고 부탁했다. 마치 시청에서 자기 자리에 앉는 것처럼 그는 서류를 가지고 탁자 앞에 앉았고, 소독약 냄새와 질병 냄새로 텁텁해진 공기 속에서 종잇장을 흔들며 잉크를 말렸다. 그럴 때면 말을 탄 여자 생각도 더 이상 하지 않고 오로지 필요한 작업만 성실하게 수행하려고 애썼다.

그렇다, 만일 사람들이 영웅이라고 불릴 만한 본보기나 모델을 제시해달라고 고집한다면, 만일 이 이야기에서도 영웅이 하나쯤 반드시 있어야 한다면, 서술자는 그 보잘것없고 눈에 띄지도 않는 영웅, 가진 것이라고는 선한 마음과 일견 우스꽝스러운 이상뿐인 그 영웅을 제시하리라. 그렇게 함으로써 우리는 진리에 진리 본연의 실체를 부여할 수 있고, 2 더하기 2라는 덧셈에 4라는 답을 부여할 수 있으며, 영웅주의에 결코 인간적인 행복의 앞자리가 아니라 바로 뒷자리라는 부차적인 지위를 부여할 수 있으리라. 또한 그렇게 함으로써 우리는 이 연대기에도 연대기 고유의 성격, 즉 보란 듯이 악의적이지도 않고 흥행물처럼 저속하게 자극적이지도 않은 담담한 감정으로 쓴 보고서라는 성격을 부여할 수 있으리라.

페스트가 창궐한 이 도시에 외부로부터 답지한 후원과 격려를 신문에서 읽거나 라디오를 통해 들었을 때, 의사 리외에게 떠오른 생각이 바로 위와 같은 생각이었다. 항공이나 육로로 전달된 구호물자와 함께, 매일 저녁 전파나 신문을 통해 동정이나 찬사로 가득 찬 논평이 고립된 도시로 쇄도했다. 그러나 서사시나 수상 소감 같은 어조가 번번이 의사의 심기를 불편하게 했다. 그런 배려의 마음이 거짓이 아니라는 사실은 그도 잘 알고 있었다. 게다가 그런 마음의 표현은 사람들이 인류애를 보여주고자 할 때 흔히 사용하는 상투적인 언어를 빌릴 수밖에 없다. 그러나 그런 언어는 예컨대 그랑이 일상적으로 기울이는 소소한 노고를 전달할 수 없었는데, 페스트 상황에서 그가 차지하는 의미를 그 언어가 도저히 담아낼 수 없었기 때문이다.

이따금 자정이 되어 인적 없는 도시에 깊은 침묵이 깃들면, 의사는 잠시 눈을 붙이려고 침대에 누워 라디오를 켜곤 했다. 그때 수천 킬로미터 떨어진 세계의 저 끝에서, 누군지 알 수 없는 우정의 목소리가 서투르게나마 연대 의식을 부르짖었다. "오랑! 오랑!" 그렇지만 그것은 눈으로 직접 볼 수 없는 고통을 공유하는 게 불가능하다는 사실을 끔찍한 무력감과 함께 확인시켜줄 뿐이었다. 응원의 목소리가 바다를 가로질러봤자 소용없었고, 리외가 귀를 쫑긋 세워봤자 소용없었다. 곧바로 웅변조의 목소리는 고조되었고, 그 목소리는 그랑과 웅변가를 서로에게 이방인으로 만드는 본질적인 거리를 더욱더 뚜렷이 드러낼 뿐이었다. '오랑! 그래, 오랑! 하지만 천만의 말씀이야.' 의사는 생각했다. '함께 사랑하거나 함께 죽는 것, 그것 외에 다른 방법은 없어. 그들은 너무 멀리 떨어져 있어.'

9

페스트가 절정에 이르기 전에, 재앙이 도시를 공격해 완전히 장악하려고 온 힘을 끌어모으는 동안 반드시 기록해야 할 사실이 있다면, 그것은 랑베르 같은 궁극의 개인들이 자신의 행복을 되찾고 페스트의 공격으로부터 자신을 지키기 위해 오랫동안 단조롭고 절망적인 노력을 기울였다는 사실이다. 그것은 그들을 위협하는 굴욕을 거부하는 그들의 방식이었다. 그런 거부가 다른 방식만큼 효과적이지는 않았지만, 그것 나름대로 의미가 있었고, 허영과 모순 속에서도 우리 각자가 가진 자랑스러운 무엇인가를 증명한다는 것이 서술자의 의견이다.

랑베르는 페스트에 제압당하지 않으려고 최선을 다해 싸웠다. 리외에게 한 말에 따르면, 합법적인 방법으로는 도시 밖으로 나갈 수 없다는 사실을 확인한 그는 다른 방법에 기대기로 했다. 기자는 먼저 카페 웨이터들에게 도움을 청했다. 카페 웨이터는 언제나 모든 것을 알고 있기 마련이다. 그러나 가장 먼저 도움을 요청받은 몇몇 웨이터는 그런 시도에 따르는 엄중한 처벌을 너무나 잘 알고 있었다. 랑베르는 심지어 선동가로 취급받기도 했다. 리외의 병원에서 코타르를 만나고 나서야 비로소 일에 진척이 있었다. 그날, 랑베르는 관청에서 헛수고한 이야기를 리외에게 전했다. 며칠 후, 코타르는 거리에서 랑베르를 마주쳤다. 그는 랑베르를 허심탄회하게 대했는데, 기실 그 당시 누구를 만나도 그렇게 대했다.

"여전히 아무런 진척이 없나요?" 그가 물었다.

"예, 전혀 없습니다."

"관청에는 말해봐야 소용없어요. 남의 어려움을 이해하려는 사람들이 아닙니다."

"맞아요. 그래서 다른 방법을 찾고 있는데, 어렵군요."

"아!" 코타르가 말했다. "방법이 있기는 있습니다."

그는 어떤 비밀 조직을 알고 있었다. 그 말을 듣고 놀라는 랑베르에게 그는 자신이 오래전부터 오랑의 카페 곳곳을 돌아다녔고, 거기서 만난 친구들에게서 그런 일을 다루는 조직이 있다는 이야기를 들었다고 설명했다. 사실 수입보다 지출이 많았던 코타르는 그 당시 배급 물자 암거래에 가담하고 있었다. 끝없이 가격이 올라가는 담배와 값싼 술을 되넘기면서 약간의 소득을 올리는 중이었다.

"확실해요?" 랑베르가 물었다.

"물론입니다. 저한테 제의하기도 했으니까요."

"거절하셨나요?"

"의심하지 마세요." 코타르가 친절하게 말했다. "저야 여기를 떠나고 싶지 않으니까 거절했죠. 이런저런 이유가 있습니다."

잠시 침묵을 지킨 후, 그가 말했다.

"이유가 뭔지 궁금하지 않으세요?"

"저와는 상관없는 일일 듯합니다."

"어떤 의미에서는 상관이 없죠. 하지만 다른 의미에서는… 한 가지 분명한 것은 페스트가 발생한 후로 제 형편이 더 좋아졌다는 사실입니다."

랑베르가 그의 말을 잘랐다.

"어떻게 그 조직을 만날 수 있을까요?"

"아!" 코타르가 말했다. "쉽지는 않아요. 저와 함께 갑시다."

오후 네 시였다. 무거운 하늘 아래에서 도시가 서서히 달구어졌다. 모든 가게에서 차양을 내렸다. 도로에서도 차량이 보이지 않았다. 코타르와 랑베르는 아케이드 거리로 들어서서 오래도록 말없이 걸었다. 그 시간은 페스트가 눈에 띄지 않는 시간이었다. 그 침묵, 그 색채와 활동의 죽음은 여름 특유의 것인 동시에 재앙 특유의 것이었다. 공기가 무거운 것이 페스트 때문인지, 먼지 때문인지, 열기 때문인지 알 수 없었다. 페스트를 찾으려면 꼼꼼하게 관찰하고 세심하게 판단해야 했다. 페스트는 부정적인 징후를 통해서만 모습을 드러냈기 때문이다. 페스트에게 친밀감을 느끼던 코타르는 보통 때 같으면 불지도 않는 바람을 찾아 복도 문턱에 엎드린 채 헐떡이고 있어야 할 개들이 보이지 않는다는 사실을 지적했다.

그들은 팔미에 대로로 접어들었고, 아름 광장을 가로질렀으며, 마린 구역으로 내려갔다. 왼쪽에 보이는 초록색 카페는 비스듬히 쳐놓은 노란색 차양 아래에서 햇빛을 피하고 있었다. 코타르와 랑베르는 그 카페로 들어가면서 이마의 땀을 닦았다. 그들은 초록색 철판 테이블 앞에 놓인 정원용 접이식 의자에 앉았다. 홀은 텅 비어 있었다. 파리가 공중에서 윙윙거렸다. 덜거덕거리는 카운터 위에 놓인 노란색 새장에서, 깃털이 모두 빠진 앵무새 한 마리가 횃대 위에 힘없이 앉아 있었다. 전투 장면을 그린 낡은 그림들이 벽에 걸려 있었는데, 하나같이 때가 잔뜩 끼고 두꺼운 거미줄로 덮여 있었다. 랑베르 앞 테이블은 물론이거니와 모든 철판 테이블 위에 닭똥이 말라붙어 있었다. 닭똥이 왜 여기에 있는지 의아해하던 차에, 잠시 바스락거리는 소리가 들리더니 어두운 한쪽 구석에서 별안간 멋진 수탉 한 마리가 튀어나왔다.

그 순간 열기가 한층 더 심해지는 듯했다. 코타르가 재킷을 벗고 철판을 두드렸다. 그러자 긴 청색 앞치마에 파묻힌 자그마한 사내가 안에서 나왔고, 멀리서 코타르를 보자마자 인사를 건넸다. 그리고 세찬 발길질로 수탉을 쫓으면서 테이블로 다가온 다음, 수탉이 꼬꼬댁거리는 가운데 주문을 받았다. 코타르는 백포도주를 주문했고, 가르시아라는 사람이 어디에 있는지 물었다. 키 작은 사내는 카페에서 그를 못 본 지 벌써 며칠 되었다고 답했다.

"오늘 저녁에는 올 것 같소?"

"글쎄요!" 키 작은 사내가 말했다. "그 양반 일을 제가 모두 알지는 못하죠. 그 양반이 언제 올지는 손님이 더 잘 아시잖아요?"

"그렇긴 해요. 하지만 그다지 중요한 일은 아니라오. 단지 친구를 소개하고 싶어서…."

웨이터는 앞치마 옷자락으로 젖은 손을 닦았다.

"아! 손님도 그 사업을 하시나요?"

"그렇소." 코타르가 말했다.

키 작은 사내는 코를 훌쩍거렸다.

"그러면 오늘 저녁에 다시 오세요. 그 양반에게 심부름하는 아이를 보내겠습니다."

밖으로 나오면서 랑베르는 그 사업이라는 게 뭐냐고 물었다.

"암거래지 뭐긴 뭐겠어요. 시문에서 물건을 들여와서 비싸게 파는 거죠."

"그렇군요." 랑베르가 말했다. "공모자들이 있습니까?"

"당연하죠."

저녁에는 차양이 걷혔고, 앵무새가 새장에서 재잘거렸으며, 철판 테이블마다 사내들이 셔츠 바람으로 둘러앉아 있었다. 그들 가운데 밀짚모자를 뒤로 젖혀 쓴 사내는 흰색 와이셔츠를 풀어 헤쳐서 새까맣게 그을린 가슴이 드러나 보였다. 코타르가 안으로 들어가자 그가 자리에서 일어났다. 햇볕에 그을린 반듯한 얼굴, 검고 작은 눈, 하얀 치아, 반지를 두세 개 낀 손가락이 특징적인 사내는 서른 살가량 된 듯했다.

"안녕하시오." 그가 말했다. "카운터에서 한잔합시다."

그들은 말없이 한 잔씩 마셨다.

"밖으로 나갈까요?" 가르시아가 말했다.

그들은 항구를 향해 내려갔고, 가르시아는 원하는 게 뭐냐고 물었다. 랑베르를 소개하는 이유는 사업 때문이 아니라 이른바 '외출' 때문이라고 코타르가 말했다. 가르시아는 담배를 피우면서 똑바로 걸었다. 그는 랑베르가 옆에 없는 양 랑베르를 '그'라고 지칭하면서 몇 가지 질문을 던졌다.

"뭣 하러 나가는 거요?"

"그의 아내가 프랑스에 있소."

"아!"

잠시 후 다시 물었다.

"직업이 뭐요?"

"신문기자."

"말이 많은 직업이구먼."

랑베르는 잠자코 있었다.

"내 친구요." 코타르가 말했다.

그들은 말없이 걸었고, 방파제에 도착했다. 그러나 방파제는 커다란 철책으로 접근이 금지되어 있었다. 그래서 그들은 정어리 튀김을 파는 작은 술집으로 향했는데, 냄새가 그들에게까지 풍겼다.

"아무튼." 가르시아가 결론지었다. "그 일이라면 내가 아니라 라울 담당이오. 그 친구를 한 번 만나보겠소, 쉽지는 않겠지만."

"아!" 코타르가 활기찬 목소리로 물었다. "그 친구 요즘 숨어 지내고 있소?"

가르시아는 대답하지 않았다. 그는 작은 술집 옆에서 발걸음을 멈추고, 처음으로 랑베르를 향해 몸을 돌렸다.

"모레 열한 시, 도시 꼭대기에 있는 세관 건물 모퉁이로 오시오."

그는 자리를 떠나는 듯하더니, 두 사람을 향해 다시 몸을 돌렸다.

"비용이 들 거요." 그가 말했다.

그것은 확인이었다.

"물론입니다." 랑베르가 고개를 끄덕였다.

잠시 후, 기자가 코타르에게 고맙다고 말했다.

"아, 천만에요!" 코타르가 쾌활하게 말했다. "도와드릴 수 있어서 기쁩니다. 직업이 기자니까, 언젠가 제게 갚을 날이 오겠죠."

이틀 후, 랑베르와 코타르는 도시 꼭대기를 향해 뻗은 큰길을 따라 올라갔는데 큰길에는 나무 그림자 하나 없었다. 세관 건물의 일부가 의무실로 변형되어 있었고, 정문 앞에는 사람들이 서성이고 있었다. 그들은 금지된 면회가 혹시 허용될까 하는 희망으로 또는 금세 쓸모없어질 정보나마 얻을 수 있을까 해서 찾아온 사람들이었다. 어쨌든 항상 시민들이 모이는 곳이다 보니 자연히 사람들의 왕래가 잦았고, 가르시아가 랑베르를 만날 장소를 결정할 때 이런 상황을 고려한 듯했다.

"이렇게 고집스레 떠나려고 하시다니 희한하군요." 코타르가 말했다. "아무튼 재미있습니다."

"저는 재미가 없는데요." 랑베르가 대꾸했다.

"오! 물론 위험 부담이 있어요. 하지만 페스트가 유행하기 전에도 복잡한 네거리를 건널 때 그 정도의 위험은 감수하고 살았습니다."

바로 그때, 리외의 자동차가 그들이 있는 곳으로 올라와서 멈추었다. 타루가 운전을 했고, 리외는 반쯤 잠이 든 듯했다. 잠에서 깬 리외가 차내에 앉은 채로 서로를 소개했다.

"우리는 이미 서로 알고 있습니다." 타루가 말했다. "같은 호텔에 묵고 있거든요."

타루는 랑베르에게 시내까지 태워주겠다고 말했다.

"괜찮아요, 우리는 여기서 약속이 있습니다."

리외가 랑베르를 바라보았다.

"예, 그 문제 때문입니다."

"아!" 코타르가 놀랐다. "선생님도 알고 계십니까?"

"저기 예심판사가 와요." 타루가 코타르에게 알려주었다.

코타르의 안색이 변했다. 실제로 오통 씨가 거리를 따라 내려왔고, 힘차고 절도 있는 걸음걸이로 그들에게 다가왔다. 그들 앞으로 지나가면서 그가 모자를 벗었다.

"안녕하세요, 판사님!" 타루가 말했다.

예심판사는 차 안 사람들에게 안녕하시냐고 인사를 건넸고, 뒤로 물러선 코타르와 랑베르에게는 근엄한 표정을 지으며 고갯짓으로 인사했다. 타루가 연금 생활자와 신문기자를 소개했다. 예심판사는 잠시 하늘을 바라보았고, 한숨을 쉬며 몹시 힘든 시기라고 말했다.

"타루 씨, 요즘 방역 작업에 헌신하신다는 이야기를 들었습니다. 정말 훌륭하십니다. 의사 선생님, 전염병이 확산될까요?"

리외는 그러지 않기를 희망한다고 말했고, 예심판사는 신의 뜻을 알 길이 없으니 늘 희망을 품어야 한다고 되풀이했다. 타루는 페스트 때문에 일이 과중해지지는 않았느냐고 예심판사에게 물었다.

"그 반대입니다. 보통법 사건은 오히려 줄어들고 있습니다. 요즘은 새로운 방역 조치를 심각하게 위반한 사건만 심리하고 있어요. 기존의 법이 이렇게 잘 지켜진 적은 결코 없었습니다."

"그건 상대적으로 기존의 법이 더 좋기 때문이겠죠, 당연히."

예심판사가 하늘을 바라보던 시선을 거두고 꿈꾸는 듯한 표정을 지웠다. 그는 싸늘한 표정으로 타루를 훑어보았다.

"그래서요?" 그가 말했다. "중요한 건 법이 아니라 처벌입니다. 우리로서는 어쩔 도리가 없어요."

"저자가 원수 1호야." 예심판사가 떠나자 코타르가 말했다.

타루와 리외가 탄 자동차도 움직이기 시작했다.

잠시 후, 랑베르와 코타르는 가르시아가 오는 모습을 보았다. 가르시아는 아무런 손짓도 없이 다가왔고, 인사말 대신에 이렇게 말할 뿐이었다. "기다려야 합니다."

그들 주변에 서성이는 일단의 군중은 대부분 여자들이었는데, 다들 아무 말 없이 조용히 기다리고 있었다. 거의 모두가 식량 바구니를 병든 가족에게 전달할 수 있지 않을까 하는 헛된 희망을, 나아가 환자가 식량을 비축해둘 수 있지 않을까 하는 어처구니없는 생각을 품고 있었다. 보초들이 무장한 채 정문을 지켰고, 때때로 이상한 비명이 정문과 건물 사이 안마당을 가로질렀다. 그러면 정문 앞에서 기다리던 사람들이 불안한 얼굴을 의무실 쪽으로 돌렸다.

그 광경을 보고 있을 때, 등 뒤에서 "안녕하세요?"라는 낮지만 또렷한 인사말이 들려 세 남자는 고개를 돌렸다. 몹시 더운 날씨임에도 라울은 깔끔한 정장을 입고 있었다. 키가 크고 건장한 라울은 짙은 색 더블 정장 차림에 챙이 둥글게 말린 펠트 모자를 쓰고 있었다. 얼굴은 창백했다. 밤색 눈에 야무진 입매를 가진 라울이 빠르고 정확하게 말했다.

"시내 쪽으로 내려갑시다." 그가 말했다. "가르시아, 우리끼리 이야기할게."

가르시아는 담배에 불을 붙이며 세 사내가 떠나도록 내버려두었다. 랑베르와 코타르는 가운데서 걷는 라울의 속도에 맞춰 빠르게 걸음을 옮겼다.

"가르시아한테서 설명을 들었습니다." 라울이 말했다. "불가능한 일은 아니지만, 일만 프랑 정도의 비용이 들 겁니다."

랑베르는 좋다고 대답했다.

"내일, 마린 거리에 있는 스페인 레스토랑에서 점심 식사를 함께합시다."

랑베르가 알겠다고 말했고, 라울은 악수를 청하며 처음으로 미소를 보였다. 그가 떠나자, 코타르가 양해를 구했다. 그는 내일 시간이 없으며 이제는 랑베르 혼자서도 충분히 할 수 있는 일이라고 말했다.

이튿날 기자가 스페인 레스토랑으로 들어갔을 때, 모두가 고개를 돌려 그가 지나가는 모습을 쳐다보았다. 햇빛에 바싹 말라 노랗게 변한 골목길 아래쪽에 있는 지하 식당에는 주로 사내들이 드나들었는데, 대부분 스페인계였다. 안쪽 테이블에 앉아 있던 라울이 기자에게 손짓했다. 랑베르가 그쪽으로 다가가자, 손님들은 호기심을 잃고 얼굴을 다시 접시로 돌렸다. 라울의 테이블에는 머리칼은 듬성듬성하나 수염이 덥수룩한 말상에 어깨가 유난히 넓고 키가 크고 깡마른 사내 하나가 앉아 있었다. 걷어 올린 와이셔츠 소매 아래로 시커먼 털로 뒤덮인 가늘고 긴 두 팔이 보였다. 라울이 랑베르를 소개하자, 그는 고개를 세 번 끄덕였다. 그의 이름은 한 번도 입에 오르내리지 않았고, 라울은 그를 단지 "우리 친구"라고 불렀다.

"우리 친구가 당신을 도울 수 있을 것 같다고 합니다. 이 친구가 당신을…."

여종업원이 랑베르에게 주문을 받으러 다가오자, 라울이 말을 멈추었다.

"이 친구가 당신을 우리 동료 두 사람과 연결해줄 거고, 그 두 사람이 당신을 우리가 매수한 보초들에게 소개해줄 겁니다. 거기서 일이 끝나는 게 아녜요. 보초들이 절호의 시기를 판단해야 합니다. 가장 간단한 방법은 시문 근처에 사는 보초의 집에서 며칠 밤을 묵는 거죠. 그러나 그 전에, 필요할 때마다 이 친구가 당신과 접촉할 겁니다. 모든 일이 잘되면, 이 친구에게 비용을 지불하면 돼요."

그의 친구는 말상 머리를 다시 한 번 끄덕이면서, 쉼 없이 토마토와 피망 샐러드를 게걸스럽게 먹었다. 그러더니 스페인어 억양이 가볍게 실린 프랑스어로 이틀 후 오전 여덟 시에, 성당 정문 앞에서 만나자고 랑베르에게 제안했다.

"또 이틀을 기다려야 하는군요." 랑베르가 말했다.

"쉬운 일이 아니니까요." 라울이 말했다. "여러 사람을 만나야 합니다."

말상 남자가 다시 한 번 고개를 끄덕였고, 랑베르는 낙심한 표정으로 동의했다. 점심 식사의 나머지 시간은 화제를 찾는 데 쓰였다. 그러나 말상 남자가 축구선수였다는 사실을 랑베르가 알았을 때부터 대화가 수월해졌다. 랑베르도 축구를 무척 좋아했기 때문이다. 그리하여 프랑스 선수권 대회, 영국 프로팀의 가치, W형 전술에 관한 이야기가 오고갔다. 점심 식사가 끝날 무렵, 말상 남자는 완전히 신이 났고, 랑베르에게 반말을 하면서 축구팀에서 센터 하프만큼 중요한 자리가 없다는 사실을 설득하려고 했다. "알다시피 센터 하프는 볼을 배분하는 역할을 맡고 있어. 볼을 나눠주고 게임을 조율하는 것, 그게 바로 축구잖아." 랑베르는 늘 센터 포워드를 맡았으나 그의 의견에 동의했다. 라디오 방송 때문에 토론이 중단되었는데, 감상적인 멜로디가 잔잔하게 되풀이되더니 어제 페스트 희생자가 137명이었다는 보도가 흘러나왔다. 자리에 있던 누구도 반응을 보이지 않았다. 말상 남자는 어깨를 으쓱한 후에 자리에서 일어났다. 라울과 랑베르도 따라 일어섰다.

헤어질 때, 센터 하프가 랑베르의 손을 힘차게 쥐었다.

"내 이름은 곤살레스야." 그가 말했다.

그 이틀이 랑베르에게는 한없이 길게 느껴졌다. 그는 리외의 병원으로 가서 일의 진행 상황을 상세히 이야기했다. 그런 다음, 그는 리외의 왕진에 동행했다. 페스트 의심 환자가 기다리는 집 앞에서 그는 의사에게 작별 인사를 건넸다. 복도에서 뛰어가는 소리와 목소리가 들렸다. 누군가가 가족에게 의사의 도착을 알렸다.

"타루가 늦지 않으면 좋겠는데." 리외가 중얼거렸다.

그는 피곤해 보였다.

"전염병이 너무 빨리 퍼지고 있나요?" 랑베르가 물었다.

리외는 그렇지는 않으며, 통계상으로는 상승 곡선이 덜 가파르다고 말했다. 그러나 페스트에 맞서 싸울 수단이 그다지 많지 않았다.

"물자가 부족합니다." 리외가 말했다. "세계의 모든 군대에서는 물자가 부족하면 인력으로 대체하죠. 그러나 우리는 인력도 부족합니다.”

“도시 외부에서 의사들과 보건 직원들이 왔잖아요.”

“그렇죠.” 리외가 말했다. “의사 10명과 보건 직원 100명이 왔습니다. 일견 많아 보이죠. 하지만 현재 상황을 겨우 감당할 정도입니다. 전염병이 확산되면 충분치 않을 겁니다.”

리외는 집에서 나는 소리에 귀를 기울인 뒤 랑베르에게 미소 지으며 말했다.

“그래요, 서둘러 일을 잘 진행하세요.”

한순간 랑베르의 얼굴에 어두운 그림자가 스쳐 지나갔다.

“아시겠지만,” 그가 나지막이 말했다. “페스트 때문에 떠나는 게 아닙니다.”

리외가 알고 있다고 대답했지만, 랑베르는 말을 계속했다.

“저는 제가 비겁하다고 생각하지 않아요, 적어도 대부분의 경우에는… 그 점을 확인할 기회도 있었죠. 하지만 도저히 견딜 수 없는 생각들이 있습니다.”

의사는 그를 정면으로 쳐다보았다.

“부인을 다시 만나시게 될 겁니다.”

“아마도 그렇겠죠. 그렇지만 이런 상태가 계속될 테고, 그동안 그녀가 늙어간다고 생각하면 견딜 수가 없습니다. 서른 살이 되면 늙기 시작하죠, 모든 걸 잘 활용해야 합니다. 이해하실지 모르겠군요.”

리외가 이해할 수 있을 것 같다고 중얼거릴 때, 타루가 활기찬 표정으로 들어왔다.

“방금 막 파늘루 신부님한테 함께 일하자고 부탁드렸어요.”

"뭐라고 하시던가요?" 의사가 물었다.

"잠시 생각하시더니, 그러겠다고 말씀하셨습니다."

"좋습니다." 의사가 말했다. "신부님이 자신의 강론보다 더 나은 분이라는 걸 알게 돼서 기분이 좋습니다."

"사실 모든 사람이 그래요." 타루가 말했다. "단지 기회를 주기만 하면 됩니다."

그가 미소와 함께 리외에게 윙크하며 말했다.

"기회를 제공하는 게 평생 제가 해온 일이랍니다."

"죄송하지만," 랑베르가 말했다. "이만 가보겠습니다."

약속의 날인 목요일, 랑베르는 오전 여덟 시가 되기 오 분 전에 성당 정문 앞으로 갔다. 공기는 아직 선선했다. 하늘에는 둥글고 하얀 조각구름들이 떠 있었지만, 잠시 후 뜨거운 열기가 올라와서 대번에 그 구름들을 삼켜버릴 것이었다. 말라붙은 잔디에서 그래도 습한 냄새가 어렴풋이 느껴졌다. 하지만 동쪽 가옥들 위로 떠 오른 태양이 광장을 장식하고 있는 잔 다르크의 황금빛 투구를 뜨겁게 비추었다. 괘종시계가 여덟 번 울렸다. 랑베르는 한적한 정문 앞에서 몇 걸음을 옮겼다. 오래된 지하실 냄새와 향냄새가 풍기고 성당 안으로부터 성가가 어렴풋이 들렸다. 별안간 성가가 그쳤다. 10개가 넘는 조그만 검은색 형상이 성당에서 나와 종종걸음으로 시내를 향해 걸어갔다. 랑베르는 조바심이 나기 시작했다. 또 다른 검은색 형상들이 큰 계단을 올라와 정문으로 다가왔다. 그는 담배에 불을 붙였지만, 여기서는 담배를 피우는 게 허용되지 않을지도 모른다는 생각이 들었다.

여덟 시 십오 분에 성당 오르간이 잔잔하게 연주하기 시작했다. 랑베르는 어두운 홍예문 아래로 들어갔다. 잠시 후, 자기 앞을 지나갔던 검은색 형상들을 본당에서 다시 보았다. 그들은 한쪽 구석 임시 제단 앞에 모였는데, 그 임시 제단에는 시내 어느 작업장에서 급히 제작한 듯한 성 로크 상이 놓여 있었다. 무릎을 꿇은 그들은 한층 더 오그라들어 보였고, 주변의 떠도는 안개처럼 희미해서 마치 응고된 그림자처럼 칙칙한 잿빛 배경 속으로 사라졌다. 그들의 머리 위로 오르간이 끝없이 변주되고 있었다.

랑베르가 밖으로 나왔을 때, 곤살레스가 벌써 계단을 내려가 시내로 향하고 있었다.

"나는 네가 가버린 줄 알았어." 그가 기자에게 말했다. "흔히 그런 일이 있으니까."

여덟 시 십 분 전에 거기서 멀지 않은 곳에서 다른 친구들을 만나기로 했었다고 그가 설명했다. 그런데 이십 분을 기다려도 나타나지 않았다는 것이었다.

"무슨 일이 생긴 게 분명해. 우리가 하는 일이 늘 쉽게 풀리는 게 아니거든."

그가 이튿날 같은 시간에 전몰 용사 기념비 앞에서 다시 만나자고 제안했다. 랑베르는 한숨을 쉬며 펠트 모자를 뒤로 젖혔다.

"이건 아무것도 아냐." 곤살레스가 껄껄 웃으며 결론지었다. "생각해보라고, 골을 넣기 위해서는 온갖 작전을 짜야 하고, 속공도 하고 패스도 해야 하잖아."

"물론이야." 랑베르가 말했다. "하지만 축구 시합은 한 시간 반이면 끝나지."

오랑의 전몰 용사 기념비는 바다가 보이는 유일한 장소, 즉 항구가 내려다보이는 절벽을 꽤 가까이서 따라가는 산책로에 있었다. 이틀 날, 약속 장소에 먼저 도착한 랑베르가 전쟁터에서 죽은 용사들의 명단을 주의 깊게 읽고 있었다. 몇 분 뒤, 두 사내가 다가와 그를 무심히 쳐다보고서는, 산책로 난간에 팔꿈치를 괸 채 인적 없이 텅 빈 부두를 골똘히 바라보았다. 두 사내는 키가 같았고, 둘 다 푸른색 바지에 소매가 짧은 선원용 셔츠를 입고 있었다. 신문기자는 조금 떨어진 벤치에 가서 앉았고, 그들을 느긋하게 바라보았다. 그들은 확실히 스무 살은 넘지 않아 보였다. 그때, 곤살레스가 미안하다고 하면서 랑베르를 향해 걸어왔다.

"친구들이 저기에 와 있었네." 그가 말했다. 랑베르와 함께 그 두 젊은이에게로 다가간 곤살레스는 랑베르에게 그들을 마르셀과 루이라고 소개했다. 정면에서 보니 두 젊은이가 정말 많이 닮아서 랑베르는 그들이 형제라고 생각했다.

"자!" 곤살레스가 말했다. "이제 서로 인사를 했으니, 일을 해결해야지."

그러자 마르셀과 루이 중 한 명은 자기들이 보초를 설 차례가 왔고 그 일은 이틀 후에 시작해 일주일 동안 계속된다고 했다. 문제는 가장 적합한 날이 언제인지 판단하는 일이었다. 서쪽 출입구를 지키는 네 명 가운데 자기들을 제외한 나머지 두 명은 직업군인이었다. 두 직업 군인을 이 일에 끌어들일 수는 없었다. 그들을 믿을 수 없을뿐더러, 비용도 증가할 것이었다. 그러나 저녁이면 이따금 두 동료가 단골 술집 뒷방에 밤을 보내러 가곤 했다. 그는 사정이 그러하므로 시문 근처에 있는 자기 집에 머물면서 행동을 개시할 날을 기다리는 게 좋지 않겠느냐고 제안했다. 그러면 탈출이 매우 쉬우리라는 것이었다. 하지만 도시 외부에 초소를 이중으로 설치한다는 말이 얼마 전부터 떠돌았기 때문에 일을 서둘러야 했다.

랑베르는 동의했고, 자기 수중에 남은 담배 중 몇 개를 그들에게 권했다. 그러자 둘 중 입을 다물고 있던 청년이 비용 문제는 해결되었는지, 선금을 받을 수 있는지 곤살레스에게 물었다.

"아냐." 곤살레스가 말했다. "그럴 필요 없어, 이 사람은 친구야. 비용은 출발할 때 해결하면 돼."

그들은 다시 만날 약속을 정했다. 곤살레스가 이틀 후에 스페인 레스토랑에서 저녁 식사를 함께하자고 제안했다. 거기서 보초들의 집으로 갈 수 있으리라는 것이었다.

"첫날밤에는 내가 함께 있어줄게." 그가 랑베르에게 말했다.

이튿날, 랑베르는 자기 방으로 올라가다가 호텔 계단에서 타루와 마주쳤다.

"리외를 만나러 가는 길입니다." 타루가 랑베르에게 말했다. "함께 가시겠습니까?"

"제가 방해되지 않을지 모르겠군요." 랑베르가 망설이며 말했다.

"그렇지 않을 텐데요. 그분이 저한테 당신 이야기를 많이 했습니다."

기자는 곰곰이 생각했다.

"이렇게 하죠." 그가 말했다. "저녁 식사 후에 두 분이 시간이 나면 늦어도 좋으니까 호텔 바로 오세요."

"리외와 페스트의 상황에 따라서 할게요." 타루가 말했다.

밤 열한 시, 리외와 타루가 작고 좁은 호텔 바로 들어왔다. 서로 팔꿈치가 맞닿을 정도로 붙어 앉은 30명가량의 손님이 아주 큰 목소리로 이야기하고 있었다. 페스트에 걸린 침묵의 도시에서 온 두 사람은 다소 어리둥절해서 발걸음을 멈추었다. 아직 술을 파는 모습을 보고 그들은 바의 들썩이는 분위기를 이해했다. 카운터 끝에서 등받이 없는 높다란 의자에 앉아 있던 랑베르가 그들에게 손짓했다. 타루가 시끄럽게 떠드는 옆 사람을 슬쩍 밀면서 공간을 만들었고, 두 사람은 랑베르 양옆에 앉았다.

"술이라면 질색하시는 건 아니죠?"

"천만에요." 타루가 말했다. "오히려 그 반대입니다."

리외는 자기 술잔에서 풍기는 쌉싸름한 향료 냄새를 맡았다. 이 떠들썩한 소란 속에서 이야기를 나누기는 어려웠다. 랑베르는 술을 마시느라 정신이 없는 듯했는데, 의사는 그가 취했는지 아직 판단할 수 없었다. 그들이 자리한 그 좁은 공간 근처에 테이블 두 개가 놓여 있었다. 그중 하나에는 해군 장교 한 사람이 양옆에 여자를 끼고 앉은 채 얼굴이 빨개진 뚱보 남자에게 카이로에서 유행했던 티푸스 전염병 이야기를 하고 있었다. "수용소 말이야, 원주민 수용소를 만들고 거기에 환자용 천막을 설치했어. 수용소 둘레에는 보초선을 쳤지. 가족들이 민간요법으로 만든 의약품을 몰래 반입하려고 하면 보초들이 총을 쐈어. 가혹하기는 했지만, 어쩔 수 없었어." 또 다른 테이블에는 우아한 청년들이 앉아 있었는데, 그들의 대화는 알아들을 수가 없었다. 그들의 목소리가 높은 곳에 올려놓은 축음기에서 쏟아져 나오는 〈세인트 제임스 의무실〉의 선율에 묻혀버렸기 때문이다.

"일이 잘되어 갑니까?" 리외가 목소리를 높이며 말했다.

"잘될 듯합니다." 랑베르가 말했다. "일주일 후면."

"유감이군요." 타루가 말했다.

"왜요?"

타루가 리외를 쳐다보았다.

"오!" 리외가 말했다. "타루는 당신이 여기에 있으면 도움이 되리라 고 생각해서 그렇게 말씀드리는 겁니다. 하지만 저는 떠나고 싶어 하 는 그 심정을 너무나 잘 이해하고 있어요."

타루가 술을 한 잔씩 더 돌렸다. 랑베르는 의자에서 내려와 처음으 로 타루를 정면에서 바라보았다.

"어떤 면에서 제가 도움이 될까요?"

"글쎄요." 타루가 천천히 술잔을 향해 손을 뻗으며 말했다. "우리 시 민보건대에 도움을 줄 수 있겠지요."

랑베르는 무엇인가 고집스레 생각하는 듯한 표정을 지으며 높다란 의자에 다시 걸터앉았다.

"시민보건대가 쓸모있다고 생각하지 않습니까?" 술잔을 비운 타루 가 랑베르를 주의 깊게 살피며 말했다.

"아주 유용합니다." 기자가 말하며 술잔을 들이켰다.

리외는 그의 손이 떨리는 것을 보았다. 랑베르는 이제 완전히 취한 것 같았다.

이튿날, 랑베르는 두 번째로 스페인 레스토랑에 들어가기 위해 입 구에 의자를 꺼내놓고 앉아 더위가 꺾이기 시작하는 초록빛과 황금빛 저녁을 음미하는 남자들 무리를 가로질렀다. 그들이 담배를 피우고 있어서 매캐한 냄새가 났다. 홀에는 손님이 거의 없었다. 랑베르는 곤살레스를 처음 만났던 안쪽 테이블로 가서 앉았다. 그는 여종업원에게 사람을 기다리는 중이라고 말했다. 저녁 일곱 시 반이었다. 몇몇 남자들이 홀로 들어와서 자리를 잡았다. 음식이 나오기 시작하자, 반달형 천장 아래 실내가 식기 부딪치는 소리와 나지막이 이야기하는 소리로 가득 찼다. 여덟 시가 되었음에도 랑베르는 여전히 기다리고 있었다. 불이 켜졌다. 새로운 손님들이 와서 그의 테이블에 합석했다. 그는 음식을 주문했다. 여덟 시 반에 식사를 끝냈지만, 곤살레스도 두 젊은이도 나타나지 않았다. 그는 담배를 몇 대 피웠다. 홀이 천천히 비어갔다. 밖에서는 어둠이 몹시 빠르게 내렸다. 바다에서 미지근한 바람이 불어와 창문 커튼이 살짝 들리곤 했다. 아홉 시가 되자 홀이 텅 비었고, 랑베르는 여종업원이 놀란 표정으로 자기를 쳐다보고 있다는 사실을 깨달았다. 그는 음식값을 지불하고 밖으로 나왔다. 레스토랑 맞은편 카페 문이 열려 있었다. 랑베르는 카페 카운터에 앉아 레스토랑 입구를 지켜보았다. 아홉 시 반에 호텔로 돌아가면서, 주소도 모르는 곤살레스를 어떻게 다시 만날 수 있을까 궁리했으나 방법이 없었다. 그 모든 절차를 다시 밟아야 한다고 생각하니 가슴이 답답했다.

나중에 리외에게 말한 바에 따르면 바로 그때, 어디선가 구급차가 어둠을 가로지르는 소리가 들렸고, 랑베르는 자기를 아내로부터 갈라놓은 벽에서 열심히 출구를 찾느라 아내를 잊고 있었다는 사실을 문득 깨달았다. 그러나 바로 그때, 모든 길이 또다시 막히자 아내가 그의 욕망 한가운데에 재차 자리를 잡았다. 그 고통이 너무도 갑작스럽게 폭발하는 바람에 그는 불타는 고통에서 벗어나려고 호텔을 향해 질주했지만, 그 고통은 그를 떠나기는커녕 관자놀이를 더욱 파고들 뿐이었다.

이튿날, 아침 일찍 그가 리외를 찾아와서 어떻게 하면 코타르를 만날 수 있느냐고 물었다.

"제가 할 수 있는 일은 경로를 다시 따라가는 것뿐입니다." 랑베르가 말했다.

"내일 저녁에 오세요." 리외가 말했다. "이유는 모르겠지만, 타루가 코타르를 불러달라고 부탁했거든요. 코타르가 열 시에 도착할 겁니다. 열 시 반에 여기로 오세요."

이튿날 코타르가 의사에게 왔을 때, 타루와 리외는 리외의 담당 구역에서 뜻밖으로 완치된 환자의 사례를 이야기하고 있었다.

"10명에 한 명입니다. 운이 좋았던 거죠." 타루가 말했다.

"아! 그렇군요." 코타르가 말했다. "페스트가 아니었던 모양이죠."

두 사람이 페스트가 분명하다고 장담했다.

"완치되었다면 페스트일 리 없죠. 두 분도 아시다시피, 페스트란 놈은 용서가 없잖아요."

"일반적으로는 그렇습니다." 리외가 말했다. "그렇지만 끈질기게 싸우다 보면, 놀라운 일도 생기기 마련이죠."

코타르가 웃었다.

"그럴 것 같지 않습니다. 오늘 저녁에 발표된 숫자를 들으셨나요?"

연금 생활자를 호의적인 시선으로 바라보던 타루가 숫자는 잘 알고 있으며 상황이 심각하다고 말했다. 하지만 그게 무엇을 증명할까? 그것은 훨씬 더 강력한 조치가 필요하다는 사실을 증명했다.

"아! 그런 조치는 벌써 두 분이 시행하고 계시잖아요?"

"맞아요. 그러나 각자가 그 조치를 자신의 문제로 인식해야 합니다."

코타르는 무슨 말인지 이해하지 못한 채 타루를 바라보았다. 타루는 너무나 많은 사람이 아무 일도 하지 않고 있으며, 전염병은 만인의 문제이므로 각자가 자신의 의무를 다해야 한다고 말했다. 시민보건대의 문은 누구에게나 열려 있다는 것이었다.

"좋은 생각이기는 하죠." 코타르가 말했다. "하지만 아무런 소용이 없을 겁니다. 페스트가 너무 강해요."

"우리가 최선의 노력을 다하고 나면, 결과를 알게 되겠죠." 타루가 끈기 있는 어조로 말했다.

그동안 리외는 책상 앞에 앉아 진료 카드를 옮겨 쓰고 있었다. 타루는 의자에 앉아 불안해하는 연금 생활자에게서 눈을 떼지 않았다.

"코타르 씨, 왜 우리와 함께 일하지 않는 거죠?"

코타르는 감정이 상한 표정으로 자리에서 일어나 둥근 모자를 집어 들었다.

"그건 제가 할 일이 아니니까요."

그런 다음, 도전적인 어조로 말을 이었다.

"게다가 저는 페스트 속에서 사는 게 편합니다. 왜 제가 페스트를 물리치는 데 끼어들어야 하는지 모르겠군요."

타루가 별안간 진실의 계시를 받았다는 듯 손으로 자신의 이마를 쳤다.

"아! 그렇지, 잊고 있었습니다. 페스트가 아니었더라면 당신은 체포되었을 테죠."

코타르가 몸을 움찔하더니 넘어질 뻔했다는 듯 의자를 잡았다. 글을 쓰던 손을 멈춘 리외는 심각하고 흥미로운 표정으로 그를 바라보았다.

"누가 당신에게 그런 말을 했소?" 연금 생활자가 소리쳤다.

타루가 놀란 표정으로 말했다.

"당신이 말했잖아요. 적어도 의사 선생님과 저는 그렇게 이해했습니다."

갑자기 자기도 어찌할 수 없는 분노에 사로잡힌 코타르는 알아듣기 힘든 말을 혼자 중얼거렸다.

"흥분하지 마세요." 타루가 덧붙였다. "의사 선생님도 저도 당신을 고발하지는 않습니다. 당신 이야기는 우리와 아무런 상관이 없어요. 게다가 우리도 경찰을 좋아하지 않습니다. 자, 앉으세요."

연금 생활자는 머뭇거리다가 의자에 앉았다. 잠시 후, 그가 한숨을 쉬었다.

"경찰이 오래된 이야기를 다시 꺼냈습니다." 그가 시인하듯 말했다. "이제는 다 지난 일이라고 생각하고 있었어요. 그런데 어떤 놈이 고자질을 했나 봅니다. 경찰이 저를 소환했고, 수사를 끝내고 다시 부를 테니 대기하라고 했습니다. 결국 체포될 거라는 사실을 알았죠."

"심각한 일인가요?" 타루가 물었다.

"보기에 따라 다르죠. 어쨌든 살인은 아닙니다."

"징역형 아니면 강제노역형?"

코타르는 몹시 낙심한 듯했다.

"징역형이겠죠, 운이 좋으면…."

그러나 잠시 후에 다시 흥분하며 말했다.

"그건 실수였습니다. 누구나 실수를 저지르잖아요. 그것 때문에 잡혀가서 집과 익숙한 생활, 지인들과 헤어져야 한다고 생각하니 참을 수가 없었습니다."

"아!" 타루가 물었다. "그 때문에 목을 매려고 결심하셨군요."

"그렇습니다, 물론 바보 같은 짓이었지만…."

리외가 처음으로 입을 열어 그의 불안을 이해할 수 있으며, 모든 게 잘 해결될 거라고 말했다.

"오! 지금은 아무것도 두렵지 않아요."

"알겠습니다." 타루가 말했다. "시민보건대에 들어오시지는 않겠군요."

두 손으로 모자를 돌리던 코타르가 타루를 향해 불안한 시선을 던졌다.

"저를 원망하지 마세요."

"전혀 원망하지 않습니다. 그렇지만 병균을 일부러 퍼뜨리지는 마세요." 타루가 미소 지으며 말했다.

코타르는 자기가 페스트를 원한 게 아니었고, 페스트가 그냥 생겨났으며, 그 때문에 자기 문제가 잠잠해진 게 자기 잘못은 아니라고 강변했다. 랑베르가 문을 열었을 때, 코타르는 목소리에 힘을 주면서 덧붙였다.

"그런데 제 생각으로는 두 분이 애써 봤자 아무런 소용도 없을 겁니다."

랑베르는 코타르도 곤살레스의 주소를 모른다는 사실을 알았다. 코타르는 가르시아를 만났던 그 작은 카페로 함께 가보자고 랑베르에게 말했다. 그들은 이튿날 카페에서 만나기로 했다. 리외가 결과를 알려 달라고 하자, 랑베르는 주말 밤에 타루와 함께 아무 때나 자기 방으로 오라고 말했다.

이튿날 아침, 코타르와 랑베르는 작은 카페로 가서 그날 저녁이나 그다음 날 만나자는 메시지를 가르시아에게 남겼다. 그날 저녁, 두 사람은 카페에서 기다렸으나 가르시아는 나타나지 않았다. 다시 다음 날이 되었을 때, 가르시아가 그 자리에 나타났다. 그는 랑베르의 이야기를 말없이 들었다. 그는 저간의 사정을 모르고 있었지만, 호별 검사 때문에 몇몇 동네에서 24시간 동안 통행이 금지되었다는 사실은 알고 있었다. 곤살레스와 두 젊은이가 바리케이드를 넘지 못했을 가능성도 있었다. 가르시아가 할 수 있는 일은 랑베르를 다시 라울에게 연결해주는 것뿐이었다. 그것도 이틀 내에는 어려웠다.

"알겠습니다." 랑베르가 말했다. "모든 걸 다시 시작해야 하는군요."

이틀 후, 어느 길모퉁이에서 만난 라울이 가르시아의 추측을 확인해주었다. 그날 아랫동네에서 통행이 금지되었다는 것이다. 다시 곤살레스와 접촉해야 했다. 이틀 후, 랑베르는 축구선수와 점심 식사를 함께했다.

"정말 어리석었어." 곤살레스가 말했다. "만일의 경우 다시 만날 방법을 미리 정해놨어야 했는데…."

랑베르도 같은 의견이었다.

"내일 아침에 애들 집으로 함께 가서 다시 일정을 조정하세." 곤살레스가 말했다.

이튿날, 젊은이들은 집에 없었다. 곤살레스와 랑베르는 다음 날 정오에 리세 광장에서 만나자는 메시지를 남겼다. 랑베르는 숙소로 돌아갔다. 오후에 타루가 그를 만났을 때, 그의 안색이 몹시 나빠서 깜짝 놀랐다.

"일이 잘 안 돌아가요?" 타루가 물었다.

"처음부터 다시 시작하게 됐습니다."

그러고서 랑베르는 주말 밤에 만나기로 한 약속을 바꾸었다.

"오늘 저녁에 오세요."

저녁에 리외와 타루가 그의 방으로 들어갔을 때, 랑베르는 침대에 누워 있었다. 그가 침대에서 일어났고, 미리 준비해둔 술잔을 채웠다. 리외는 잔을 받으면서 일이 잘 진행되는지 물었다. 기자는 일이 원점으로 되돌아갔고, 똑같은 절차를 처음부터 다시 밟았으며, 조만간 마지막 약속을 정할 거라고 말했다. 그가 술잔을 들이키며 덧붙였다.

"물론 그들은 오지 않을 것이고…."

"그렇게 단정하지 말아요." 타루가 말했다.

"아직 이해하지 못했군요." 랑베르가 어깨를 으쓱하며 대꾸했다.

"뭘요?"

"페스트를."

"아!" 리외가 말했다.

"그놈의 페스트는 모든 걸 다시 시작하게 하잖아요."

랑베르는 한쪽 구석으로 가서 작은 축음기를 열었다.

"어떤 음반이죠?" 타루가 물었다. "제가 아는 음반 같은데."

랑베르가 〈세인트 제임스 의무실〉이라고 대답했다.

음반이 돌아가는 동안 멀리서 두 발의 총성이 울렸다.

"개 아니면 탈주자일 겁니다." 타루가 말했다.

잠시 후, 음반이 다 돌아갔다. 멀리서 들리던 구급차 사이렌 소리가 점점 커지더니 호텔 창문 아래로 지나갔고, 다시 점점 작아지더니 마침내 사라졌다.

"이 음반은 재미가 없어요." 랑베르가 말했다. "게다가 오늘은 열 번도 더 들었고."

"그렇게 그 음반을 좋아하세요?"

"아뇨, 음반이 이것밖에 없어서요."

잠시 후, 랑베르가 말을 이었다.

"페스트는 정말로 모든 걸 다시 시작하게 만들어요."

그는 보건대가 어떻게 진행되고 있는지 리외에게 물었다. 현재 다섯 팀이 활동하고 있었다. 리외는 몇 팀이 더 조직되기를 바랐다. 기자는 침대에 앉아 손톱을 다듬는 듯했다. 리외는 침대 가장자리에 웅크린 작고 힘찬 랑베르의 옆모습을 유심히 살폈다. 그러다가 문득 랑베르가 자기를 바라보고 있다는 사실을 알아차렸다.

"그런데 선생님." 랑베르가 말했다. "저도 보건대에 대해 많이 생각해봤습니다. 제가 보건대에 합류하지 않는 건 나름대로 이유가 있기 때문입니다. 다른 일이라면 저도 최선을 다할 텐데 말입니다. 스페인 전쟁에도 참전했었거든요."

"어느 편이었죠?" 타루가 물었다.

"패자들 편이었습니다. 하지만 그 후에 깊이 생각해봤습니다."

"뭘 생각하셨나요?"

"용기에 대해서요. 물론 저는 인간이 위대한 행동을 할 수 있다는 걸 알고 있습니다. 만약 인간이 위대한 감정을 지닐 수 없다면, 인간은 제 관심을 끌지 못할 겁니다."

"인간이 모든 걸 다 할 수 있다는 말씀으로 들립니다."

"천만에요. 인간은 고통을 감내할 수도, 오래도록 행복할 수도 없습니다. 그러므로 인간은 가치 있는 일을 아무것도 할 수 없습니다."

그는 두 사람을 바라보더니 다시 말했다.

"타루, 당신은 사랑을 위해 죽을 수 있습니까?"

"글쎄, 잘 모르겠지만, 지금은 그럴 수 없을 것 같습니다."

"바로 그겁니다. 당신은 관념을 위해 죽을 수는 있습니다. 그 점이 눈에 환히 보입니다. 그런데 저는 관념을 위해 죽는 사람에게 지쳤습니다. 저는 영웅주의를 믿지 않아요, 제가 아는 한 영웅주의는 실천하기 쉬울 뿐만 아니라 인간을 죽일 수도 있습니다. 제 관심을 끄는 건 사랑을 위해 살고 죽는 것입니다."

리외는 기자의 말을 주의 깊게 듣고 있었다. 그를 계속 바라보며 의사가 부드럽게 말했다.

"인간은 관념이 아닙니다, 랑베르."

랑베르는 흥분으로 얼굴이 상기된 채 침대에서 펄쩍 뛰었다.

"인간이 사랑을 외면하는 순간부터 인간은 하나의 관념, 하나의 궁색한 관념일 뿐입니다. 정확하게 말하자면, 우리는 더 이상 사랑할 수 없게 된 거죠. 선생님, 차라리 체념하고 감수합시다. 사랑할 수 있게 되기를 기다립시다. 그렇게 할 수 없다면, 영웅 놀이는 그만두고 전반적인 해방을 기다립시다. 저는 그 이상 멀리 나아가지 않겠습니다."

리외가 갑자기 피곤이 몰려오는 듯 자리에서 일어났다.

"당신 말이 옳아요, 랑베르, 절대적으로 옳습니다. 그리고 무슨 일이 있어도 저는 당신이 하고자 하는 일을 방해하지 않을 겁니다. 그게 정당하고 좋은 일이니까요. 하지만 이것만은 강조하고 싶습니다. 우리가 하는 일은 영웅주의와는 아무런 상관이 없어요. 문제는 올바름입니다. 사람들이 비웃을지도 모르겠지만, 페스트에 맞서 싸우는 유일한 방법은 올바름입니다."

"올바르다는 게 뭐죠?" 랑베르가 갑자기 심각한 표정으로 물었다.

"일반적인 의미는 잘 모르겠습니다. 그러나 저로서는 맡은 직책을 완수하는 게 올바름이라고 이해하고 있습니다."

"아!" 랑베르가 화를 내며 말했다. "저는 제 직책이 뭔지 모르겠습니다. 사랑을 택한 게 제 잘못일 수도 있겠네요."

리외는 그를 정면으로 바라보았다.

"아녜요." 리외가 힘주어 말했다. "당신은 잘못한 게 없습니다."

랑베르는 생각에 잠긴 듯 그들을 바라보았다.

"제 생각에 두 분은 그 모든 일에서 잃을 게 없어 보입니다. 선한 편에 선다는 건 쉬운 일이죠."

리외가 술잔을 비우며 말했다.

"자, 우리는 할 일이 좀 있습니다."

그가 방에서 나갔다.

타루도 그를 따라갔다. 그러나 밖으로 나가려는 순간, 생각이 바뀐 듯 기자를 향해 돌아서서 말했다.

"리외의 부인이 여기서 수백 킬로미터 떨어진 요양원에 있다는 거 아세요?"

랑베르가 흠칫 놀랐지만, 타루는 이미 떠나고 없었다.

이튿날. 아침 일찍 랑베르가 의사에게 전화를 걸었다.

"이 도시를 떠날 방법을 찾을 때까지 선생님과 함께 일해도 될까요?"

수화기 저쪽에서 잠시 침묵이 흐른 후, 대답이 들렸다.

"그럼요, 랑베르. 고맙습니다."

아르놀트 뵈클린, 〈죽음의 섬〉, 1880.

제3부

1

페스트의 수인들은 그런 식으로 일주일 내내 최선을 다해 싸웠다. 그들 가운데 랑베르를 비롯한 몇몇은 아직도 자유인처럼 행동했고, 아직도 선택할 수 있다고 상상했다. 그러나 사실 8월 중순에는 페스트가 모든 것을 덮어버렸다고 말할 수 있다. 개인적 운명이란 더 이상 존재하지 않았고, 페스트라는 집단적 사건과 만인 공유의 감정만이 존재했다. 가장 강한 감정은 이별과 유배였는데, 거기에는 공포와 반항심이 내포되어 있었다. 그러므로 서술자는 더위와 질병이 절정에 달했던 당시의 전반적인 상황, 예컨대 살아남은 시민들의 폭력성, 사망자의 장례 방식, 헤어진 연인들의 고통 등을 기술해두는 것이 좋으리라고 생각한다.

그해의 한복판인 8월 중순, 페스트에 걸린 도시에 며칠 동안 바람이 세차게 불었다. 바람은 오랑 주민들을 특히 두렵게 했다. 도시가 건설된 고원에는 자연적 장애물이 아무것도 없어서 바람이 세차게 거리로 불어닥쳤기 때문이다. 몇 달 동안 도시를 시원하게 적셔줄 비가 한 방울도 내리지 않아 도처에 층을 이룬 잿빛 먼지가 강풍에 비늘처럼 벗겨졌다. 먼지와 종이가 바람결에 파도처럼 휩쓸리면서 훨씬 더 줄어든 산책객들의 다리에 부딪혔다. 산책객들이 몸을 숙이고 손수건이나 손으로 입을 가린 채 서둘러 거리를 지나가는 모습이 보였다. 저녁이면 마지막이 될지도 모를 그날 하루를 가능한 한 길게 끌려고 산책로에서 모였던 일이 중단되었고, 삼삼오오 집이나 카페로 발걸음을 재촉했다. 이 계절에는 노을이 여느 때보다 더 빨리 졌는데, 요 며칠 동안 황혼 녘 거리는 한산했고 바람만이 끝없이 비명을 질렀다. 여전히 보이지 않는 출렁이는 바다로부터 해초 냄새와 소금 냄새가 올라왔다. 바다 냄새로 가득 차고 세찬 바람이 휘몰아치는 이 인적 없는 도시는 희뿌연 먼지를 뒤집어쓴 채 불행한 섬처럼 신음을 토했다.

지금까지는 도심보다 주민도 더 많고 형편도 더 어려운 변두리에서 더 많은 희생자가 나왔다. 그러나 페스트가 갑자기 시내로 들어와 중심가에 자리를 잡았다. 주민들은 전염병의 씨를 날랐다고 바람을 탓했다. 호텔 지배인이 이렇게 말했다. "바람이 카드를 뒤죽박죽으로 섞어버리네요." 어쨌든 페스트의 음울하고도 편견 없는 부름을 알리며 창문 아래로 지나가는 구급차의 사이렌 소리를 밤중에, 지척에서 점점 더 빈번히 들으면서, 중심가 주민들은 이제 그들의 차례가 왔다고 느꼈다.

시내에서도 피해가 현저히 심각한 몇몇 지역을 격리했고, 직무상 불가피한 사람들 외에는 밖으로 나가는 것을 금지했다. 그때까지 거기서 살아온 주민들은 이런 조치를 자기들을 특별히 겨냥한 가혹 행위로 간주하지 않을 수 없었다. 그래서 그들은 자기들과 비교할 때 다른 지역 주민들이 모든 면에서 자유롭다고 생각했다. 거꾸로, 다른 지역 주민들은 힘들 때마다 자기들보다 훨씬 더 자유롭지 않은 사람들이 있다고 자위했다. '나보다 더 갇혀 사는 사람들이 있어'라는 문장이 그 당시 유일하게 품을 수 있는 희망을 요약했다.

비슷한 시기에, 특히 도시의 서쪽 출입문 근처 유흥가에서 화재가 빈번히 발생했다. 상황을 조사해보니, 환자와 격리되었던 가족들이 돌아와서 죽음과 불행에 충격을 받은 나머지 페스트를 죽인다는 환상으로 자기 집에 불을 지른 것이었다. 방화 시도를 저지하기가 무척 힘들었다. 빈번한 방화는 거센 바람을 타고 동네 전체를 끊임없이 위험에 빠뜨렸다. 당국이 실시하는 주택 소독만으로도 전염의 위험을 완전히 제거할 수 있다고 아무리 설명해도 소용없었다. 결국 그 순진한 방화자들을 극형에 처한다는 법령을 공포하지 않을 수 없었다. 그런데 그 불쌍한 사람들이 방화를 단념한 것은 감옥에 간다는 생각 때문이 아니었다. 그것은 시의 감옥에서 확인된 과도한 사망률로 볼 때 징역형은 곧 사형이라는 주민 공통의 확신 때문이었다. 물론 그런 확신에 근거가 없지는 않았다. 이유야 능히 짐작할 수 있지만, 페스트는 특히 단체 생활을 하는 사람들, 즉 군인이나 수도사나 죄수들을 집중적으로 공격했다. 몇몇 죄수가 격리되기도 했으나 감옥은 하나의 공동체였다. 우리 시의 감옥에서 죄수들과 마찬가지로 간수들도 전염병에 희생되었다는 사실이 이를 입증한다. 페스트라는 더 높은 관점에서 볼 때, 교도소장에서 말단 죄수까지 모든 사람이 감염되었으므로, 어쩌면 감옥에서 처음으로 절대적 정의가 구현된 셈이었다.

당국은 방역 업무 수행 중에 사망한 간수들에게 훈장을 수여함으로써 이 평등한 세계에 위계질서를 도입하려고 했으나 순조롭게 진행되지는 않았다. 계엄령이 선포되었고 어떤 면에서 간수들은 이미 동원된 것이나 마찬가지였기 때문에, 처음에는 당국이 그들에게 사후 무공 훈장을 수여했다. 수감자들은 항의의 목소리를 내지 않았지만, 군 관계자들은 그것을 좋게 받아들이지 않았고 일반인의 뇌리에 유감스러운 혼동을 심어줄 수 있다는 당연한 우려를 표명했다. 그러자 당국이 군 관계자들의 요청을 받아들였고, 가장 간단한 해결책은 사망한 간수들에게 방역 훈장을 수여하는 것이라고 생각했다. 그러나 무공 훈장을 이미 받은 사망자의 경우, 그들에게서 훈장을 회수하는 것은 상상할 수 없는 일이었다. 그럼에도 군 관계자들은 그들의 관점을 계속 유지했다. 다른 한편, 방역 훈장은 무공 훈장의 수여로 얻는 사기 진작의 효과를 낼 수 없다는 단점이 있었는데, 전염병이 유행하는 시기에는 방역 훈장을 받는 게 매우 흔한 일이기 때문이었다. 그러므로 모든 사람이 불만족스러워했다.

게다가 교도소 당국은 종교계처럼 대처할 수도 없었고, 군 당국처럼 대처할 수도 없었다. 도시 내에 있는 두 수도원의 수도사들은 독실한 신자의 가정에 임시로 분산되어 기숙했다. 마찬가지로, 사정이 허락할 때마다 군 당국은 소규모 부대를 병영에서 분리해 학교나 공공 건물에 주둔시켰다. 이처럼 질병은 언뜻 보기에 시민들로 하여금 포위당한 자들의 연대 의식을 공유하게 하는 듯했지만, 동시에 전통적인 유대 관계를 해체하고 개인들을 각자의 고독에 잠기게 했다. 그것은 사회적 혼란을 불러일으켰다.

세찬 바람까지 겹쳐 이 모든 상황이 몇몇 사람의 정신에 불을 붙여 놓은 듯했다. 시문은 밤에 여러 번 공격을 당했는데, 이번에는 소규모 무장 집단의 공격을 받았다. 총격전 끝에 부상을 당한 사람도 있었고, 탈출에 성공한 사람도 있었다. 경비 초소가 강화되자 탈출 시도가 금세 중지되었다. 그렇지만 탈출 시도만으로도 도시에 혁명 분위기가 생겨났고, 그 바람에 몇몇 폭력 사태가 초래되었다. 화재가 발생하거나 보건상의 이유로 폐쇄된 집들이 약탈을 당했다. 사실 그런 행위가 사전 계획에 따라 이루어졌다고 보기는 어려웠다. 대개 우발적인 계기에 의해 그때까지 품행이 훌륭했던 사람들이 비난받을 행동을 저질렀고, 주변 사람들이 즉석에서 그 행동을 모방했다. 슬픔으로 넋이 나간 집주인이 보는 가운데 아직도 불타고 있는 집으로 미치광이처럼 뛰어 들어가는 사람들도 있었다. 집주인이 망연자실하게 바라보는 사이에 많은 구경꾼이 그 미친 행동을 모방했고, 사위어가는 불꽃과 어깨에 짊어진 물건이나 가구 때문에 일그러진 그림자들이 사방팔방으로 달아나는 모습이 어둠 속 섬광에 비쳤다. 이런 사건들 때문에 당국은 어쩔 수 없이 페스트령을 계엄령과 동일시했고, 계엄령에 준해 법을 적용했다. 두 명의 절도범이 총살되었지만, 그것이 다른 사람들에게 경각심을 불러일으켰는지는 의문이다. 그토록 많은 사람이 죽어가는 상황에서 두 건의 처형은 눈에 띄지도 않았기 때문이다. 그것은 바다에 떨어진 물 한 방울에 지나지 않았다. 사실 유사한 사건이 꽤 자주 발생했으나 당국은 개입할 엄두조차 내지 못했다. 모든 시민에게 충격을 준 유일한 조치는 등화관제였다. 밤 열한 시부터, 도시는 완전한 어둠에 잠긴 채 돌처럼 변했다.

밤하늘의 달빛 아래 희끄무레한 벽과 곧게 뻗은 거리가 줄지어 늘어서 있었는데, 거리에는 시커먼 나무 그림자 하나 보이지 않았고, 산책하는 발걸음 소리나 개 짖는 소리도 들리지 않았다. 정적에 빠진 대도시는 미동도 없는 육중한 입방체의 집합에 지나지 않았다. 그 입방체들 사이에서 이제는 잊힌 자선가들이나 청동에 갇혀 영원히 질식당한 옛 위인들의 말 없는 흉상만이 돌이나 철로 만든 가짜 얼굴로 한때는 생생한 인간이었던 자신의 이미지를 상기시키려고 애썼다. 답답한 하늘 아래 생기 없는 십자로에서 볼품없는 우상들이 군림하고 있었다. 그 비인간적이고 무감각한 모습은 우리가 들어선 부동不動의 지배 또는 적어도 그 지배의 궁극적인 질서, 즉 페스트와 돌과 어둠이 완전한 침묵을 초래한 지하 묘지의 질서를 잘 형상화했다.

그러나 어둠은 모든 시민의 마음속에 깃들었고, 매장에 관해 떠도는 전설 같은 진실이 시민들을 불안하게 했다. 매장 이야기를 하지 않을 수 없기에 서술자로서는 미안하기 그지없다. 서술자를 비난할 수도 있겠지만, 유일한 변명거리가 있다면 그 시기에 줄곧 매장이 이루어졌고, 서술자 또한 모든 시민과 마찬가지로 정황상 매장 문제에 신경을 쓸 수밖에 없었다는 사실이다. 어쨌든 서술자가 이런 의식에 특별한 취미를 가진 것은 전혀 아니다. 서술자는 오히려 살아 있는 사람들의 사회생활, 예를 들면 해수욕을 훨씬 더 좋아한다. 그러나 해수욕은 금지되어 있었고, 살아 있는 사람들의 사회는 죽은 사람들의 사회에 자리를 넘겨주지 않을까 전전긍긍하고 있었다. 그것은 명백한 사실이었다. 물론 사람들은 그 명백한 사실을 애써 보지 않으려 하고 눈을 감은 채 거부할 수 있겠지만, 명백한 사실이란 결국 모든 것을 휩쓸어가는 무서운 힘을 지니고 있다. 예컨대 여러분이 사랑하는 사람들을 매장할 수밖에 없는 날, 어떻게 그 매장을 거부할 수 있을까?

초기에 우리가 치른 장례식의 특징은 신속성이었다. 모든 형식적 절차가 간소화되었고, 일반적 의미의 장례 의식은 폐지되었다. 환자들이 가족과 멀리 떨어진 곳에서 죽었고 경야經夜 의식이 금지되어 있었기 때문에, 밤에 죽은 환자는 홀로 밤을 보내야 했고 낮에 죽은 환자는 지체 없이 매장되었다. 물론 가족에게 사망 소식이 통지되었지만, 환자와 함께 생활했던 가족 대부분이 격리 중이었기에 장례식에 올 수 없었다. 고인과 함께 살지 않았던 가족들은 시신을 염하고 입관이 끝난 후 묘지로 향할 때만 잠시 참석이 허용되었다.

가령 의사 리외가 일하는 임시 병원에서 장례 절차가 진행된다고 생각해보자. 임시 병원으로 쓰이는 학교에는 본관 뒤에 출구가 하나 있었다. 복도에 면한 커다란 창고가 관을 모아두는 곳이었다. 가족은 복도에서 벌써 뚜껑이 닫힌 관 하나를 목격했다. 곧이어 가장 중요한 일, 즉 가족 대표가 서류에 서명하는 일로 넘어갔다. 그런 다음 시신을 차량에 실었는데, 차량은 덮개가 있는 화물차일 때도 있었고 개조된 구급차일 때도 있었다. 친인척들이 아직 운행이 허용되고 있는 택시를 타면, 택시는 전속력으로 외곽 도로를 달려 묘지에 도착했다. 묘지 입구에서 헌병들이 장례 행렬을 세웠고, 공식 통과 서류에 검인 도장을 찍어주었다. 통과 서류가 없으면 시민들이 말하는 이른바 마지막 거처조차 얻을 수 없었다. 헌병들이 옆으로 비켜서면 차량들이 정사각형 공터를 향해 가는데, 공터에는 시신을 기다리는 수많은 구덩이가 있었다. 시신을 맞이하는 건 사제였다. 성당에서 장례식을 치르는 게 금지되었기 때문이다. 참석자가 기도하는 가운데 사람들이 차량에서 관을 꺼내 밧줄로 묶은 후 구덩이 밑바닥으로 내리면, 사제가 성수채를 흔들었고 벌써 첫 번째 흙이 관 뚜껑 위에 튀었다. 구급차는 소독제 살포를 받으러 조금 서둘러 떠났고, 삽으로 흙을 던지는 소리가 점점 잦아들면서 가족들은 택시를 타러 몰려갔다. 십오 분 후, 그들은 집에 도착했다.

이처럼 모든 일이 위험을 최소화하기 위해 최대한 신속하게 진행되었다. 그로 인해 적어도 초기에는, 가족들이 자연스러운 감정에 상처를 입은 게 분명했다. 그러나 페스트 상황이 심각해지면서 가족들의 감정을 섬세하게 고려하기란 불가능했다. 요컨대 효율성을 위해 모든 것이 희생되었다. 처음에는 격식을 갖추어 땅에 묻히고 싶다는 욕망이 의외로 커서 시민들이 이런 매장 방식을 꺼렸지만, 얼마 지나지 않아 식량 보급에 차질이 생겼고 시민들의 관심은 좀 더 즉각적인 문제로 옮겨갔다. 식량을 구하기 위해 줄을 서고 행정 절차를 밟고 서류를 갖추는 데 온통 정신을 빼앗긴 시민들은 주변 사람들이 어떻게 죽는지, 언젠가 자신이 어떻게 죽을지 생각할 틈이 없었다. 그리하여 당연히 고통을 불러일으켜야 할 물질적 어려움이 나중에는 차라리 다행으로 여겨졌다. 앞서 말한 것처럼 전염병이 폭넓게 퍼지지만 않았더라면 신속한 장례는 문제가 되지 않았을지도 모른다.

그렇지만 금세 관이 귀해졌고, 수의를 만들 천과 못자리가 부족해졌다. 무엇인가 방법을 찾아야만 했다. 늘 효율성 때문이지만, 가장 간단한 방법은 합동으로 장례식을 치르고 필요에 따라 병원과 묘지

사이를 오가는 횟수를 늘리는 것이었다. 예를 들어 리외가 일하는 병원은 관을 다섯 개까지 사용할 수 있었다. 관 다섯 개가 모두 시신으로 차면, 사람들이 그것을 구급차에 실었다. 묘지에서 관이 비워졌고, 들것 위에 눕힌 무쇠 빛 시신은 용도에 맞게 개조된 헛간으로 옮겨져 매장될 차례를 기다렸다. 텅 빈 다섯 개의 관은 살균 소독을 마친 후 다시 병원으로 이송되었다. 이런 작업이 필요한 횟수만큼 끊임없이 반복되었다. 조직은 매우 훌륭하게 작동했고, 도지사는 깔끔한 일 처리에 흡족한 표정을 지었다. 심지어 그는 리외에게 이렇게 하는 것이 옛날 페스트 기록에 적힌 대로 검둥이들이 시체를 수레로 운반하는 것보다 훨씬 효율적이라고 말했다.

"그렇습니다." 리외가 말했다. "매장 방식은 똑같지만, 우리는 카드를 작성하고 있습니다. 여러모로 발전한 건 사실입니다."

이런 행정적인 성공에도 불구하고, 도청은 현행 절차가 지닌 불쾌한 성격 때문에 친인척을 장례식에서 배제하지 않을 수 없었다. 친인척은 묘지 입구까지 오는 데 만족해야 했는데, 그나마도 공식적으로 허용된 것은 아니었다. 이렇게 달라진 건 최후의 의식에 상당한 변화가 있었기 때문이다. 당국은 묘지 맨 끝, 유향나무로 덮인 공터에 거대한 구덩이를 두 개 파게 했다. 하나는 남자용이었고, 다른 하나는 여자용이었다. 이런 점에서 당국은 최소한의 예의를 지키는 셈이었다. 사태가 악화해 인간적 품위와 마지막 수치심마저 내던지고 남성과 여성을 뒤죽박죽으로 포개어 매장한 것은 훨씬 더 나중의 일이었다. 다시 말해 이런 최악의 혼란은 다행히도 재앙의 마지막 단계에서야 나타났다. 우리가 지금 언급하고 있는 시기에는 구덩이가 분리되어 있었고, 도청에서는 그 점을 무척 중요시했다. 각각의 구덩이 밑바닥에서 두껍게 깔아 놓은 생석회가 김을 뿜으며 부글부글 끓고 있었다. 구덩이 위 가장자리에 산처럼 쌓아 놓은 똑같은 생석회에서도 거품이 피어올라 공중에서 터지곤 했다. 구급차가 왕복을 마치면, 사람들이 들것으로 줄지어 실어와 가볍게 뒤틀린 그 벌거벗은 시신들을 구덩이 밑바닥에 나란히 쏟아부은 뒤 그 위에 생석회를 덮었다. 그런 다음, 곧 도착할 새로운 시신들을 위해 일정한 높이까지만 흙을 덮었다. 이튿날 가족들을 불러 등록부에 서명하게 했는데, 바로 이 점이 예컨대 사람과 개 사이에 있을 수 있는 차이점이었다. 즉 인간의 죽음은 언제나 관리의 대상이었다.

이 모든 작업에는 인력이 필요했고, 그 인력은 항상 모자라기 일보 직전이었다. 처음에는 정식으로, 그다음에는 임시로 채용된 간호사들과 장의 인부들 상당수가 페스트로 사망했다. 아무리 조심해도 언젠가는 감염되고 말았다. 그러나 곰곰이 생각해볼 때 가장 놀라운 점은 전염병이 창궐한 기간 내내 이런 일을 수행할 사람이 부족하지 않았다는 사실이었다. 위급한 시기는 페스트가 절정에 도달하기 직전이었다. 의사 리외가 느낀 불안에는 그만한 이유가 있었다. 그 무렵에는 간부직이든 막노동이든 일손이 충분하지 않았다. 그러나 페스트가 도시 전체를 장악한 순간부터 그 같은 극단적 상황이 매우 편리한 결과를 초래했다. 왜냐하면 페스트가 경제활동 전반을 파괴함으로써 실업자를 양산했기 때문이다. 대부분 실업자들로 간부직을 채울 수는 없었으나 막노동 인력을 충당하기는 쉬웠다. 그 시기부터 궁핍이 실제 공포보다 더 절박한 문제라는 사실이 확인되었고, 위험한 정도에 따라 보수가 지급된 만큼 그 사실은 더욱 명백하게 드러났다. 취업 신청을 받은 보건과에서는 결원이 발생하자마자 신청자 명단의 맨 윗자리에 있는 사람에게 통지했는데, 해당자는 그사이에 사망하지 않은 한 어김없이 현장에 나타났다. 유기수든 무기수든 이런 일에 죄수들을 활용하기를 오랫동안 망설였던 도지사는 그런 식으로 극단적 조치를 피할 수 있었다. 실업자들이 존재하는 한 어떻게든 버틸 수 있다는 것이 그의 의견이었다.

8월 말까지 시민들은 비록 격식을 갖추지는 못했지만, 적어도 질서 정연하게 마지막 거처로 떠날 수 있었고, 덕분에 행정 당국도 자신의 의무를 다했다고 자부할 수 있었다. 그러나 최후의 수단을 동원해야 했던 사정을 이야기하기 위해서는 일련의 사건을 조금 앞질러 말할 필요가 있다. 페스트가 더 악화된 상황이 8월부터 진정될 기미를 보이지 않으면서, 희생자의 누적 수가 우리 시의 작은 묘지가 수용할 수 있는 한계를 훨씬 초과했다. 담장을 허물고 주변으로 공간을 확장해도 소용없었다. 최대한 빨리 다른 방법을 찾아야 했다. 우선 밤에 시신을 매장하기로 결정했는데, 이 결정으로 대번에 몇몇 번거로운 고려 사항을 생략할 수 있었다. 구급차에도 훨씬 더 많은 시체를 쌓았다. 등화관제 이후에 규칙을 위반하고 밤늦게 외곽 지역을 산책하는 사람들이나 직책상 밖에 나와 있는 사람들은 때때로 요란하지 않게 사이렌을 울리며 후미진 밤거리를 전속력으로 달리는 기다란 흰색 구급차를 만나곤 했다. 시체는 서둘러 구덩이에 던져졌다. 점점 더 깊게 판 구덩이에 시신이 제대로 자리 잡기도 전에 사람들은 몇 삽의 석회를 얼굴에 던졌고, 뒤이어 흙으로 아무렇게나 덮어버렸다.

그렇지만 얼마 지나지 않아 다른 곳을 찾아야 했고, 더 넓은 땅을 확보해야 했다. 도지사의 포고령에 따라 영구 임대 묘지의 소유권을 수용했고, 거기서 파낸 유골을 모두 화장터로 보냈다. 이내 페스트 사망자들도 화장으로 처리할 수밖에 없었다. 그러자니 동쪽 시문을 벗어난 외곽 지역에 있는 옛 화장터를 사용해야 했다. 경비초소도 더 먼 곳으로 옮겼다. 시청 직원 한 명이 예전에 바닷가 절벽을 따라 운행하다가 이제는 운행 중지된 전차를 재활용하자고 건의함으로써 당국의 일이 훨씬 더 수월해졌다. 재활용을 위해 기관차들과 유람차들의 좌석을 들어내고 내부를 개조했고, 선로를 화장터까지 연장함으로써 화장터가 노선의 종점이 되었다.

늦여름 내내 그리고 가을비가 내리는 동안, 한밤중에 승객 없는 이상한 전차의 행렬이 절벽을 따라 바다 위를 가듯 흔들거리며 지나가는 모습이 보였다. 마침내 시민들도 그게 무엇인지 알게 되었다. 절벽에 접근하지 못하도록 순찰을 했음에도 사람들은 파도를 굽어보는 바위틈으로 올라가 몸을 숨겼고, 전차가 지나갈 때 유람차 안으로 꽃을 던졌다. 그러면 꽃과 시체를 실은 전차가 여름밤에 한층 더 흔들리며 지나가는 소리가 들렸다.

어쨌든 처음 며칠 동안에는 아침이 오면, 도시의 동쪽 지역에서 구역질을 느끼게 하는 짙은 연기가 떠돌았다. 의사들의 소견에 따르면, 그 연기는 불쾌하긴 해도 인체에 해로운 것은 아니었다. 그러나 그 지역 주민들은 페스트가 하늘에서 자기들 머리 위로 떨어진다고 확신하면서, 즉시 거기를 떠나겠다고 위협했다. 그래서 당국은 어쩔 수 없이 복잡한 배관망을 설치해 연기를 다른 방향으로 돌렸고, 그제야 주민들의 흥분이 가라앉았다. 다만 바람이 세차게 부는 날이면 동쪽에서 풍겨오는 어렴풋한 냄새가 그들이 새로운 질서 속에서 살고 있으며, 페스트의 불길이 매일 저녁 그들의 공물을 탐욕스럽게 삼키고 있다는 사실을 일깨워주었다.

바로 이것이 전염병의 극단적 결과였다. 그러나 그 후로 전염병이 더 악화하지 않은 것은 참으로 다행이었는데, 왜냐하면 기관의 특별 대책, 도청의 조치, 화장터의 수용 능력 등을 넘어서는 상황이 초래될 수도 있었기 때문이다. 리외가 알기로는, 그럴 경우 당국은 시체를 바다에 던지는 절망적인 해결책도 생각해두었다. 그는 시체에서 나온 끔찍한 거품이 푸른 바다 위를 떠다니는 광경을 어렵지 않게 상상할 수 있었다. 만일 통계 수치가 계속 상승한다면 아무리 우수한 조직도 견뎌낼 수 없을 것이고, 도청의 노력에도 불구하고 시체가 무더기로 쌓여 거리에서 썩을 것이며, 공공장소에서 죽어가는 사람들이 당연한 증오와 어리석은 희망으로 산 사람들에게 매달리는 모습이 연출될 것이라는 사실을 리외는 알고 있었다.

어쨌든 시민들의 마음속에서 유배와 이별의 감정이 끊이지 않았던 것은 그런 명백한 사실 또는 우려 때문이었다. 이와 관련하여 옛날이야기에 나오는 가슴 뭉클한 행동이나 용기를 주는 영웅처럼 실로 놀라운 본보기가 이 연대기에는 전혀 없다는 사실이 얼마나 유감스러운지 서술자는 잘 알고 있다. 사실 재앙만큼 볼거리가 없는 건 아무것도 없으며, 엄청난 불행이 오래 지속되면 오히려 단조롭게 느껴진다. 그런 불행을 직접 겪은 사람들은 끔찍한 페스트의 나날들을 화려하면서도 잔인한 거대한 불길이 아니라 오히려 지나는 길에 마주치는, 모든 걸 짓뭉개버리는 끝없는 발걸음으로 기억한다.

　그렇다, 전염병 초기에 의사 리외를 사로잡았던 자극적이고 도발적인 이미지는 실상 페스트와 아무런 상관이 없었다. 페스트는 무엇보다 신중하고 완전무결하며 순조롭게 기능하는 하나의 행정과도 같았다. 이런 까닭에 여담으로 말하자면, 서술자는 그 누구도 속이지 않기 위해, 특히 자기 자신을 속이지 않기 위해 객관성을 추구했다. 서술자는 기본적으로 일관성을 부여할 필요성이 있는 경우를 제외하고는 아무것도 예술적 효과를 빌미로 변형시키려 하지 않았다. 그 시기의 가장 커다란 고통, 가장 깊은 동시에 가장 일반적인 고통은 이별이었다. 솔직히 말해 페스트의 현 단계에서 이별 문제를 새롭게 기술하는 게 마땅할지라도, 그래도 역시 객관성 확보를 위해 그 고통조차 비장감을 잃고 있었다는 사실을 지적해두어야겠다.

　우리 시민들, 적어도 이별로 가장 깊이 고통받았던 사람들은 그런 상황에 익숙해졌을까? 그렇다고 단정할 수는 없을 것 같다. 그들이 정신적으로나 육체적으로나 점점 메말라가는 상황을 괴로워했다고 말하는 편이 더욱 정확하리라. 페스트 초기에 그들은 잃어버린 사람을 선명하게 기억했고, 그 사람을 그리워했다. 그러나 사랑하는 사람의 얼굴, 그 사람의 웃음소리, 돌이켜보니 그 사람이 행복해했던 지난날을 또렷이 기억했을지라도, 그들은 그 사람을 추억하고 있는 바로 지금, 이제는 너무도 머나먼 공간에서 그 사람이 무엇을 하고 있는지를 상상하기가 어려웠다. 요컨대 페스트 초기에 그들은 기억력은 있었으나 상상력이 충분하지 않았다. 페스트의 두 번째 단계로 접어들자, 그들은 기억력조차 상실했다. 얼굴을 잊어버린 것이 아니라, 결국 같은 이야기일 테지만, 얼굴의 살을 잃어버렸기에 마음속에서 그 얼굴을 알아볼 수 없는 것이었다. 그리하여 초기 몇 주 동안에는 실체가 사라지고 사랑의 그림자만 남았다고 불평하는 경향이 있었다면, 그다음에는 추억 속에 간직해온 희미한 색깔마저 점점 빛이 바램으로써 사랑의 그림자조차 살이 빠질 수 있다는 사실을 알아차렸다. 이별의 시간이 길어지자, 그들은 더 이상 예전의 내밀한 감정도 상상하지 못했고, 언제라도 손을 얹을 수 있었던 한 존재가 어떻게 자기 곁에 살았는지도 상상할 수 없었다.

그런 관점에서 볼 때, 시민들은 보잘것없었던 만큼 더욱더 효율적이었던 페스트의 질서 속으로 들어가 있었다. 우리 도시에서 더는 아무도 거창한 감정을 품지 않았다. 이제 모두가 단조로운 감정만을 느꼈다. 시민들은 "페스트가 끝날 때가 됐어"라고 말하곤 했다. 재앙이 휘몰아칠 때 집단적 고통이 끝나기를 바라는 건 당연한 일이었고 또 실제로도 페스트가 끝나기를 간절히 바랐기 때문이다. 그러나 그들은 초기의 열정이나 신랄한 감정 없이, 분명하지만 매우 빈약한 이유를 들며 그 말을 했다. 초기 몇 주의 사나운 격정이 지나가자, 체념으로 간주한다면 잘못일지 모르겠으나 적어도 잠정적 동의로는 받아들일 수 있을 의기소침한 감정이 뒤따랐다.

시민들은 순종했고, 흔한 말로 적응했다. 달리 방법이 없었기 때문이다. 물론 그들은 여전히 불행하고 고통스러운 모습을 보였지만, 더이상 그것을 예리하게 느끼지는 못했다. 그런데 의사 리외는 예컨대 바로 그것이 불행이며, 습관이 되어버린 절망은 절망 그 자체보다 더 나쁘다고 생각했다. 전에는 이별한 사람들이라도 실제로 불행하지는 않았고, 그들의 고통에는 일종의 광채가 있었다. 하지만 이제는 그 광채가 꺼져버렸다. 지금은 길모퉁이, 카페 또는 친구들 집에서 그들은 평온하고 무심한 표정을 짓고 있었는데, 그 눈빛이 얼마나 권태로운지 그들 때문에 도시 전체가 하나의 대합실처럼 보였다. 직업을 가진 사람들은 페스트와 보조를 맞춰 소심하고 생기 없는 태도로 일했다. 모두가 얌전해졌다. 이별한 사람들은 처음으로 거리낌 없이 헤어져 있는 사람에 대해 이야기했고, 일반 사람들처럼 말했으며, 전염병의 통계에 비추어 자신의 이별을 검토했다. 지금까지 그들은 완강하게 자신의 고통을 집단적 불행과 분리해서 생각했었지만, 이제는 혼합을 받아들였다. 기억도 희망도 없이 그들은 현재에 정착했다. 사실상 그들에게는 모든 것이 현재로 변했다. 페스트가 모든 사람에게서 사랑을 나눌 힘을, 심지어 우정을 나눌 힘까지도 앗아갔음이 틀림없었다. 사랑은 약간의 미래를 요구하기 마련인데, 우리에게는 이제 순간의 현재밖에 없었다.

물론 이 모든 현상 중에서 절대적인 것은 아무것도 없었다. 이별을 겪은 사람들이 모두 그런 상태에 이른 게 사실일지라도, 그들 모두가 동시에 그렇게 된 건 아니었으며, 그런 무감각한 상태에서도 갑자기 번개처럼 명징한 의식이 되돌아와서 더 생생하고 더 고통스러운 감수성에 빠져들기도 했다는 사실을 덧붙이는 게 옳으리라. 그들은 마치 페스트가 멈추기라도 한 듯 미래 계획을 세우며 기분을 전환하는 시간을 가지기도 했다. 또는 은총이라도 입은 듯 별안간 대상도 없는 질투의 감정에 휩싸여 가슴을 쥐어뜯기도 했다. 또 다른 사람들은 주중의 특정한 요일 혹은 당연히 일요일과 토요일 오후에 마비 상태에서 깨어나 온전한 각성 상태에 이르렀다. 지금은 곁에 없는 사람과 함께 지내던 시절에 그들은 그 요일에 일종의 의례처럼 규칙적인 생활을 영위했기 때문이다. 또는 하루가 저물 무렵에 그들을 사로잡는 우수 덕분에 옛 기억이 생생하게 되살아날 듯한 느낌이 들기도 했지만, 그 느낌이 항상 충족되는 것은 아니었다. 저녁이 신자들에게는 자신의 양심을 들여다보는 시간이었으나, 들여다볼 것이라고는 텅 빈 공허밖에 없는 감금 생활자나 유배 생활자에게는 가혹한 시간이었다. 저녁 시간은 잠시 그들의 발걸음을 멈추게 했지만, 이내 그들은 무기력 상태로 되돌아가서 페스트 속에 틀어박혔다.

알다시피 그것은 그들 각자가 지닌 가장 개인적인 부분을 포기하는 것을 뜻했다. 페스트 초기에, 그들은 다른 사람들에게는 아무런 의미가 없지만 자신에게는 몹시 중요한 사소한 것들이 너무나 많다는 사실에 놀랐다. 그들은 그런 식으로 사회생활을 영위해왔지만, 지금은 그 반대로 다른 사람들이 관심을 가지는 것에만 관심을 가졌고, 일반적인 생각만을 공유했으며, 사랑조차도 그들의 경우 더없이 추상적인 모습을 띠었다. 그들이 얼마나 페스트에 사로잡혔던지 이제는 꿈속에서나 희망을 품었고, 자기도 모르게 이렇게 생각하고서는 화들짝 놀랐다. "이놈의 멍울, 제발 좀 끝나기를!" 그러나 사실상 그들은 이미 잠들어 있었고, 그 기간 전체가 기나긴 잠에 지나지 않았다. 도시는 눈을 뜬 채 잠을 자는 사람들로 가득 차 있었다. 그들이 실제로 그 잠의 운명에서 벗어나는 때는 겉보기에 아문 듯한 상처가 한밤중에 갑자기 다시 도지는 그 드문 순간이었다. 잠에서 깨어 벌떡 일어난 그들은 더없이 깊은 상처를 다시 어루만지면서 갑자기 뼈아픈 고통과 일그러진 사랑의 얼굴을 다시 만났다. 하지만 아침이 오면 그들은 다시 재앙 속으로, 이를테면 타성에 젖은 일상생활로 되돌아갔다.

그런데 이런 궁금증을 가진 사람도 있으리라. 생이별을 한 사람들은 어떤 모습을 하고 있었을까? 글쎄, 간단하게 대답하자면, 그들은 아무런 모습도 하고 있지 않았다. 혹은 굳이 말하자면, 그들은 여느 사람들과 같은 모습, 지극히 일반적인 모습을 하고 있었다. 그들은 이 도시 특유의 평온과 유치한 소란을 동시에 보여주었다. 냉정한 겉모습을 유지하면서도 비판적 감각을 잃고 있었다. 예컨대 그들 가운데 가장 현명한 사람조차도 다른 사람들처럼 페스트가 금세 끝나리라고 믿을 만한 이유를 신문이나 라디오 방송에서 찾으려 했고, 신문기자가 하품을 하며 다소 아무렇게나 쓴 논설을 읽고 허황한 희망을 품거나 근거 없는 공포를 느끼는 모습을 볼 수 있었다. 그 밖에 그들은 맥주를 마시거나 환자를 돌보거나 게으름을 피우거나 기진맥진할 정도로 일하거나 카드를 정리하거나 아무 레코드판이나 집어 들고 계속 축음기를 틀었다. 다시 말해 그들은 더 이상 아무것도 선택하지 않았다. 페스트가 가치판단력을 앗아갔다. 아무도 자신이 구입하는 옷이나 식료품의 질에 개의치 않는 태도에서도 그런 사실이 엿보였다. 사람들은 모든 것을 한 덩어리로 받아들였다.

끝으로, 생이별한 사람들은 초기에 그들을 지켜주던 그 야릇한 특권을 더 이상 인정받지 못했다고 말할 수 있다. 그들은 사랑의 에고이즘과 거기서 비롯된 혜택을 상실했다. 적어도 이제 상황이 분명해졌는데, 말하자면 재앙은 모든 사람과 관련이 있었다. 시문에서 울리는 총소리와 삶과 죽음에 박자를 맞추는 도장 소리 한가운데서, 화재와 카드, 공포와 절차 한가운데서, 화장터의 무시무시한 연기와 구급차의 무심한 사이렌 한가운데서 사망자 명단에 기록될 치욕스러운 죽음에 예정된 우리는 똑같은 유배의 빵을 먹으면서 그런 줄도 모르게 곤혹스럽기 짝이 없는 똑같은 만남과 똑같은 평화를 기다리고 있었다. 우리의 사랑은 아마도 거기에 있었겠지만 간단히 말해 사랑은 쓸모가 없었고, 지니고 다니기에 너무 무거웠고, 우리의 내면에서 생기를 잃었고, 범죄나 유죄 선고처럼 비생산적이었다. 사랑은 이제 기약 없는 인내, 고집스러운 기다림일 뿐이었다. 이런 관점에서 볼 때, 몇몇 시민의 태도는 도시 곳곳에서 목격되는 식료품 가게 앞의 기다란 줄을 연상케 했다. 그것은 끝도 없고 환상도 없는 똑같은 체념이요, 똑같은 참을성이었다. 그러나 식료품 가게 앞의 감정을 생이별에 적용하기 위해서는 천배나 더 높이 고양해야 할 텐데, 생이별의 고통은 모든 것을 집어삼킬 수 있는 또 하나의 굶주림이기 때문이다.

아무튼 생이별을 겪고 있는 사람들의 정신 상태를 정확하게 알고 싶다면, 남자들과 여자들이 거리로 쏟아져 나오는 동안 나무 한 그루 없는 도시 위로 끝없이 내리는 먼지 자욱한 황금빛 저녁을 떠올려야 하리라. 석양이 지면 이상하게도, 으레 도시의 언어를 이루었던 자동차와 기계 소리가 사라진 가운데 아직 해가 비치는 테라스를 향해 올라오는 것은 발걸음과 낮은 목소리가 빚어내는 웅성거림뿐이었는데, 그것은 바로 무거운 하늘 아래 재앙의 휘파람에 리듬을 맞춰 고통스럽게 걸어가는 수많은 구두창 소리, 실은 조금씩 도시를 가득 채우는 끝없이 숨 막히는 제자리걸음 소리, 그 당시 우리의 마음속에서 사랑

을 대신한 맹목적 고집에 저녁마다 더없이 충실하고 음울한 목소리를
부여한 제자리걸음 소리였다.

에드바르 뭉크, 〈장례 행진〉, 1897.

제4부

1

9월과 10월, 페스트는 도시를 완전히 제압했다. 제자리걸음밖에 할
게 없었으므로, 수십만 시민들은 몇 주 동안 제자리걸음을 되풀이했
다. 하늘에서는 안개와 더위와 비가 차례로 이어졌다. 남쪽에서 날아
온 찌르레기와 개똥지빠귀가 조용히 무리를 지어 하늘 높이 지나갔는
데, 그 새들은 마치 파늘루 신부가 공중에서 휘파람 소리를 내며 돌아
다니는 통나무라고 했던 재앙에 멀리 쫓겨나기라도 한 듯 도시 외곽
에서 빙빙 돌기만 했다. 10월 초에는 억수 같은 소나기가 거리를 휩쓸
었다. 그러는 동안, 그 거대한 제자리걸음보다 더 중요한 일은 아무것
도 일어나지 않았다.

그 무렵 리외와 그의 친구들은 자신들이 얼마나 지쳐 있는지 깨달
았다. 실제로 시민보건대 사람들은 피로를 더 이상 이길 수 없었다.
의사 리외는 자신이 친구들과 자신에게 이상하게도 점점 무관심해지
는 걸 보고 과로를 알아차렸다. 그때까지 페스트 관련 소식이라면 무

엇에든지 즉각적인 관심을 보였던 그 사람들이 이제는 아무것에도 신경을 쓰지 않았다. 얼마 전부터 자기 호텔에 설치된 예방 격리소를 관리할 책임을 맡았던 랑베르는 자신이 담당하는 인원이 몇 명인지 훤히 꿰뚫고 있었다. 갑자기 전염병 증세를 보이는 사람들을 위해 자신이 마련한 즉시 후송 시스템에 관해서는 시시콜콜한 세부 사항까지 잘 알고 있었다. 격리자들에 대한 혈청의 효과 관련 통계도 그의 머릿속에 저장되어 있었다. 그러나 그는 일주일 동안 페스트 희생자가 얼마나 발생했는지 말할 수 없었고, 실제로 페스트가 악화 중인지 완화 중인지 알지 못했다. 어쨌든 그는 곧 탈출할 수 있으리라는 희망을 여전히 간직하고 있었다.

다른 사람들로 말하자면, 그들은 밤낮으로 일에 파묻혀 신문을 읽지도 않았고 라디오를 듣지도 않았다. 그러다가 사람들이 결과를 알려주면 관심을 보이는 척을 하긴 했으나 실은 멍한 상태에서 무심히 들을 뿐이었다. 그런 무관심은 이런저런 고역에 지칠 대로 지친 채 오직 일상적인 임무를 망치지 않을까 걱정하면서, 결정적인 작전도 휴전도 더 이상 기대하지 않는 대규모 전쟁의 전투원에게서나 볼 수 있는 무관심이었다.

그랑은 페스트와 관련한 수치 계산 업무를 맡고 있었지만, 그 수치의 전반적인 결과를 가늠하는 것은 틀림없이 그의 역량을 벗어나는 일이었으리라. 겉보기에도 피로를 잘 견디는 듯한 타루, 랑베르, 리외와 달리 그는 건강이 좋았던 적이 없었다. 그렇지만 그는 시청 보조원 직책, 리외의 사무실 서기 업무, 밤의 원고 작업을 동시에 수행해야 했다. 그래서 항상 탈진한 상태였지만, 마음속 두세 가지 생각, 예컨대 페스트가 끝나면 적어도 일주일 정도는 휴가를 얻어서 현재 진행하고 있는 일을 "모자를 벗어 경의를 표하시오!"라는 말이 나올 만큼 적극적으로 해보겠다는 생각으로 간신히 버텼다. 또한 그는 불현듯 감상에 젖기도 했는데, 그럴 때면 리외에게 잔 이야기를 하면서 그녀는 지금 어디에 있을까, 신문을 읽으면서 자기 생각을 하고 있을까 궁금해하곤 했다. 어느 날 리외는 그랑에게 지극히 평범한 어조로 자기 아내 이야기를 하고서는 깜짝 놀랐다. 그때까지는 아내 이야기를 그런 식으로 한 적이 없었기 때문이었다. 언제나 상태가 좋으니 염려하지 말라는 아내의 전보를 얼마나 믿어야 할지 몰랐기에, 그는 요양원 담당 의사에게 전보를 쳤다. 담당 의사는 환자의 상태가 악화되고 있으며, 병세를 진정시키기 위해 최선을 다하겠다고 대답했다. 리외는 그 소식을 혼자만 간직하고 있었는데, 피로 때문이 아니라면 어떻게 그것을 그랑에게 털어놓게 되었는지 이해할 수 없었다. 시청 직원이 잔 이야기를 한 후에 곧바로 그에게 아내의 근황을 묻는 바람에 그가 대답한 것이었다. 그랑이 이렇게 말했다. "아시다시피 이제 그런 병은 아주 쉽게 낫잖아요." 리외도 동의하면서 이별의 시간이 길어지기 시작했고, 자기가 곁에 있으면 아내가 병을 이겨내는 데 도움이 됐을 텐데 지금 아내가 몹시 외로울 거라고 말했다. 그런 다음 그는 침묵을 지켰고, 그랑이 묻는 말에만 마지못해 답했다.

다른 사람들도 같은 상황에 놓여 있었다. 타루는 여느 사람보다 더 잘 버티고 있었지만, 그의 수첩에서 알 수 있듯 호기심의 깊이는 줄지 않았어도 그 다양성은 잃어버렸다. 실제로 그 기간 내내 그의 관심은 오직 코타르를 향해 있는 듯했다. 호텔이 예방 격리소로 바뀐 이후 타루는 리외의 집에서 살았는데, 저녁에 그랑이나 의사가 결과를 전해 줘도 거의 듣지 않았다. 그는 자신의 관심을 끄는 오랑의 사소한 일상 생활로 금세 화제를 돌리곤 했다.

혈청이 준비되었다고 카스텔이 리외에게 알려주러 온 날에 오통 씨의 어린 아들이 병원으로 이송되었다. 리외가 보기에는 병세가 절 망적이었다. 두 의사는 아이에게 혈청을 처음으로 시험해보기로 결정 했다. 뒤이어 리외가 늙은 동료에게 최근 통계를 알려주었을 때, 늙은 동료는 안락의자에 깊이 파묻힌 채 잠들어 있었다. 평소에는 부드러 우면서도 냉소적인 표정 덕분에 영원한 젊음이 느껴졌던 얼굴, 하지 만 지금은 긴장이 풀린 채 반쯤 열린 입술에서 흐르는 침이 쇠약과 노 화를 보여주는 얼굴 앞에서 리외는 목이 메었다.

주변 사람들의 약한 모습을 보면서 리외는 자신이 얼마나 피로한 지 가늠할 수 있었다. 그의 감수성이 그의 통제력을 벗어나곤 했다. 대개 끈이 조여진 채 딱딱하게 굳어 있고 메말라 있던 감수성이 간간 이 폭발하듯 터지면서 자신도 통제할 수 없는 감정에 휩싸였다. 유일 한 방비책은 그 딱딱한 응고 속으로 피신하고 그의 내면에 형성된 매 듭을 더욱 단단하게 조이는 것뿐이었다. 그것이 일을 계속할 수 있는 좋은 방법이라는 사실을 그는 잘 알고 있었다. 평소에도 환상이 많지 않았지만, 피로가 그에게 남아 있던 환상마저 앗아가고 말았다. 그래 서 끝을 알 수 없는 그 시기에 그의 역할은 더 이상 병을 고치는 게 아니라는 사실을 그는 충분히 인식하고 있었다. 그의 역할은 병을 진 단하는 것이었다. 발견하고, 관찰하고, 묘사하고, 등록한 후에 선고를 내리는 것, 그것이 그의 업무였다. 환자의 아내들은 그의 손목을 잡고 울부짖었다. "선생님, 저 사람 좀 살려주세요!" 그러나 그는 살리기 위해서가 아니라 격리를 명령하기 위해서 거기에 있었다. 그때 그들의 얼굴에서 증오심이 읽혔지만 무엇을 어찌할 수 있겠는가? 어느 날 누군가가 그에게 이렇게 말했다. "참 인정이 없으시군요." 천만에, 인정이 있고말고. 바로 그 인정 때문에, 그는 살기 위해 태어난 사람들이 죽어가는 모습을 하루에 20시간씩 보고도 견딜 수 있었다. 바로 그 인정 때문에, 그는 매일 다시 일을 시작할 수 있었다. 하지만 이제 그에게는 그렇게 할 수 있을 만큼의 인정밖에 남아 있지 않았다. 그 정도의 인정으로 어떻게 사람을 살리겠는가?

그렇다, 그가 온종일 나눠준 것은 구조救助가 아니라 정보였다. 물론 사람 노릇이라고는 불릴 수 없는 일이었다. 하지만 공포에 질려 죽어가는 군중 속에서 그 누가 사람 노릇을 하는 여유를 누릴 수 있단 말인가? 피곤한 것이 차라리 다행이었다. 리외에게 힘이 남아 있었더라면, 어디에나 퍼져 있는 죽음의 냄새가 그를 감상적인 인간으로 만들었으리라. 그러나 하루에 네 시간밖에 못 자면 누구라도 감상적인 인간이 될 수 없다. 그럴 때는 사태를 있는 그대로 직시하게 된다. 다시 말해 사태를 법의 시선으로, 끔찍하고 가소로운 법의 시선으로 보게 된다. 다른 사람들, 즉 사형선고를 받은 사람들도 그 점을 분명히 느끼고 있었다. 페스트 이전에는 사람들이 리외를 구원자로 맞이했다. 알약 세 개와 주사 한 대면 모든 게 해결되었고, 사람들은 그의 손을 잡고 복도 끝까지 따라 나와 그를 배웅했다. 그것은 흐뭇한 일이었으나 위험한 일이기도 했다. 그러나 그는 이제 군인들과 함께 나타났고, 가족들이 문을 열지 않을 때는 군인들이 개머리판으로 문을 두드렸다. 그들은 리외를, 전 인류를 그들 자신과 함께 죽음 속으로 끌고 들어가고 싶었으리라. 아! 인간은 다른 인간 없이 살 수 없다는 것, 리외 또한 그 불행한 사람들처럼 모든 걸 빼앗겼다는 것, 환자의 집을 떠날 때 느낀 가슴 저린 연민을 리외 자신도 받을 자격이 있다는 것은 분명한 사실이었다.

그 끝날 것 같지 않았던 몇 주 동안, 이런 생각들이 생이별을 당한 자로서의 리외, 의사로서의 리외를 뒤흔들었다. 그가 친구들의 얼굴에서 읽은 것도 이와 비슷한 생각들이었다. 재앙과의 투쟁을 계속해온 모두를 엄습한 탈진 상태가 초래한 가장 위험한 결과는 외부 사건과 타인의 정서에 대한 무관심이 아니라 될 대로 되라는 식의 소홀함이었다. 당시 그들에게는 절대적으로 필요하지 않은 행동이나 힘에 부치는 듯한 행동을 피하려는 경향이 있었다. 그리하여 그들은 자신들이 정한 위생 규칙을 점점 더 소홀히 다루었고, 자신들의 몸에 실시해야 하는 수많은 소독 중 몇 가지를 잊었으며, 때때로 감염 예방 조치조차 하지 않고 폐렴형 페스트 환자 곁으로 달려갔다. 감염 환자의 집으로 가야 한다는 사실을 출발 직전에 알게 되어 소독을 받기 위해 정해진 장소로 되돌아가는 일은 생각만으로도 피곤했기 때문이다. 페스트와 싸우는 사람들이 페스트에 가장 취약했기 때문에 그것은 정말 위험하기 짝이 없는 행동이었다. 요컨대 그들은 운과 도박을 벌인 셈인데, 그 누구도 항상 운이 좋을 수는 없었다.

그렇지만 이 도시에는 피로도 절망도 느끼지 않는 듯한 사람, 만족감의 살아 있는 화신인 듯한 사람이 하나 있었다. 코타르가 바로 그 사람이었다. 그는 다른 사람들과의 접촉을 유지하면서도 계속 혼자 떨어져 지냈다. 그러나 타루의 사정이 허락하는 한 자주 타루를 만나려고 했다. 타루가 그의 사건을 잘 알고 있었고, 그를 변함없이 호의적으로 맞이해주었기 때문이다. 타루가 과중한 업무에도 항상 친절하고 자상한 태도를 보인 것은 일종의 기적이었다. 저녁에는 피로에 짓눌렸다가도, 이튿날이면 새로운 활력을 되찾곤 했다. 코타르는 랑베르에게 이렇게 말했다. "그 사람과는 말이 통합니다, 진짜 사나이니까요. 언제나 상대방을 이해하죠."

이런 까닭에 그 시기에 타루의 노트는 코타르라는 인물에 점점 더 집중되고 있었다. 타루는 코타르가 그에게 털어놓은 그대로 또는 그가 해석하는 그대로 코타르의 생각과 반응을 하나의 일람표로 만들려고 애썼다. 「코타르와 페스트의 관계」라는 제목이 붙은 일람표는 수첩의 여러 페이지를 차지하고 있는데, 서술자의 생각으로는 여기서 그 개요를 소개하는 게 좋을 듯하다. 그 키 작은 연금 생활자에 대한 타루의 전반적인 의견은 이런 판단으로 요약된다. "그는 성장하는 인물이다." 아무튼 외관상 그는 기분이 좋은 가운데 성장하고 있었다. 그는 사태의 추이에 불만이 없었다. 이따금 타루에게 이런 말로 가슴속 생각을 표현했다. "물론 상황이 나아지지는 않겠지요. 하지만 적어도 모두가 같은 배를 타고 있습니다."

타루는 이렇게 덧붙였다. "물론 그도 다른 사람들처럼 위협을 받고 있지만, 그에게 중요한 것은 다른 사람들과 함께 위협을 받고 있다는 사실이다. 확실히 그는 자신이 페스트에 걸릴 수 있다는 가능성에 무게를 두지 않는 것으로 보인다. 그는 심각한 질병에 걸리거나 깊은 불안에 사로잡히면 다른 질병이나 불안에서 면제된다는 생각으로 살아가는 듯한데, 그리 어리석은 생각이라고 할 수도 없다. 그는 나에게 이렇게 말했다. '여러 병에 한꺼번에 걸릴 수 없다는 사실을 아세요? 가령 당신이 불치병, 이를테면 심각한 암이나 중증의 결핵을 앓고 있다면, 당신은 결코 페스트나 티푸스에는 걸리지 않을 겁니다. 그건 불가능하거든요. 실은 그 정도가 아니죠. 암 환자가 자동차 사고로 죽는 걸 본 적이 있습니까?' 사실이든 아니든, 이런 생각은 코타르를 기분 좋게 만든다. 그가 원하지 않는 유일한 것은 다른 사람들로부터 분리되는 것이다. 그는 혼자서 감금당하는 상황보다 다른 사람들과 함께 포위당하는 상황을 선호한다. 페스트와 함께하면 은밀한 조사, 문서, 카드, 뭐가 뭔지 알 수 없는 예심, 임박한 체포 같은 것도 더는 문제가 되지 않는다. 더욱 정확하게 말하자면 더 이상 경찰도 없고, 과거의 범죄나 새로운 범죄도 없고, 죄인도 없고, 오직 더없이 자의적인 사면을 기다리는 선고받은 자들만이 있을 뿐인데, 그들 가운데에는 경찰도 있다." 여전히 타루의 해석에 따른 것이기는 하지만, 코타르는 시민들이 보이는 불안과 혼란의 징후를 만족스럽게 응시할 자격이 있다고 자부했다. 그 너그럽고 이해심 깊은 만족감은 이런 말로 표현된다. "계속 이야기하세요, 나는 당신들보다 먼저 그것을 겪었으니까."

"다른 사람들로부터 분리되지 않는 유일한 방법은 결국 양심을 지키는 것이라고 아무리 말해줘도 소용없었다. 그는 불쾌한 눈길로 나를 쳐다보며 말했다. '그런 조건이라면 그 누구도 다른 사람과 어울릴 수 없습니다.' 뒤이어 이렇게 덧붙였다. '당신은 괜찮아요, 제가 장담하죠. 사람들을 함께 묶는 유일한 방법은 그들에게 페스트를 안기는 겁니다. 당신 주위를 좀 둘러보세요.' 사실 나는 그가 무슨 말을 하려는지, 지금의 삶이 그에게 얼마나 편안한지 잘 알고 있다. 그가 거리를 지나갈 때 예전에 자신이 보였던 행동을 다른 사람들이 똑같이 보인다면 어떻게 그것을 알아보지 못하겠는가? 예를 들어 각자가 모든 사람을 자기 편으로 만들려는 시도, 이따금 길을 잃은 행인에게 길을 가르쳐주기 위해 베푸는 친절과 간혹 그 행인에게 내보이는 불쾌한 기분, 고급 식당을 향한 사람들의 쇄도와 거기서 늦게까지 시간을 보내면서 느끼는 만족감, 날마다 극장 앞에서 줄을 서고 온갖 공연장과 댄스 홀을 채우고 온갖 공공장소로 밀물처럼 몰려가는 무질서한 인파, 뭐라도 몸에 닿으면 물러나면서도 인간을 다른 인간에게로, 팔꿈치를 다른 팔꿈치에게로, 남자를 여자에게로, 여자를 남자에게로 향하게 하는 인간적인 온기에 대한 욕망…. 확실히 코타르는 이 모든 것을 그들보다 먼저 경험했다. 단지 여자만은 예외였는데, 왜냐하면 얼굴 생김새가…. 그리고 홍등가에 가려고 마음먹었을 때조차 나쁜 취미를 들여 피해를 볼까 봐 단념했으리라고 짐작된다."

"요컨대 페스트가 그에게는 도움을 주고 있다. 페스트는 고독하지만 고독하기를 원하지 않는 사람을 공범으로 삼는다. 확실히 그런 사람은 공범이지만 그 역할을 즐기는 공범이기 때문이다. 그는 눈에 보이는 모든 것의 공범이 된다. 예컨대 여러 미신, 근거 없는 두려움, 불안한 영혼들의 신경과민, 페스트를 최대한 이야기하지 않으려 하면서도 끊임없이 이야기하는 그들의 기벽, 전염병이 두통에서 시작된다는 사실을 알고서부터 조금만 머리가 아파도 솟구치는 그들의 공포와 창백한 얼굴, 망각을 모욕으로 느껴 바지 단추 하나만 잃어도 안절부절못하는 초조하고 예민하고 불안정한 그들의 감수성, 그는 이 모든 것

페스트
234 페스트

의 공범이 된다."

저녁마다 타루가 코타르와 함께 외출하는 일이 잦아졌다. 뒤이어 그는 어떻게 그들이 어깨를 나란히 한 채 황혼이나 밤의 어두운 군중 속으로 빠져들었는지, 어떻게 그들이 간간이 비치는 가로등 불빛으로 인해 하얘졌다가 까매지는 무리 속으로 휩쓸려 들어갔는지, 어떻게 그들이 페스트의 냉기를 물리쳐줄 뜨거운 쾌락을 찾아 나선 인간들의 행렬을 따라가게 되었는지를 수첩에 기록했다. 몇 개월 전에 코타르가 공공장소에서 찾아다녔던 것, 즉 사치와 여유로운 생활 그리고 그가 꿈꾸었으나 만족스럽게 누릴 수 없었던 것, 즉 광적인 향락을 이제는 시민 전체가 지향했다. 물가가 걷잡을 수 없이 치솟았던 그때만큼 사람들이 돈을 낭비한 적이 결코 없었고, 생필품이 거의 모두에게 부족했던 그때만큼 사람들이 여분으로 남겨둔 것을 아낌없이 탕진한 적이 결코 없었다. 한가함을 즐기는 유희가 몇 배로 늘어났으나 그 한가함은 실업 상태에서 비롯된 것이었다. 타루와 코타르는 가끔 꽤 오랫동안 한 쌍의 남녀를 따라갔는데, 예전에는 관계를 감추려고 애썼던 쌍쌍의 남녀가 이제는 엄청난 열정에 사로잡힌 듯 주변 군중은 전혀 개의치 않고 서로를 껴안은 채 도시를 끝없이 돌아다녔다. 코타르는 감동했다. "아! 분위기가 화끈하군요!" 그는 목소리를 높였고, 집단적인 열기, 주위에서 뿌려지는 두둑한 팁, 눈앞에서 펼쳐지는 사랑의 불장난을 보고 표정이 환하게 밝아졌다.

그렇지만 타루가 보기에, 코타르의 태도에 악의는 없는 듯했다. "나는 그들보다 먼저 그것을 겪었어요"라는 그의 단언에는 승리보다 불행이 더 진하게 묻어 있었다. 타루는 이렇게 썼다. "코타르는 하늘과 도시의 벽 사이에 감금된 사람들을 사랑하기 시작한 듯하다. 예컨대 할 수만 있다면 그는 페스트가 그렇게 끔찍한 게 아니라고 그들에게 설명했으리라. 그는 내게 '저 사람들의 말이 들리죠?'라고 말했다. '페스트가 끝나면 이렇게 할 거야, 페스트가 끝나면 저렇게 할 거야⋯. 그냥 가만히 있어야 하는데 저 사람들은 삶을 망치고 있어요. 자기들의 이점이 뭔지도 모르죠. 체포되면 이렇게 할 거야 하고 제가 말할 수 있을까요? 체포는 시작이지 끝이 아닙니다. 반면에 페스트는⋯ 제 생각을 알고 싶으세요? 저 사람들은 일이 흘러가는 대로 내버려두지 않아서 불행한 겁니다. 제가 이렇게 말하는 데는 이유가 있습니다.'"

타루는 이렇게 덧붙였다. "사실 그가 그렇게 말하는 데는 이유가 있었다. 서로를 가깝게 하는 온기를 절실히 필요로 하면서도 서로를 멀어지게 하는 불신 때문에 그 온기에 젖어들 수 없는 오랑 시민들의 모순을 그는 제대로 파악하고 있다. 사람들은 이웃을 믿을 수 없다는 사실을, 자기도 모르는 사이에 이웃이 페스트를 옮길 수 있다는 사실을, 방심하고 있는 사이에 감염될 수 있다는 사실을 잘 안다. 코타르처럼 자신이 가깝게 지내고 싶은 모든 사람을 잠재적 밀고자로 간주해본 사람들은 그 감정을 이해할 수 있으리라. 페스트가 언제라도 자기 어깨를 낚아챌 수 있다는 생각, 아직 건강하고 안전하다고 기뻐하는 그 순간에 페스트가 어깨를 낚아챌 준비를 하고 있다는 생각으로 살아가는 시민들을 그들은 깊이 동정한다. 이런 상황이 계속되는 한, 코타르는 공포 속에서도 편안하게 지낼 수 있다. 시민들보다 먼저 그 모든 걸 경험했기 때문에, 그는 불확실성으로 인한 극도의 불안감을 시민들처럼 실감할 수는 없는 듯하다. 물론 아직은 페스트로 죽지 않은 우리, 우리와 함께 그는 자신의 생명과 자유가 매일 파괴되기 일보 직전이라는 사실을 잘 안다. 그러나 자신은 이미 그 공포를 겪었기 때문에, 이번에는 다른 사람들이 그것을 겪는 게 당연하다고 생각한다. 더 정확하게 말하자면, 혼자 겪을 때보다 그는 그 공포를 훨씬 덜 무겁게 느끼는 것처럼 보인다. 바로 그 점에서 그는 틀렸고, 바로 그 점 때문에 그는 다른 사람들보다 더 이해하기 어려운 인물이 된다. 하지만 결국 바로 그 점 때문에 그는 다른 사람들보다 더 이해하려고 애쓸 만한 가치가 있다."

타루의 기록은 코타르와 페스트 감염자들에게 동시에 발생한 특이한 의식 상태를 설명하는 한 이야기로 끝맺고 있다. 이 이야기는 당시의 어려웠던 분위기를 거의 그대로 보여주는데, 서술자가 이 이야기에 중요성을 부여하는 것도 그런 까닭에서다.

두 사람은《오르페우스와 에우리디케》를 보러 시립 오페라 극장으로 갔다. 코타르가 타루를 초대했다. 그 극단은 페스트가 발생한 봄에 우리 도시로 공연하러 왔다가 페스트로 도시에 갇히게 되자, 어쩔 수 없이 오페라 극장과 협약을 맺고 일주일에 한 번씩 그 공연을 다시 하게 되었다. 그리하여 몇 달 전부터 금요일마다 시립극장에서는 오르페우스의 아름다운 탄식과 에우리디케의 애절한 호소가 울려 퍼졌다. 그 공연은 매번 관객의 호응을 얻었고, 언제나 상당한 수입을 얻었다. 가장 비싼 좌석에 앉은 코타르와 타루는 더없이 세련되게 차려입은 시민들로 가득 찬 아래층 일반석을 내려다보았다. 이제 막 도착한 사람들이 입장 시간에 늦지 않으려고 서두르는 모습이 역력했다. 무대 커튼 앞 눈부신 조명 아래에서, 악사들이 조용히 악기를 조율하는 동안 관객들이 이 줄에서 저 줄로 옮겨가며 우아하게 인사를 나누는 모습이 뚜렷이 보였다. 점잖게 대화를 나누며 가볍게 웅성거리는 가운데, 그들은 몇 시간 전 어두운 거리에서는 느끼지 못했던 마음의 안정을 되찾고 있었다. 정장 차림이 페스트를 쫓아버린 듯했다.

1막에서 오르페우스는 자신의 처지를 감동적으로 한탄했고, 튜닉 드레스를 입은 여배우들이 오르페우스의 불행을 우아하게 설명했으며, 아리에타 형식으로 사랑을 노래했다. 관객은 조용하지만 뜨거운 열기로 호응했다. 2막에서 오르페우스가 악보에도 없는 떨림음으로 노래하면서 지나치게 비장한 목소리로 지옥의 주인 하데스를 감동케 하려 했는데 눈치채는 관객이 아무도 없었다. 그의 의지와 상관없는 발작적인 몸짓은 가장 사려 깊은 관객들에게도 그의 연기를 더욱 빛나게 하는 개성미 효과로 보였다.

3막에서 오르페우스와 에우리디케의 이중창이 시작되자, (에우리디케가 연인의 눈앞에서 사라지는 장면을 보며) 장내가 놀라움의 탄식을 내뱉었다. 그러자 관객들이 놀라기를 기다렸다는 듯, 아래층 일반석에서 올라오는 탄식이 자신의 예감을 확인해주었다는 듯, 고대 의상을 입은 주인공이 바로 그때를 택하여 팔다리를 허우적거리며 무대 전면 조명을 향해 나아갔고, 애초에 시대착오적이었으나 관객들이 보기에는 바로 그때 처음으로 끔찍하게 시대착오적인 것으로 드러난 목가적인 무대 장치 한가운데서 쓰러지고 말았다. 그와 동시에 오케스트라가 연주를 멈추었고, 아래층 일반석 관객들이 자리에서 일어나 천천히 장내를 빠져나가기 시작했다. 처음에는 예배를 마치고 성당에서 나오듯 혹은 조문을 마치고 빈소에서 나오듯 여자들은 치마를 여미고 고개를 숙인 채, 남자들은 보조 의자에 부딪히지 않도록 동반한 여자들의 팔꿈치를 잡은 채 조용히 걸어갔다. 그러나 차츰 동작이 급해지더니 소곤거림이 고함으로 변했고, 군중이 출구를 향해 한꺼번에 몰려들면서 마침내 비명을 지르며 서로를 밀쳤다. 자리에서 일어난 코타르와 타루는 그 당시 그들이 처한 삶의 이미지들 가운데 하나를 망연자실하게 바라보았다. 말하자면 무대 위에는 광대로 분장한 채 쓰러진 페스트가 있었고, 장내에는 관객들이 두고 간 부채와 붉은 의자 위에 떨어진 레이스 장식품, 즉 이제는 무용한 사치가 있었다.

2

9월 초순, 랑베르는 리외 곁에서 열심히 일했다. 그러나 남자 고등학교 앞에서 곤살레스와 두 청년을 만나기로 한 날에는 휴가를 냈다.

그날 정오에 곤살레스와 신문기자는 키 작은 두 청년이 웃으며 다가오는 걸 바라보았다. 그들은 일전에는 운이 없었지만, 그런 일은 늘 예상해야 한다고 말했다. 어쨌든 이번 주는 그들이 보초를 서지 않아서 다음 주까지 기다려야 하니, 그때 다시 시작해보자는 것이었다. 랑베르도 그게 좋겠다고 말했다. 곤살레스가 다음 주 월요일에 만나자고 제안했다. 하지만 이번에는 랑베르를 마르셀과 루이의 집에 머무르게 할 계획이었다. "우리 둘이 약속을 정하자. 만일 내가 약속 장소에 나타나지 않으면, 네가 바로 얘들 집으로 가도록 해. 얘들이 어디에 사는지 가르쳐줄게." 그러나 마르셀인지 루이인지가 가장 간단한 방법은 지금 당장 랑베르를 자기들 집으로 데려가는 거라고 말했다. 랑베르가 까다롭지만 않다면, 네 사람이 먹을 양식은 있었다. 그리고 그렇게 하면 랑베르도 상황을 파악할 수 있을 것이라고 말했다. 곤살레스가 좋은 생각이라고 말했고, 그들은 항구를 향해 내려갔다.

마르셀과 루이는 마린 구역 맨 끝에, 절벽 위 해안도로 쪽으로 열린 시문 근처에 살고 있었다. 자그마한 스페인식 가옥이었는데, 두꺼운 벽에는 페인트로 칠한 나무 덧창이 달려 있었고, 헐벗은 방은 어두침침했다. 청년들의 어머니가 쌀밥을 지어주었는데, 미소를 머금은 스페인 노파의 얼굴에는 주름이 가득했다. 시내에서는 벌써 쌀이 부족했기 때문에 곤살레스가 놀란 표정을 지었다. "시문에서 적당히 마련해요"라고 마르셀이 말했다. 랑베르는 식사를 했다. 곤살레스가 랑베르를 일컬어 진정한 친구라고 말하는 동안, 신문기자는 일주일을 어떻게 보내야 할지 골똘히 생각하고 있었다.

그런데 보초 수를 줄이기 위해 초소 체제가 보름 교대제로 바뀌는 바람에 한 주를 더 기다려야 했다. 그래서 보름 동안 랑베르는 눈을 질끈 감고 새벽부터 밤까지, 몸을 돌보지 않고 끊임없이 방역을 위해 일했다. 밤늦게 자리에 누우면 깊은 잠에 빠져들었다. 무위의 삶을 살다가 갑자기 지치도록 일하다 보니 꿈도 힘도 거의 다 사라져버렸다. 그는 임박한 탈출에 관해서는 아무런 말도 하지 않았다. 단 한 가지 특기할 만한 것은 일주일이 지난 어느 날 의사에게 와서 간밤에 처음으로 취하도록 마셨다고 털어놓았다는 사실이다. 술에 취해 바에서 나오자, 문득 사타구니가 부어오르고 두 팔을 움직일 때 겨드랑이가 결린다는 느낌이 들었다. 그는 페스트라고 생각했다. 그때 그가 할 수 있는 유일한 행동은 도시에서 가장 높은 곳으로 뛰어 올라가는 것뿐이었다. 바다는 여전히 보이지 않았지만 하늘이 조금 더 잘 보이는 고지의 광장에서, 그는 도시의 성벽 너머로 아내의 이름을 목이 터지도록 불렀다. 집으로 돌아와 몸에서 아무런 감염 증세를 발견하지 못했을 때, 그는 갑자기 발작을 일으킨 사실이 부끄러웠다. 리외는 무분별한 행동은 맞지만 누구나 그렇게 행동할 수 있으므로 이해한다고 말했다. "그렇게 하고 싶을 때가 있는 거죠."

"오통 씨가 오늘 아침에 당신 이야기를 했습니다." 랑베르가 떠나려는 순간에 리외가 갑자기 덧붙였다. "그가 저한테 당신을 아느냐고 묻더니 이렇게 말하더군요. '기자에게 밀수입자들과 어울리지 말라고 충고하십시오. 그 일로 주목받고 있으니까.'"

"그게 무슨 뜻일까요?"

"일을 서둘러야 한다는 뜻이죠."

"고맙습니다." 랑베르가 의사의 손을 잡으며 말했다.

문턱에서 그가 갑자기 돌아섰다. 페스트가 발생한 후로 리외가 그의 미소를 본 것은 처음이었다.

"그런데 왜 제가 떠나려는 걸 막지 않으세요? 그럴 만한 힘도 있으신데…."

리외는 습관적인 몸짓으로 고개를 가로저었고, 그것은 랑베르의 문제고 랑베르는 행복을 선택했으며, 자기로서는 랑베르에게 반대할 논거가 없다고 말했다. 게다가 그로서는 이런 문제에서 무엇이 옳고 무엇이 그른지를 판단하기 힘들었다.

"그렇다면 왜 저한테 일을 서두르라고 말씀하세요?"

이번에는 리외가 미소를 지었다.

"아마도 저 역시 행복을 위해 무엇인가 하고 싶기 때문일 테죠."

이튿날, 그들은 함께 일하면서도 그 문제에 관해 더 이상 아무런 말도 하지 않았다. 그다음 주에, 랑베르는 마침내 그 작은 스페인식 집으로 거처를 옮겼다. 랑베르를 위해 거실에 침대 하나가 놓였다. 청년들이 식사하러 집에 오는 일도 없었고, 가능한 한 밖으로 나가지 말라는 당부를 받았기에, 그는 대부분의 시간을 혼자서 보내거나 늙은 어머니와 이야기를 나누었다. 검은색 옷을 입은 그녀는 깡마른 몸매에 활동적이었고, 갈색 얼굴에 주름이 많았으나 머리칼은 무척 하얗고 깨끗했다. 랑베르를 바라볼 때면 그녀는 말없이 두 눈에 미소를 가득 담았다.

어느 날, 아내에게 페스트를 옮길까 무섭지 않냐고 그녀가 랑베르에게 물었다. 그런 경우란 극히 드물고 도시에 남으면 영원히 헤어질 위험이 있으니, 자기로서는 운명을 시험하지 않을 수 없다고 그가 대답했다.

"착한 여자인가요?" 노파가 미소 지으며 물었다.

"아주 착합니다."

"예쁜가요?"

"그런 것 같습니다."

"아!" 그녀가 말했다. "그래서 이러시는구려."

랑베르는 곰곰이 생각했다. 그것 때문일지도 몰랐지만, 단지 그것 때문이라고 할 수는 없었다.

"하느님을 믿지 않으시나요?" 아침마다 미사에 참석하는 노파가 말했다.

랑베르가 믿지 않는다고 말하자, 노파는 다시 '그래서 이러시는구려'라고 말했다.

"부인을 꼭 만나야 해요, 당신 말이 옳습니다. 그렇지 않으면 당신에게 뭐가 남겠어요?"

나머지 시간에 랑베르는 석회를 바른 헐벗은 벽을 따라 돌면서 못으로 박아놓은 부채를 만지작거리거나 식탁보에 달린 둥근 양모 술을 세곤 했다. 청년들은 저녁에 돌아왔다. 그들은 아직 때가 되지 않았다고 말할 뿐, 입을 여는 일이 별로 없었다. 저녁 식사 후에 마르셀이 기타를 쳤고, 청년들은 아니스 술을 마셨다. 랑베르는 무엇인가를 깊이 생각하는 듯했다.

수요일, 마르셀이 들어오면서 이렇게 말했다. "내일 밤 자정입니다. 준비하고 기다리세요." 그들과 함께 근무하던 보초 두 명 중 한 명이 페스트에 걸렸고, 그 보초와 방을 함께 쓰던 다른 보초도 격리되었다. 따라서 이삼일 동안 마르셀과 루이 둘이서만 보초를 서게 되었다. 오늘 밤에 세부 사항을 점검하고 마지막으로 필요한 조치를 할 예정이었다. 그러면 내일, 탈출할 수 있으리라. 랑베르는 고맙다고 말했다. "기분이 좋으세요?" 하고 노파가 물었다. 랑베르는 그렇다고 대답했지만, 무엇인가 다른 일을 생각하고 있었다.

이튿날, 하늘이 흐린 데다가 습도가 높아 질식할 듯 무더웠다. 페스트 소식은 좋지 않았다. 그렇지만 스페인 노파의 태도는 여전히 평온했다. 그녀는 이렇게 말했다. "세상에 죄악이 많아요. 그러니 이럴 수밖에!" 마르셀과 루이처럼 랑베르도 웃통을 벗고 있었다. 그러나 어떻게 해도 땀방울이 어깨와 가슴 사이로 흘러내렸다. 덧창을 닫은 실내의 어두침침한 빛과 땀 때문에 상반신이 갈색으로 번들거렸다. 랑베르는 말없이 방 안을 빙빙 돌았다. 별안간 오후 네 시에 그가 옷을 입더니 외출하겠다고 말했다.

"조심해요." 마르셀이 말했다. "오늘 밤 자정입니다. 모든 준비가 끝났어요."

랑베르는 의사 리외의 집으로 갔다. 리외의 어머니가 고지의 병원으로 가면 리외를 만날 수 있을 거라고 했다. 초소 앞에는 여전히 군중이 서성이고 있었다. "저리 가요!" 하고 눈이 튀어나온 중사가 말했다. 사람들은 발걸음을 옮겼으나 제자리에서 맴돌 뿐이었다. "여기서 기다려봐야 아무 소용없어요." 상의에 땀이 밴 중사가 말했다. 사람들도 그렇게 생각했지만, 살인적인 더위에도 아랑곳없이 그 자리에 머물렀다. 랑베르가 통행증을 제시하자 중사가 타루의 사무실을 가리켰다. 사무실 문은 안마당 쪽에 있었다. 그는 사무실에서 나오는 파늘루 신부와 마주치며 지나갔다.

의약품과 축축한 시트 냄새가 나는 작고 더러운 흰색 방에서, 검은색 나무 탁자 앞에 앉은 타루가 셔츠 소매를 걷어 올린 채 팔뚝 안쪽으로 흘러내리는 땀을 손수건으로 닦고 있었다.

"아직 안 떠났군요?" 타루가 말했다.

"예, 리외와 잠시 이야기를 나누고 싶습니다."

"그는 병실에 있어요. 하지만 그를 만나지 않고도 문제가 해결되면 좋을 텐데…."

"왜요?"

"과로 상태거든요. 제가 가능한 한 일을 덜어줘야죠."

랑베르는 타루를 바라보았다. 타루는 야윈 모습이었다. 피로로 눈빛이 흐릿해졌고, 안색이 좋지 않았다. 평소에 튼튼했던 두 어깨는 둥글게 움츠려져 있었다. 노크 소리가 났고, 하얀 마스크를 쓴 남자 간호사가 들어왔다. 그는 카드 뭉치 하나를 타루의 탁자 위에 내려놓은 후, 마스크 때문에 숨이 막힌 목소리로 "여섯입니다"라고 말한 뒤 밖으로 나갔다. 타루가 신문기자를 바라보았고, 카드를 부채 모양으로 펼쳤다.

"어때요, 멋진 카드죠? 하지만 아녜요, 밤에 사망한 환자들입니다."

그의 이마에 주름이 잡혔다. 그는 카드를 다시 접었다.

"이제 우리에게 남은 일은 숫자 계산뿐입니다."

타루가 두 손으로 탁자를 짚으며 자리에서 일어났다.

"곧 여기를 떠나는 거죠?"

"오늘 자정입니다."

타루는 자기도 기쁘다며 몸조심하라고 말했다.

"진심인가요?"

타루는 어깨를 으쓱했다.

"제 나이가 되면 어쩔 수 없이 솔직해집니다. 거짓말하는 게 정말 피곤하거든요."

"타루," 기자가 말했다. "리외를 만나고 싶습니다. 미안해요."

"알아요. 그분이 저보다 더 인간적이죠. 갑시다."

"그래서 이러는 건 아닙니다." 랑베르가 난처해하며 발걸음을 멈추었다.

타루가 그를 바라보더니 가만히 미소 지었다.

그들은 연초록색 벽에 수족관 같은 빛이 떠도는 복도를 따라 걸어갔다. 그림자가 얼른거리는 이중 유리문 바로 앞에서, 타루가 벽장이 촘촘히 달린 아주 작은 방으로 랑베르를 안내했다. 그는 벽장 하나를 열더니 살균 소독된 흡수성 가제 마스크 두 개를 꺼냈고, 랑베르에게 하나를 내밀며 쓰라고 했다. 기자가 이게 도움이 되느냐고 묻자, 타루는 도움은 안 되지만 그래도 다른 사람들에게 신뢰감을 준다고 대답했다.

그들은 유리문을 밀었다. 방이 아주 넓었는데, 여름임에도 창문이 밀봉된 듯 굳게 닫혀 있었다. 벽에 높다랗게 달린 환풍기가 윙윙거렸고, 그 날개가 돌아가면서 두 줄의 회색 침대 위에서 푹푹 찌는 뜨거운 공기를 휘저었다. 사방에서 올라오는 은근한 신음과 날카로운 신음이 합쳐져 하나의 단조로운 탄식처럼 들렸다. 창살을 댄 높다란 유리창을 통해 뜨거운 햇빛이 쏟아지는 가운데 흰색 가운을 입은 사람들이 천천히 오갔다. 실내의 끔찍한 열기를 견디기 힘들었던 랑베르는 신음을 내는 어떤 형상 위로 몸을 숙인 리외를 겨우 알아보았다. 의사가 환자의 사타구니를 절개하는 동안, 두 간호사가 침대 양쪽 끝에서 환자의 팔다리를 꼼짝하지 못하게 붙들고 있었다. 몸을 일으킨 의사가 수술 도구를 조수가 내민 쟁반 위에 내려놓았고, 잠시 가만히 서서 간호사들이 붕대를 감고 있는 환자를 바라보았다.

"새로운 소식이 있나요?" 의사가 가까이 다가오는 타루에게 물었다.

"파늘루 신부님이 예방 격리소에서 랑베르를 대신해주기로 했습니다. 벌써 일을 많이 하셨죠. 랑베르가 빠진 제3조사팀을 재편성하는 작업만 남았습니다."

리외가 고개를 끄덕였다.

"카스텔 선생님이 첫 번째 시제품을 완성했습니다. 시험해보자고 하시더군요."

"아! 그거 잘됐네요." 리외가 말했다.

"그리고 여기 랑베르가 와 있습니다."

리외가 몸을 돌렸다. 신문기자를 본 그는 마스크 위의 눈을 찌푸리면서 말했다.

"여기서 뭐 해요? 지금쯤이면 벌써 다른 곳에 있어야 하는데…."

타루가 오늘 밤 자정으로 예정되어 있다고 말하자 랑베르가 덧붙였다. "원칙적으로는 그렇죠."

말을 할 때마다 그들의 마스크가 부풀어 올랐고, 입이 닿은 부분이 축축해졌다. 마치 동상들의 대화처럼 다소 비현실적으로 느껴졌다.

"말씀드릴 게 있습니다." 랑베르가 말했다.

"그러면 병원 밖으로 나갑시다. 타루의 사무실에서 기다리세요."

잠시 후, 랑베르와 의사는 자동차 뒷좌석에 앉았다. 타루가 의사의 자동차를 운전했다.

"휘발유도 동이 났습니다." 시동을 걸면서 타루가 말했다. "내일부터는 걸어 다녀야 해요."

"선생님," 랑베르가 말했다. "저는 떠나지 않고 여러분 곁에 남겠습니다."

타루는 아무런 반응을 보이지 않고 운전을 계속했다. 리외는 피로에서 벗어나지 못하는 듯했다.

"부인은요?" 리외가 나직이 말했다.

랑베르는 깊이 생각해봤는데 여전히 믿음에는 변함이 없지만, 지금 떠나는 건 수치스러운 일이 되리라고 말했다. 게다가 그렇게 되면 아내를 사랑하기도 힘들 것이었다. 그러나 리외가 앉은 채로 몸을 세우며 그것은 어리석은 생각이고, 행복을 택하는 건 부끄러운 일이 아니라고 힘주어 말했다.

"그래요." 랑베르가 말했다. "하지만 혼자서만 행복한 건 부끄러운 일일 수 있습니다."

그때까지 침묵을 지키던 타루가 그들을 향해 얼굴을 돌리지 않은 채, 만일 랑베르가 타인의 불행을 공유한다면 자신의 행복을 위한 시간을 결코 갖지 못할 거라고 말했다. 요컨대 랑베르는 둘 중 하나를 선택해야 했다.

"그게 아닙니다." 랑베르가 말했다. "이 도시에서 저는 이방인이고 여러분과 상관이 없는 사람이라고 늘 생각했습니다. 그러나 눈에 보이는 걸 모두 본 지금, 원하든 원치 않든 간에 저는 이곳의 시민이라는 사실을 깨달았습니다. 이 사건은 우리 모두와 관련이 있으니까요."

아무도 대답하지 않자, 랑베르가 조바심을 내며 말했다.

"두 분도 잘 아시잖아요! 그렇지 않다면 이 병원에서 무엇을 하고 있습니까? 두 분은 선택을 했고, 행복을 포기했잖아요?"

타루도 리외도 여전히 대답하지 않았다. 리외의 집이 가까워질 때까지 오래도록 침묵이 흘렀다. 랑베르는 더욱 강한 어조로 마지막 질문을 되풀이했다. 그러자 리외가 그를 향해 얼굴을 돌렸다. 그리고 힘들게 상반신을 곧추세웠다.

"미안해요, 랑베르." 리외가 말했다. "저도 잘 모르겠습니다. 원하신다면 우리와 함께 남으세요."

자동차가 급커브를 도는 바람에 그가 입을 다물었다. 그런 다음 정면을 바라보면서 다시 말했다.

"자신이 사랑하는 것을 외면할 수 있을 정도로 가치 있는 대상은 이 세상에 아무것도 없죠. 그렇지만 이유를 모르겠으나 저 역시 제가 사랑하는 것을 외면하고 있습니다."

그는 다시 쿠션에 몸을 기댔다.

"그게 사실입니다, 어쨌든." 리외가 지친 표정으로 말했다. "사실을 인정하고 거기서 결론을 이끌어냅시다."

"어떤 결론을요?" 랑베르가 물었다.

"아!" 리외가 말했다. "동시에 병도 고치고 결론도 알아낼 수는 없어요. 그러니 가능한 한 빨리 치료부터 합시다. 그게 급선무입니다."

자정 무렵, 타루와 리외가 랑베르에게 조사 담당 구역의 지도를 그려주었다. 타루가 시계를 보았다. 고개를 들자 랑베르의 시선이 그의 눈에 들어왔다.

"탈출하지 않겠다는 사실을 알려줬나요?"

신문기자가 눈길을 돌리며 힘들게 말했다.

"두 분을 만나러 오기 전에 쪽지를 보냈습니다."

3

카스텔의 혈청이 시험에 오른 것은 10월 하순이었다. 실제로 그것은 리외의 마지막 희망이었다. 또다시 실패할 경우, 의사는 전염병이 몇 달에 걸쳐 더욱 기세를 올리든 이유 없이 사라지든 간에 도시 전체가 페스트의 변덕에 지속적으로 시달릴 거라고 확신했다.

카스텔이 리외를 방문하기 바로 전날, 오통 씨의 아들이 페스트에 걸려 가족 모두가 격리되어야 했다. 이제 막 격리소에서 나왔던 아이의 어머니는 두 번째로 격리되었다. 규정을 존중하는 예심판사는 아들의 몸에서 증세를 발견하자마자 의사 리외를 불렀다. 리외가 도착했을 때, 아버지와 어머니는 침대 발치에 서 있었다. 딸은 이미 멀리 떼어놓은 상태였다. 쇠약해진 아이는 진찰을 받으면서 신음조차 내지 않았다. 의사가 고개를 들었을 때 예심판사의 시선과 그의 뒤에 서 있는 어머니의 얼굴이 보였는데, 손수건으로 입을 가린 어머니는 동그랗게 뜬 눈으로 의사의 동작을 주시하고 있었다.

"역시 그것이군요, 안 그래요?" 예심판사가 냉정한 목소리로 물었다.

"맞습니다." 리외가 다시 아이를 바라보면서 대답했다.

어머니의 눈이 더 커졌지만, 여전히 아무 말도 하지 않았다. 예심판사 또한 잠자코 있더니, 목소리를 더욱 낮추며 말했다.

"선생님, 규정대로 합시다."

리외는 여전히 손수건으로 입을 가리고 있는 어머니를 쳐다보지 않으려 했다.

"전화만 걸면 금세 처리될 겁니다." 리외가 머뭇거리며 말했다.

오통 씨가 그를 배웅하겠다고 말했다. 그러나 의사는 부인을 향해 몸을 돌렸다.

"죄송합니다. 부인께서도 짐을 챙기셔야 합니다. 왜 그런지는 잘 아시겠지만⋯."

오통 부인은 망연자실한 표정으로 바닥을 내려다보았다.

"네." 그녀가 고개를 끄덕이며 말했다. "그렇게 할게요."

그 자리를 떠나기 전에, 리외는 필요한 게 없는지 물어보지 않을 수 없었다. 부인은 여전히 말없이 그를 바라보았다. 그러나 이번에는 예심판사가 눈길을 돌렸다.

"없습니다." 그가 말을 마치고 침을 삼켰다. "하지만 우리 아이를 살려주세요."

처음에는 격리가 형식적인 절차에 지나지 않았으나, 리외와 랑베르가 그것을 매우 엄격하게 체계화했다. 특히 그들은 같은 가족 구성원들을 서로 분리할 것을 강력하게 주장했다. 만약 가족 중 하나가 자기도 모르는 새 감염되었다면 병이 퍼질 가능성을 당연히 줄여야 했다. 리외가 예심판사에게 이유를 설명했고, 예심판사는 그것이 타당하다고 생각했다. 그렇지만 예심판사와 그의 아내가 서로를 바라보는 눈빛에서 의사는 그 이별이 부부를 얼마나 당혹스럽게 하는지 느꼈다. 오통 부인과 어린 딸은 랑베르가 관리하는 격리 호텔에 머물 수 있었다. 그러나 예심판사는 도청이 도로관리과에서 제공한 천막으로 시립 축구장에 마련한 격리수용소밖에 머무를 곳이 없었다. 리외가 양해를 구하자, 오통 씨는 규칙이란 만인에게 적용되어야 하며 따르는 게 당연하다고 말했다.

오통 씨의 아들은 보조 병원으로 이송되었고, 침대 10개가 놓인 옛 교실에 수용되었다. 대략 20시간이 지난 후 리외는 이 케이스가 절망적이라고 판단했다. 그 작은 몸은 별다른 저항 없이 병균의 먹이가 되었다. 이제 막 생긴 아주 작은 림프샘 멍울들이 아이를 고통스럽게 하면서 팔다리를 움직이지 못하게 만들었다. 아이는 이미 패한 셈이었다. 리외가 카스텔의 혈청을 아이에게 시험하려고 생각한 것은 이런 이유 때문이었다. 그날 저녁, 식사 후에 오래도록 접종을 했으나 아이는 어떠한 반응도 보이지 않았다. 이튿날 새벽, 이 결정적 실험의 결과를 판단하기 위해 모두가 아이 곁으로 왔다.

아이는 마비 상태에서 벗어난 채 시트 아래에서 경련을 일으키며 몸을 뒤척이고 있었다. 리외, 카스텔, 타루는 새벽 네 시부터 아이 곁에서 병세가 진행되거나 정지하는 상황을 세심하게 관찰했다. 타루는 침대맡에서 육중한 몸을 약간 숙이고 있었다. 침대 발치에는 리외가 서 있었고, 그 옆에 앉은 카스텔은 겉으로 보기에는 침착하게 오래된 의학서적을 읽고 있었다. 옛 교실 안으로 햇살이 퍼지기 시작할 때, 다른 사람들이 차례로 도착했다. 먼저, 파늘루 신부가 와서 타루의 맞은편에 자리를 잡고 벽에 몸을 기댔다. 그의 얼굴에서 고통스러운 표정이 읽혔고, 매일 헌신적으로 일한 탓에 피로로 충혈된 이마에 주름살이 생겼다. 다음으로, 조제프 그랑이 도착했다. 일곱 시였다. 서기는 숨을 헐떡거려서 미안한데 잠깐밖에 시간이 없다고 했다. 무엇인가 확실하게 알아낸 게 있느냐고 그가 물었다. 리외는 말없이 아이를 가리켰다. 일그러진 얼굴로 눈을 질끈 감은 아이는 온 힘을 다해 이를 악문 채, 몸은 꼼짝하지 않고서 베갯잇도 없는 베개 위에 놓인 머리를 좌우로 이리저리 흔들었다. 이윽고 교실 안쪽에 걸려 있는 칠판에서 예전에 적어놓은 방정식의 흔적이 읽힐 정도로 날이 밝았을 때, 랑베르가 도착했다. 그는 바로 옆 침대 발치에 기대서서 담뱃갑을 꺼냈다. 그러나 아이를 보고서는 담뱃갑을 도로 주머니에 넣었다.

카스텔이 앉은 자세 그대로 안경 너머로 리외를 바라보았다.

"아이의 아버지 소식은 들은 게 있나요?"

"아뇨." 리외가 말했다. "격리수용소에 계십니다."

의사는 아이가 신음하는 침대 난간을 힘껏 움켜쥐고 있었다. 그는 어린 환자에게서 눈을 떼지 않았는데, 어린 환자가 갑자기 몸이 뻣뻣해지더니 다시 이를 악문 채 허리를 젖히며 사지를 벌렸다. 군용 담요 아래 작은 몸에서 양모 냄새와 시큼한 땀 냄새가 올라왔다. 아이는 조금씩 몸이 이완되면서 팔다리가 제자리로 돌아왔지만, 여전히 눈을 감고 입을 다물었으며 호흡이 더욱 빨라졌다. 리외와 타루의 시선이 마주쳤고, 타루가 시선을 돌렸다.

몇 달 전부터 그 공포의 질병이 사람을 가리지 않았기 때문에, 그들은 어린아이들이 죽는 모습을 이미 수없이 봤다. 그러나 그날 아침처럼 어린아이의 고통을 시시각각으로 속속들이 지켜본 적은 한 번도 없었다. 물론 죄 없는 어린아이들에게 가해진 고통은 그들에게 줄곧 문자 그대로 파렴치한 행위로만 보였었다. 그러나 적어도 그때까지는 추상적으로 분노했을 뿐이었다. 죄 없는 어린아이가 죽음의 고통을 겪는 모습을 눈앞에서 그토록 오랫동안 본 적이 없었기 때문이다.

바로 그때, 아이가 위장을 물어뜯기라도 한 듯 가냘픈 신음과 함께 다시 몸을 웅크렸다. 마치 연약한 뼈대가 페스트의 광풍으로 꺾이고 신열의 거듭된 공격에 삐걱대는 것처럼, 아이는 한참 동안 몸을 웅크린 채 오들오들 떨며 극심하게 경련을 일으켰다. 돌풍이 지나가자 경련이 다소 잦아들었고, 신열이 숨을 헐떡이는 몸에서 잠시 물러갔다. 하지만 그것은 독에 물든 축축한 모래밭에서 맞이하는 죽음과도 같은 휴식이었다. 불의 물결이 세 번째로 밀려와서 몸을 약간 들어 올렸을 때, 아이는 바싹 웅크린 채 자신을 태우는 불길이 못 견디게 두려운 듯 침대 속으로 파고들었고, 담요를 걷어차며 미친 듯이 머리를 흔들었다. 불타는 눈꺼풀 밑에서 솟아 나온 굵은 눈물방울이 납빛 얼굴 위로 흘러내리기 시작했다. 발작이 끝나자 뼈가 앙상한 두 다리와 48시간 만에 살이 녹아버린 듯한 두 팔에 경련을 일으키면서, 아이는 엉망으로 헝클어진 침대 위에서 십자가에 못 박힌 듯한 괴상한 자세를 취했다.

타루는 몸을 숙였고, 묵직한 손으로 눈물과 땀에 젖은 아이의 조그만 얼굴을 닦아주었다. 조금 전부터, 카스텔은 책을 덮고 환자를 바라보고 있었다. 그는 무엇인가 말을 했지만, 갑자기 목소리가 이상하게 나오는 바람에 기침으로 목을 가다듬고서야 말을 끝낼 수 있었다.

"아침에 나타나곤 하는 일시적인 차도도 없었나요, 리외?"

차도가 없었으나 아이가 통상적인 경우보다 오래 견디고 있다고 리외가 대답했다. 그때, 피로에 지친 듯 벽에 기대어 있던 파늘루 신부가 나직이 말했다.

"아이가 죽는다면 고통만 더 오래 겪는 셈이지."

리외는 갑자기 그를 향해 몸을 돌리며 무엇인가 말을 하려고 입을 열었지만, 애써 자제하며 다시 침묵을 지켰고 눈길을 아이에게로 돌렸다.

햇빛이 방 안으로 점점 더 많이 흘러들었다. 다른 침대 다섯 개에서도 환자들이 몸을 뒤척이며 신음을 뱉었지만, 마치 합의라도 한 듯 나지막한 소리였다. 방 끝에 누운 환자 한 명만이 규칙적으로 비명을 질렀는데, 그 비명은 고통보다 오히려 놀람에서 비롯되는 듯했다. 환자들에게서도 처음의 공포는 지나간 것처럼 보였다. 이제 병을 대하는 그들의 태도에는 일종의 동의가 있었다. 단지 그 아이만이 전력을 다해 몸부림쳤다. 리외는 딱히 필요해서가 아니라 아무것도 안 하고 있다는 무력감에서 벗어나기 위해 간간이 아이의 맥을 짚었는데, 눈을 감으면 아이의 다급한 맥박이 자신의 동요하는 피에 뒤섞이는 게 느껴졌다. 그때 그는 고통받는 아이와 일체가 되는 듯했고, 아직 병들지 않은 육체의 온 힘을 모아 아이를 지탱해주려고 애썼다. 그러나 둘의 맥박은 잠시 일치했다가 엇갈렸다. 아이는 그에게서 빠져나갔고, 그의 노력도 공허하게 끝났다. 그러면 그는 아이의 가냘픈 손목을 내려놓은 후 자기 자리로 돌아갔다.

하얗게 회칠한 실내의 벽을 따라 햇빛이 장밋빛에서 노란빛으로 변해갔다. 유리창 너머로, 열기에 휩싸인 아침이 타닥거리기 시작했다. 그랑이 다시 오겠다며 떠났으나 그 말은 거의 들리지 않았다. 모두가 기다리고 있었다. 여전히 눈을 감은 아이는 조금 진정되는 듯했다. 짐승의 발톱처럼 변한 두 손이 침대 측면을 가볍게 긁었다. 두 손은 다시 움직여 무릎 근처의 담요를 긁었고, 그러다가 아이는 갑자기 두 다리를 꺾어 허벅지를 배 가까이 끌어당기더니 꼼짝하지 않았다. 그때 처음으로 아이가 눈을 떠 앞에 있는 리외를 바라보았다. 잿빛 점토로 빚은 듯 딱딱하게 굳은 얼굴에서 움푹 팬 입이 열렸고, 그 입에서 곧바로 외마디 비명이 터져 나와 길게 이어졌다. 숨을 쉬어도 억양이 변하지 않는 그 비명은 문득 실내를 단조로운 불협화음의 항의, 인간의 것이라고 하기에는 너무나 이상하게 들리는 항의, 세상 모든 사람이 동시에 부르짖는 듯한 항의로 가득 채웠다. 리외는 이를 악물었고, 타루는 고개를 돌렸다. 랑베르는 침대로 다가와 카스텔 옆에 섰고, 카스텔은 무릎 위에 펼쳐놓은 책을 덮었다. 파늘루 신부는 전염병으로 더럽혀지고 모든 시대의 비명으로 가득 찬 아이의 조그마한 입을 바라보았다. 그가 털썩 무릎을 꿇었다. 그러고는 실내에서 끊임없이 울리는 익명의 신음 속에서도 나지막하나 또렷이 들리는 목소리로 이렇게 기도했는데, 그 기도를 부자연스럽게 여기는 사람은 아무도 없었다. "하느님, 이 아이를 살려주소서!"

그러나 아이는 계속해서 비명을 질렀고, 주변 환자들도 심하게 몸을 뒤척이기 시작했다. 방의 한쪽 끝에서 신음을 멈추지 않던 환자가 리듬을 점점 더 빨리하더니 급기야 정말로 비명을 질러댔고, 다른 환자들의 신음도 더욱더 커졌다. 오열을 터뜨리는 소리가 밀물처럼 몰려와 파늘루 신부의 기도를 삼켜버렸다. 침대 난간 봉을 잡고 있던 리외는 피로감과 혐오감으로 두 눈을 감았다.

다시 눈을 떴을 때, 곁으로 다가온 타루가 보였다. 리외가 말했다.

"그만 갈게요. 더는 참을 수가 없습니다."

그런데 별안간 다른 환자들이 조용해졌다. 의사는 아이의 비명이 약해지고 점점 잦아들어 이제 막 멈추었다는 사실을 알아차렸다. 마치 방금 끝난 싸움의 머나먼 메아리인 양, 의사 주위에서 나직한 신음이 다시 들리기 시작했다. 싸움은 끝났다. 카스텔이 침대 맞은편으로 돌아가면서 끝났다고 말했다. 입을 벌리고 있었으나 말이 없는 아이는 흐트러진 시트가 구겨진 곳에서 잠들었는데, 갑자기 몸이 더 작아진 듯했고 얼굴에는 여전히 눈물 자국이 남아 있었다.

파늘루 신부가 침대로 다가갔고, 신의 가호를 기원하는 강복降福 동작을 취했다. 그런 다음, 신부복을 여민 후 중앙 통로를 통해 밖으로 나갔다.

"모든 걸 다시 시작해야 하나요?" 타루가 카스텔에게 물었다.

늙은 의사가 고개를 끄덕였다.

"아마도." 일그러진 얼굴로 미소 지으며 그가 말했다. "어쨌든 아이가 오래 견뎠어요."

그러나 리외는 벌써 방에서 나갔는데, 걸음이 너무나 빠르고 표정이 너무나 심각해서 파늘루 신부가 자기를 앞질러 지나가는 그를 팔을 뻗어 붙잡았다.

"잠깐만요, 선생님." 신부가 말했다.

리외는 거친 동작으로 돌아서서 격정적으로 말을 내뱉었다.

"아! 저 어린아이, 적어도 저 어린아이는 아무런 죄가 없었습니다, 신부님도 잘 아시잖아요!"

그는 몸을 돌렸고, 파늘루 신부보다 먼저 건물 밖으로 나가 교정의 구석진 곳으로 갔다. 그는 먼지가 자욱이 앉은 작은 나무들 사이의 벤치에 앉아 벌써 눈까지 흘러내린 땀을 닦았다. 가슴을 옥죄는 단단한 매듭을 풀기 위해 계속 소리를 지르고 싶었다. 열기가 무화과 나뭇가지 사이로 천천히 내려왔다. 아침나절의 푸른 하늘이 금세 희끄무레한 구름으로 뒤덮였고, 공기는 질식할 듯 무거워졌다. 벤치에 앉아 있던 리외는 가만히 등받이에 몸을 기댔다. 나뭇가지와 하늘을 바라보면서 그는 천천히 호흡을 되찾았고, 조금씩 피로를 삼켰다.

"왜 저한테 그토록 화를 내며 말씀하셨나요?" 그의 등 뒤에서 목소리가 들렸다. "그건 제게도 참을 수 없는 광경이었습니다."

리외는 파늘루 신부를 향해 몸을 돌렸다.

"알고 있습니다." 리외가 말했다. "죄송합니다. 피로 때문에 정신이 나갔나 봐요. 이제 이 도시에서는 반항심만 솟구칠 때가 있는 것 같습니다."

"이해합니다." 파늘루 신부가 조용히 말했다. "우리의 한계를 넘어서는 일이니까 반항심이 생기는 거죠. 어쩌면 우리는 우리가 이해할 수 없는 것을 사랑해야 하는지도 모릅니다."

리외가 벤치에서 벌떡 일어났다. 그는 온 힘을 다해 파늘루 신부를 바라보며 격정적으로 고개를 가로저었다.

"아닙니다, 신부님." 그가 말했다. "사랑에 대해서 저는 생각이 다릅니다. 아이들이 고통받아야 하는 세상이라면, 저는 죽는 날까지 이 세상을 사랑하지 않겠습니다."

파늘루 신부의 얼굴에 충격의 그림자가 지나갔다.

"아! 선생님." 그가 슬픈 표정으로 말했다. "방금 저는 은총이라고 불리는 것이 무엇인지 깨달았습니다."

그러나 리외는 다시 벤치 등받이에 몸을 기댔다. 피로가 다시 몰려오는 가운데 그는 좀 더 부드러운 어조로 대답했다.

"제게 그런 깨달음이 없다는 걸 잘 알고 있습니다. 하지만 지금은 그런 문제로 신부님과 토론하고 싶지 않아요. 우리는 신성모독이나 기도를 넘어 우리를 묶어주는 무엇인가를 위해 함께 일하고 있습니다. 중요한 건 바로 그거죠."

파늘루 신부가 리외 옆에 앉았다. 그는 깊이 감동한 듯했다.

"그래요." 그가 말했다. "그래요, 선생님도 인간의 구원을 위해 일하고 계시잖아요."

리외는 미소를 지으려고 애썼다.

"인간의 구원은 제게 너무 거창한 단어입니다. 저는 그렇게 멀리 나아가지 않을게요. 저의 관심을 끄는 건 인간의 건강, 무엇보다 인간의 건강입니다."

파늘루 신부는 머뭇거렸다.

"선생님." 그가 말했다.

그러나 신부는 말을 멈추었다. 그의 이마에도 땀이 흘러내리기 시작했다. 그가 "안녕히 계십시오"라고 나직이 말하며 일어섰을 때, 그의 눈이 반짝이고 있었다. 신부가 떠나려 하자 생각에 잠겨 있던 리외가 일어서서 그에게로 한 걸음 다가섰다.

"다시 한 번 사과드릴게요." 리외가 말했다. "오늘처럼 폭발하는 일은 더 이상 없을 겁니다."

파늘루 신부가 손을 내밀며 슬픈 표정으로 말했다.

"그렇지만 저는 선생님을 설득하지 못했습니다."

"그게 뭐 어때서요?" 리외가 말했다. "아시다시피 제가 증오하는 건 죽음과 질병입니다. 신부님이 원하시든 원하시지 않든 간에, 우리는 그것들과 싸우고 그것들을 이겨내기 위해 하나가 되었습니다."

리외는 파늘루 신부의 손을 다시 잡았다.

"신부님도 아시잖아요." 그가 신부를 쳐다보지 않으려고 애쓰면서 말했다. "이제 하느님도 우리를 갈라놓을 수 없습니다."

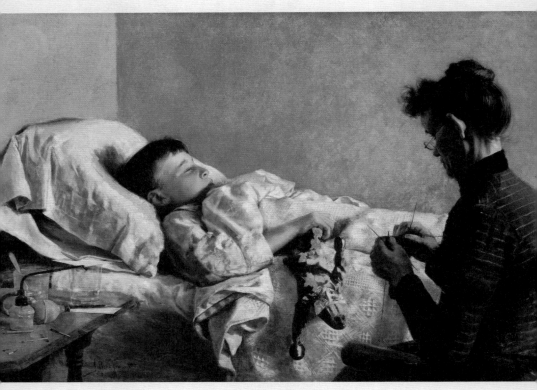

존 본드 프란치스코, 〈병든 아이〉, 1893.

4

시민보건대에 들어온 이후, 파늘루 신부는 페스트가 창궐한 장소와 병원을 떠난 적이 없었다. 그는 보건대원들 가운데 자신이 마땅히 지켜야 할 듯한 자리, 즉 제일선에 있었다. 그러므로 사람들이 죽어가는 광경을 지켜볼 수밖에 없었다. 원칙적으로는 혈청주사가 안전을 지켜준다고 해도 생명을 잃을 염려까지 사라지는 것은 아니었다. 겉으로 보기에 그는 여전히 평정심을 유지하고 있었다. 그러나 아이가 죽어가는 모습을 오랫동안 지켜본 날부터 그는 변한 듯했다. 그의 얼굴에서 점점 커지는 긴장이 읽혔다. 그가 미소 지으며 '사제가 의사의 진찰을 받을 수 있는가?'라는 주제로 짧은 논문을 준비하고 있다고 말한 날, 리외는 그 말이 표면적 의미보다 훨씬 더 심각한 무엇인가를 뜻한다는 인상을 받았다. 의사가 논문의 내용을 알고 싶어 하자, 파늘루 신부는 남자들만 모이는 미사에서 강론할 예정인데, 그때 자신의 관점 가운데 몇 가지를 밝힐 예정이라고 말했다.

"선생님도 오시길 바랍니다. 주제가 선생님의 관심을 끌 테니까요."

강풍이 부는 날, 신부는 두 번째 강론을 했다. 사실을 말하자면, 청중이 첫 번째 강론 때보다 훨씬 적었다. 이런 광경이 시민들에게 더 이상 새로움의 매력을 주지 못했기 때문이다. 도시가 관통하고 있는 어려운 상황 속에서는 '새로움'이라는 단어 자체가 의미를 잃은 지 오래였다. 게다가 시민 대부분이 종교적 의무를 완전히 저버리거나 종교적 의무를 심히 부도덕한 사생활에 꿰맞추지는 않았을지라도, 묵묵히 믿음을 실천하는 대신에 몹시 비합리적인 미신에 빠져들었다. 그들은 미사에 참석하기보다 마스코트 메달이나 성 로크의 부적을 몸에 지니기를 더 좋아했다.

미신을 선호했던 예로, 시민들이 지나칠 정도로 예언을 믿었다는 사실을 들 수 있다. 사실 봄까지만 해도 사람들은 이제나저제나 전염병이 끝나기만을 기다렸을 뿐, 아무도 전염병이 정확하게 언제 끝날지 다른 사람에게 물어볼 생각을 하지 않았다. 모든 사람이 전염병의 조기 종식을 확신하고 있었기 때문이다. 하지만 시간이 흐름에 따라 그 불행에 끝이 없는 게 아닐까 두려워하기 시작했고, 삽시간에 전염병의 종식은 모든 사람의 희망 사항이 되었다. 그리하여 고대 점성가들이나 가톨릭교회 성자들이 쓴 예언서가 이 손에서 저 손으로 옮겨 다녔다. 도시 인쇄업자들은 이 같은 대중의 열광에서 끌어낼 수 있는 이익을 금세 알아차렸고, 그 책들을 대량으로 찍어 유통했다. 그럼에도 독자의 호기심이 식을 줄 모르게 계속되자, 그들은 시립 도서관에 소장된 야사에서 그런 기록을 모두 찾아내 시중에 퍼뜨렸다. 야사에서 찾아낸 예언조차 바닥을 드러냈을 때 인쇄업자들은 기자들에게 예언 집필을 주문했는데, 그 점에 관한 한 기자들은 수 세기에 걸쳐 존재했던 그들의 모델 못지않게 능란한 재주를 보여주었다.

어떤 예언은 심지어 신문에 연재되었고, 건강한 시절에 연재되었던 연애 스토리만큼 열광적으로 읽혔다. 그 가운데 몇몇은 페스트의 발생 연도, 사망자 수, 지속 기간이 포함된 이상한 계산에 근거하고 있었다. 또 다른 몇몇은 역사상 발생한 대규모 페스트와 비교하면서 (예언가들이 불변의 요소라고 불렀던) 유사성을 끌어냈고, 똑같이 이상한 계산에 근거해 현재의 시련에 관련된 교훈을 얻고자 했다. 그러나 독자들이 가장 뜨겁게 호응한 예언은 이론의 여지 없이 묵시록적인 언어로 일련의 사건을 예고한 것이었는데, 그 사건 하나하나를 지금 시민들을 괴롭히는 사건으로 볼 수도 있었고 복잡한 내용 때문에 여러 다른 방향으로 해석할 수도 있었다. 어쨌든 날마다 노스트라다무스와 성녀 오틸리아가 언급되었고 매번 효과가 있었다. 이 모든 예언은 공통적으로 결국 사람들을 안심시켜주었다. 그러나 페스트는 요지부동이었다.

요컨대 이런 미신들이 시민들 사이에서 종교를 대신하고 있었기 때문에, 파늘루 신부가 강론할 때는 성당이 4분의 3밖에 차지 않았다. 그날 저녁에 강론을 들으러 리외가 성당에 도착했을 때, 출입구 문틈으로 들어온 바람이 이리저리 청중의 옷깃을 스치고 있었다. 차갑고 조용한 성당에서 리외는 남자들로만 이루어진 청중 한가운데에 자리를 잡았고, 신부가 설교단으로 올라가는 모습을 지켜보았다. 신부는 첫 번째 강론 때보다 더 부드럽고 신중한 어조로 말했고, 청중은 그가 설교에서 여러 번 주저하는 기색을 느꼈다. 더욱 흥미로운 사실은 그가 더 이상 '여러분'이 아니라 '우리'라고 말한다는 것이었다.

그러나 그의 목소리는 점점 더 단호해졌다. 그는 페스트가 몇 달 전부터 우리 사이에 존재해왔다는 사실, 페스트가 우리의 식탁이나 우리가 사랑하는 사람의 머리맡에 와서 앉고 우리 곁에서 걸어가고 우리의 출근을 기다리는 것을 수없이 목격한 지금, 지금이야말로 페스트가 쉽 없이 말해줬으나 최초의 충격에 놀라 알아듣지 못했던 무엇인가를 우리가 더 잘 이해할 수 있으리라는 사실을 상기시키면서 강론을 시작했다. 파늘루 신부가 지난번에 이곳에서 설교한 내용은 진실이었다. 적어도 그는 그렇게 확신하고 있었다. 그러나 모두에게 일어날 수 있는 일이기는 해도, 그때 그는 아무런 자비심 없이 그렇게 생각하고 설교했다. 이렇게 말하면서 그는 자신의 가슴을 쳤다. 하지만 변함없는 진실은 모든 일에는 언제나 배울 점이 있다는 것이었다. 가장 참혹한 시련조차 기독교인에게는 여전히 은혜였다. 기독교인이 차제의 시련에서 찾아야 할 것은 바로 은혜인데, 그 은혜가 무엇으로 이루어져 있는지, 어떻게 하면 그 은혜를 발견할 수 있는지를 알아야 했다.

이때 리외 주변에 있던 남자들이 긴 의자에 등을 댄 채 가능한 한 편안한 자세를 취했다. 쿠션을 넣은 출입문 가운데 하나가 가볍게 덜컥거렸다. 누군가가 출입구로 가서 그 문을 바로잡았다. 그런 동요 때문에 산만해진 탓인지, 리외는 파늘루 신부의 강론이 잘 들리지 않았다. 강론의 대략적 요지는 페스트 상황을 논리적으로 이해하려 해서는 안 되며, 거기서 배울 수 있는 것을 배우려고 애써야 한다는 데 있었다. 리외가 어렴풋이 파악한 것은 신부로서는 설명할 게 아무것도 없다는 사실이었다. 파늘루 신부가 이 세상에는 우리가 하느님의 뜻에 따라 설명할 수 있는 것도 있고 설명할 수 없는 것도 있다고 역설했을 때 리외의 관심이 그에게 집중되었다. 물론 이 세상에는 선과 악이 있고, 우리는 양자가 어떻게 다른지를 일반적으로 쉽게 이해할 수 있다. 그러나 악의 내부에서는 문제가 그리 간단치 않다. 예컨대 명백히 필요한 악이 있고, 명백히 쓸모없는 악이 있다. 지옥에 빠진 돈 후안과 어린아이의 죽음을 보라. 탕아가 벼락을 맞는 것은 당연하지만, 어린아이의 고통은 이해할 수 없지 않은가. 사실상 지상에서는 어린아이의 고통, 그 고통이 불러일으키는 공포, 그 고통을 설명할 수 있는 이유보다 더 중요한 것은 아무것도 없다. 그 밖의 삶에서는 종교가 미덕이 없는 것처럼 보일 정도로 하느님이 만사를 도와주신다. 그런데 지금 여기서는 어떤가, 하느님은 오히려 우리를 궁지로 몰아넣고 계신다. 우리는 페스트의 성벽 아래로 쫓겨나 있고, 우리는 그 성벽의 치명적인 그늘 밑에서 우리의 은혜를 찾아내지 않으면 안 된다. 파늘루 신부는 그 성벽을 기어오르게 해주는 손쉬운 특권이 있다 하더라도 그것을 가지지 않겠다고 했다. 어린아이를 기다리고 있는 영원한 환희가 어린아이의 고통을 보상해주리라고 말하기란 어렵지 않은 일이었지만, 사실상 신부는 그에 대해 아무것도 몰랐다. 과연 누가 천상의 영원한 기쁨이 지상의 순간적인 고통을 보상해주리라고 단언할 수 있을까? 그렇게 단언하는 자는 결코 기독교인이 아니리라. 그의 주님이 몸소 육체와 영혼의 고통을 겪지 않았던가. 그렇다, 신부는 어린아이의 고통 앞에서, 십자가가 상징하는바 능지처참의 고통을 감내하면서 성벽 아래의 궁지에 남겠다고 했다. 그리고 오늘 강론을 듣고 있는 사람들에게 두려움 없이 이렇게 말하겠다고 했다. "형제 여러분, 마침내 때가 왔습니다. 모든 것을 믿거나, 모든 것을 부정해야 합니다. 하지만 여러분 가운데 감히 누가 모든 것을 부정할 수 있겠습니까?"

신부가 이단으로 흘러간다고 리외가 생각하는 순간, 신부는 벌써 이런 명령, 이런 순수한 요구야말로 기독교인이 입는 은혜라고 힘주어 말했다. 그것은 기독교인의 미덕이기도 했다. 신부는 자신이 말하는 미덕의 과격한 측면이 더 너그럽고 고전적인 도덕에 익숙한 많은 사람에게 충격을 주리라는 사실을 알고 있다고 했다. 그러나 페스트 시대의 종교는 평상시의 종교와 같을 수 없으며, 하느님이 행복의 시대에는 영혼의 안식과 향유를 허용하시고 심지어 소망하시지만, 과도한 불행의 시대에는 영혼의 극단적 태도를 원하신다는 것이었다. 말하자면 하느님은 인간을 크나큰 불행 속에 빠뜨리는 은총을 베푸셨기에, 인간은 '전부냐 무無냐'라는 가장 위대한 미덕을 되찾고 감당하지 않으면 안 되었다.

지난 세기에 어느 불경한 작가가 '교회'의 비밀을 폭로한다고 주장하면서 '연옥'은 존재하지 않는다고 단언했다. 그의 단언은 중간 지대란 없고 '천국'과 '지옥'만이 있을 뿐이며, 인간은 자신이 선택한 바에 따라 구원받거나 저주받을 뿐이라는 사실을 암시하고 있었다. 파늘루 신부에 의하면, 그것은 탕아의 영혼에서만 생겨날 수 있는 이단이었다. 왜냐하면 '연옥'은 존재하기 때문이었다. 그러나 그 '연옥'을 지나치게 기대해서는 안 되는 시대, 인간의 죄가 용서받을 수 있을 정도로 가볍다고 말할 수 없는 시대가 분명히 있었다. 그런 시대에는 모든 죄가 치명적이었고, 모든 무관심이 죄였다. 이를테면 전부 아니면 무였다.

파늘루 신부가 말을 멈추자, 출입문 밑으로 들어오는 바람의 신음이 리외의 귀에 더 잘 들렸다. 밖에서는 바람이 더욱 거세지는 듯했다. 바로 그때 신부는 자신이 말하는 순명順命의 미덕을 통상 그렇게 해석하듯 제한적 의미로 이해해서는 안 된다고, 그것은 진부한 체념도 아니고 심지어 어려운 겸손도 아니라고 말했다. 그것은 굴종이지만 굴종하는 사람이 동의하는 굴종이었다. 물론 어린아이의 고통은 정신적으로나 감성적으로나 굴욕적인 일이었다. 하지만 바로 그런 까닭에 그것을 감수하지 않으면 안 되었다. 파늘루 신부는 자신이 지금 말하려는 내용이 말하기에 쉽지 않다고 청중에게 고백하면서, 바로 그런 까닭에 우리는 그 고통을 원하지 않을 수 없다고 했다. 하느님이 그것을 원하시기 때문이었다. 그러므로 기독교인은 아무것도 회피하지 않을 것이며, 모든 출구가 닫혀 있다 해도 본질적 선택의 끝까지 갈 것이다. 기독교인은 모든 것을 부정하지 않기 위해 모든 것을 믿기를 선택하리라. 림프샘 멍울이야말로 육신이 감염을 물리치는 자연스러운 경로임을 깨달았기에 이 순간에도 성당에서 이렇게 말하는 선량한 여성들을 보라. "하느님, 제게 멍울을 주소서!" 이 여성들처럼 기독교인은 심지어 이해할 수 없는 것일지라도 신의 의지에 몸을 맡겨야 하리라. 이렇게 말할 수는 없다. "저건 이해할 수 있어. 하지만 이건 받아들일 수 없어." 우리가 선택하기 위해서는, 우리에게 주어진 그 받아들일 수 없는 것의 한복판으로 뛰어들지 않으면 안 된다. 어린아이들의 고통은 우리에게 쓰디쓴 빵이지만, 그 빵이 없다면 우리의 영혼은 영적인 굶주림으로 죽음에 이르리라.

파늘루 신부가 말을 중단할 때마다 동반되던 나지막한 웅성거림이 다시 들렸을 때, 갑자기 신부가 청중을 대신해서 묻는다는 듯 그러면 우리는 어떻게 행동할 것인가 하고 물으며 강론을 열정적으로 재개했다. 짐작하건대 사람들은 숙명론이라는 무서운 단어를 입에 올릴 것이다. 그래, 그 단어에 '능동적'이라는 형용사를 붙여준다면 거부할 이유도 없으리라. 다시 한 번 말하지만, 지난번에 언급했던 아비시니아의 기독교인들을 모방해서는 안 된다. 또한 하느님이 주신 그 병과 싸우려는 불신자들을 페스트로 응징해달라고 하늘을 향해 큰소리로 기도하면서 기독교 보건대원들에게 자신의 누더기를 벗어 던진 페르시아 페스트 병자들을 흉내 내려고 생각해서도 안 된다. 그 반대로 지난 세기에 페스트가 창궐했을 때, 병균이 묻어 있을지도 모를 축축하고 따뜻한 입술에 닿지 않으려고 핀셋으로 면병麵餠을 집어 영성체 의식을 행한 카이로의 수도사들을 모방해서도 안 된다. 페르시아의 페스트 병자들과 카이로의 수도사들은 둘 다 죄를 지었다. 전자는 어린아이의 고통을 중시하지 않았기 때문이고, 후자는 그 반대로 고통에 대한 인간적인 공포에 완전히 짓눌렸기 때문이다. 두 경우 모두 문제의 핵심을 비켜 갔다. 둘 다 하느님의 목소리를 알아듣지 못한 것이다. 파늘루 신부는 또 다른 예를 들었다. 마르세유에서 발생했던 대규모 페스트 관련 기록에 따르면, 메르시 수도원의 수도사 81명 중 네 명만이 열병을 뚫고 생존했다. 그리고 생존자 네 명 중 세 명이 도망쳤다. 기록자들은 그렇게 보고하는 데 그쳤다. 그 이상을 언급하는 것은 그들의 직책을 넘어서는 일이었기 때문이다. 그러나 파늘루 신부의 관심을 사로잡은 것은 77구의 시체에도 불구하고, 특히 생존자 세

명의 탈출에도 불구하고 제자리를 지켰던 단 한 명의 수도사였다. 신부는 설교단 가장자리를 주먹으로 치면서 이렇게 외쳤다. "형제 여러분, 우리는 제자리를 지킨 수도사가 되어야 합니다!"

그렇다고 해서 재앙의 무질서에 대처하기 위해 사회가 도입한 예방책과 현명한 질서를 거부해서는 안 될 일이었다. 무릎을 꿇고 모든 것을 포기해야 한다는 도덕가들의 말을 들어서도 안 된다. 어둠 속을 더듬어서라도 앞으로 나아가면서 선을 행해야 한다. 그 외에는 어린아이들의 죽음까지도 신의 뜻에 맡기고 받아들여야 하며, 개인적인 해결책도 찾지 말아야 한다.

이 대목에서 파늘루 신부는 마르세유에서 페스트가 창궐하는 동안 벨칭스 주교가 보여준 고고한 태도를 언급했다. 페스트가 끝날 무렵 주교는 자신이 할 수 있는 모든 일을 했고 더 이상 치유책이 없다고 판단해, 담장을 둘러싼 집에 식량을 비축하고 격리 생활에 들어갔다. 그러자 그를 우상처럼 여기던 주민들은 고통이 한계를 넘어설 때 촉발되는 감정의 역전으로 주교를 비난했고, 그를 감염시키려고 집을 시체로 둘러쌌으며, 심지어 그를 확실히 죽이려고 담장 너머로 시체를 던졌다. 이처럼 주교는 마지막 순간에 마음이 약해져 죽음의 세계에서 자신을 안전하게 격리하려 했지만, 시체 더미가 하늘에서 머리 위로 날아왔다. 우리도 마찬가지다. 페스트의 세계에서 안전하게 격리된 섬은 없다는 사실을 명심해야 한다. 그렇다, 중간지대는 없다. 인간으로서 견디기 힘든 일도 받아들이지 않으면 안 된다. 우리는 하느님을 미워하든지 사랑하든지 선택할 수밖에 없기 때문이다. 그런데 누가 감히 하느님에 대한 증오를 선택할 수 있겠는가?

마침내 파늘루 신부가 결론을 내리겠다면서 말했다. "형제 여러분, 하느님에 대한 사랑은 몹시 어려운 사랑입니다. 그 사랑은 자기를 포기하고 자기 개성을 경멸하는 것을 전제로 합니다. 그러나 그 사랑만이 어린아이들의 고통과 죽음을 없앨 수 있고, 그 사랑만이 여하한 경우에도 어린아이들의 죽음을 필요한 것으로 만들 수 있습니다. 어린아이들의 죽음을 이해하는 것은 불가능한 일이고, 우리는 단지 그 죽음이 필요한 것이기를 바랄 수 있을 뿐이기 때문입니다. 이것이 바로 제가 여러분과 나누고 싶은 어려운 교훈입니다. 이것이 바로 인간이 보기에는 잔인하나 하느님이 보시기에는 결정적인 신앙, 우리가 반드시 다가가야 하는 신앙입니다. 우리는 이 끔찍한 이미지를 받아들여야 합니다. 저 높은 하늘에서는 모든 게 뒤섞이고 동등해질 것이며, 진리는 불의하게 보이는 데서 솟아날 겁니다. 프랑스 남부의 수많은 성당에서 페스트 환자들이 몇 세기 전부터 설교단 석판 아래 잠들어 있었던 것도 이런 까닭입니다. 사제들은 바로 그들의 무덤 위에서 강론을 하고, 그들이 전파하는 정신은 어린아이들이 포함된 죽음의 재에서 솟아나는 것입니다."

리외가 밖으로 나가려 할 때, 세찬 바람이 반쯤 열린 문틈으로 몰아쳐 신자들의 얼굴을 정면으로 때렸다. 바람이 비 냄새와 축축하게 젖은 길바닥 냄새를 실어왔기 때문에, 그들은 밖으로 나가기도 전에 도시의 모습을 짐작할 수 있었다. 리외보다 앞서 출입문에서 나온 늙은 사제와 젊은 부사제가 바람에 날리는 모자를 붙잡느라 애를 쓰고 있었다. 그럼에도 늙은 사제는 강론에 대한 논평을 멈추지 않았다. 그는 파늘루 신부의 웅변에는 경의를 표했지만, 신부가 보여준 대담한 생각에는 우려를 나타냈다. 강론이 활력보다는 불안을 더 많이 드러냈는데, 파늘루 신부의 나이가 되면 사제에게 불안해할 권리가 없다는 것이었다. 바람을 피하느라 고개를 숙이고 있던 젊은 부사제는 자신이 파늘루 신부를 자주 만났기에 그의 사상이 어떻게 변화해왔는지를 잘 알고 있으며, 그의 논문은 앞으로 훨씬 더 대담해져서 '출판 허가'를 받지 못하리라고 장담했다.

"도대체 그의 사상이란 게 뭔가?" 늙은 사제가 물었다.

그들은 성당의 앞뜰에 이르렀고, 바람이 요란한 소리로 그들을 휘감으며 젊은 부사제의 말을 잘랐다. 부사제는 입을 열 수 있게 되자 간단히 말했다.

"사제가 의사에게 진찰을 받는 것은 모순입니다."

리외가 타루에게 파늘루 신부의 강론 내용을 이야기했을 때, 타루는 전쟁 중에 눈을 잃은 한 청년의 얼굴을 보고 신앙을 잃은 사제를 알고 있다고 했다.

"파늘루 신부님이 옳아요." 타루가 말했다. "죄 없는 젊은이가 눈을 잃었을 때, 기독교인이라면 자신의 신앙을 잃거나 젊은이의 실명을 받아들이는 수밖에 없습니다. 신부님은 신앙을 잃기를 원치 않으니까 끝까지 가실 겁니다. 신부님이 말씀하시고 싶은 게 바로 그거죠."

이 같은 타루의 고찰이 뒤따른 불행한 사건들 및 도무지 이해할 수 없었던 파늘루 신부의 행동을 조금이라도 이해하는 데 도움이 되지 않을까? 이는 각자가 판단해보기를 바란다.

강론을 마친 후 며칠이 지났을 때, 파늘루 신부는 이사하느라 여념이 없었다. 그 무렵에는, 전염병이 확산해 도시에서 이사가 끊이지 않았다. 타루가 호텔을 떠나 리외의 집에 기거해야 했던 것처럼, 파늘루 신부는 수도회에서 배정한 아파트를 떠나 성당 신자이면서 아직 페스트에 걸리지 않은 노부인의 집에 기거해야 했다. 이사하는 동안 신부는 피로와 고통이 커지는 걸 느꼈다. 그런데 노부인에게서 성녀 오틸리아의 예언이 신통하게 잘 맞는다고 좋아하는 이야기를 듣고, 신부는 아마 피곤했던 까닭이겠지만 가볍게 화를 냈다. 그 후로 그는 노부인에게서 호의적인 중립이라도 얻어볼까 싶어서 여러 노력을 기울였으나 허사였다. 이미 엎질러진 물이었다. 그래서 매일 저녁, 뜨개질한 레이스로 가득 찬 방으로 돌아가기 전에 거실에 앉아 있는 여주인의 등을 물끄러미 바라보아야 했고, 여주인이 돌아보지도 않고 냉담하게 던진 인사말, 즉 "안녕히 주무세요, 신부님"이라는 한마디를 떠올리며 자리에서 일어나야 했다. 그러던 어느 날 저녁, 잠자리에 들려는데 갑자기 머리가 쑤시며 며칠 전부터 계속된 신열이 손목과 관자놀이에서 물결치듯 솟구치는 게 느껴졌다.

그다음에 일어난 일에 관해서는 나중에 여주인의 이야기를 통해 알려진 것밖에 없다. 그녀는 습관대로 아침에 일찍 일어났다. 상당한 시간이 흘렀음에도 신부가 방에서 나오지 않아 놀란 그녀는 한참 망설인 끝에 신부의 방을 노크했다. 밤새 한숨도 자지 못한 채 침대에 누워 있는 신부의 모습이 눈에 띄었다. 신부는 숨이 막혀 괴로워했고, 평소보다 눈과 얼굴이 더 붉어 보였다. 여주인의 말에 따르면 그녀가 의사를 부르자고 공손하게 제안했지만, 신부가 어찌나 거세게 거절하던지 서운한 마음이 들 정도였다. 그녀는 방에서 나올 수밖에 없었다. 잠시 후, 신부가 벨을 눌러 그녀를 불렀다. 그는 짜증을 부려서 미안하다고 사과했고, 페스트 증상은 전혀 없으니 페스트일 리 만무하다며 일시적인 피로일 뿐이라고 말했다. 노부인은 페스트가 두려워서 그런 제안을 한 것은 아니고, 하느님의 손에 달린 자신의 안전을 걱정하지는 않으며, 다만 자기도 신부의 건강에 부분적으로 책임이 있다고 여기기 때문에 그것을 염려했을 뿐이라고 점잖게 답했다. 그녀의 말을 믿는다면, 신부가 아무 말도 하지 않았기에 자신의 의무를 다하고 싶었던 그녀는 의사를 부르자고 다시 제안했다. 신부가 재차 거절하면서 뭐라고 설명을 덧붙였지만, 노부인에게 명료하게 전달되지는 않았다. 의사의 진찰이 신부의 원칙에 어긋난다는 주장만을 겨우 알아들었는데, 그녀로서는 도저히 이해할 수 없는 주장이었다. 그녀는 신열로 신부의 판단력이 흐려졌다고 결론을 내렸고, 그래서 탕약을 끓여주는 데 그치고 말았다.

상황이 요구하는 의무를 엄격하게 이행하겠노라고 늘 다짐해온 노부인은 두 시간마다 규칙적으로 환자의 방으로 가서 병세를 살폈다. 그녀에게 가장 충격적이었던 것은 신부가 끊임없이 몸부림치면서 한나절을 보낸다는 사실이었다. 신부는 침대 시트를 치웠다 다시 덮었다 하면서 연신 땀에 젖은 이마에 손을 갖다 댔고, 자주 몸을 일으켜 목을 조르는 거칠고 축축한 기침을 하면서 무엇인가를 뽑아내려는 듯 안간힘을 썼다. 그럴 때면 솜뭉치가 목구멍 깊숙이 박혀 있지만 어떻게 해도 빼낼 수 없어서 숨이 끊어지는 사람 같았다. 그런 발작이 끝나면 탈진 상태가 되어 뒤로 풀썩 쓰러졌다. 그러다가 다시 반쯤 몸을 일으켰고, 좀전의 발작 상태 때보다 더욱 격렬한 시선으로 잠시 정면을 똑바로 노려보았다. 노부인은 의사를 부를까 하다가 환자를 자극

할까 봐 망설였다. 겉으로 보기에는 이토록 심각하지만, 어쩌면 단순한 몸살일 수도 있었다.

오후가 되자 노부인은 신부에게 말을 붙이려고 애썼고, 신부는 알아듣기 힘든 몇 마디 대답을 중얼거렸다. 그녀는 다시 한 번 제안을 되풀이했다. 그러나 반쯤 숨이 넘어가면서도 신부는 몸을 일으켜 의사를 원하지 않는다고 분명하게 답했다. 그러자 여주인은 이튿날 아침까지 기다려도 신부의 상태가 호전되지 않으면, 랑스도크 통신사가 날마다 라디오로 열 몇 차례 알려주는 번호로 전화하리라고 결심했다. 언제나 의무에 민감한 그녀는 밤이 오면 환자의 방으로 가서 곁을 지키려고 생각했다. 그러나 저녁에 환자에게 새로운 탕약을 갖다주고 나서 잠시 눈을 붙였는데, 깨어보니 이튿날 새벽이었다. 그녀는 환자의 방으로 달려갔다.

신부는 꼼짝하지 않고 누워 있었다. 전날의 벌겋게 충혈된 안색은 사라졌고, 그 대신에 납빛 안색이 평소 그대로인 얼굴 윤곽 속에서 더욱 두드러져 보였다. 신부는 침대 위에 매달린 자그마한 총천연색 진주 샹들리에를 뚫어지게 바라보다가, 노부인이 들어가자 그녀에게로 고개를 돌렸다. 노부인의 말에 따르면, 그때 그는 밤새도록 두들겨 맞아 온몸에 힘이 빠진 나머지 아무런 반응도 할 수 없는 사람처럼 보였다. 그녀는 몸이 어떠냐고 물었다. 그는 이상하리만치 무심한 목소리로 상태가 좋지 않으나 의사를 부를 필요는 없으며, 규칙에 따라 자기를 병원으로 이송하기만 하면 된다고 말했다. 겁에 질린 노부인은 전화기를 향해 달려갔다.

리외가 정오에 도착했다. 여주인의 이야기를 들은 후, 그는 파늘루 신부의 말이 옳을 수도 있으며 너무 늦었을지도 모르겠다고 말했다. 신부는 여전히 무심한 태도로 그를 맞이했다. 진찰 결과, 리외는 목이 막히고 숨을 쉬기 힘든 점을 제외하고는 림프샘 페스트나 폐 페스트의 주요 증상이 전혀 없다는 걸 알고서 깜짝 놀랐다. 그러나 맥박이 너무 약하고 전반적인 상태도 너무 나빠서 희망이 거의 없었다.

"전염병의 주요 증상이 전혀 없습니다." 리외가 파늘루 신부에게 말했다. "그러나 의심의 여지가 있으므로 격리는 필요합니다."

신부는 예의상 그러는 것처럼 야릇한 표정으로 미소 지었을 뿐, 아무런 말도 하지 않았다. 리외는 밖으로 나가서 전화를 걸고 돌아왔다. 그리고 신부를 바라보았다.

"제가 신부님 곁을 지키겠습니다." 리외가 부드럽게 말했다.

신부는 생기를 되찾은 듯했고, 온기가 되살아난 눈을 의사에게로 돌렸다. 그가 입을 열었으나 한마디를 내뱉기도 너무나 힘들었기에, 그것이 슬픈 어조인지 아닌지조차 분간할 수 없었다.

"고맙습니다." 그가 말했다. "성직자에게는 친구가 없습니다. 모든 걸 하느님께 맡겼으니까요."

병원에서도 파늘루 신부는 입을 꼭 다물고 있었다. 그는 마치 사물처럼 모든 치료에 수동적으로 몸을 맡겼지만, 십자가만은 품속에 고이 간직했다. 신부의 증상은 여전히 모호했다. 리외의 머릿속에서 의문이 떠나지 않았다. 그것은 페스트이기도 했고, 페스트가 아니기도 했다. 게다가 얼마 전부터 페스트는 확실한 진단을 방해하기를 즐기는 것처럼 보였다. 그러나 파늘루 신부의 경우, 그 후의 증상은 이러한 불확실성도 중요한 의미가 없다는 사실을 보여주고 있었다.

신열이 올라갔다. 기침이 점점 더 거칠어졌고, 그로 인해 환자는 온종일 고통스러워했다. 저녁이 되자 환자는 마침내 그를 숨 막히게 했던 솜뭉치를 토해냈다. 그것은 선혈로 붉게 물들어 있었다. 펄펄 끓는 고열에 시달리면서도 신부의 눈빛은 무심하기 그지없었다. 이튿날 아침에 사람들이 침대 밖으로 반쯤 쓰러진 채 죽어 있는 그를 발견했을 때, 그의 눈빛에는 여전히 아무런 표정이 없었다. 그의 의료 카드에는 이런 소견이 기록되었다. '모호한 케이스.'

게리 멜커스, 〈설교〉, 1886.

5

그해의 만성절은 예년의 만성절과 달랐다. 물론 날씨는 절기에 어울렸다. 날씨가 갑자기 변하더니 늦더위가 금세 선선한 공기에 자리를 물려주었다. 예년과 마찬가지로 찬 바람이 끊임없이 불었다. 커다란 구름이 지평선 이쪽에서 저쪽으로 빠르게 흘러가면서 집들을 그림자로 덮었고, 구름이 지나가면 이번에는 11월 하늘의 차가운 금빛 햇살이 지붕으로 떨어졌다. 처음으로 레인코트가 거리에 등장했다. 그런데 반짝이는 방수천으로 된 레인코트가 놀랄 만큼 빈번히 눈에 띄었다. 실은 200년 전 프랑스 남부에서 페스트가 대대적으로 창궐했을 때 의사들이 자신을 보호하기 위해 기름 먹인 옷을 입었다는 사실이 신문에 보도된 것이었다. 상인들은 이 기사를 이용해 면역 효과를 기대하는 시민들에게 유행이 지난 의류 재고품을 팔아치웠다.

그러나 이 모든 계절적 특징도 묘지에 인적이 없다는 사실을 잊게 하지는 못했다. 예년에는 전차들이 은은한 국화꽃 향기로 가득 찼고,

여자들이 혈족의 무덤을 장식하기 위해 꽃을 들고 줄지어 갔다. 만성절은 사람들이 오랫동안 그들을 잊고 찾지 않은 데 대해 고인에게 용서를 비는 날이었다. 그러나 그해에는 아무도 죽은 사람들을 더 이상 생각하려 하지 않았다. 아니, 좀 더 정확하게 말하자면 사람들은 이미 죽은 사람들을 너무 많이 생각했다. 그러므로 얼마 되지 않는 그리움과 상당한 우울감으로 사망자들과 재회하는 일은 이제 아무런 의미가 없었다. 사망자들은 더 이상 사람들이 일 년에 한 번씩 용서를 구해야 하는 버림받은 자들이 아니었다. 사망자들은 이제 잊고 싶은 불청객들이었다. 그런 까닭에 그해의 만성절, 즉 위령慰靈의 날은 어떤 면에서 적당히 넘겨졌다. 타루가 보기에 점점 더 빈정거리는 투로 말하는 코타르에 따르면, 이제는 하루하루가 위령의 날, 만성절이었다.

실제로 환희에 찬 페스트의 불은 화장터 가마에서 날마다 더욱 거세게 타올랐다. 사실 사망자 수가 나날이 증가하지는 않았다. 그러나 페스트는 이제 편안하게 정점에 자리를 잡았고, 성실한 공무원처럼 일상적인 살인에 정확성과 규칙성을 부여하는 듯했다. 원칙적으로 보나 전문가들의 의견으로 보나 그것은 좋은 징후였다. 끊임없는 상승에 뒤이어 오랜 정체 현상을 보이는 페스트 진행 그래프는 예컨대 의사 리샤르에게 더없이 긍정적으로 보였다. 그는 "정말 훌륭한 그래프야"라고 말했다. 그는 전염병이 안정기에 접어든 것으로 평가했다. 이제부터는 쇠퇴할 수밖에 없으리라. 그는 안정세가 카스텔이 만든 새로운 혈청 덕분이라고 생각했는데, 실제로 카스텔의 혈청은 몇 차례 뜻밖의 성공을 거두었다. 카스텔도 그 의견에 반박하지는 않았지만, 전염병의 역사를 보면 종종 예기치 않게 위기가 재연되므로 예단은 금물이라고 말했다. 오래전부터 민심을 가라앉히고 싶었으나 페스트가 악화되기만 해서 그럴 수가 없었던 도청은 의사를 소집해 상황이 호전되고 있다는 보고서 제출을 요청하려 했다. 그런데 바로 그때 의사 리샤르가 이른바 안정기에 페스트로 사망하고 말았다.

확실히 리샤르의 사망은 충격적인 사건이었지만 그것 자체가 아무것도 증명하지 못함에도 불구하고, 행정 당국은 처음 낙관론을 받아들였을 때만큼 무분별하게 비관론으로 돌아섰다. 카스텔은 최대한 정성스럽게 혈청을 준비하는 데 전념했다. 어쨌든 공공장소 가운데 병원이나 격리 시설로 전환되지 않은 곳은 하나도 없었지만, 오직 도청만을 예외로 남겨둔 것은 회합 장소가 필요했기 때문이다. 페스트가 상대적으로 안정세를 보인 덕분에 리외가 꾸린 조직에서 일손이 부족하지는 않았다. 그러나 의사들과 보조원들은 이미 기진맥진할 정도로 힘겹게 일했기 때문에 지금보다 더 고된 노력을 기울일 수는 없었다. 그들은 지금까지 하던 대로 초인적인 노동을 계속했다. 마치 바람이 사람들의 가슴에 불을 붙이고 부채질을 한 것처럼, 이미 발생했던 폐병 형태의 페스트가 도시 곳곳으로 퍼져 나갔다. 환자들은 피를 토하며 훨씬 더 빨리 사망했다. 전염병의 변종이 새롭게 발전함에 따라 전염성이 높아질 위험이 있었다. 하지만 그 점에는 전문가들의 의견이 늘 엇갈렸다. 그래도 보건 관계자들은 안전을 위해 소독한 가제 마스크를 계속해서 착용했다. 어쨌든 얼핏 보기에는 전염병이 확산할 것처럼 보였다. 그러나 림프샘 페스트 환자가 감소했기 때문에, 그래프의 균형은 그대로 유지되고 있었다.

한편 시간이 흐르면서 식량 보급이 더욱 어려워졌고, 그에 따라 또 다른 근심거리들이 생겨났다. 투기까지 끼어들어, 부족한 생활필수품들이 일반 시장에서 터무니없는 가격에 팔렸다. 그에 따라 가난한 가족은 더욱 힘겨운 상황에 놓였고, 부유한 가족에게는 모자라는 것이 거의 없었다. 페스트가 보여주는 에누리 없는 공평성 덕분에 시민들 사이에 평등이 강화될 수도 있었겠지만, 실은 본능적인 이기심의 작용 때문에 페스트는 사람들의 가슴에 불의의 감정만을 더욱 날카롭게 불러일으켰다. 물론 죽음이라는 완전한 평등이 남아 있었지만, 그것을 원하는 사람은 아무도 없었다. 이런 상황에서 배고픔으로 고통받는 빈자들은 더욱더 깊은 향수에 젖어 생활이 자유롭고 빵도 비싸지 않은 인근 도시와 시골을 떠올렸다. 식량이 모자라는 이상, 비논리적이기는 하나 그들은 도시를 떠나는 게 허용되어야 한다고 느꼈다. 그리하여 하나의 구호가 형성되어 퍼져 나갔는데, 사람들은 때로 담장 위에 그것을 벽보로 붙이기도 했고 때로는 도지사가 지나갈 때 그것을 외치기도 했다. "빵이 아니면 공기를!" 이런 절박한 구호로 몇 차례 시위의 조짐이 있었으나 금세 진압되었다. 그렇지만 사태의 심각성을 모르는 사람은 아무도 없었다.

물론 신문들은 그들이 받은바 무슨 일이 있더라도 낙관론을 유지하라는 수칙을 잘 지키고 있었다. 신문에 따르면, 현 상황을 특징짓는 것은 시민들이 보여주는 "침착과 냉정이라는 감동적이고 모범적인 행동"이었다. 그러나 사방이 봉쇄된 도시에서는 비밀이 유지될 수 없었기 때문에, 공동체가 보여준다는 "모범적인 행동"을 믿는 사람은 아무도 없었다. 문제의 침착과 냉정을 정확하게 이해하기 위해서는 행정 당국이 설치한 예방격리소나 격리수용소에 들르는 것으로 충분했다.

그러나 여기저기 다른 곳으로 불려 다녔던 서술자는 그곳을 잘 알지 못하므로 여기서는 타루의 증언을 인용할 수밖에 없다.

실제로 타루는 랑베르와 함께 시립 축구장에 설치된 수용소를 방문했던 이야기를 수첩에 기록하고 있다. 축구장은 시 출입문 근처에 있었는데, 한쪽은 전차가 다니는 거리에 면해 있었고 다른 한쪽은 도시가 건설된 고원 가장자리까지 펼쳐진 황무지에 면해 있었다. 축구장은 높다란 시멘트 담장으로 둘러싸여 있었고, 출입구 네 곳에 세워진 보초들이 세워 탈출을 막았다. 또한 높은 담장은 격리 수용된 그 불행한 사람들을 외부 사람들의 호기심 어린 시선으로부터 보호했다. 거꾸로 수용자들은 눈에 보이지는 않아도 온종일 전차가 지나가는 소리를 들었고, 전차가 실어 나르는 소음이 점점 더 커지면 출퇴근 시간인가 보다 하고 생각했다. 이런 식으로 그들은 자신들이 배제된 삶이 불과 몇 미터 떨어진 곳에서는 계속되고 있으며, 시멘트 벽이 그 두 세계를 두 행성보다 더 낯설게 갈라놓고 있음을 실감했다.

타루와 랑베르가 축구장에 가기로 한 것은 어느 일요일 오후였다. 축구선수인 곤살레스가 그들을 데려갔는데, 랑베르와 다시 만났을 때 그는 축구장을 교대로 감시해달라는 부탁을 마침내 받아들인 터였다. 랑베르는 그를 수용소장에게 소개해야 했다. 두 사람을 만난 곤살레스는 페스트 이전에는 이 시간이면 경기를 시작하기 위해 유니폼을 입고 있었다고 말했다. 그러나 축구장이 징발된 후부터 그것이 불가능해졌고, 곤살레스는 일이 없어 무료함을 느끼고 있었다. 그래서 그는 주말에만 근무하는 조건으로 감시 업무를 받아들였다. 하늘은 반쯤 구름으로 덮여 있었다. 고개를 들어 하늘을 본 곤살레스는 비가 내리지도 않고 덥지도 않은 이런 날씨가 축구 경기에는 가장 알맞다고 아쉬운 표정으로 말했다. 그는 탈의실의 물파스 냄새, 무너질 듯 사람들로 꽉 찬 관중석, 황갈색 운동장을 누비는 선명한 색깔 유니폼, 전반전을 끝내고 휴식 시간에 마시는 레몬주스나 바싹 마른 목구멍을 수천 개의 바늘로 시원하게 찌르는 듯한 탄산음료를 열심히 떠올렸다. 타루는 축구선수가 교외에서 파인 길을 걸어가는 내내 돌만 보면 발로 차곤 했다고 기록한다. 그는 하수구 입구로 돌을 차 넣으려고 애썼고, 성공하면 "1 대 0"이라고 소리쳤다. 담배를 다 피우자, 그는 꽁초를 앞으로 뱉은 후 땅에 떨어지기 전에 발로 찼다. 축구장 근처에서 놀던 아이들이 공을 일행 쪽으로 보냈을 때, 곤살레스는 발로 공을 잡더니 정확하게 차서 아이들에게 되돌려주었다.

이윽고 그들은 축구장으로 들어갔다. 관중석은 사람들로 꽉 차 있었다. 그러나 운동장은 천막 수백 개로 뒤덮여 있었는데, 멀리서도 천막 안에 있는 이부자리와 보따리가 얼핏 보였다. 관중석이 원래대로 보존된 덕분에 수용자들은 비가 오거나 더운 날에는 거기로 피신할 수 있었다. 하지만 해가 지면 다시 천막으로 들어가야 했다. 관중석 아래에는, 새롭게 설치된 샤워실과 옛 탈의실을 개조한 사무실과 의무실이 있었다. 수용자 대다수는 관중석에 모여 있었다. 몇몇 수용자는 터치라인 위에서 서성였다. 또 다른 몇몇은 천막 입구에 웅크린 채 멍한 눈길로 사방을 두리번거렸다. 관중석을 차지한 많은 수용자는 제자리에 털썩 주저앉아 무엇인가를 기다리는 듯했다.

"저 사람들은 낮에 뭘 하고 지내죠?" 타루가 랑베르에게 물었다.

"아무것도 하지 않습니다."

과연 거의 모두가 빈손으로 두 팔을 늘어뜨리고 있었다. 그 거대한 수용자 무리는 이상하리만치 조용했다.

"처음 며칠 동안은 서로 말소리가 안 들릴 정도로 이야기를 많이 했어요. 그런데 날이 갈수록 말수가 적어졌습니다."

수첩에 따르면, 타루는 그들을 이해할 수 있었다. 초기에는, 천막에 들어앉아 파리가 날아다니는 소리를 듣거나 몸을 긁적이며 시간을 보내던 그들은 친절하게 이야기를 들어주는 사람을 만나면 자신의 분노나 공포를 소리 높여 떠들었다. 그러나 수용소가 초만원을 이루자 남의 이야기를 잘 들어주는 사람이 점점 줄어들었다. 그러더니 이제는 아예 말문을 닫고 서로를 불신했다. 실제로 눈부신 잿빛 하늘에서 붉은 수용소 위로 불신의 그림자가 쏟아져 내리는 것 같았다.

그렇다, 그들은 모두 불신하는 듯한 표정을 짓고 있었다. 사람들이 그들을 타인들로부터 격리한 데는 반드시 이유가 있을 터였다. 그들의 얼굴에는 그 이유를 찾으며 두려워하는 표정이 어리어 있었다. 타루가 본 수용자들은 저마다 눈빛에 생기가 없었고, 활기찬 삶에서 분리된 슬픔으로 괴로워하는 듯했다. 그러나 항상 죽음만을 생각할 수는 없는 노릇이어서 그들은 더 이상 아무것도 생각하지 않았다. 이를테면 그들은 휴가 중이었다. 타루는 이렇게 썼다. "그러나 최악은 그들이 잊힌 사람들이며, 그들도 그것을 알고 있다는 사실이다. 지기들은 다른 일을 생각하느라 그들을 잊었는데, 그것은 이해할 만했다. 그들을 사랑하는 사람들조차 그들을 구하기 위해 이런저런 계획을 짜거나 교섭을 시도하느라 기진맥진한 탓에 그들을 잊어버렸다. 말하자면 구출을 생각하느라 구출해야 할 사람을 잊은 것이었다. 그 또한 당연한 일이었다. 결국 우리는 최악의 불행을 맞이할 때조차 아무도 누군가를 진정으로 생각할 수 없다는 사실을 깨닫게 된다. 누군가를 진정으로 생각한다는 것은 그 어떤 일, 예컨대 살림 걱정, 날아다니는 파리, 식사, 가려움에도 개의치 않고 매 순간 끊임없이 그를 생각한다는 것이기 때문이다. 그러나 파리와 가려움은 언제나 존재한다. 그런 까닭에 인생은 살기 어려운 것이다. 그들도 이런 사실을 잘 알고 있다."

수용소장이 와서 오통 씨가 그들을 만나고 싶어 한다고 전했다. 수용소장은 곤살레스를 자기 사무실로 안내하고 나서 타루와 랑베르를 관중석 한쪽으로 데려갔는데, 수용자들과 거리를 둔 채 혼자 앉아 있던 오통 씨가 몸을 일으켜 그들을 맞이했다. 그는 옷차림이 여느 때처럼 단정했고, 와이셔츠 깃도 여전히 빳빳했다. 그러나 관자놀이 위의 머리카락이 뻗쳐 있고 구두끈 한쪽 매듭이 풀려 있는 게 타루의 눈에 띄었다. 예심판사는 피곤해 보였고, 말을 하면서 단 한 번도 상대방을 똑바로 바라보지 않았다. 그는 그들에게 만나서 반갑다고, 의사 리외의 노고에 감사의 마음을 전해달라고 말했다.

두 사람은 잠자코 있었다.

"제발." 잠시 후 예심판사가 입을 열었다. "필립이 너무 고통스러워하지 않았기를 바랍니다."

타루는 그가 아들의 이름을 부르는 걸 처음으로 들었고, 무엇인가가 달라졌다는 걸 알아차렸다. 태양이 지평선으로 기울자, 구름 사이로 깃든 햇빛이 관중석을 비스듬히 비추며 세 사람의 얼굴을 황금색으로 물들였다.

"아닙니다." 타루가 말했다. "아닙니다, 정말로 아이는 고통스러워하지 않았습니다."

그들이 자리를 떠난 뒤에도, 예심판사는 노을이 비낀 하늘을 계속 바라보고 있었다.

타루와 랑베르가 곤살레스에게 작별 인사를 하러 갔을 때, 곤살레스는 감시 교대 근무표를 살피고 있었다. 축구선수는 그들과 악수하면서 웃었다.

"적어도 탈의실은 되찾은 셈이네요." 그가 말했다. "이나마 다행입니다."

잠시 후 수용소장이 타루와 랑베르를 배웅할 때, 관중석에서 지지직거리는 스피커 잡음이 크게 울렸다. 좋았던 시절, 경기 결과를 알리거나 팀을 소개하는 데 쓰였던 확성기는 콧소리를 내며 수용자들에게 저녁 식사를 배급받을 수 있도록 천막으로 되돌아가라고 안내했다. 사람들은 천천히 관중석을 떠났고, 발을 질질 끌며 천막으로 갔다. 그들이 모두 천막에 자리를 잡자, 기차역에서 볼 수 있는 조그만 전기 자동차 두 대가 커다란 솥들을 싣고서 천막 사이를 돌아다녔다. 사람들이 두 팔을 내밀면, 두 국자가 솥에서 음식물을 떠서 두 식기에 부어주었다. 그러고서 전기 자동차가 다시 움직였다. 그다음 천막에서도 똑같은 일이 되풀이되었다.

"과학적이군요." 타루가 수용소장에게 말했다.

"예, 과학적입니다." 수용소장이 그들과 악수하면서 만족스러운 표정으로 말했다.

맑게 갠 하늘에 노을이 졌다. 부드럽고 신선한 햇빛이 수용소에 깃들었다. 평화로운 저녁, 숟가락과 접시 부딪치는 소리가 사방에서 들렸다. 박쥐들이 천막 위로 날아오르더니 금세 자취를 감추었다. 담장 너머에서 전차 한 대가 선로를 변경하느라 삐걱거리는 소리를 냈다.

"예심판사가 안됐어." 수용소 문턱을 넘으면서 타루가 중얼거렸다. "뭐라도 도움을 줘야 할 텐데…. 하지만 어떻게 돕지?"

6

도시에는 다른 수용소가 여럿 있었지만, 서술자로서는 조심스럽기도 하거니와 직접적인 정보도 없기에 더 이상 언급할 수 없다. 그러나 확실하게 말할 수 있는 것은 그러한 수용소들의 존재, 거기서 나는 사람 냄새, 황혼 무렵에 들리는 커다란 확성기 소리, 담장에 가려 보이지 않는 비밀스러운 일들, 그 버림받은 장소들에 대한 공포가 시민들의 마음을 무겁게 짓눌렀고, 모두의 불안과 혼란을 더욱 증폭시켰다는 사실이다. 행정 당국과의 마찰과 갈등이 더 심해졌다.

11월 말이 되자, 아침에는 상당히 추워졌다. 홍수 같은 물을 쏟아부은 폭우가 도로를 깨끗이 씻고 하늘을 말끔히 청소해준 덕분에, 거리는 햇살로 빛났고 하늘은 구름 한 점 없이 맑았다. 열기가 가신 태양이 아침마다 도시 위로 차갑게 반짝이는 햇빛을 퍼뜨렸다. 저녁 무렵에는 반대로 공기가 다시 온화해졌다. 타루가 의사 리외에게 속마음의 일단을 털어놓으려고 선택한 것도 바로 그런 시간이었다.

길고 힘든 하루를 보낸 어느 날 밤 열 시경, 타루는 늙은 천식 환자의 집으로 왕진하러 나서는 리외를 따라갔다. 구시가지의 집들 위로 하늘이 은은하게 반짝였다. 어두운 십자로를 통해 산들바람이 소리 없이 불었다. 조용한 거리를 벗어나자, 노인의 수다가 두 사람을 기다리고 있었다. 노인은 당국의 조치에 찬성하지 않는 시민들이 많다고, 똑같은 인간들이 늘 이득을 챙긴다고, 위험한 일을 하다 보면 결국 화를 입는다며 분개했고, 두 손을 비비면서 이러다가는 무슨 소동이 일어날 거라고 소리쳤다. 의사가 치료하는 동안, 노인은 쉴 새 없이 이러쿵저러쿵 여러 사건을 들먹였다.

위층에서 누군가가 걸어 다니는 소리가 들렸다. 타루가 관심을 보이자, 노인의 늙은 아내가 이웃집 여자들이 테라스에 나와 있다고 설명했다. 타루와 리외는 위층에서 내려다보면 전망이 좋고, 또 테라스 한쪽이 서로 붙어 있어서 여자들이 집 밖으로 나가지 않고도 서로 드나들 수 있다는 사실을 알게 되었다.

"아무렴" 하고 노인이 말했다. "한 번 올라가 보시구려. 거긴 공기도 맑으니까."

테라스에는 아무도 없었고, 빈 의자 세 개가 놓여 있었다. 한쪽으로는 시선이 닿는 곳까지 테라스가 펼쳐져 있었는데, 테라스 끝에는 첫 번째 언덕으로 추정되는 어두컴컴한 돌덩어리가 보였다. 다른 한쪽으로는 몇몇 거리와 항구 너머로, 하늘과 바다가 보일 듯 말 듯 넘실거리며 뒤섞이는 수평선이 눈에 들어왔다. 절벽으로 짐작되는 곳 위로는 출처를 알 수 없는 한 줄기 빛이 규칙적으로 나타났다 사라지기를 반복했다. 사실은 다른 항구를 향해 뱃머리를 돌리는 선박을 위해 지난봄부터 항로의 등대가 계속 돌아가고 있었다. 바람이 구름을 휩쓸어 티 없이 맑은 밤하늘에서는 투명한 별들이 반짝였고, 머나먼 등댓불이 간간이 섬광을 던졌다. 향료 냄새와 돌 냄새가 미풍에 실려왔다. 주위는 고요했다.

"상쾌하군요." 리외가 의자에 앉으며 말했다. "여기는 페스트와 전혀 상관없는 세상 같습니다."

타루는 돌아서서 바다를 바라보고 있었다.

"그러게요." 잠시 후 그가 말했다. "정말 상쾌하네요."

타루가 의사 곁으로 와서 앉더니 의사를 유심히 바라보았다. 하늘에서 등대 불빛이 세 번 나타났다 사라졌다. 거리 깊숙한 곳에서 접시 부딪치는 소리가 그들에게까지 들렸다. 집에서 문이 여닫히는 소리가 났다.

"리외." 타루가 매우 자연스러운 어조로 말했다. "제가 누구인지 알려고 한 적이 한 번도 없었죠? 저를 친구로 생각하시나요?"

"그럼요." 의사가 대답했다. "당연히 친구로 생각하죠. 다만 지금까지 우리에겐 우정을 다질 만한 시간이 없었습니다."

"좋습니다, 그렇다면 안심이군요. 이 시간을 우정의 시간으로 삼으면 어떨까요?"

대답을 대신해서 리외가 그에게 미소 지었다.

"좋아요, 그렇게 합시다…."

저 멀리 어느 거리에서 자동차가 젖은 도로 위로 오래도록 달리는 소리가 들렸다. 자동차가 멀어졌고, 그 뒤로 어디선가 어렴풋이 터져 나온 절규가 또다시 침묵을 깨뜨렸다. 그런 다음, 하늘과 별의 무게로 침묵이 두 사람을 다시 짓눌렀다. 자리에서 일어난 타루는 의자에 깊숙이 묻힌 리외의 맞은편 난간에 걸터앉았다. 밤하늘 속에 있는 그는 윤곽이 뚜렷한 육중한 형체 정도로만 보일 뿐이었다. 그는 오랫동안 이야기했는데, 그의 이야기를 재구성하면 대략 다음과 같다.

"간단히 말하자면, 리외, 저는 이 도시와 전염병을 알기 훨씬 전에 이미 페스트로 고통받고 있었습니다. 이를테면 저도 다른 모든 사람과 똑같다는 이야기지요. 그러나 세상에는 페스트가 창궐한다는 사실을 모르거나 그런 상태에서도 잘 살아가는 사람들도 있고, 그런 사실을 알고 거기서 빠져나가려는 사람들도 있습니다. 저는 언제나 빠져나가려고 했지요.

젊었을 때 저는 제가 결백하다는 생각으로 살았습니다. 말하자면 별다른 생각 없이 살았던 거죠. 유달리 고민하는 성격도 아니었고, 사회생활도 순조롭게 시작했습니다. 모든 게 성공적이었어요. 머리도 명석한 편이었고, 여자관계도 더없이 좋았습니다. 때때로 걱정거리가 생기기도 했지만 금세 사라졌지요. 그런데 어느 날, 저는 깊이 생각하기 시작했습니다. 지금은….

제가 당신처럼 가난하게 살지 않았다는 사실을 말씀드려야겠네요. 아버지가 차장검사였으니 지위가 상당했던 셈이죠. 그러나 타고난 호인이어서 그런 티를 내시지 않았습니다. 어머니는 단순하고 소극적인 분이었고 저는 어머니를 줄곧 사랑했어요. 하지만 이 이야기는 더 이상 안 하는 게 좋겠습니다. 아버지는 저를 사랑으로 보살펴주셨고, 저를 이해하려고 노력하신 듯해요. 지금 생각해보면 가끔 바람을 피우신 게 확실한데, 그것 때문에 제가 화를 내는 건 전혀 아닙니다. 그 누구에게도 충격을 주는 법이 없이, 아버지는 모든 면에서 사람들의 기대에 어긋나지 않게 행동하셨지요. 간단히 말해 개성이 강한 분은 아니었습니다. 아버지가 돌아가신 지금 생각해보면, 성자처럼 사시지는 않았으나 그렇다고 악인도 아니었습니다. 중도를 지킨 거죠, 그뿐입니다. 이를테면 아버지는 사람들에게 적당한 우정을 느끼게 해서 서로 교제를 이어나가는 유형입니다.

그렇지만 아버지에게는 한 가지 특징이 있었습니다. 『철도여행 안내』라는 책자를 늘 침대 머리맡에 두고 읽으셨죠. 하지만 휴가 때 자그마한 소유지가 있는 브르타뉴로 가시는 걸 제외하면 특별히 여행을 즐기시지도 않았습니다. 그러나 아버지는 파리-베를린 열차의 출발 시각과 도착 시각, 리옹에서 바르샤바로 가기 위해 이용해야 하는 노선들의 조합, 수도와 수도 사이의 정확한 거리를 꿰뚫고 계셨습니다. 브리앙송에서 샤모니까지 어떻게 가는지 말할 수 있으세요? 아마 역장조차 헤맬걸요. 하지만 아버지는 헤매는 법이 없었습니다. 거의 매일 저녁 열심히 공부하시면서 이 분야에서 해박한 지식을 쌓았고, 그 지식을 정말로 자랑스러워하셨어요. 저는 그런 아버지를 보는 게 무척 재미있었습니다. 그래서 종종 아버지에게 질문을 했고, 안내서를 보며 아버지의 대답이 틀리지 않았다는 걸 즐겁게 확인했습니다. 그렇게 질문과 대답을 거듭하면서 부자 관계가 돈독해졌습니다. 아들은 아버지의 청중이 되어드렸고 아버지는 아들의 선의를 흡족하게 여기셨기 때문이죠. 저로서는 철도에 관한 탁월한 지식도 다른 지식 못지않게 가치 있다고 생각했습니다.

이야기하다 보니 그 신사를 과대 포장한 게 아닐까 염려됩니다. 요컨대 아버지는 제 결심에 간접적인 영향을 끼쳤을 뿐입니다. 기껏해야 하나의 계기를 제공한 거죠. 제가 열일곱 살이 되었을 때, 아버지가 제게 법정에 와서 아버지의 논고를 들어보지 않겠느냐고 하셨습니다. 중죄재판소에서 다룰 주요 사건이었는데, 아버지는 자신의 가장 훌륭한 모습을 아들에게 보여줄 수 있으리라 자신하셨던 듯해요. 또 제 생각으로는, 젊은이들의 상상력을 자극하기에 좋은 이런 의식을 통해 제가 아버지의 길로 들어서기를 기대하신 것 같기도 합니다. 저는 아버지의 초대를 받아들였습니다. 아버지가 기뻐하실 것이고, 또 저도 아버지가 집에서 맡은 역할과는 다른 모습을 보고 싶었기 때문입니다. 그 외 다른 생각은 없었어요. 법정에서 일어나는 일은 혁명기념일인 7월 14일 열병식이나 상장 수여식처럼 언제나 자연스럽고 불가피하게 보였으니까요. 저는 그 일에 관해 지극히 추상적인 관념만 가지고 있었고, 또 그 관념이 저를 불편하게 하지도 않았습니다.

그런데 그날에 대해 제가 간직하고 있는 이미지는 오직 하나, 즉 죄인의 이미지뿐입니다. 사실 저도 그가 유죄였다고 생각해요, 하지만 무슨 죄였는지는 별로 중요하지 않습니다. 그 키가 작고 불쌍한 빨강머리 사내는 서른 살쯤 되어 보였는데, 모든 것을 인정하기로 마음먹은 듯했죠. 유죄를 인정할 결심이 너무나 확고해 보이고 자신이 저지른 일과 자신에게 닥칠 일로 너무나 질겁한 표정이었기에, 몇 분이 지나자 내 눈에는 그 사내밖에 들어오지 않았습니다. 그는 마치 눈부시게 강렬한 햇빛에 잔뜩 겁을 먹은 부엉이처럼 보였어요. 넥타이 매듭도 와이셔츠 깃의 각도와 잘 맞지 않았습니다. 한쪽 손의 손톱만 줄곧 물어뜯고 있었죠, 오른손이었던가⋯. 어쨌든 그가 살아 있는 사람이었다는 사실을 더 이상 강조하지 않겠습니다.

그러다가 문득 제가 그때까지 '용의자'라는 편리한 범주를 통해서만 그를 생각했다는 사실을 깨달았습니다. 그러자 아버지의 존재를 잊었다고 말할 수는 없지만, 무엇인가가 내 배를 꽉 졸라매서 그 피의자 외에는 다른 무엇에도 주의를 기울일 수 없었어요. 나는 누구의 말도 귀담아듣지 않았고, 사람들이 이 살아 있는 남자를 죽이려 한다고 느꼈으며, 파도처럼 밀려온 엄청난 본능의 힘으로, 맹목적이고 고집스럽게 그 남자 편을 들었습니다. 저는 아버지의 논고가 시작되고 나서야 퍼뜩 정신을 차렸죠.

붉은 법복을 입은 아버지는 더 이상 마음씨 좋은 호인이나 다정다감한 사람이 아니었고, 입에서는 가공할 문장이 우글거리며 뱀처럼 끊임없이 쏟아져 나왔습니다. 저는 아버지가 사회의 이름으로 그 사내의 죽음을 요구하고, 심지어 목을 자르기를 요구한다는 사실을 알아차렸습니다. 하기야 아버지는 단지 이렇게 말씀하셨어요, 그건 사실입니다. '이 사람의 머리는 마땅히 떨어져야 합니다.' 그러나 결국 차이는 크지 않죠. 아버지가 그 머리를 얻은 이상, 실제로 결과는 똑같았습니다. 다만 목을 자른 이가 아버지가 아니었을 뿐이죠. 재판을 끝까지 지켜본 저는 아버지라면 결코 느끼지 못했을 친밀감, 현기증 나는 친밀감을 그 불행한 남자에게 느꼈습니다. 아마도 아버지는 관례에 따라, 사람들은 정중하게 최후의 순간이라고 부르지만 실은 가장 비열한 살인이라고 불러야 할 사형집행을 참관하셨을 테죠.

그날부터 저는 『철도여행 안내』라는 책자를 바라보기만 해도 구역질이 났습니다. 그날부터 저는 사법, 사형선고, 사형집행 등에 공포와 더불어 관심을 가졌고, 아버지가 벌써 여러 차례 비열한 살인을 참관했음이 틀림없으며 아침 일찍 일어나시는 날이 바로 그런 날이라는 걸 알아차렸을 때 현기증이 일었더랬죠. 맞아요, 그런 날이면 아버지가 미리 자명종 태엽을 감아놓으셨거든요. 저는 어머니에게 감히 그 문제를 이야기하지는 못했으나 어머니를 유심히 관찰했고, 그 결과 두 분 사이에는 더 이상 애정 생활이 없으며 어머니가 체념의 삶을 살고 계신다는 사실을 알게 되었습니다. 그 당시 제가 썼던 표현대로 말씀드리자면, 그것으로 어머니를 용서할 수 있었죠. 훗날 어머니에게 용서할 게 아무것도 없다는 사실을 알게 되었습니다. 어머니는 결혼할 때까지 줄곧 가난하게 살았었고, 그 가난으로 이미 체념을 터득했기 때문입니다.

제가 즉시 집을 떠났노라고 말씀드리기를 기대하셨나요? 그렇게 하지는 않았고, 몇 달, 아니 거의 일 년 동안 집에 머물렀습니다. 하지만 마음은 이미 병들어 있었죠. 어느 날 저녁, 아버지가 아침 일찍 일어나야 하니까 자명종을 가져오라고 하시더군요. 저는 밤새 잠을 이루지 못했습니다. 이튿날, 아버지가 돌아오시기 전에 저는 집을 떠났죠. 아버지는 즉시 사람을 시켜 저를 찾았고, 아버지를 만난 저는 강제로 집으로 데려가면 자살할 것이라고 아무런 설명 없이 냉정하게 말씀드렸습니다. 천성적으로 온순한 분이었던 아버지는 결국 상황을 받아들이면서 제멋대로 사는 게 얼마나 어리석은 일인지 (아버지는 제 행동을 그렇게 이해했는데 저는 굳이 설명하지 않았습니다) 훈계하셨고, 수없이 많은 충고를 하면서 솟구치는 눈물을 참으셨습니다. 꽤 오랜 시간이 지난 후 저는 정기적으로 어머니를 보러 집에 들렀고, 그때 아버지도 만났습니다. 아버지는 그 정도로 만족하셨던 것 같아요. 저로서는 아버지에 대한 원한은 없었고, 단지 가슴속에 슬픔이 약간 있었을 뿐이죠. 아버지가 돌아가신 후에는 제가 어머니를 모시고 살았는데, 어머니가 돌아가시지 않았더라면 지금도 함께 살았을 겁니다.

제 인생의 첫걸음을 오래도록 강조한 이유는 모든 게 거기서 시작되었기 때문입니다. 이제부터는 빠르게 말씀드릴게요. 열여덟 살에 저는 유복한 환경을 버리고 가난을 겪었습니다. 생활비를 벌기 위해 안 해본 일이 없죠. 결과도 그리 나쁘지 않았고요. 하지만 제 관심을 끈 것은 사형선고였습니다. 그 빨강 머리 부엉이 사내에게 진 빚을 갚고 싶었죠. 그래서 이른바 정치라는 걸 했습니다. 페스트 환자가 되고 싶지는 않았으니까요, 그뿐입니다. 제가 사는 사회가 사형선고에 바탕을 두고 있다면, 사회에 맞서 싸우는 게 곧 그 살인 행위에 맞서 싸우는 거라고 생각했죠. 저는 그렇게 믿었고 다른 사람들도 그렇게 말했는데, 결국 대부분 사실이었습니다. 그래서 제가 좋아하는 사람들과 함께 일을 시작했어요. 저는 오랫동안 그 일에 종사했고, 제가 투쟁에 동참하지 않은 나라는 유럽에서 하나도 없을 겁니다. 이쯤 해두고 다음으로 넘어갑시다.

물론 우리 진영에서도 때에 따라 사형선고를 내린다는 걸 저는 알고 있었습니다. 더 이상 살인이 없는 세계를 만들기 위해서는 몇몇 사람의 죽음이 불가피하다는 논리였어요. 그것은 어떤 면에서 사실이지만, 저로서는 그런 진실을 받아들일 수 없었습니다. 확실한 건 제가 망설였다는 거죠. 저는 부엉이 사내를 생각하고 있었고, 그 생각은 끝없이 계속될 것 같았습니다. 적어도 제가 (헝가리에서 있었던) 사형집행을 직접 목격했을 때까지는…. 그날, 청소년이었던 저를 사로잡았던 그 똑같은 현기증이 어른이 된 저의 눈을 캄캄하게 만들었습니다.

사람을 총살하는 걸 보신 적이 있습니까? 물론 없겠죠, 그건 초청 받은 사람들에게만 공개되고, 참석자도 미리 선정되어 있으니까요. 이를테면 선생님의 지식은 그림이나 책에 국한되어 있겠군요. 눈가리 개, 말뚝, 멀리 떨어져 있는 병사들. 천만에요, 전혀 그렇지 않아요! 총살 집행 사격수들이 놀랍게도 사형수로부터 1미터 50센티미터 떨 어진 지점에 선다는 걸 아십니까? 사형수가 두 걸음만 앞으로 나아가 면 가슴에 총부리가 부딪친다는 걸 아십니까? 그처럼 가까운 거리에 서 사격수들이 일제히 심장부를 집중사격하고, 그들의 굵은 총알들이 사형수의 가슴에 주먹이라도 들어갈 만한 구멍을 뚫어놓는다는 걸 아 십니까? 그래요, 모르시겠죠, 그런 세부 사항은 아무도 이야기하지 않 으니까요. 페스트 환자에게 생명이 신성하듯, 인간에게는 수면이 신 성합니다. 선량한 사람들의 수면을 방해하지 않아야 합니다. 불면에 는 강박증이 전제되는데, 알다시피 강박증은 좋은 성향과 달리 집요 하게 고집을 부리죠. 사형집행을 목격한 후로 저는 잠을 잘 자지 못했 습니다. 강박증이 저를 떠나지 않았고, 저는 집요하게 고집을 부렸어 요. 다시 말해 끝없이 그 생각만 했던 겁니다.

불현듯 저는 전심전력으로 페스트와 싸운다고 여겼던 그 오랜 세 월 동안 바로 제가 페스트 병자였다는 사실을 깨달았습니다. 즉 수천 명의 죽음에 간접적으로 동의해왔고, 심지어 죽음을 초래할 수밖에 없는 행동이나 원칙을 선이라고 여기면서 그 죽음을 부추겨왔다는 사 실을 알아차렸습니다. 다른 사람들은 그런 사실로 불편해하지도 않았고, 결코 자발적으로 그것을 언급하지도 않았어요. 저는 숨이 막힐 정도로 괴로웠습니다. 그들과 함께 있었지만 외로웠지요. 제가 양심의 가책을 토로할라치면 그들은 쟁점이 무엇인가를 잘 생각해야 한다고 말했고, 제가 삼킬 수 없는 것을 삼키게 하려고 여러 감동적인 이유를 내세웠습니다. 그러나 저는 붉은 법복을 입은 저 거대 페스트 병자들도 나름대로 훌륭한 이유를 지니고 있으며, 만일 제가 군소 페스트 병자들의 불가항력적 이유와 불가피성을 받아들이면 거대 페스트 병자들이 내세우는 이유도 뿌리칠 수 없으리라고 반박했습니다. 그러면 동료들은 어떤 경우에도 붉은 법복을 입은 사람들을 정당화하는 것은 곧 사형선고의 독점권을 그들에게 부여하는 셈이라고 지적했죠. 그러나 저는 누구에게라도 한 번 양보하면 끝없이 양보할 수밖에 없다고 생각했어요. 역사는 제가 옳다는 걸 증명하는 듯해요, 오늘날에는 가장 많이 죽이는 자가 승리를 거두니 말입니다. 모두가 살인의 광기에 물들어 있어요, 달리 어쩔 수가 없는 거죠.

어쨌든 제 문제는 논리적인 추론의 문제가 아니었습니다. 빨강 머리 부엉이 사내가 문제였고, 더러운 재판이 문제였어요. 그 사건에서 더러운 입들이 쇠사슬에 묶인 사내에게 사형을 선고했고, 사내가 죽을 수 있도록 필요한 절차를 다 갖추었습니다. 그러면 사내는 몇 날 며칠 밤을 고뇌에 시달리며 뜬눈으로 살해당할 날을 기다릴 뿐이죠. 요컨대 제 문제는 가슴에 뚫린 구멍이었습니다. 그래서 저는 혼자서라도 그 혐오스러운 도살 행위를 정당화하는 경우를 절대로, 아시겠어요, 절대로 받아들이지 않으리라고 결심했습니다. 그래요, 사태를 더욱 명료하게 볼 수 있을 때까지 고집스럽게 맹목적인 태도를 견지하기로 작정했습니다.

그 이후로 제 마음은 변한 적이 없어요. 그것이 아무리 간접적이고 선의에서 나온 행동이라 하더라도, 저는 저 자신이 살인자였다는 사실에 오랫동안 수치심을, 죽고 싶을 정도로 수치심을 느꼈습니다. 시간이 흐르면서, 저는 심지어 다른 사람들보다 더 훌륭한 사람들도 오늘날 죽이거나 죽임을 당하지 않을 수 없다는 사실을 깨달았어요. 그들도 바로 그런 논리 속에서 살고 있고, 우리 역시 살인의 위험을 무릅쓰지 않고는 이 세상에서 어떤 행위도 할 수 없기 때문입니다. 그래요, 저는 계속 수치스러웠어요, 게다가 우리가 모두 페스트 속에 던져졌음을 깨닫고서는 마음의 평화를 잃었습니다. 저는 만인을 이해하려고 애쓰면서, 누군가의 철천지원수가 되지 않으려고 애쓰면서 그 평화를 찾고 있습니다. 하지만 저는 페스트 병자가 되지 않으려면 필요한 일을 해야 한다는 사실을, 그리고 그렇게 할 때만 우리는 평화를 혹은 평화가 아니라면 적어도 떳떳한 죽음을 기대할 수 있다는 사실을 압니다. 인간의 마음을 편하게 해주는 게 바로 그거죠. 그렇게 하면 인간을 구원하지는 못할지라도 인간에게 가능한 한 해를 덜 끼치게 되고, 심지어 가끔은 약간의 선을 행하게 되니까요. 그래서 저는 직접적으로든 간접적으로든, 선한 이유로든 악한 이유로든 살인을 하거나 살인을 정당화하는 모든 행위를 거부하기로 결심했습니다.

또한 그래서 저는 선생님과 함께 투쟁해야 한다는 사실 외에는 이 전염병으로 새롭게 깨달은 사실이 없다고 말씀드릴 수 있습니다. 제가 확실하게 아는 것은 (그래요, 리외, 보시다시피 저는 세상만사를 꿰뚫고 있어요) 각자가 자기 안에 페스트를 지니고 있다는 사실이죠. 이 세상에서 그 누구도 페스트를 모면할 수 없으니까요. 그리고 잠시 방심해서 남의 얼굴에 입김을 뿌려 전염시키지 않도록 끊임없이 조심해야 한다는 사실도 잘 알고 있습니다. 병균은 자연스러운 것입니다. 그 외의 것, 즉 건강, 미덕, 순결 등은 의지의 소산, 그것도 쉼 없이 가동해야 하는 의지의 소산입니다. 정직한 사람, 즉 아무도 감염시키지 않는 사람이란 최대한 방심하지 않는 사람을 뜻하죠. 절대로 방심하지 않기 위해서는 그만한 의지와 긴장이 필요해요! 그래요, 리외, 페스트 환자가 되는 건 정말 피곤한 일입니다. 하지만 페스트 환자가 되지 않으려는 건 훨씬 더 피곤한 일이죠. 모든 사람이 피곤해 보이는 것도 그런 까닭입니다. 더욱이 오늘날에는 모든 사람이 다소간 페스트 환자이기도 해요. 그런 탓에 더 이상 페스트 환자가 되지 않으려는 사람들은 죽음으로만 벗어날 수 있는 극도의 피로를 겪을 수밖에 없습니다.

이제 저는 이 세상을 위해 더 이상 쓸모가 없다는 사실과 제가 살인을 포기했을 때 결정적인 추방 선고를 받았다는 사실을 알고 있습니다. 역사는 다른 사람들이 만들어가겠죠. 저는 또한 제가 그들을 심판할 수 없다는 사실도 알고 있습니다. 이성적인 살인자가 되려면 제게는 없는 자질이 필요해요. 그 자질이 반드시 우월성은 아닙니다. 아무튼 저는 지금 있는 그대로의 제가 되기로 했습니다. 겸손을 배운 거죠. 저는 단지 이 땅에 재앙과 희생자가 있으므로 가능한 한 재앙 편에 서기를 거부해야 한다고 말씀드리겠습니다. 제 이야기가 선생님에게는 좀 단순하게 들릴 듯하네요, 단순한지 어떤지는 모르겠으나 적어도 그것은 사실입니다. 살인에 동의하도록 제 머리를 돌게 할 뻔했고 다른 사람들의 머리를 돌게 한 추론을 어쩌나 많이 들었던지, 저는 인간의 모든 불행이 명료한 언어를 쓰지 않은 데서 비롯된다고 생각하기에 이르렀습니다. 따라서 올바른 길을 걷기 위해 명료하게 말하고 명료하게 행동하려고 결심했어요. 이런 맥락에서 저는 재앙과 희생자가 있다고 말씀드릴 뿐, 더 이상은 언급하지 않겠습니다. 그렇게 말함으로써 저 자신이 재앙이 될지언정, 그 재앙에 동의할 수는 없는 일이죠. 요컨대 저는 결백한 살인자가 되려고 해요. 보시다시피 이건 그리 대단한 야심도 아닙니다.

물론 세 번째 범주, 즉 진실한 의사醫師라는 범주가 있어야 하겠지만, 흔히 볼 수 있는 범주도 아니고 실현하기가 매우 어려운 범주입니다. 그런 까닭에 저는 피해를 줄이기 위해 무슨 일이 있어도 희생자들 편에 서기로 마음먹었습니다. 희생자들과 함께하면서 적어도 세 번째 범주, 말하자면 평화에 도달하는 방법을 모색할 수 있으니까요."

이야기를 끝맺으면서 타루는 한쪽 다리를 흔들었고, 발끝으로 테라스를 가볍게 찼다. 잠시 후 의사가 몸을 약간 일으키더니, 평화에 도달하기 위해 어떤 길을 걸어야 할지 생각해봤느냐고 물었다.

"예, 공감의 길입니다."

멀리서 구급차 사이렌이 두 번 울렸다. 조금 전에 희미하게 들리던 외침 소리가 도시 경계선의 돌 언덕 근처로 모여들었다. 동시에 무엇인가 폭발음 같은 소리가 들렸다. 그러고서 다시 침묵이 깃들었다. 리외는 등댓불이 두 번 깜박이는 걸 보았다. 산들바람이 강해지는 듯했고, 바다에서 불어오는 바람이 소금 냄새를 실어왔다. 절벽에 부딪히는 어렴풋한 파도 소리가 이제 뚜렷이 들렸다.

"요컨대 제 관심을 끄는 것은 어떻게 하면 우리가 성자가 될 수 있는가 하는 문제입니다." 타루가 간명하게 말했다.

"하지만 당신은 신을 믿지 않잖아요."

"그러니까요. 우리는 신 없이도 성자가 될 수 있는가, 이것이 바로 오늘날 제가 아는 단 하나의 구체적인 문제입니다."

외침 소리가 들렸던 방향에서 갑자기 커다란 섬광이 번쩍하며 튀어 올랐고, 어렴풋한 아우성이 바람의 물결을 거슬러 두 사람의 귀에까지 닿았다. 섬광은 곧바로 약해지더니 멀리 테라스 가장자리에 불그스름한 색깔만을 남겼다. 바람이 잦아들면서 사람들의 외침 소리가 더 뚜렷이 들렸고, 뒤이어 총성과 군중의 아우성이 들렸다. 타루가 일어나서 귀를 기울였다. 더 이상 아무것도 들리지 않았다.

"시문에서 또 싸움이 벌어졌군요."

"이제 끝난 모양입니다." 리외가 말했다.

타루는 결코 이게 끝이 아니라고, 세상사의 이치로 보아 희생자가 더 생길 거라고 중얼거렸다.

"아마도 그렇겠죠." 의사가 대답했다. "그런데 아시다시피 저는 성자들보다 희생자들에게 더 깊은 연대 의식을 느낍니다. 영웅주의나 신성에는 취미가 없어요. 제 관심은 그저 인간이 되는 데 있습니다."

"그래요, 우리는 같은 목적을 추구하고 있습니다. 다만 제가 야심이 덜할 뿐이죠."

리외는 농담이라고 생각하며 타루를 쳐다보았다. 그러나 하늘에서 내려오는 희미한 빛에 비친 그의 얼굴이 슬프고 심각해 보였다. 다시 바람이 일었고, 리외는 피부에 닿는 바람이 훈훈하게 느껴졌다. 타루가 정신을 차리려는 듯 머리를 흔들었다.

"우정을 위해 우리가 뭘 해야 하는지 아세요?" 그가 물었다.

"뭘 할까요?" 리외가 말했다.

"해수욕입니다. 미래의 성자에게도 그 정도의 즐거움은 허용되어야 하지 않을까요?"

리외는 미소를 지었다.

"통행증을 보여주면 방파제까지 갈 수 있을 겁니다. 페스트 속에서만 사는 건 정말이지 어리석은 일이에요. 물론 인간은 희생자들을 위해 싸워야 합니다. 그러나 아무것도 사랑하지 않아야 한다면, 투쟁이 무슨 소용이 있을까요?"

"맞아요." 리외가 말했다. "갑시다."

잠시 후, 자동차는 항구의 철책 근처에서 멈추었다. 달이 떠 있었다. 우윳빛 하늘이 사방에 희미한 그림자를 지게 했다. 그들의 등 뒤로 도시가 층을 이루고 있었는데, 도시에서 불어오는 병들고 후텁지근한 바람이 그들을 바다 쪽으로 떠밀었다. 그들이 신분증을 내밀었을 때, 보초는 꽤 오랫동안 그것을 살펴보았다. 검문소를 통과한 그들은 술 냄새와 생선 냄새가 진동하는 가운데 큰 통으로 뒤덮인 평지를 거쳐 방파제 쪽으로 나아갔다. 방파제에 이르기 직전에, 아이오딘 냄새와 해초 냄새가 먼저 바다가 가까이 있음을 알렸다. 곧바로 파도 소리가 들렸다.

커다란 방파제 블록 발치에서 부드럽게 물결치는 소리가 들렸고, 블록 위로 올라가자 벨벳처럼 짙은 바다, 짐승처럼 유연하고 매끄러운 바다가 나타났다. 그들은 바윗돌 위에 앉아 먼바다를 바라보았다.

물결이 천천히 부풀어 올랐다가 다시 가라앉곤 했다. 바다의 고요한 호흡이 기름을 칠한 듯한 반사광을 수면에 띄웠다 지우기를 되풀이했다. 그들 앞에 어둠이 끝없이 펼쳐져 있었다. 발가락 아래에서 바위가 주는 까칠까칠한 촉감을 느끼자, 리외는 이상한 행복감에 휩싸였다. 타루를 향해 고개를 돌린 리외는 아무것도, 심지어 살인 행위조차 잊지 않고 있는 친구의 조용하고 심각한 얼굴에서도 똑같은 행복감을 읽을 수 있었다.

그들은 옷을 벗었다. 리외가 먼저 물속으로 뛰어들었다. 처음에는 차가웠던 물이 그가 수면으로 올라오자 미지근하게 느껴졌다. 몇 차례 평영으로 헤엄친 끝에, 리외는 가을 바다가 대지로부터 여러 달 동안 축적된 열기를 전달받아 사뭇 따뜻해졌다는 사실을 깨달았다. 그는 규칙적으로 헤엄쳤다. 두 발을 찰 때마다 뒤에 거품이 일었고, 두 팔을 따라 흐른 물이 두 다리에 달라붙었다. 무겁게 풍덩 하는 소리로 타루가 물속으로 뛰어드는 것을 알아차렸다. 리외는 배영 자세로 누운 채 꼼짝하지 않고 달과 별들이 가득한 하늘을 바라보았다. 그는 길게 숨을 쉬었다. 밤의 적막과 고독 속에서 기이하게 맑은 물장구 소리가 점점 더 뚜렷이 들렸다. 타루가 다가왔고, 이내 그의 숨결이 들렸다. 리외는 몸을 돌려 자세를 바로잡았고, 친구와 나란히 똑같은 리듬으로 헤엄쳤다. 타루가 리외보다 더 힘차게 앞으로 나아가서 리외도 속도를 올려야 했다. 몇 분 동안, 그들은 마침내 도시와 페스트에서 해방되고 세상에서 멀리 떨어진 채 단둘이 똑같은 박자, 똑같은 활력으로 전진했다. 리외가 먼저 멈추었고, 그들은 천천히 되돌아왔다. 그러나 도중에 얼음장처럼 차가운 물결을 만났다. 바다의 기습에 채찍을 맞은 듯 놀란 그들은 말없이 속력을 높였다.

　다시 옷을 입은 그들은 한마디도 입 밖으로 내지 않고 그곳을 떠났다. 하지만 그들의 마음은 똑같았고, 그 밤의 추억이 달콤했다. 저 멀리 검문소 보초가 보였을 때, 리외는 타루도 자기처럼 전염병이 잠시 그들을 잊어줘서 좋았으나 이제 다시 시작해야 한다고 생각하고 있음을 알아차렸다.

에드바르 뭉크, 〈절망〉, 1892.

7

그렇다, 다시 시작해야 했다. 페스트는 누구도 오래도록 잊고 내버려
두는 법이 없었으니 말이다. 12월 내내 페스트는 시민들의 가슴속에
서 타올랐고, 화장터의 가마에 불을 붙였으며, 빈손으로 헤매는 유령
들로 수용소를 가득 채웠다. 이를테면 페스트는 끈질기고 단속적인
걸음걸이로 그칠 줄 모르게 전진했다. 당국은 날씨가 추워지면 페스
트의 기세가 꺾이리라고 기대했지만, 며칠 동안 계속된 첫 추위에도
페스트는 물러날 기색이 없었다. 또다시 기다려야만 했다. 그러나 사
람은 기다림에 지치면 더 이상 기다리지 않는 법이다. 시민들은 미래
에 대한 아무런 희망 없이 살아가고 있었다.

　리외에 관한 한, 그가 누렸던 간발의 평화와 우정을 되찾을 가능성
은 희박해 보였다. 병원이 하나 더 설치되는 바람에 그가 마주하는 사
람이라고는 이제 환자들뿐이었다. 전염병이 이 단계에 이르자 주목할
만한 현상이 생겼다. 즉 페스트가 점점 폐렴의 형태로 변하는 가운데

환자들이 어떤 면에서 의사를 도우려는 듯 보였다. 그들은 초기의 허탈감이나 광증에서 벗어나 자신에게 이로운 게 무엇인지 정확하게 판단하는 듯했고, 자신에게 유익한 것을 알아서 요구했다. 그들은 끊임없이 마실 것을 달라고 했고, 모두가 온기를 원했다. 의사로서 피곤하기는 마찬가지였지만, 그래도 환자들의 협조가 있어 혼자라는 느낌은 덜했다.

12월 말경, 리외는 여전히 수용소에 있는 예심판사 오통 씨로부터 편지 한 통을 받았는데, 자신의 격리 기간이 지났음에도 행정 당국이 입소 날짜를 못 찾겠다며 자신을 억류하고 있으니, 착오가 발생했음이 틀림없다는 내용이었다. 또 얼마 전에 격리가 끝난 그의 아내가 도청에 항의하자 도청이 그녀를 불친절하게 대했고, 착오란 있을 수 없다고 말했다는 것이었다. 리외는 랑베르에게 어떻게 된 일인지 알아봐달라고 했다. 며칠 후 오통 씨가 퇴소해서 리외를 찾았다. 실제로 착오가 있어서 리외는 잠시 화를 냈다. 몹시 수척해진 오통 씨는 힘없이 손을 내저으며 누구나 실수하기 마련이라고 또박또박 말했다. 의사는 그에게 무엇인가 달라진 점이 있다고 생각했다.

"이제 어떻게 하실 생각인가요, 판사님? 판사님을 기다리는 서류가 많을 텐데요." 리외가 말했다.

"그럴 테죠." 예심판사가 말했다. "하지만 휴가를 얻을까 합니다."

"맞아요, 일단 좀 쉬셔야죠."

"그게 아닙니다. 저는 수용소로 돌아가고 싶습니다."

리외는 깜짝 놀랐다.

"지금 거기서 나오시는 길이잖습니까!"

"제 설명이 충분치 않았군요. 수용소에 행정 사무를 보는 자원봉사자들이 있다고 들었습니다."

예심판사는 동그란 눈을 약간 굴렸고, 한쪽으로 삐져나온 머리칼을 손으로 눌러 바로잡으려 했다.

"그러면 저도 바빠지겠죠. 어리석은 이야기 같지만, 제 아들과도 조금이나마 덜 떨어져 있다고 느낄 듯합니다."

리외는 그를 바라보았다. 그토록 딱딱하고 밋밋한 두 눈에 별안간 부드러운 기운이 깃들 수는 없는 노릇이었다. 하지만 그 눈은 안개처럼 촉촉해졌고, 금속처럼 말끔하고 메마른 빛이 사라졌다.

"물론이죠." 리외가 말했다. "원하신다면 제가 알아보겠습니다."

의사는 실제로 그 일을 처리해주었다. 페스트에 휩쓸린 도시의 삶은 크리스마스까지 별다른 변화 없이 그대로 이어졌다. 타루는 곳곳에서 특유의 침착함을 효과적으로 발휘했다. 랑베르는 두 젊은 보초덕분에 비밀리에 아내에게 편지를 보낼 수 있게 되었다고 의사에게 털어놓았다. 간간이 아내의 편지를 받기도 했다. 그는 리외에게 자신의 비밀 경로를 이용해보라고 권했고, 리외도 그것을 받아들였다. 리외는 몇 달 만에 처음으로 편지를 썼는데 여간 힘든 일이 아니었다. 그동안에 까맣게 잊은 낱말도 있었다. 편지를 보냈다. 그러나 답신을 받는 데는 상당한 시간이 걸렸다. 한편 코타르는 순조로운 삶을 살았고, 자질구레한 암거래 덕분에 꽤 많은 돈을 벌었다. 그랑은 크리스마스 기간이 그다지 즐겁지 않은 것처럼 보였다.

그해의 크리스마스는 '복음서'의 축일이라기보다 차라리 '지옥'의 축일이었다. 불빛이 없는 텅 빈 가게들, 진열창에 놓인 모형 초콜릿이나 속이 빈 상자들, 우울한 얼굴들로 가득 찬 전차들…. 과거의 크리스마스를 떠올리게 하는 것은 아무것도 없었다. 예전에는 부자와 빈자를 가리지 않고 모든 사람이 함께 축제를 벌였지만, 이제는 일부 특권층만 때에 전 가게 뒷방에서 큰돈을 들여 쓸쓸하고 부끄러운 축하연을 가질 뿐이었다. 성당은 감사 기도보다 오히려 탄식으로 가득 찼다. 추위로 얼어붙은 음울한 시내에서는, 몇몇 아이가 그들을 위협하는 전염병을 아직도 모른다는 듯 뛰어놀았다. 그러나 아무도 아이들에게 인류의 고통만큼 오래되었으나 젊고 싱싱한 희망만큼 새로운 신, 선물을 가득 짊어지고 찾아오는 신을 이야기해주지는 않았다. 모든 사람의 마음속에는 몹시 늙고 음울한 희망, 사람들을 가만히 죽지도 못하게 가로막는 희망, 삶에 대한 단순한 집착에 불과한 희망밖에 없었다.

그 전날, 그랑은 약속된 시간에 나타나지 않았다. 리외가 불안한 나머지 아침 일찍 그의 집으로 가보았지만, 그는 집에 없었다. 리외는 모든 사람에게 그 사실을 알렸다. 열한 시경 병원으로 온 랑베르가 그랑이 초췌한 얼굴로 거리를 헤매는 모습을 멀리서 목격했으나 시야에서 놓치고 말았다고 리외에게 알려주었다. 의사와 타루는 자동차로 그를 찾아 나섰다.

얼음처럼 차가운 정오에, 차에서 내린 리외는 나무를 대충 깎아 만든 장난감들로 가득 찬 진열창에 달라붙다시피 다가선 그랑을 멀리서 보았다. 늙은 공무원의 얼굴에는 눈물이 끊임없이 흘러내리고 있었다. 그 눈물이 리외의 마음을 흔들었다. 그는 눈물의 의미를 알고 있었고 목구멍 깊숙이 그 눈물을 느꼈기 때문이었다. 이 불행한 남자가 크리스마스 선물 가게 앞에서 결혼을 약속했던 일 그리고 잔이 그에게 몸을 기대며 기쁘다고 말했던 일을 리외 또한 기억하고 있었다. 미칠 듯한 그랑의 가슴속에서, 머나먼 세월의 밑바닥으로부터 잔의 생생한 목소리가 되살아남이 분명했다. 그 늙은 공무원이 눈물을 흘리면서 지금 무엇을 생각하는지 리외는 알고 있었다. 그 또한 그랑처럼 사랑 없는 세계는 죽은 세계나 마찬가지며, 누구나 감옥이니 노동이니 용기니 하는 말에 지칠 때면, 한 인간의 구체적인 얼굴과 더없이 따듯한 애정을 갈망하기 마련이라고 생각했다.

그랑의 눈에 유리에 비친 리외가 들어왔다. 여전히 눈물을 흘리면서, 그는 몸을 돌려 진열창에 기댄 채 리외가 다가오는 모습을 바라보았다.

"아! 선생님. 아! 선생님." 그랑이 말했다.

리외는 도무지 말이 나오지 않아 그의 마음을 안다는 듯 고개를 끄덕였다. 그 슬픔은 리외 자신의 슬픔이었고, 그 순간 리외의 가슴을 찢는 것은 만인이 공유하는 고통 앞에서 한 인간이 느끼는 거대한 분노였다.

"그래요, 그랑." 리외가 말했다.

"잔에게 편지를 쓰고 싶습니다. 그녀가 알 수 있도록…. 그녀가 후회 없이 행복하게 살 수 있도록…."

리외는 강제하다시피 그랑을 앞장세웠다. 그랑은 끌려가듯 걸어갔고, 더듬더듬 말끝을 흐리면서도 계속 중얼거렸다.

"사태가 너무 오래 지속되고 있어요. 될 대로 되라고 내팽개치고 싶기도 합니다, 어쩔 수 없잖아요. 아! 선생님! 겉보기에는 제가 평온해

보였을 테죠. 하지만 단지 정상적으로 생활하는 데도 늘 엄청난 노력이 필요했습니다. 그런데 이제 너무 힘들어요."

그는 광기 어린 눈으로 팔다리를 부들부들 떨면서 발걸음을 멈추었다. 리외는 그의 손을 잡았다. 손이 불덩이처럼 뜨거웠다.

"집으로 돌아가야 해요."

그러나 그랑은 그의 손에서 빠져나가 몇 걸음 뛰어갔고, 별안간 멈춰 서더니 두 팔을 벌린 채 앞뒤로 비틀거리기 시작했다. 뒤이어 제자리에서 빙그르르 돌아 차디찬 보도 위로 쓰러졌다. 얼굴은 여전히 흘러내리는 눈물로 지저분했다. 발걸음을 멈춘 행인들은 감히 다가서지 못하고 멀리서 바라보기만 했다. 리외는 늙은 공무원을 두 팔로 부축해서 데려가야 했다.

침대에 누운 그랑은 숨조차 제대로 쉬지 못해 질식할 듯했다. 폐는 이미 감염되어 있었다. 리외는 곰곰이 생각했다. 시청 직원에게는 가족이 없었다. 그러니 이송한들 무슨 소용이 있을까? 어차피 그를 돌봐줄 사람은 타루와 자기밖에 없었다.

그랑은 안색이 파리해지고 눈빛이 꺼진 채 베개에 머리를 폭 파묻고 있었다. 그는 타루가 궤짝 부스러기로 벽난로에 지핀 가느다란 불길을 뚫어지게 바라보았다. "몸이 안 좋아요" 하고 그가 말했다. 그리고 불에 타는 듯한 폐 깊숙한 곳에서, 그가 말을 할 때마다 무엇인가 타닥타닥 튀는 이상한 소리가 새어 나왔다. 리외는 그에게 말하지 말라고 타이르며 나중에 다시 오겠다고 했다. 환자의 얼굴에 야릇한 미소가 떠올랐고, 거기에 일종의 애정이 감돌았다. 그가 힘겹게 눈을 깜박였다. "제가 회복되면, 모자를 벗어 경의를 표할게요, 선생님!" 하지만 그는 곧바로 탈진 상태에 빠졌다.

몇 시간 후, 리외와 타루가 다시 와보니 환자는 침대에서 몸을 반쯤 일으켜 앉아 있었다. 환자의 얼굴에서 전신을 불태우는 듯한 병세의 진전을 읽은 리외는 덜컥 겁이 났다. 그러나 환자는 정신이 더욱 맑아진 듯했고, 기이할 정도로 공허한 목소리로 서랍에 든 원고를 가져다 달라고 부탁했다. 타루가 종잇장들을 전해주자, 그는 펼쳐보지도 않고 가슴에 꼭 껴안았다가 의사에게 내밀고서 읽어달라는 몸짓을 취했다. 50페이지 남짓한 얄팍한 원고였다. 원고를 훑어본 의사는 거기에 끝없이 다시 쓰고, 수정하고, 가필하고, 삭제한 단 하나의 문장만이 있음을 알아차렸다. 5월, 말을 탄 여자, 숲의 오솔길 같은 낱말이 끊임없이 비교되고 다양한 방식으로 배열되어 있었다. 그 작품에는 또한 설명문과 정정문이 보였는데, 가끔 설명문이 지나치게 길었다. 그러나 마지막 페이지의 끝자락에는 한 문장이 선명한 잉크로 정성스럽게 쓰여 있었다. "사랑하는 나의 잔, 오늘은 크리스마스입니다…." 그 위에는 공들여 쓴 작품의 최종판이 보였다.

"5월의 화창한 아침나절에, 긴 치마를 입은 날씬한 여자가 화사한 밤색 말을 타고서, 꽃이 만발한 숲의 오솔길을 달리고 있었다…."

"그랬었나요?" 늙은 시청 직원이 열에 들뜬 목소리로 말했다.

리외는 그를 쳐다보지 않았다.

"아!" 그랑이 흥분하며 말했다. "저도 압니다. 화창한, 화창한, 이 단어가 적절치 않아요."

리외는 이불 위에 놓인 그의 손을 잡았다.

"내버려두세요, 선생님. 제게는 시간이 없습니다."

그의 가슴이 힘겹게 위로 들리더니 갑자기 그가 소리쳤다.

"불태워버리세요!"

의사는 망설였다. 그러나 그랑이 얼마나 끔찍한 어조로, 얼마나 고통스러운 목소리로 그 명령을 되풀이했던지 리외는 원고를 꺼져가는 불길 속에 던지고 말았다. 방이 금세 밝아졌고, 잠시나마 열기가 느껴졌다. 의사가 벽난로에서 환자에게로 돌아갔을 때, 환자는 등을 돌리고 있었는데 얼굴이 벽에 닿을 듯했다. 타루는 그런 광경에 심약해지지 않겠다는 듯 창밖을 바라보고 있었다. 리외는 그랑에게 혈청주사를 놓은 후 타루에게 그랑이 밤을 넘기지 못하리라고 말했다. 타루는 자신이 남겠다고 자청했고, 리외는 그것을 받아들였다.

그랑이 죽을 거라는 생각이 밤새도록 의사를 괴롭혔다. 그러나 이튿날 아침, 리외는 그랑이 침대에 앉아 타루와 이야기를 나누는 모습을 보았다. 신열이 없어졌다. 남은 것은 전반적인 쇠약 증세뿐이었다.

"아! 선생님." 시청 직원이 말했다. "제가 잘못 생각했습니다. 다시 시작할 겁니다. 제가 다 기억하고 있거든요, 두고 보세요."

"좀 더 기다려봅시다." 리외가 타루에게 말했다.

그러나 정오가 되어도 병세가 호전된 상황에는 아무런 변화가 없었다. 저녁 무렵, 그랑은 이제 살아난 환자라고 봐도 좋았다. 리외는 그 회생을 전혀 이해할 수 없었다.

거의 동일한 시기에, 리외가 절망적 상태라고 판단해 병원에 도착하자마자 격리 조치한 여자 환자 한 명이 있었다. 그 아가씨는 혼수상태에 빠졌고, 폐렴형 페스트의 온갖 증상을 드러냈다. 그러나 이튿날 아침, 열이 떨어졌다. 의사는 그랑의 경우처럼 아침나절에 보이곤 하는 일시적 완화 현상이라고 생각했다. 경험상 그것을 나쁜 징후로 여기는 게 익숙했다. 그렇지만 정오에도 열은 다시 올라가지 않았다. 저녁 무렵에 열이 조금 올라갔지만, 이튿날 아침이 되자 완전히 사라졌다. 아가씨는 기운이 없었으나 침대에 누워 편하게 숨을 쉬었다. 리외는 타루에게 아가씨가 일체의 법칙을 거슬러 살아났다고 말했다. 그러나 일주일 동안 그와 유사한 사례가 리외의 관할 구역에서 네 건이나 발생했다.

그 주 주말에 늙은 천식 환자가 극도로 흥분한 채 의사와 타루를 맞이했다.

"됐어요." 그가 말했다. "그놈들이 다시 나타났소."

"누가요?"

"쥐 말이오! 쥐!"

4월 이후로 죽은 쥐는 단 한 마리도 발견되지 않았었다.

"다시 시작되는 건가요?" 타루가 리외에게 물었다.

노인은 두 손을 비볐다.

"그놈들이 뛰어다니는 걸 봐야 해요! 정말 기분 좋은 일이오."

노인은 살아 있는 쥐 두 마리가 거리로 난 출입문을 통해 자기 집으로 들어오는 것을 보았다. 이웃 사람들도 자기 집에 쥐가 다시 나타났다고 말했다. 대들보에서 몇 달 전부터 잊혔던 바스락거리는 소리가 다시 들렸다. 리외는 매주 초에 발표되는 종합 통계 수치를 기다렸다. 통계는 전염병의 후퇴를 나타내고 있었다.

제5부

1

전염병이 갑자기 후퇴하리라고는 전혀 예상하지 못하고 있었기에, 시민들은 선뜻 기뻐할 수 없었다. 해방의 욕망을 키우면서 보낸 지난 몇 달이 그들에게 신중함을 가르쳐주었고, 전염병이 곧 끝나리라는 기대를 접는 데 익숙해지도록 만들었다. 그렇지만 이 새로운 사실이 모든 사람의 입에 오르내렸고, 표현하지는 않을지언정 그들의 마음속 깊은 곳에서 거대한 희망이 용솟음쳤다. 그 나머지 모든 일은 부차적으로 밀려났다. 새로운 환자가 발생하는 것도 통계 수치가 내려가고 있다는 엄청난 사실에 비하면 크게 중요하지 않았다. 공공연히 발설하지는 않았으나 누구나 정상적인 건강 시대를 은연중에 기다린다는 징후가 나타났는데, 그것은 시민들이 그때부터 무심한 척하면서도 페스트가 끝나면 어떻게 살 것인가를 즐겨 이야기한다는 사실이었다.

모든 사람이 과거에 누렸던 생활의 편의가 대번에 회복될 수는 없을 것이고, 건설이 파괴보다 훨씬 더 어렵다는 생각에 동의했다. 다만 식량 보급은 약간 원활해질 것이고, 그렇게 되면 가장 시급한 걱정거리에서는 벗어나리라고 전망했다. 하지만 그런 가벼운 말을 주고받는 중에도 실은 무절제한 희망이 폭발하듯 솟구쳤는데, 그 정도가 얼마나 심했던지 시민들은 때로 그것을 자각하고서 황급히 어쨌거나 내일 당장 해방되지는 않으리라고 말하곤 했다.

실제로 페스트는 그다음 날 바로 사라지지는 않았지만, 사람들의 합리적인 기대 수준보다 더 빨리 약화되어갔다. 1월 초순에는 추위가 이례적으로 맹위를 떨쳤고, 도시 위 하늘이 수정처럼 투명하게 얼어붙는 듯했다. 그렇지만 하늘이 그때처럼 새파란 적은 없었다. 얼음장처럼 꼼짝하지 않는 찬란한 하늘에서 며칠 동안 쉼 없이 햇빛이 쏟아져 도시에 흘러넘쳤다. 그 맑게 정화된 공기 속에서, 3주 연속으로 하강세를 보인 페스트는 점점 줄어드는 사망자와 함께 완전히 지친 듯했다. 페스트는 몇 개월에 걸쳐 축적한 위력을 단기간에 거의 전부 잃고 있었다. 그랑이나 리외의 아가씨 환자처럼 다 잡은 먹이를 놓친다든가, 어떤 동네에서는 이삼일 기승을 부리지만 또 다른 동네에서는 완전히 사라진다든가, 월요일에는 희생자를 늘렸다가 수요일에는 거의 전부 살려준다는가 하는 양상을 볼 때, 즉 그처럼 숨 가쁘게 헐떡이거나 허둥대며 돌진하는 모습을 볼 때 페스트는 신경질과 무력증으로 와해되는 것 같았고, 자기 통제력과 함께 힘의 바탕이었던 최고의 수학적 효율성을 상실하는 것 같았다. 그때까지 번번이 실패했던 카스텔의 혈청도 갑자기 여러 차례 성공을 거두었다. 의사들의 조처도 전에는 성과가 없더니 별안간 확실한 효과를 나타냈다. 페스트가 궁지에 몰리고 갑작스럽게 힘이 약해지면서 그때까지 페스트를 향해 겨누었던 각종 무딘 칼날에 힘이 실렸다. 그러나 전염병은 가끔 완강하게 버티면서, 돌연 이유도 없이 악화해 회복이 예상되던 환자 서너 명의 목숨을 앗아가곤 했다. 그들은 희망의 한복판에서 페스트에 살해된 불운한 사람들이었다. 격리수용소에서 나오게 해야 했던 오통 판사가 바로 그런 경우였다. 타루는 그가 운이 없었다고 말했지만, 판사의 죽음을 두고 한 말인지 판사의 삶을 두고 한 말인지는 알 수 없었다.

그러나 전체적으로 볼 때, 전염병은 모든 전선에서 후퇴하고 있었다. 처음에는 은근하고 소극적인 희망만을 주던 도청의 공식 발표도 마침내 승리를 쟁취했으며, 전염병이 진지를 포기했다는 확신을 대중의 마음속에 심어주었다. 사실 승리했다고 단정 짓기는 어려웠다. 그렇지만 페스트가 들이닥쳤던 것처럼 페스트가 물러가는 듯한 양상을 확인할 수는 있었다. 어제는 효과가 없었으나 오늘은 효과가 뚜렷하다고 해서 병에 대한 대응 전략이 바뀐 것은 아니었다. 단지 전염병이 에너지를 모두 불태웠거나 소기의 목적을 달성해 물러가는 듯한 느낌이 들었다. 어떤 면에서 페스트는 자신의 역할을 끝낸 것이었다.

그럼에도 시내에는 아무런 변화가 없는 듯했다. 낮의 거리는 여전히 조용했고, 저녁이면 여느 때처럼 외투와 목도리를 두른 군중으로 채워졌다. 영화관과 카페의 영업 실적에도 변화가 없었다. 그러나 좀 더 가까이 들여다보면, 사람들의 얼굴이 한결 평온해졌고 때때로 미소 짓는다는 것을 알 수 있었다. 그럴 때면 지금까지 아무도 거리에서 웃지 않았다는 사실을 새삼 깨달았다. 실제로 몇 달 전부터 도시를 뒤덮은 불투명한 베일에 이제 막 찢긴 틈이 하나 생겼고, 월요일마다 모두가 라디오 뉴스를 통해 그 틈이 점점 커지고 있으며 머잖아 숨을 쉬게 되리라는 사실을 확인할 수 있었다. 그것은 아직 솔직하게 표현되지 않은 안도감, 지극히 소극적인 안도감이었다. 예전에는 기차가 떠났다거나 배가 도착했다거나 자동차 운행이 다시 허용되리라는 말을 들어도 모두가 불신했겠지만, 1월 중순에는 그런 사건이 공표된다 해도 아무도 놀라지 않았을 것이다. 물론 이런 변화가 대단한 것이 아님은 분명했다. 하지만 그 가벼운 차이는 사실상 희망의 여정에서 시민들이 성취한 거대한 진전을 뜻하고 있었다. 게다가 더없이 작은 것이라 해도 희망이 주민들에게 가능해진 순간부터 페스트의 실질적 지배는 끝났다고 말할 수 있으리라.

그렇지만 1월 내내 시민들이 모순된 반응을 보인 것도 사실이었다. 정확히 말하자면, 그들은 흥분 상태와 함몰 상태를 번갈아 겪었다. 그리하여 통계 수치가 가장 희망적이었던 바로 그 순간에 새로운 탈출 시도가 몇 차례 이루어졌다. 이 일은 당국을 몹시 놀라게 했고, 탈출 시도가 대부분 성공했기에 경비 초소에 충격을 주었다. 그러나 실제로 그 시기에 탈출한 사람들은 자연스러운 감정에 따른 셈이었다. 어떤 사람들은 페스트가 심어놓은 뿌리 깊은 회의감에서 벗어나지 못했다. 희망도 그들에게는 아무런 소용이 없었다. 페스트의 시효가 끝났음에도 그들은 여전히 페스트를 기준 삼아 살아갔다. 즉 그들은 사건의 추이를 따라가지 못했다. 반대로 또 다른 사람들, 특히 그때까지 사랑하는 사람들과 생이별을 당한 채 살아온 사람들은 오래도록 유폐와 실의를 겪은 후 불어온 희망의 바람이 그들의 흥분과 조바심에 불을 붙여 자기 통제력을 상실하게 했다. 바야흐로 목적지에 거의 다다랐는데 죽을지도 모른다는 생각, 그토록 사랑하는 사람을 다시 볼 수 없을지도 모른다는 생각, 그 오랜 고통이 보상받지 못할지도 모른다는 생각이 들자 갑작스러운 공포감에 사로잡힌 것이었다. 그들은 몇 달이나 감금과 유배를 당하면서도 놀라운 인내력으로 끈기 있게 기다려왔지만, 최초의 희망은 이처럼 공포와 절망에도 끄떡하지 않았던 태도를 한순간에 무너뜨렸다. 최후의 순간까지 얌전히 페스트의 걸음걸이를 따라갈 수 없었던 그들은 조바심을 내며 페스트를 앞지르기 위해 미친 듯 돌진했다.

다른 한편, 똑같은 시기에 몇몇 낙관적인 징후가 자연발생적으로 나타났다. 물가가 현저하게 하락한 현상이 그중 하나였다. 순수하게 경제적인 관점에서 보면 그런 동향을 설명할 길이 없었다. 곤경에는 변함이 없었고, 검역 절차도 시문에서 유지되고 있었으며, 식량 보급 문제도 개선될 여지가 없었다. 그것은 순전히 정신적 현상이라고 할 수밖에 없었는데, 페스트의 후퇴가 사방에서 긍정적인 반향을 일으키는 듯했다. 그와 동시에, 예전에는 집단생활을 했으나 전염병 때문에 어쩔 수 없이 흩어져 살았던 사람들 사이에서도 낙관주의가 퍼졌다. 시내의 수도원 두 곳이 제자리를 잡기 시작했고, 공동생활이 재개되었다. 군인들도 마찬가지로 텅 비어 있던 병영으로 다시 집결했다. 즉 그들은 정상적인 주둔 생활로 복귀했다. 이런 소소한 일들이 실은 매우 중요한 징후였다.

주민들은 1월 25일까지 이런 은밀한 흥분 속에서 살았다. 그 주에 통계 수치가 얼마나 낮아졌던지 도청은 의사협회의 자문을 거쳐 전염병이 저지된 것으로 간주할 수 있다고 발표했다. 다만 공식 발표문에 따르면, 시민들도 기꺼이 동의할 것인바 신중을 기하는 의미에서 시문이 두 주 더 폐쇄될 것이며, 예방 조치도 한 달은 더 유지될 것이었다. 이 기간에 위험이 재발할 듯한 징후가 조금이라도 보이면 "현상 유지는 계속될 것이고, 예방 조치는 더욱 강화될 것이다". 그렇지만 모든 사람이 이런 추가 항목을 형식적인 조항으로 생각했고, 1월 25일 저녁에는 즐거운 흥분이 도시를 가득 채웠다. 도지사는 일반적인 환희의 분위기에 화답하고자 건강했던 시절처럼 등화관제를 해제하라는 명령을 내렸다. 맑고 차가운 하늘 아래 불이 환하게 켜진 거리로 시민들이 떠들썩하게 웃으며 무리를 지어 쏟아져 나왔다.

물론 적잖은 집의 덧창이 닫혀 있었고, 그 가족들은 다른 사람들의 환호로 가득 찬 그 밤을 침묵 속에서 보냈다. 그러나 상을 당한 사람들도 남은 가족 중 누군가가 또 희생되지 않을까 하는 공포가 사라졌기 때문에 또는 자신의 목숨을 보전할 수 있을까 전전긍긍하지 않아도 되었기 때문에 깊은 안도감을 느꼈다. 그러나 일반적인 환희에 동참할 수 없는 가족들이 있었는데, 두말할 필요조차 없이 그들은 그 순간에도 병원에서 페스트와 싸우는 환자를 가진 가족들, 예방격리소나 자기 집에서 다른 사람들처럼 자기들에게서도 재앙이 정말로 끝나기를 기다리는 가족들이었다. 물론 이런 가족들도 희망을 품고 있었지만, 그들은 그 희망을 예비품으로 비축해두면서 정말로 그럴 권리가 생기기 전에는 그것을 꺼내 쓰기를 자제했다. 고통과 기쁨의 중간 지점에서 침묵을 지키며 보내야 하는 밤과 기다림이 일반적인 환희의 분위기 속에서 그들에게는 더욱 잔인하게 느껴졌다.

그렇지만 이런 예외적인 사례들이 다른 사람들의 만족감을 전혀 방해하지는 않았다. 물론 페스트는 아직 끝나지 않았고, 페스트가 그 것을 틀림없이 증명할 터였다. 그러나 기차들이 기적을 울리며 끝없 이 펼쳐진 선로 위로 지나가고 선박들이 눈부신 바다를 누비는 광경 이 몇 주 앞당겨 모든 사람의 머릿속에 그려졌다. 아마도 이튿날이면 평정심을 되찾은 그 머릿속에 의혹의 그림자가 다시 드리우리라. 하 지만 지금 당장으로서는 도시 전체가 덜컹거리며 움직였고, 돌로 된 뿌리를 내렸던 그 어둡고 폐쇄된 부동의 세계를 떠났으며, 마침내 생 존자들을 가득 실은 채 앞으로 나아갔다. 그날 저녁에 타루와 리외도, 랑베르와 다른 사람들도 군중에 섞여 길을 걸었는데 두 발이 땅에서 떨어져 몸이 둥둥 떠다니는 느낌이었다. 대로를 벗어난 지 오래되었 음에도 기쁨의 환호성이 타루와 리외의 발걸음을 따라 계속 들렸고, 그 환호성은 그들이 인적 없는 골목길로 접어들어 덧창이 닫힌 창문 들을 따라 걸을 때까지 이어졌다. 아마도 피로 때문인지 그들은 지금 도 덧창 뒤에서 계속되고 있을 고통을 멀지 않은 거리에 가득한 기쁨 과 분리해서 생각하기 힘들었다. 어쨌든 눈앞에 다가온 해방의 얼굴 에는 이처럼 웃음과 눈물이 뒤섞여 있었다.

사람들이 웅성대는 소리가 더 크게, 더 즐겁게 들렸을 때 타루가 문 득 발걸음을 멈추었다. 포석이 깔린 어두운 길 위로 한 형체가 가볍게 달려가고 있었다. 그것은 고양이, 지난봄 이후로 처음 보는 고양이였 다. 고양이는 차도 한가운데 잠시 멈춰서서 꼼짝하지 않고 망설이더 니, 한쪽 발을 핥고 그 발로 재빨리 오른쪽 귀를 문지른 후 다시 소리 없이 달려가 어둠 속으로 사라졌다. 타루가 미소 지었다. 키 작은 노 인도 반가워하리라.

2

그러나 미지의 소굴에서 소리 없이 나왔던 페스트가 다시 그곳으로 돌아가기 위해 멀어져가는 듯했던 그 무렵, 도시에는 페스트의 퇴각에 대경실색하는 누군가가 있었다. 타루의 수첩에 따르면, 그 사람은 바로 코타르였다.

그런데 타루의 수첩은 통계 수치가 내려가기 시작할 때부터 상당히 이상해지고 있다. 피로 때문일까, 글씨는 알아보기 힘들고 주제가 너무나 자주 바뀐다. 더욱이 처음으로 그 수첩은 객관성을 잃은 채 개인적인 생각에 자리를 내준다. 그리하여 코타르의 사례에 대한 꽤 긴 기록 속에 문득 고양이들에게 침을 뱉는 노인 이야기가 짧게 삽입되기도 한다. 타루의 말을 믿는다면, 페스트는 발병하기 전처럼 발병한 후에도 그의 관심을 끌었던 그 노인에 대한 경의를 조금도 훼손하지 않았다. 그러나 타루의 호의에도 불구하고 노인은 더 이상 타루의 관심사가 되지 못할지도 모른다. 상황이 호전되면서 타루는 노인을 다시 보려고 애썼다. 1월 25일 저녁이 지나고 며칠 후, 타루는 그 골목 길 한구석에서 발길을 멈추었다. 노인과의 만남에 익숙한 고양이들이 양지바른 곳에서 햇볕을 쬐고 있었다. 그러나 만남의 시간이 되어도 덧창은 굳게 닫혀 있었다. 며칠이 지나도록 덧창은 열리지 않았다. 타루는 노인이 화가 났거나 죽었다고, 만일 화가 났다면 자기가 옳음에도 페스트가 자기한테 해를 끼쳤다고 여겼기 때문일 것이라고, 만일 죽었다면 천식을 앓는 노인처럼 혹시 성자가 아니었는지 생각해봐야 한다고 이상하게 결론지었다. 타루는 노인이 성자라고 생각하지 않았지만, 노인의 사례에 모종의 '표지'가 있다고 평가했다. 수첩은 이렇게 기록하고 있었다. "아마도 우리는 성스러움의 근사치까지만 도달할 수 있는 모양이다. 그렇다면 겸손하고 자비로운 악마주의에 만족해야 하리라."

수첩에는 코타르를 관찰한 내용과 함께 여러 기록이 혼재되어 있었다. 그 기록에는 이제 회복기에 들어서서 아무 일도 없었다는 듯 다시 일을 시작한 그랑에 관한 언급도 있었고, 의사 리외의 어머니에 관한 언급도 있었다. 한집에 살기에 가능했던 리외의 어머니와 타루 사이의 몇몇 대화, 노부인의 태도, 그녀의 미소, 페스트에 대한 그녀의 생각이 상세히 적혀 있었다. 타루는 특히 노부인의 겸손한 태도, 매사를 간단하게 표현하는 화법, 조용한 거리로 난 창문을 특별히 좋아해 저녁이면 방 안을 가득 채운 잿빛 노을이 그녀를 검은 그림자로 만든 후, 어둠이 점점 짙어져 그 부동의 실루엣을 완전히 지울 때까지 몸을 약간 세우고 두 손을 모은 채 주의 깊은 시선으로 창문 앞에 조용히 앉아 있는 모습, 이 방에서 저 방으로 갈 때 보이는 가벼운 발걸음, 타루 앞에서 분명하게 드러낸 적은 없으나 모든 행동과 말에서 감지되는 선량함, 끝으로 그녀가 깊이 생각하지 않는 듯함에도 모든 것을 알고 있다는 사실, 그토록 깊은 침묵과 어둠 속에서도 그녀가 어떤 빛, 설령 그것이 페스트의 빛이라 할지라도 감당할 수 있다는 사실을 강조했다. 그런데 이 지점에서 타루의 글씨가 이상하게 굴절과 침체의 징후를 보였다. 그 뒤를 잇는 몇 줄은 읽기조차 어려웠고, 굴절의 증거를 제시하듯 마지막 몇 마디는 처음으로 개인적인 내용을 담고 있었다. "나의 어머니도 그랬다. 나는 어머니의 겸손을 좋아했다. 어머니야말로 내가 언제나 다시 만나고 싶었던 사람이다. 8년이 지났지만 나는 어머니가 죽었다고 말할 수 없다. 단지 어머니는 겸손하게, 평소보다 더 조용히 몸을 감추었을 뿐이다. 그래서 내가 뒤돌아보았을 때, 어머니는 거기에 없었다."

코타르에 대한 이야기로 돌아가자. 통계 수치가 하강세로 돌아선 이후, 코타르는 이런저런 핑계를 대면서 리외를 여러 번 찾아왔다. 그러나 실제로는 매번 전염병의 진행에 대한 예측을 물어보곤 했다. "전염병이 예고도 없이, 갑자기 이렇게 끝날 수 있다고 생각하세요?" 그 점에 회의적이었던 그는 자신의 판단을 떠들고 다녔다. 그러나 질문을 되풀이하는 걸 보면 그 판단에 확신이 강해 보이지는 않았다. 1월 중순에 리외는 상당히 낙관적으로 대답했다. 그런데 대답을 들을 때마다 코타르는 기뻐하기는커녕 때에 따라 다르기는 해도 불쾌감을 드러내거나 비관에 빠지는 등 부정적인 반응을 보였다. 그래서 의사는 통계 수치가 희망적이라고 해도 섣불리 승리를 선언하지 않는 게 좋으리라고 말하기에 이르렀다.

"다시 말하자면," 코타르가 말했다. "아무것도 알 수 없다, 페스트가 금세 다시 시작될 수도 있다는 말씀이죠?"

"그래요, 치유 속도가 빨라질 수 있듯 그럴 수도 있습니다."

모든 사람을 불안하게 만든 이 불확실성이 코타르의 흥분을 눈에 띄게 가라앉혔고, 그는 타루 앞에서 동네 상인들과 이야기를 나누면서 리외의 의견을 널리 알리려고 애썼다. 사실상 그다지 어려운 일도 아니었다. 최초의 승리에 대한 열기가 사라지자, 도청의 발표로 흥분했던 많은 사람의 머릿속에 의심이 되살아났기 때문이다. 코타르는 이처럼 사람들이 불안해하는 모습을 보고 안심했다. 그러다가도 일전에 그랬던 것처럼 다시 절망에 빠지기도 했다. "그래요" 하고 그는 타루에게 말했다. "결국 시문이 열리겠죠. 그러면 두고 보세요, 모두가 나 같은 놈은 거들떠보지도 않을 겁니다."

1월 25일이 되자, 모든 사람이 그의 정신 상태가 불안정하다는 사실을 알아차렸다. 그는 그토록 오랫동안 동네 사람들이나 주변 지인들과 잘 지내려고 애쓰더니, 다짜고짜 며칠 내내 그들과 다투기도 했다. 적어도 겉으로 보기에는, 그는 하루아침에 세상과 절연한 채 거친 생활을 영위하기 시작했다. 레스토랑에서도 극장에서도 그가 좋아하는 카페에서도 더 이상 그의 자취를 찾을 수 없었다. 그렇다고 전염병 이전에 그가 영위했던 모호하면서도 신중한 생활로 되돌아간 것 같지도 않았다. 그는 자기 아파트에 틀어박힌 채 근처 식당에서 배달해온 음식으로 끼니를 해결했다. 저녁에만 잠시 밖으로 나가서 필요한 물품을 산 후, 가게에서 나오자마자 곧장 인적 없는 골목길로 사라졌다. 길에서 그와 마주친 타루도 그에게서 지극히 짧은 몇 마디만 들을 수 있을 뿐이었다. 그러다가 느닷없이 사교적으로 변한 그는 페스트에 관한 장광설을 늘어놓고, 각자의 의견을 들으려고 애쓰며, 저녁마다 군중의 물결 속으로 즐겁게 휩쓸려 들어갔다.

도청의 발표가 나온 날, 코타르는 완전히 행방을 감추었다. 이틀 후, 타루가 거리에서 헤매고 있는 그와 마주쳤다. 코타르는 타루에게 교외까지 배웅해달라고 부탁했다. 그날따라 유달리 피로를 느꼈던 타루는 망설였다. 그러나 코타르가 고집을 부렸다. 그는 몹시 흥분한 듯 거친 동작을 보이며 크고 빠른 목소리로 말했다. 그는 타루에게 도청의 선언으로 페스트가 정말로 끝난다고 생각하느냐고 물었다. 타루는 당연히 행정적인 선언만으로 재앙이 멈추지 않겠지만, 예기치 않은 돌발 상황만 생기지 않는다면 전염병이 멈추리라는 것이 합리적인 생각이라고 답했다.

"그래요, 돌발 상황만 생기지 않는다면." 코타르가 말했다. "그런데 돌발 상황은 항상 발생하기 마련이죠."

타루가 도청에서도 시문을 개방하기 전에 두 주간 유예 기간을 둠으로써 돌발 상황에 어느 정도 대비하고 있다고 알려주었다.

"잘했네요." 코타르가 여전히 우울하고 흥분된 어조로 말했다. "일이 돌아가는 추세로 볼 때 도청이 공연히 헛소리한 걸지도 모르니까."

타루는 그런 일도 일어날 수 있겠지만, 머잖아 시문이 열릴 테니 모두가 정상적인 생활로 돌아갈 준비를 하는 게 나으리라고 말했다.

"그렇다고 해둡시다." 코타르가 말했다. "그런데 정상적인 생활로 돌아간다는 게 무슨 뜻인가요?"

"극장에 새 필름이 들어온다는 거죠." 타루가 미소 지으며 말했다.

그러나 코타르는 웃지 않았다. 그는 페스트가 도시에 아무런 변화도 초래하지 않으리라고 생각하는지, 모든 것이 마치 아무 일도 없었던 것처럼 다시 시작되리라고 생각하는지 알고 싶어 했다. 타루는 페스트가 도시를 변화시킬 수도 있고 그러지 않을 수도 있으리라고, 물론 시민들은 지금도 그렇지만 앞으로도 마치 아무 일도 없었던 것처럼 행동하려는 욕망이 가장 강하리라고, 따라서 어떤 의미에서 도시에는 아무런 변화가 없으리라고, 하지만 또 다른 의미에서 아무리 애를 써도 모든 것을 잊을 수는 없기에 페스트가 적어도 사람들의 마음속에는 흔적을 남기리라고 생각했다. 키 작은 연금 생활자는 사람들의 마음 같은 것에는 관심이 없으며 조금도 신경 쓰지 않는다고 잘라 말했다. 그의 관심은 사회 조직이 변하지 않을지, 예컨대 모든 공공기관이 예전처럼 작동할지를 아는 데 있었다. 타루는 그 문제에 관한 한 아무것도 모르겠다고 답할 수밖에 없었다. 그가 보기에는, 전염병이 유행하는 동안 공공기관 시스템이 교란되었기에 다시 시작하려면 다소 어려움을 겪을 것 같았다. 또한 새로운 문제가 많이 제기될 테니 적어도 옛 기관들을 재조직할 필요가 있으리라고 생각했다.

"아! 정말 그럴 수도 있겠습니다. 모든 사람이 모든 것을 다시 시작해야겠군요." 코타르가 말했다.

두 사람은 코타르의 집 근처에 다다랐다. 코타르는 생기를 되찾았고, 낙관적으로 생각하려고 애썼다. 그는 백지 상태에서 다시 출발하기 위해 과거를 청산하고 새롭게 삶을 꾸리는 도시를 상상했다.

"그럼요." 타루가 말했다. "어쩌면 당신 문제도 잘 풀릴 겁니다. 이제 곧 새로운 삶이 시작될 테니까요."

"그 말씀이 옳습니다." 코타르가 점점 더 흥분하며 말했다. "백지 상태에서 다시 출발하면 얼마나 좋을까요."

바로 그때, 어두운 복도 속에서 두 남자가 불쑥 나타났다. 타루가 저놈들이 뭘 하러 왔는지 모르겠다고 투덜거리는 코타르의 말을 들을 틈도 없었다. 나들이옷을 입은 공무원처럼 보이는 두 남자가 코타르에게 이름이 코타르냐고 물었을 때, 코타르는 나지막이 신음을 토하는가 싶더니 별안간 몸을 돌려 두 남자도 타루도 무엇을 어떻게 할 새도 없이 어둠 속으로 사라져버렸다. 놀라움이 가시자, 타루는 두 남자에게 무슨 일이냐고 물었다. 그들은 신중하고 예의 바른 태도로 조사할 게 있다고 말했고, 코타르가 사라진 쪽으로 천천히 걸어갔다.

집으로 돌아온 타루는 그 장면을 기록했고, 금세 (글씨가 이 점을 입증했다) 피로감을 토로했다. 그리고 그에게는 아직 할 일이 많으나 그것이 준비를 게을리하는 이유가 되어서는 안 된다고 덧붙였고, 과연 자신이 준비되어 있는지 자문했다. 끝으로 대답 삼아 그는 낮과 밤의 특정한 시간에 인간은 늘 비겁해지는데 자신이 두려워하는 것은 오직 그 시간뿐이라고 썼다. 타루의 수첩은 여기서 끝이 났다.

3

시문이 열리기 며칠 전인 이틀 후, 의사 리외는 기다리던 전보가 와 있지 않을까 생각하며 집으로 갔다. 그때도 하루하루가 페스트의 절정 시절 못지않게 힘겨웠지만, 집으로 돌아오면 결정적인 해방에 대한 기대감으로 피로가 말끔히 씻겼다. 이제 그는 희망을 품었고, 희망을 품게 되었다는 사실을 기뻐했다. 누구나 항상 의지를 다지고 팽팽히 긴장하며 살 수는 없는 노릇이다. 행복이란 투쟁을 위해 묶었던 힘의 다발을 자연스러운 감정의 발산과 함께 시원하게 풀어놓는 데 있다. 자신이 기다리던 전보가 희소식을 담고 있다면, 리외는 다시 시작할 수 있으리라. 모두가 다시 시작해야 한다는 것이 그의 생각이었다.

　그는 경비실 앞으로 지나갔다. 새로운 문지기가 유리창에 얼굴을 댄 채 그에게 미소를 지었다. 리외는 계단을 올라가면서 피로와 박탈감으로 창백해진 자신의 얼굴을 머릿속에 그렸다.

　그렇다, 추상이 끝나면 다시 시작하리라, 그리고 운이 좋으면…. 그러나 문을 여는 순간, 어머니가 와서 타루 씨의 몸 상태가 좋지 않다고 알려주었다. 아침에 일어났으나 외출을 할 수 없었고, 방금 막 다시 자리에 누웠다는 것이다. 리외의 어머니는 불안해했다.

"심각한 건 아닐 거예요." 아들이 말했다.

타루는 다리를 쭉 뻗고 누워 있었다. 묵직한 머리는 베개에 파묻혔고, 튼튼한 가슴이 두꺼운 이불 밑에서 선명하게 드러났다. 그는 몸에 열이 있었고, 두통 때문에 괴로워했다. 애매하기는 해도 증세로 보아 페스트일 수 있다고 그가 리외에게 말했다.

"아니, 아직 확실한 건 아무것도 없어요." 그를 진찰한 후에 리외가 말했다.

그러나 타루는 목이 타는 듯한 갈증으로 괴로워했다. 복도에서 의사는 어머니에게 페스트 초기 증상일 수 있다고 말했다.

"오!" 어머니가 말했다. "말도 안 돼, 이제 와서 발병이라니!"

그리고 곧바로 이렇게 말했다.

"집에서 치료하자, 베르나르."

리외는 곰곰이 생각했다.

"저에겐 그럴 권리가 없어요." 그가 말했다. "하지만 시문이 곧 열릴 테죠. 어머니만 여기에 안 계신다면 누구보다 먼저 제가 그렇게 했을 겁니다."

"베르나르." 어머니가 말했다. "타루와 나, 둘 다 집에 있게 해줘. 알다시피 나는 얼마 전에 예방 접종을 받았잖아."

의사는 타루 또한 예방 접종을 받았지만, 마지막 혈청주사를 빼먹었거나 몇 가지 주의 사항을 잊어버렸음이 틀림없다고 말했다.

리외는 벌써 진료실로 가고 있었다. 그가 방으로 돌아왔을 때, 타루는 그의 손에 커다란 혈청 앰풀이 들려 있는 것을 보았다.

"아! 역시 그것이군요." 타루가 말했다.

"아뇨, 이건 단순한 예방 조치일 뿐입니다."

타루는 대답 대신에 팔을 내밀었고, 자기가 다른 사람들에게 놓아주었던 그 주사를 오랫동안 맞았다.

"오늘 저녁이면 알 수 있을 겁니다." 이렇게 말하면서 리외는 타루를 똑바로 바라보았다.

"격리되는 거죠, 리외?"

"페스트에 걸린 건지 아직 확실치 않아요."

타루가 간신히 미소 지었다.

"혈청주사를 놓으면서 격리를 지시하지 않는 경우는 처음 보는군요."

리외가 고개를 돌렸다.

"어머니와 제가 돌볼게요. 여기가 더 낫습니다."

타루는 입을 다물었고, 앰풀을 정리하던 의사는 몸을 돌리기 위해 타루가 말을 걸기를 기다렸다. 이윽고 그는 침대를 향해 걸어갔다. 환자는 그를 바라보고 있었다. 얼굴이 피곤해 보였지만, 잿빛 눈은 평온했다. 리외가 그에게 미소 지었다.

"가능하면 잠을 자는 게 좋습니다. 잠시 후에 돌아올게요."

문 앞에 다다랐을 때, 의사는 자기를 부르는 타루의 목소리를 들었다. 그가 타루를 향해 돌아섰다.

그러나 타루는 자기가 하고 싶은 말을 어떻게 표현해야 할지 고민하는 듯했다.

"리외." 마침내 그가 입을 열었다. "제게 모든 걸 이야기해줘야 합니다. 그럴 필요가 있어요."

"알겠습니다. 약속할게요."

타루는 미소를 지으며 두툼한 얼굴을 약간 찡그렸다.

"고맙습니다. 죽고 싶지는 않으니 열심히 싸워야지요. 하지만 승산이 없다면 깨끗하게 끝내고 싶습니다."

리외는 고개를 숙이며 그의 어깨를 꽉 잡았다.

"안 돼요." 리외가 말했다. "성자가 되려면 살아남아야 합니다. 싸우세요."

낮에는 매서운 추위가 조금 누그러졌지만, 오후에는 빗방울과 우박이 섞인 소나기가 세차게 내렸다. 황혼 무렵에는 하늘은 조금 밝아졌으나 추위가 뼛속까지 파고들었다. 리외는 저녁에 집으로 돌아왔다. 그는 외투도 벗지 않고 곧장 친구의 방으로 들어갔다. 리외의 어머니는 뜨개질을 하고 있었다. 타루는 침대에서 벗어난 적이 없는 듯했지만, 신열로 하얘진 입술이 그가 얼마나 치열하게 병마와 싸우고 있는지 알려주었다.

"어때요?" 의사가 말했다.

타루는 침대 바깥으로 드러난 어깨를 약간 으쓱했다.

"아무래도 싸움에서 질 것 같군요." 그가 말했다.

의사가 그에게로 몸을 기울였다. 불에 타는 듯한 살갗 아래에서 림프샘 멍울이 딱딱하게 굳어 있었고, 가슴에서는 대장간의 풀무가 숨겨져 있는 듯 요란한 소리가 났다. 타루는 기이하게도 두 종류의 페스트 증세를 다 보이고 있었다. 리외는 몸을 일으키면서 혈청이 효력을 완전히 발휘하려면 시간이 더 필요하다고 말했다. 타루가 몇 마디 말을 내뱉으려고 했으나 목구멍에서 솟구친 뜨거운 신열이 그 말을 삼켜버렸다.

저녁 식사 후, 리외와 어머니는 환자 곁으로 와서 자리를 잡았다. 타루의 밤은 투쟁으로 시작되었고, 리외는 페스트라는 저승사자와의 혹독한 싸움이 새벽까지 계속되리라는 사실을 알고 있었다. 타루의 단단한 어깨, 넓은 가슴이 최선의 무기는 아니었다. 최선의 무기는 오히려 조금 전 리외의 주삿바늘을 따라 솟구쳤던 피 그리고 영혼보다 더 내밀하고 과학으로도 설명할 수 없는 핏속의 그 무엇이었다. 리외는 친구가 싸우는 모습을 지켜볼 수밖에 없었다. 자신이 하려는 조치, 즉 화농을 촉진하거나 강장제를 접종하는 조치의 효과가 얼마나 미미한지는 이미 여러 달 동안 실패를 거듭하며 익히 깨우쳤다. 그가 할 수 있는 일은 자극에 의해서만 작동하는 우연에 기회를 주는 것뿐이었다. 우연이 반드시 작동해야 했다. 사실상 리외는 예상을 뛰어넘는 페스트의 얼굴에 몹시 당황하고 있었다. 페스트는 다시 한 번 자신을 퇴치하려고 사람들이 세운 전략을 무산시키려고 애썼다. 그리하여 페스트는 사람들이 전혀 예상치 않은 곳에서 나타나기도 했고, 이미 자리를 잡은 곳에서 갑자기 사라지기도 했다. 다시 한 번, 페스트는 사람들을 놀라게 하려고 애썼다.

타루는 꼼짝하지 않고 페스트와 싸웠다. 밤새 단 한 번도 질병의 공격에 몸부림치지 않았고, 육중한 신체와 깊은 침묵으로 질병에 맞섰다. 방심은 금물이라는 사실을 그런 식으로 보여주면서, 그는 단 한 번도 밖으로 말을 꺼내지 않았다. 리외는 감았다 떴다 하는 친구의 눈, 안구를 바싹 조이거나 반대로 축 늘어지는 눈꺼풀, 하나의 대상을 뚫어지게 향하다가 문득 의사와 어머니에게로 옮겨가는 시선을 통해서만 투쟁의 경과를 짐작할 수 있었다. 의사와 시선이 마주칠 때마다 타루는 안간힘을 쓰며 간신히 미소 지었다.

한순간, 거리에서 서둘러 뛰어가는 발걸음 소리가 들렸다. 멀리서 조금씩 다가오다가 마침내 거리를 빗물로 채우는 천둥소리에 사람들이 달아나는 듯했다. 다시 비가 내리기 시작했고, 이내 빗방울에 뒤섞인 우박이 도로 위에 타닥타닥 떨어졌다. 기다란 커튼이 창가에서 물결치듯 흔들렸다. 방 안의 어둠 속에서 잠시 빗소리에 정신이 팔렸던 리외는 침대 머리맡 램프 불빛에 비친 타루를 다시 바라보았다. 그의 어머니는 뜨개질을 하면서 간간이 고개를 들어 환자를 주의 깊게 살폈다. 이제 의사는 자신이 할 수 있는 모든 조치를 다 한 셈이었다. 비가 그치자, 보이지 않는 전쟁의 소리 없는 아우성으로 가득 찬 방 안에 더욱 깊은 침묵이 깃들었다. 수면 부족에 시달린 탓인지, 의사는 전염병이 창궐했던 기간 내내 자기를 따라다녔던 부드럽고 규칙적인 휘파람 소리가 저 멀리 침묵의 끝에서 다시 들려오는 듯한 착각에 빠졌다. 그는 어머니에게 방으로 돌아가서 누우라고 눈짓했다. 그녀는 고갯짓으로 괜찮다고 했고, 두 눈을 반짝이더니 뜨갯감의 코가 확실치 않은 듯 바늘 끝으로 정성스레 다시 살폈다. 리외는 일어나서 환자에게 물을 마시게 한 후, 다시 돌아와 자리에 앉았다.

비가 잠시 멎은 틈을 타서 행인들이 보도 위를 급히 걸어갔다. 그들의 발걸음 소리가 작아지더니 점점 멀어져갔다. 의사는 밤늦은 산책객들이 거리를 가득 메우고 구급차의 사이렌 소리가 들리지 않는 이 밤이 예전의 밤과 비슷하다는 사실을 처음으로 깨달았다. 이 밤은 페스트로부터 해방된 밤이었다. 추위와 햇빛과 군중에게 쫓긴 질병이 도시의 깊은 어둠에서 빠져나와 이 따뜻한 방으로 숨어든 채 생기 없는 타루의 육신에 최후의 공격을 퍼붓는 듯했다. 재앙은 더 이상 도시의 하늘을 휘젓지 않았다. 그 대신에 방 안의 무거운 공기 속에서 천천히 휘파람을 불고 있었다. 몇 시간 전부터 리외의 귀에 들리던 것이 바로 그 소리였다. 여기서도 휘파람 소리가 그치기를, 여기서도 페스트가 패배를 선언하기를 기다리지 않을 수 없었다.

새벽이 오기 직전에, 리외는 어머니에게로 몸을 기울였다.

"여덟 시에 교대할 수 있도록 눈을 좀 붙이세요. 주무시기 전에 소독하는 것 잊지 마시고⋯."

어머니는 일어나서 뜨개질감을 정리한 후 침대 쪽으로 다가갔다. 얼마 전부터 타루는 눈을 감고 있었다. 단단한 이마 위에서 땀에 젖은 머리칼이 고리 모양으로 엉겨 붙어 있었다. 어머니가 한숨을 쉬자, 환자가 눈을 떴다. 자기를 향해 기울어진 온화한 얼굴을 보고서는, 신열에 시달리면서도 다시 평소처럼 미소를 지었다. 그러나 두 눈이 금세 다시 감겼다. 혼자 남게 되자, 리외는 어머니가 떠난 안락의자로 옮겨 앉았다. 거리에서는 아무런 소리도 나지 않았고, 이제 완전한 정적이 감돌았다. 새벽의 냉기가 방 안에서 느껴지기 시작했다.

의사는 깜박 선잠이 들었지만, 새벽을 가르는 첫 번째 마차 소리에 얕은 잠에서 깨어났다. 그는 부르르 몸을 떨었다. 타루를 보니 일시적으로 진정되어 잠들어 있었다. 나무와 쇠로 된 마차 바퀴 구르는 소리가 여전히 멀리서 들렸다. 창가를 보니 아직도 날이 어두웠다. 의사가 침대로 다가갔을 때, 타루가 잠에서 덜 깬 듯 무표정한 눈길로 그를 바라보았다.

"잠들었던 거죠, 그렇죠?" 리외가 물었다.

"예."

"숨쉬기가 더 편해졌나요?"

"약간. 그게 의미가 있습니까?"

리외는 입을 다물었다가 잠시 후에 말했다.

"아뇨, 타루, 아무런 의미가 없습니다. 아침이면 일시적으로 진정된다는 거 알잖아요."

타루가 고개를 끄덕였다.

"고맙습니다." 그가 말했다. "항상 그처럼 정확하게 대답해주세요."

리외는 침대 발치에 앉아 있었다. 바로 곁에서, 죽어가는 사람의 사지인 양 길고 딱딱한 두 다리가 느껴졌다. 타루의 숨소리가 더욱 거칠어졌다.

"다시 열이 올라오는 모양이죠, 리외?" 그가 숨 가쁜 목소리로 말했다.

"그래요, 어쨌든 정오에는 병세를 정확하게 알게 될 겁니다."

타루는 눈을 감고 힘을 끌어모으는 듯했다. 얼굴에 지친 기색이 역력했다. 그는 몸 깊숙한 곳 어디선가 벌써 꿈틀거리는 신열이 올라오기를 기다렸다. 눈을 떴으나 시선이 흐릿했다. 자기 곁에서 몸을 기울이고 있는 리외를 보고서야 눈빛이 밝아졌다.

"자, 물을 마셔요." 리외가 말했다.

타루는 물을 마신 후 다시 베개에 머리를 떨어뜨렸다.

"오래 걸리네요." 그가 말했다.

리외가 그의 팔을 잡았지만, 타루는 시선을 돌린 채 더 이상 반응하지 않았다. 몸속의 둑이 터져버린 듯 갑자기 신열이 이마까지 역류하는 게 뚜렷이 보였다. 타루의 시선이 다시 의사를 향했을 때, 의사는 사뭇 긴장한 얼굴로 용기를 내라고 격려했다. 타루가 미소를 지으려고 애썼지만, 미소는 꽉 다문 턱과 희끄무레한 거품으로 뒤덮인 입술 위로 올라오지 못했다. 하지만 딱딱하게 굳은 얼굴 속에서도 두 눈만은 여전히 용기의 광채로 빛나고 있었다.

일곱 시에 리외의 어머니가 방으로 들어왔다. 의사는 사무실로 가서 병원에 전화를 걸었고, 대리근무자를 배치했다. 그는 진료를 미루고 잠시 진료실 소파에 몸을 뉘었지만, 곧바로 일어나 방으로 되돌아갔다. 타루의 머리가 어머니를 향해 있었다. 환자는 자기 곁의 의자에서 허벅지 위에 두 손을 모은 채 조용히 앉아 있는 작은 그림자를 바라보았다. 그가 얼마나 강렬하게 응시했던지 어머니가 손가락을 입술에 갖다 댄 후 자리에서 일어나 침대 머리맡 램프를 껐다. 그러나 커튼 뒤에서 햇살이 빠르게 스며들었고, 금세 환자의 얼굴이 어둠 속에 떠올랐을 때 환자는 여전히 어머니를 바라보고 있었다. 그녀가 몸을 숙여 베개를 바로잡았고, 몸을 일으키면서 땀에 젖어 엉켜 있는 환자의 머리칼에 잠시 손을 얹었다. 그때 고맙다고, 이제 괜찮다고 말하는 희미한 목소리가 멀리서 들려오는 듯했다. 그녀가 다시 자리에 앉자 타루가 눈을 감았고, 입술은 굳게 닫혔으나 기진맥진한 얼굴에 미소가 떠오르는 듯했다.

정오에 신열이 절정에 달했다. 내장에서 올라오는 듯한 기침이 환자의 몸을 뒤흔들었고, 환자는 급기야 피를 토하기 시작했다. 림프샘 멍울들은 더 이상 부풀어 오르지 않았지만, 관절의 오금마다 나사처럼 단단히 박혀 딱딱하게 굳어 있었다. 리외가 판단하기에 절개 수술은 불가능했다. 신열과 기침에 시달리면서도 타루는 간간이 친구를 쳐다보았다. 그러나 이내 눈을 뜨는 횟수가 줄어들었고, 더없이 초췌한 그의 얼굴은 햇빛에 드러날 때마다 더욱 창백해졌다. 갑작스러운 경련으로 그의 몸을 뒤흔들던 폭풍우도 점점 드물게 벼락을 내리쳤고, 타루는 서서히 폭풍의 심연으로 가라앉고 있었다. 이제 리외 앞에는 더 이상 움직이지 않는 가면, 미소가 사라져버린 가면만이 존재할 뿐이었다. 그와 그토록 가까웠던 한 인간적인 형상이 창에 찔리고 초인적인 질병으로 불태워지고 하늘에서 불어온 증오의 바람으로 뒤틀린 채 페스트의 물결 속으로 침몰하고 있었다. 난파를 막기 위해 리외가 할 수 있는 일은 아무것도 없었다. 그는 이 재앙에 맞설 무기도 방책도 없이 다시 한 번 텅 빈 손과 뼈저린 가슴으로 기슭에 머무를 수밖에 없었다. 끝끝내 무기력한 눈물이 앞을 가려 리외는 타루가 별안간 벽을 향해 돌아눕는 것도, 몸속에서 근원적인 줄 하나가 툭 끊어진 듯 힘없이 신음을 내며 숨을 거두는 것도 보지 못했다.

뒤이어 찾아온 밤은 투쟁의 밤이 아니라 침묵의 밤이었다. 세상으로부터 절연된 그 방에서, 이제 옷을 깨끗이 차려입은 그 시신 위에서 리외는 예기치 않은 정적이 떠도는 것을 느꼈다. 그것은 며칠 전 어느 날 밤, 시문이 공격당한 직후에 페스트의 세상 위 테라스에서 느꼈던 바로 그 정적이었다. 그때 벌써, 그는 어쩔 수 없이 죽게 내버려둔 사람들의 침대에서 솟아오르던 침묵을 생각했었다. 그것은 어디서나 똑같은 휴지休止, 똑같이 엄숙한 공백, 전투를 뒤따르는 언제나 똑같은 평정이었다. 요컨대 그것은 패배의 침묵이었다. 그러나 지금 그의 친구를 둘러싸고 있는 침묵이 얼마나 깊었던지 그리고 페스트에서 해방된 도시의 침묵과 얼마나 긴밀하게 일치하던지 리외는 이것이야말로 결정적인 패배, 즉 전쟁을 끝내면서도 평화 자체를 치유할 수 없는 고통으로 만드는 패배임을 절감했다. 타루가 마침내 평화를 되찾았는지는 모르겠지만, 적어도 이 순간 리외는 아들을 잃은 어머니나 친구를 묻은 남자에게 휴전이 없는 것처럼 자신에게도 더 이상 평화가 가능하지 않다는 사실을 깨달았다.

밖은 여전히 춥고 어두웠는데, 티 없이 맑고 차가운 하늘에서 별들이 얼음처럼 반짝였다. 반쯤 어둠이 깃든 방에서도 유리창을 짓누르는 매서운 추위, 북극의 밤이 몰아쉬는 거칠고 창백한 숨결이 느껴졌다. 침대 옆에는 리외의 어머니가 오른쪽 머리맡에 놓인 램프 불빛을 받으며 평소의 자세 그대로 앉아 있었다. 방 한가운데에서는, 불빛에서 멀리 떨어진 리외가 안락의자에 앉아 가만히 기다리고 있었다. 아내 생각이 났지만, 그는 번번이 그 생각을 물리쳤다.

밤이 깊어지면서, 행인들의 구둣발 소리가 차가운 어둠을 가르고 선명하게 울렸다.

"일은 잘 처리했니?" 어머니가 물었다.

"예, 전화를 걸었습니다."

그들은 다시 말없이 밤을 새우기 시작했다. 어머니는 이따금 아들을 바라보았다. 어쩌다 어머니의 시선과 마주치면, 그는 미소를 지었다. 밤에 들리던 익숙한 소리들이 거리에서 이어졌다. 아직 정식으로 허용되지 않았음에도 많은 차량이 다시 돌아다니기 시작했다. 자동차들은 빠른 속도로 포장도로를 달렸고, 잠시 사라졌다가 다시 나타났다. 목소리, 누군가를 부르는 소리, 다시 침묵, 말발굽 소리, 전차 두 대가 커브를 돌며 삐걱대는 소리, 분명치 않은 소음, 다시 밤의 숨소리.

"베르나르?"

"예."

"피곤하지 않니?"

"괜찮아요."

그때 그는 어머니가 무슨 생각을 하는지 알고 있었고, 어머니가 자기를 사랑한다는 사실도 알고 있었다. 그러나 그는 한 존재를 사랑하는 것이 대단한 일이 아니라는 사실 혹은 사랑이 아무리 강해도 그 사랑을 제대로 표현할 수 없다는 사실 또한 알고 있었다. 그러므로 어머니와 그는 언제나 침묵 속에서 서로를 사랑하리라. 그리고 어머니나 그는 평생 자신의 애정을 말로 털어놓지 못하고 죽으리라. 그는 동일한 방식으로 타루 곁에 살았고, 우정을 진정으로 경험할 겨를도 없이 오늘 밤 타루가 죽었다. 타루는 자신의 말대로 승부에서 졌다. 그러나 리외는 무엇을 얻었는가? 그가 얻은 것은 단지 페스트를 겪었고 페스트를 기억한다는 사실, 우정을 경험했고 우정을 기억한다는 사실, 애정을 경험하고 언젠가 애정을 기억하리라는 사실뿐이었다. 기실 페스트와 삶의 내기에서 인간이 얻을 수 있는 것은 인식과 기억뿐이었다. 타루가 말하는바 승부에서 이긴다는 것도 아마 그런 뜻이리라!

다시 자동차 한 대가 지나갔고, 어머니는 의자에서 몸을 약간 뒤척였다. 리외가 그녀에게 미소 지었다. 그녀는 피곤하지 않다고 말하며 이렇게 덧붙였다.

"너도 산으로 가서 좀 쉬어야겠구나, 거기로 가서 말이다."

"그럴게요, 어머니."

그렇다, 거기서 쉬어야 하리라. 안 될 이유가 무엇일까? 그것 또한 기억을 위한 핑계가 되리라. 그러나 승부에서 이긴다는 것이 이런 것이라면, 자신이 희망하는 것을 박탈당한 채, 단지 자신이 아는 것과 기억하는 것만으로 살아가야 한다면 그 삶은 얼마나 괴로운 것이랴. 타루는 아마도 그렇게 살아왔고, 그래서 환상 없는 삶이 얼마나 황폐한지 잘 알고 있었다. 희망이 없이는 마음의 평화도 없다. 인간이 인간을 단죄할 권리를 거부했던 타루, 그렇지만 아무도 남을 단죄하지 않을 수 없으며 희생자조차도 때로 사형집행인이 된다는 사실을 알았던 타루는 분열과 모순 속에 살면서 희망을 전혀 경험하지 못했다. 그가 성스러움을 추구하고 인간을 위한 봉사에서 마음의 평화를 찾은 것도 그 때문이었을까? 사실상 리외는 그 문제에 대해서는 아무것도 알지 못했고, 그런 것은 아무래도 좋았다. 그가 간직하게 될 타루의 유일한 이미지는 자동차 핸들을 두 손으로 꽉 잡고 운전하던 남자의 이미지 또는 바로 지금 움직이지 않고 누워 있는 육중한 신체의 이미지였다. 삶의 온기와 죽음의 이미지, 바로 그것이 인식이었다.

이튿날 아침, 의사 리외가 아내의 사망 소식을 담담하게 받아들인 것도 아마 그런 까닭이었으리라. 그는 진료실에 있었다. 어머니가 뛰다시피 들어와서 전보 한 통을 전해주었고, 배달부에게 팁을 주러 다시 나갔다. 그녀가 돌아왔을 때, 아들은 손에 전보를 펼쳐서 들고 있었다. 어머니가 그를 쳐다보았지만, 그는 창밖으로 찬란한 아침이 항구 위로 밝아오는 광경을 뚫어지게 바라보고 있었다.

"베르나르." 어머니가 불렀다.

의사는 멍한 표정으로 어머니를 보았다.

"전보 내용은?" 어머니가 물었다.

"그렇게 되었답니다." 의사가 솔직히 말했다. "일주일 전에요."

어머니는 창문 쪽으로 고개를 돌렸다. 의사는 입을 다물었다. 뒤이어 어머니에게 울지 말라고, 예상은 했으나 마음이 아프다고 말했다. 하지만 그는 그렇게 말하면서도 자신의 고통이 새삼스럽게 놀랄 일은 아님을 알고 있었다. 그것은 여러 달 전부터, 이틀 전부터 계속된 똑같은 고통이었다.

라우리츠 안데르센 링, 〈병든 남자〉, 1902.

4

2월의 화창한 어느 날 새벽, 시민들과 신문, 라디오와 도청의 포고문이 환호하는 가운데 마침내 시문이 열렸다. 그러므로 비록 거기에 완전히 섞여 기뻐할 자유가 없는 사람들 가운데 하나이기는 해도, 서술자에게는 시문 개방으로 인한 환희의 시간을 기록하는 일이 남아 있다.

밤낮으로 성대한 축하 행사가 개최되었다. 그와 동시에 기차가 연기를 내뿜기 시작했고 먼바다에서 온 선박들도 벌써 우리 항구를 향해 뱃머리를 돌렸는데, 제각기 그런 식으로 생이별로 신음하던 모든 사람에게 그날이 역사적인 재회의 날임을 알리고 있었다.

이 시점에서는, 시민들의 가슴에 깃들었던 이별의 감정이 어떻게 변했을지 누구나 쉽사리 상상할 수 있을 것이다. 하루 동안 우리 시로 들어온 열차에는 시에서 나간 열차 못지않게 승객이 많았다. 2주의 유예 기간에, 그날을 위해 좌석을 예약했던 사람들은 도청의 결정이 마지막 순간에 번복되지 않을까 저마다 마음을 졸였다. 게다가 시로 들어오는 승객들 가운데 몇몇은 불안감을 완전히 떨치지 못했다. 가깝게 지내는 사람들의 소식은 대충 알고 있었지만 다른 사람들이나 도시 전체의 상황은 전혀 몰랐기에 아직도 상당히 위험하리라고 상상했기 때문이다. 그러나 그것은 헤어져 있는 동안 열정이 식어버린 사람들에게만 해당하는 일이었다.

반면 열정적인 사람들은 고정관념에 사로잡혀 있었다. 그들에게 변한 것은 단 하나밖에 없었다. 즉 몇 개월의 유배 생활 중에는 등을 떠밀어 빨리 가게 하고 싶었고 앞으로 돌진하도록 재촉했던 그 시간, 이제 도시가 눈앞에 보이자, 그들은 반대로 그 시간을 늦추고 싶어 했고 기차가 멈추기 위해 제동을 걸자마자 그 시간을 정지시키고 싶어 했다. 사랑 없이 흘러간 상실의 나날 동안에 생겨난 모호하면서도 강렬한 감정 때문에 그들은 기쁨의 시간이 기다림의 시간보다 두 배는 더 천천히 흘러야 한다는 식의 보상을 막연히 요구했다. 자기 집 또는 랑베르처럼 플랫폼에서 그들을 기다리던 사람들도 똑같은 흥분과 조바심에 빠져 있었다. 몇 주 전에 소식을 들은 랑베르의 아내는 여기로 들어오려고 필요한 절차를 밟았다. 몇 개월의 페스트가 추상으로 만들어버린 그 사랑 또는 그 애정이 바야흐로 그것을 지탱해주던 육체적 존재와 맞닥뜨릴 순간을 랑베르는 초조하게 기다리고 있었다.

랑베르는 전염병 초기에 그랬듯 단숨에 도시 밖으로 뛰어나가 사랑하는 사람을 만나러 질주하려 했던 자기 자신으로 돌아가고 싶었으리라. 그러나 그것이 더 이상 가능하지 않다는 사실을 그는 알고 있다. 그는 변했다. 페스트가 그의 내면에 무엇인가 방심 같은 것을 만들었는데, 그는 전력을 다해 그것을 부정하려고 애썼으나 그것은 은근한 불안처럼 그의 마음속에 계속 살아남았다. 어떤 의미에서는 페스트가 너무나 급작스럽게 끝난 듯해서 도무지 실감이 나지 않았다. 행복이 전속력으로 다가오고 있었고, 일은 기대했던 것보다 더 빨리 진행되었다. 랑베르는 모든 걸 한꺼번에 돌려받을 것이며, 기쁨은 화상을 입을 때처럼 실감할 겨를도 없이 순식간에 실현되었다는 것을 알아차렸다.

사실 모든 사람이 정도의 차이는 있었으나 랑베르와 마찬가지였으므로 그들 모두의 이야기를 할 필요가 있다. 각자 개인적인 삶을 다시 시작하는 그 플랫폼에서, 그들은 여전히 공동체 의식을 느끼며 눈짓과 미소를 교환했다. 그러나 기차 연기를 보자마자 정신을 못 차릴 정도로 혼미한 기쁨의 소나기에 휩싸여, 유배의 감정이 갑자기 사라졌다. 기차가 멈춰 서고, 이제는 생김새조차 가물가물한 몸과 몸 위로 서로의 팔이 환희에 찬 욕망으로 휘감기는 순간, 대개 그 플랫폼에서 시작되었던 길고 긴 이별이 순식간에 끝나버렸다. 랑베르는 자기를 향해 달려오는 형상을 바라볼 틈도 없이 자신의 품으로 뛰어드는 그녀를 가슴에 안았다. 두 팔을 한껏 벌려 아내를 품은 그는 익숙한 머리칼밖에 보이지 않는 그녀의 머리를 꼭 껴안은 채 눈물을 흘렸다. 그 눈물이 현재의 행복에서 비롯된 것인지 너무나 오래도록 억누른 고통에서 비롯된 것인지는 알 수 없었다. 하지만 적어도 그 눈물 때문에 자신의 어깨에 파묻힌 얼굴이 그가 그토록 간절히 꿈꾸었던 여자의 얼굴인지 아니면 낯선 여자의 얼굴인지 확인할 수 없는 것만은 분명했다. 그의 의심이 맞는지 아닌지는 잠시 후에 알게 되리라. 지금 당장으로서는, 그도 페스트가 왔다 가도 인간의 마음은 변하지 않는다고 믿는 듯한 주변 모든 사람처럼 행동하고 싶었다.

서로를 꼭 껴안은 채 모두가 겉보기에는 페스트를 이긴 듯한 표정으로 집으로 돌아갔다. 그들 모두 나머지 세계에는 눈을 감고 있었다. 즉 그들은 모든 비참을 잊었고, 똑같은 기차에서 내렸으나 아무도 마중 나온 이가 없는 걸 보고 그 오랜 무소식이 자신의 마음속에 빚었던 두려움을 현실로 확인해야 했던 사람들을 잊었다. 이제 동반자라고는 몹시도 생생한 고통밖에 없는 사람들, 이제 죽은 사람에 대한 추억으로만 살아가는 또 다른 사람들의 경우에는 사정이 완전히 달라서 이별의 감정이 최고조에 달했다. 이름 없는 구덩이에 내던져진 사람이나 한 줌의 재로 변해버린 사람과 함께 모든 즐거움을 잃은 어머니들, 배우자들, 연인들에게 페스트는 여전히 현재진행형이었다.

그러나 누가 그런 고독을 생각했겠는가? 정오에는 아침부터 공기를 가르던 찬바람을 마침내 물리친 태양이 도시 위로 눈 부신 빛의 물결을 끝없이 쏟아부었다. 낮이 운행을 멈춰버린 듯했다. 언덕 꼭대기에 있는 요새의 대포가 청명한 하늘 속으로 끊임없이 포성을 울렸다. 모든 시민이 밖으로 쏟아져 나와 고통의 시간이 끝나고 망각의 시간이 시작될 그 가슴 벅찬 순간을 축하했다.

광장마다 사람들이 모여 춤을 추었다. 교통량이 금세 현저히 증가했고, 자동차도 더욱 많아져서 인파로 넘쳐나는 거리를 지나가기가 쉽지 않았다. 시내에서는 오후 내내 힘차게 종이 울렸다. 황금빛이 감도는 푸른 하늘에 맑은 종소리가 드넓게 퍼져나갔다. 교회에서는 감사 기도를 올렸다. 그러나 동시에 위락시설에서는 손님들이 터질 듯

만원을 이루었다. 카페들은 앞날에 개의치 않고 남은 술을 모조리 나눠주었다. 주인처럼 흥분한 손님들이 카운터 앞으로 몰려들었고, 그들 가운데 남의 시선에 아랑곳하지 않는 남녀들은 서로를 껴안았다. 모두가 큰 소리로 외치거나 소리 내며 웃었다. 마치 그날이 생환 기념일인 양, 그들은 영혼의 불빛을 낮추었던 지난 몇 달 동안 비축한 생명력을 마음껏 쏟아냈다. 물론 이튿날이면 다시 조심스러운 생활이 시작되리라. 하지만 지금 당장에는 출신이 사뭇 다른 사람들이 서로 팔꿈치를 부딪치며 무람없이 친밀감을 표했다. 사실상 죽음도 실현하지 못했던 평등이 해방의 기쁨으로 적어도 몇 시간 동안은 구현되었다.

그러나 그 평범하고 떠들썩한 활기가 모든 것을 설명해주지는 않았다. 랑베르와 함께 늦은 오후에 거리를 메웠던 사람들은 평범한 태도 아래에 더욱 섬세한 행복감을 감추고 있었다. 실제로 겉보기에는 그저 평화로운 산책객들로 보였던 수많은 커플과 가족들은 자신이 고통을 겪었던 장소를 찾아 미묘한 순례를 하는 중이었다. 순례의 목적은 새롭게 재회한 사람들에게 페스트의 뚜렷한 혹은 감춰진 표지, 그 역사의 자취를 보여주는 데 있었다. 어떤 사람들은 가이드 역할, 많은 것을 목격한 사람의 역할, 페스트와 동시대인인 역할에 만족했고, 공포심을 유발하지 않으면서 위험을 이야기했다. 그런 즐거움은 자극적이지 않았다. 그러나 다른 사람들은 전혀 색다른 여정을 택했는데, 예컨대 남자가 추억의 달콤한 고통에 젖은 채 여자에게 이렇게 말했다. "바로 그때, 바로 여기서 당신을 간절히 욕망했지만 당신은 여기에 없었어." 그 순간, 그 정열의 여행자들은 조용히 서로를 받아들였고, 왁

자지껄한 소란 속에서 일종의 속삭임과 속내 이야기의 섬을 이루었다. 진정한 해방을 알리는 사람은 십자로의 오케스트라가 아니라 바로 그들이었다. 서로 꼭 껴안은 채 말을 아끼며 황홀한 표정으로 걸어가는 그 남녀들이야말로 행복한 사람 특유의 승리감과 편파성을 내보이며 페스트는 물러갔고 공포는 끝났다고 선언하고 있었다. 그들은 명백한 증거에도 불구하고 사람의 죽음이 파리의 죽음만큼 일상적이었던 무지막지한 세계, 명확하게 정의된 야만성, 치밀하게 계산된 광란, 현재가 아닌 모든 행위를 끔찍할 정도로 자유롭게 해방한 유폐, 아직 죽지 않은 모든 사람을 아연실색하게 한 죽음의 냄새를 경험했다는 사실을 태연히 부정하고 있었다. 그들은 우리가 일부는 날마다 화장터의 아궁이에 쌓인 채 기름진 연기로 증발했고, 다른 일부는 공포와 무기력의 사슬에 묶인 채 자기 차례를 기다렸던 그 얼빠진 민중이었다는 사실을 부정하고 있었다.

어쨌든 바로 그것이 늦은 오후에 종소리, 대포 소리, 음악 소리, 귀가 먹먹해질 정도의 함성이 울려 퍼지는 가운데 교외를 향해 홀로 길을 걷던 리외의 눈에 비친 광경이었다. 그의 일은 변함없이 계속되었는데, 환자에게는 휴일이 없었기 때문이다. 도시 위로 쏟아지는 화창한 햇살 속으로 예전처럼 고기 굽는 냄새와 아니스 술 냄새가 피어올랐다. 그의 주변에서 사람들이 행복한 표정으로 고개를 젖혀 하늘을 보았다. 남자들과 여자들은 불타듯 상기된 얼굴로, 몹시 흥분해서 욕망에 들뜬 소리를 지르며 서로를 껴안고 있었다. 그렇다, 공포와 더불어 페스트도 끝이 났다. 서로의 몸을 감은 이 팔들은 깊은 의미에서 페스트가 곧 유배요, 이별이었음을 말해주고 있었다.

처음으로 리외는 몇 개월간 모든 행인의 얼굴에 나타났던 유사성에 이름을 붙일 수 있었다. 이제 주변을 둘러보는 것만으로 충분했다. 비참과 궁핍을 겪으며 페스트의 종점에 이르자, 그 모든 사람은 마침내 그들이 벌써 오래전부터 해온 역할, 즉 망명객의 역할에 걸맞은 옷을 입었다. 처음에는 그들의 얼굴이, 지금은 그들의 옷이 사랑의 부재와 조국의 상실을 말해주고 있었다. 페스트로 시문이 폐쇄된 순간부터, 그들은 모든 것을 잊게 해주는 인간적인 온기로부터 끊어진 채 오직 이별 상태에서 살았다. 정도의 차이는 있지만, 도시 구석구석에서 그 남자들과 여자들은 하나의 결합, 모두에게 동일하지는 않으나 모두에게 한결같이 불가능한 결합을 갈망했다. 그들 대부분은 지금 여기에 없는 연인을 향해 육체의 열기를, 애정을 또는 습관을 함께하고 싶다고 애타게 절규했다. 몇몇은 자기도 모르게 우정의 울타리 밖으로 쫓겨났음을, 편지나 기차나 배처럼 우정을 이어주는 통상적인 소통 수단으로는 그들과 재회할 수 없음을 괴로워했다. 더욱 드문 경우이기는 하지만, 아마도 타루 같은 또 다른 사람들은 그들이 분명하게 정의할 수는 없으나 유일하게 바람직한 것으로 여기는 그 무엇과의 결합을 열망했다. 달리 이름이 없었기 때문에, 그들은 때때로 그것을 평화라고 불렀다.

리외는 여전히 걸어가고 있었다. 앞으로 나아갈수록 군중이 더 많아지고 소란이 증폭되었기에, 그가 가고자 했던 변두리 동네가 그만큼 더 뒤로 물러나는 듯했다. 떠들썩하게 소리 지르는 그 거대한 무리에 그도 조금씩 녹아들면서 그 함성의 의미를 점점 더 잘 이해하게 되었다. 그리고 적어도 그 함성의 일부분은 자신의 함성이기도 했다. 그렇다, 모든 사람이 육체적으로나 정신적으로나 정히 견디기 힘든 공백, 대책 없는 유배, 결코 채워지지 않는 갈증으로 고통당했다. 산더미처럼 쌓인 시체, 구급차의 사이렌 소리, 운명으로 받아들일 수밖에 없었던 발병 통지, 끈질기게 계속된 공포, 마음속에 일었던 끔찍한 반항심 가운데서도, 하나의 거대한 기운이 끝없이 돌며 겁에 질린 사람들을 일깨우는 동시에 진정한 조국을 찾아야 한다고 그들에게 말했다. 그들 모두에게 진정한 조국은 그 숨 막히는 도시의 벽 너머에 있었다. 진정한 조국은 언덕 위의 향기로운 들풀에, 바다에, 자유로운 고장에, 깊고 무거운 사랑에 존재했다. 나머지 일에는 진절머리를 내며 얼굴을 돌렸던 그들은 진정한 조국으로, 행복의 나라로 돌아가고 싶어 했다.

유배와 재결합이 그들에게 지니는 의미에 관해 리외는 아무것도 알 수 없었다. 사방에서 그를 밀치거나 큰 소리로 외치는 군중을 헤치며 나아간 그는 차츰 인파가 덜 붐비는 거리로 들어섰고, 그것이 의미가 있는지 없는지는 중요하지 않으나 사람들의 희망에 어떤 대답이 주어졌는지는 알아야 한다고 생각했다.

이제 그는 어떤 대답이 주어졌는지 알 듯했는데, 인적이 드문 변두리 동네에 들어서자, 그것을 더 잘 이해할 수 있었다. 자신의 보잘것없는 신분에 만족하면서 사랑의 보금자리로 돌아가기만을 바랐던 사람들은 때때로 그 보상을 받았다. 물론 그들 가운데 몇몇은 그리운 사람을 잃은 채 계속 외롭게 도시를 서성였다. 그러니 전염병이 돌기 전에는 사랑을 다지지 못한 채 몇 해 동안 맹목적으로 힘겨운 조화를 추구하다가 이번에 서로 결합하게 된 사람들, 즉 어쨌거나 두 번 헤어지지 않았던 사람들은 차라리 다행이었다. 경솔하게도 리외처럼 시간을 믿었던 사람들은 결국 그리운 연인과 영원히 헤어지고 말았다. 그러나 또 다른 사람들, 즉 그날 아침 헤어질 때 의사가 "힘내요, 지금이야말로 현명하게 판단해야 할 때입니다"라고 말해준 랑베르 같은 사람들은 잃어버렸다고 생각한 연인을 단숨에 되찾았다. 적어도 당분간 그들은 행복하리라. 이제 그들은 언제나 갈망하지만 이따금 획득할 수 있는 것이 있다면, 그것은 바로 인간의 사랑임을 알게 되었다.

이와 반대로, 인간적인 범주를 초월해 자신이 상상조차 할 수 없는 것을 지향했던 사람들은 아무런 대답도 얻지 못했다. 타루는 자신이 말하던 그 어려운 평화에 다다른 듯했었지만, 실은 그 평화가 그에게 전혀 소용이 없어지는 순간, 즉 죽음 속에서만 그 평화를 찾게 되었다. 다른 한편 리외가 변두리 집의 문지방에서 본 사람들, 즉 온 힘을 다해 껴안은 채 황금빛 노을 속에서 서로를 황홀하게 바라보던 사람들이 원하는 것을 얻었다면, 그것은 그들이 자신의 힘으로 얻을 수 있는 것만을 원했기 때문이다. 그랑과 코타르가 사는 거리로 접어들면서, 리외는 적어도 가끔은 단지 인간에게, 가난하고 애달픈 것일지라도 인간의 사랑에 만족하는 사람들이 기쁨의 보상을 받는 게 당연하다고 생각했다.

5

이 연대기도 종점에 이르렀다. 이제 의사 베르나르 리외가 이 연대기의 저자임을 고백할 때다. 그러나 마지막 사건들을 기록하기 전에, 그는 적어도 자신이 연대기를 작성하게 된 이유를 설명하고, 객관적 증인의 어조로 이를 기록하려고 했다는 사실을 밝히고자 한다. 페스트가 유행하던 기간 내내 그는 직업상 대부분의 시민을 만날 수 있었고, 그들이 느끼는 감정을 수집할 수 있었다. 다시 말해 자신이 보고 들은 바를 이야기하기에 좋은 위치에 있었다. 그렇지만 그는 그 일을 최대한 신중하게 하고자 했다. 대개 자기가 눈으로 본 것 이상을 이야기하지 않으려고, 페스트를 함께 겪은 사람들에게 그들이 품지도 않았던 생각을 억지로 부여하지 않으려고, 우연이나 불행으로 수중에 넣게 된 텍스트만을 활용하려고 노력했다.

모종의 범죄 사건에 즈음하여 증인으로 호출되었을 때도 그는 선의의 증인이 마땅히 갖춰야 할 조심스러운 태도를 견지했다. 그러나 동시에 그는 양심에 어긋나지 않게 단호히 희생자를 편들었고, 시민들이 공유하는 유일한 확신, 즉 사랑과 고통과 유배 속에서 그들과 하나가 되고자 했다. 그리하여 시민들의 고통 가운데 그가 나누어 가지 않은 것이 아무것도 없었고, 그 어떤 어려운 상황도 그의 상황이 아닌 것이 없었다.

충실한 증인이 되기 위해, 그는 보고서와 서류와 소문을 옮겨 적어야 했다. 반면에 사적으로 말하고 싶었던 것, 그의 기대, 그의 시련에는 침묵을 지켜야 했다. 만일 그가 그런 개인적인 내용을 기록했다면, 그것은 단지 시민들을 이해하거나 이해시키기 위해서 그리고 시민들이 대체로 막연히 느끼고 있는 대상에 최대한 정확한 형태를 부여하기 위해서였다. 사실 그에게는 이런 이성적인 노력이 조금도 힘들지 않았다. 페스트 환자 수천 명의 목소리에 자신의 속내 이야기를 직접적으로 섞고 싶은 유혹을 느꼈을 때도 그는 자신의 고통 가운데 어느 것도 다른 사람들의 고통이 아닌 것이 없다는 생각과 혼자 고통을 겪는 일이 너무나 빈번한 이 세계에서 그런 공통된 고통이 오히려 다행이라는 생각에서 그 유혹을 억눌렀다. 요컨대 그는 모든 사람을 위해 이야기해야 했다.

그러나 의사 리외가 변호할 수 없는 시민 한 명이 있었다. 언젠가 타루가 리외에게 이렇게 말한 적이 있는 사람이었다. "그 사람의 유일하고도 진정한 죄는 어린아이들과 인간들을 죽게 만드는 페스트에 내심 동의했다는 사실입니다. 그의 나머지 행동은 이해할 수 있지만, 이것만은 용서하기 힘듭니다." 이 연대기가 무지한 마음, 이를테면 고독한 마음을 가졌던 그 사람을 다루면서 끝나는 것은 충분히 이해할 수 있는 일이리라.

시끌벅적한 축제의 대로에서 벗어나 그랑과 코타르가 사는 거리로 접어들었을 때, 의사 리외는 경찰이 친 바리케이드에 가로막혀 걸음을 멈추어야 했다. 그로서는 전혀 예상치 못한 일이었다. 축제의 소란이 멀리서 들리는 탓에 동네가 조용하게 느껴졌고, 조용한 만큼 쓸쓸해 보이기까지 했다. 그는 신분증을 꺼냈다.

"들어갈 수 없습니다, 의사 선생님." 경찰이 말했다. "어떤 미친놈이 사람들한테 총을 쏴대고 있어요. 하지만 떠나지 말고 여기에 계세요. 선생님의 도움이 필요할지도 모릅니다."

그때, 그랑이 리외를 향해 다가왔다. 그랑 또한 아무것도 모르고 있었다. 경찰이 통행을 막으셨는데, 그제야 자기 집 아파트 건물에서 총알이 날아오고 있다는 사실을 알았다. 멀리서 보니, 열기 없는 태양의 마지막 햇살을 받아 아파트 건물 전면이 황금색으로 물들어 있었다. 아파트 건물 주변으로는 커다란 공터가 있어 정면 보도까지 넓게 뻗어 있었다. 차도 한복판에 떨어진 모자 하나와 더러운 천 조각이 선명하게 눈에 들어왔다. 저 멀리 길 건너편에는 리외와 그랑을 가로막은 차단선과 평행을 이루는 경찰의 차단선이 있었는데, 그 뒤로 동네 사람 몇몇이 빠르게 오가는 모습이 보였다. 유심히 살펴보니, 아파트 건물의 맞은편 건물에서 경찰들이 출입문 근처에 웅크리고 앉아 권총을 겨누고 있었다. 아파트 건물의 덧창은 모두 닫혀 있었다. 그러나 3층의 덧창 하나가 부서져 금방이라도 떨어져 나갈 듯했다. 거리는 고요했다. 단지 시내 중심가에서 간간이 음악 소리가 들려올 뿐이었다.

한순간 아파트 맞은편 건물에서 총소리가 두 번 울렸고, 망가진 덧창에서 파편이 튀었다. 그러고는 다시 조용해졌다. 소란스러운 하루를 보낸 후 멀리서 바라보는 그 광경은 리외에게 다소 비현실적으로 느껴졌다.

"코타르의 창문입니다." 갑자기 그랑이 몹시 흥분한 표정으로 말했다. "하지만 코타르는 도망갔는데⋯."

"왜 경찰이 총을 쏘는 거죠?" 리외가 경찰에게 물었다.

"저놈의 주의를 묶어두려고 그러는 겁니다. 필요한 장비를 실은 차량이 지금 오고 있거든요. 건물 출입문에 접근하기만 하면 저놈이 총을 쏴댑니다. 벌써 경찰 한 명이 총에 맞았어요."

"저 사람은 왜 총을 쏬습니까?"

"모르겠습니다. 거리에서 사람들이 즐거워하고 있었죠. 첫 번째 총소리가 났을 때는 아무도 의식하지 못했어요. 두 번째 총소리가 나자 사람들이 비명을 질렀고, 부상자도 한 명 생겼습니다. 모두가 일제히 도망쳤죠. 미친놈이에요, 완전히!"

거리가 다시 조용해졌고, 시간이 느리게 가는 것처럼 느껴졌다. 갑자기 길 건너편에서 개 한 마리가 나타났는데, 리외도 오랜만에 보는 개였다. 그동안 주인이 숨겨두었음이 틀림없는 더러운 스패니얼 개가 벽을 따라 종종걸음으로 걸었다. 개는 아파트 건물 출입문 근처에서 잠시 망설인 후, 엉덩이를 땅에 대고 앉더니 몸을 벌렁 뒤집고서 벼룩을 핥았다. 경찰들이 호루라기 소리로 개를 불렀다. 그러자 개는 머리를 들고, 결심한 듯 천천히 차도를 건너다가 땅에 떨어져 있던 모자의 냄새를 맡기 시작했다. 바로 그때 3층에서 총성이 울렸다. 개가 완전히 거꾸로 뒤집혀 네 발을 버둥거리다가 마침내 긴 경련과 함께 옆으로 쓰러지고 말았다. 아파트 맞은편 건물에서 경찰들이 대여섯 번 응사하자 덧창에서 또 파편이 튀었다. 거리가 다시 조용해졌다. 해가 약간 기울어지면서, 코타르의 창가에 그늘이 지기 시작했다. 의사의 등 뒤쪽 거리에서 나지막한 브레이크 소리가 났다.

"차가 도착했군." 경찰이 말했다.

경찰들이 밧줄, 사다리, 방수포로 포장한 길쭉한 짐꾸러미 두 개를 들고 등 뒤에서 나타났다. 그들은 그랑의 아파트 맞은편 건물들을 끼고 도는 골목길로 들어갔다. 잠시 후, 그 건물들의 출입문에서 약간의 술렁거림이 보였다기보다는 느낌으로 짐작되었다. 그런 다음, 모두가 기다렸다. 개는 더 이상 움직이지 않았고, 이제 거무스름한 핏물 위에 누워 있었다.

갑자기, 경찰들이 들어간 건물의 창문에서 기관총이 발사되기 시작했다. 사격이 계속되면서 목표물이던 덧창은 문자 그대로 박살이 나고 검은 표면까지 드러났지만, 리외와 그랑이 있는 곳에서는 아무것도 분간할 수 없었다. 사격이 그치자 이번에는 멀리 떨어진 집에서 두 번째 기관총이 다른 각도로 불을 뿜었다. 별안간 벽돌 파편이 튀는 걸로 보아 총알이 창틀 근처를 뚫고 들어간 듯했다. 바로 그 순간, 경찰 세 명이 차도를 가로질러 아파트 건물 출입문으로 벼락같이 뛰어 들어갔다. 거의 동시에 또 다른 경찰 세 명이 출입문으로 돌진했고, 기관총 사격이 멈추었다. 모두가 다시 기다렸다. 멀리서 들리는 것처럼 두 방의 총성이 건물 안에서 울렸다. 뒤이어 소란이 크게 일었고, 셔츠 차림의 키 작은 남자가 끊임없이 소리를 지르며 끌려 나온다기보다는 들려 나왔다. 그 순간 마치 기적처럼 거리로 난 모든 덧창이 일제히 열렸고, 창문마다 호기심 어린 얼굴들이 모습을 드러냈다. 다른 한편, 사람들이 집에서 나와 군중을 이루며 바리케이드 뒤로 몰려들었다. 잠시 후, 도로 한복판에서 마침내 땅에 발을 붙인 채 두 팔이 뒤에 선 경찰들의 손에 붙잡힌 그 키 작은 남자가 보였다. 그는 소리를 지르고 있었다. 경찰 하나가 그에게 다가서더니, 침착하게 그의 얼굴을 주먹으로 힘껏 두 번 갈겼다.

"코타르군요." 그랑이 중얼거렸다. "미쳐버린 것 같습니다."

코타르는 쓰러져 있었다. 경찰이 땅바닥에 누운 그 몸뚱이를 이번에는 힘껏 발로 찼다. 뒤이어 경찰 무리와 동네 사람들이 서로 뒤섞인 채 술렁이며 의사와 그의 늙은 친구를 향해 다가왔다.

"비키세요, 비켜주세요!" 경찰이 말했다.

리외는 그 사람들이 자기 앞으로 지나갈 때 눈길을 돌렸다.

해가 저무는 황혼 속에서 그랑과 의사는 자리를 떠났다. 마치 그 사건이 마비 상태에 빠져 잠자던 동네를 흔들어 깨우기라도 한 듯, 외진 거리마다 환희에 찬 군중이 다시 웅성거리며 몰려들었다. 그랑은 아파트 건물 앞에서 의사에게 작별 인사를 건넸다. 그는 집필 작업을 하러 가려는 참이었다. 그러나 집으로 올라가려던 순간, 그는 잔에게 편지를 썼고 그래서 이제는 만족스럽다고 의사에게 말했다. 뒤이어 그는 문장을 다시 다듬기 시작했다고 덧붙였다. "형용사를 모두 지워버렸어요."

짓궂은 미소와 더불어, 그는 모자를 벗고 격식을 갖추어 인사했다. 그러나 리외는 코타르를 생각하고 있었다. 경찰이 주먹으로 그의 얼굴을 후려칠 때 났던 둔탁한 소리가 늙은 천식 환자의 집으로 가는 내내 그를 따라왔다. 어쩌면 죽은 사람을 생각하는 것보다 죄지은 사람을 생각하는 것이 더 괴로운 일일지도 몰랐다.

리외가 늙은 환자의 집에 도착했을 때, 하늘은 벌써 온통 어둠에 잠겨 있었다. 저 멀리서 벌어지는 자유의 소란이 방에서도 어렴풋이 들렸다. 노인은 변함없는 기분으로 계속 콩을 옮겨 담고 있었다.

"모두 즐거워하는 게 당연하지." 노인이 말했다. "다시 세상을 만들려면 저런 소란도 필요하다오. 그런데 선생님 동료는 어떻게 되었소?"

폭발음이 몇 번 그들의 귀에까지 들렸지만, 그것은 평화로운 폭발음이었다. 아이들이 폭죽놀이를 하고 있었다.

"죽었습니다." 노인의 가르랑거리는 가슴에 청진기를 갖다 대면서 의사가 말했다.

"아!" 노인이 당황해하면서 말했다.

"페스트 때문에." 리외가 덧붙였다.

"그렇군요." 잠시 후에 노인이 다시 말했다. "가장 훌륭한 사람들부터 떠나는 거요. 그런 게 인생이지. 그 사람은 자기가 무얼 원하는지 잘 알고 있었소."

"왜 그렇게 말씀하시는 거죠?" 의사가 청진기를 챙기면서 말했다.

"그냥 그렇다는 말이오. 그 사람은 쓸데없는 말을 하지 않았소. 아무튼 나는 그 사람이 마음에 들었소. 하지만 세상사가 그런 거라오. 다른 사람들은 이렇게 떠들잖소. '페스트다, 우리가 페스트를 이겼어.' 그런 자들은 보잘것없는 일을 하고서도 훈장을 달고 싶어 해요. 그렇지만 페스트가 뭘 의미하겠소? 그건 인생이라오, 인생, 그뿐이지."

"규칙적으로 찜질을 하세요."

"오! 아무것도 걱정하지 말아요. 오래도록 살아남아서 모두가 어떻게 죽는지 볼 테니까. 이래 봬도 내가 생존법을 좀 안다오."

노인의 말에 응답이라도 하듯 멀리서 환호성이 들려왔다. 의사는 방 한가운데 멈춰 섰다.

"테라스에 가보고 싶은데 실례가 되지 않을까요?"

"전혀! 거기서 저들을 내려다보고 싶은 게로군, 안 그렇소? 내 집처럼 편하게 해요. 그런데 저들은 언제나 똑같소."

리외는 계단 쪽으로 갔다.

"참, 선생님, 페스트로 죽은 사람들을 위해 기념물을 만든다는 게 사실이오?"

"신문에 그렇게 났더군요. 비석을 세우거나 동판을 제작하겠다고 합니다."

"그럴 줄 알았소. 게다가 번지르르한 연설도 하겠지."

노인은 숨이 막힐 듯이 껄껄거리며 웃었다.

"여기 있어도 훤히 다 보여, 뻔하지. '우리의 희생자들은…' 그러고서는 곧장 식당으로 갈 놈들이지."

리외는 벌써 계단을 올라가고 있었다. 집들 위로는 드넓은 하늘이 차갑게 반짝이고 있었고, 언덕 위로는 별들이 부싯돌처럼 단단해지고 있었다. 오늘 밤도 타루와 그가 페스트를 잊기 위해 이 테라스로 올라왔던 그 밤과 그다지 다르지 않았다. 절벽의 발치에서 들리는 파도 소리만이 그때보다 더 요란했다. 미지근한 가을바람에 실려오던 소금기가 빠져서 공기가 맑고 가벼웠다. 그러는 동안에도 파도 소리와 함께 여전히 도시의 소음이 테라스 발치에 와서 부딪쳤다. 그러나 오늘 밤은 반항의 밤이 아니라 해방의 밤이었다. 저 멀리 보이는 검붉은 불빛이 휘황찬란한 대로와 광장의 위치를 알려주고 있었다. 바야흐로 해방의 어둠 속에서 욕망은 완전히 족쇄가 풀렸고, 그 욕망의 포효가 리외에게도 뚜렷이 들렸다.

어두운 항구에서 공식적인 축연의 첫 불꽃이 솟아올랐다. 시민들은 길고 은은한 함성으로 불꽃에 화답했다. 코타르도, 타루도, 리외가 사랑했으나 잃어버린 남자들과 여자들도, 죽은 사람들도, 범죄자들도 모두 기억나지 않았다. 노인의 말이 옳았다. 인간들은 언제나 똑같았다. 하지만 바로 그것이 인간들의 힘이요, 순수성이었다. 그리고 리외가 일체의 고통을 넘어 인간들과 합류하는 지점도 바로 여기였다. 함성이 더 강해지고 길어지면서 테라스 발치까지 밀려와 오래도록 메아리치는 가운데 형형색색의 불꽃 다발이 더 많이 하늘 높이 솟아올랐을 때, 그때 의사 리외는 침묵하는 사람이 되지 않기 위해, 페스트에 걸렸던 사람들에게 우호적인 증언을 남기기 위해, 그들에게 가해진 불의와 폭력에 대한 기억을 새기기 위해 그리고 재앙의 소용돌이 속에서 배운 사실, 즉 인간에게는 경멸할 것보다 찬양할 것이 더 많다는 사실을 소박하게 강조하기 위해 지금 여기서 마무리되는 이야기를 글로 쓰려고 결심했다.

그러나 이 연대기가 결정적인 승리의 기록일 수 없다는 사실을 그는 잘 알고 있었다. 이 연대기는 성자가 될 수도 없고 재앙을 인정할 수도 없기에 의사가 되려고 애쓰는 모든 사람이 자신의 개인적인 고통에도 불구하고 공포에 맞서, 공포가 휘두르는 완강한 무기에 맞서 완수해야 했고 또 아마도 앞으로 완수해야 할 증언일 뿐이다.

　도시에서 올라오는 환희의 외침을 들으면서, 리외는 이 환희가 여전히 위협받고 있다는 사실을 떠올렸다. 저기 기쁨에 젖은 군중은 모르고 있으나 책을 통해 확인할 수 있는 사실, 즉 페스트균은 결코 죽지도 사라지지도 않는다는 사실, 페스트균은 수십 년 동안 가구와 내의에 잠복할 수 있다는 사실, 페스트균은 방, 지하실, 트렁크, 손수건, 서류 더미에서 끈질기게 기다린다는 사실 그리고 아마도 인간들에게 불행과 교훈을 주기 위해 페스트가 죽음의 숙주인 쥐들을 깨워 행복한 도시로 보낼 날이 다시 오리라는 사실을 그는 알고 있었다.

구스타프 클림트, 〈죽음과 삶〉, 1910-1915.

해제

†

유기환

1. 『페스트』와 전염병

2019년 겨울부터 전 세계를 불안과 공포의 도가니로 몰아넣은 전염병 코로나19로 인해 알베르 카뮈(Albert Camus, 1913-1960)의 소설 『페스트*La Peste*』(1947)가 다시 세계적인 베스트셀러가 되었다.

『페스트』의 서사 내용과 근년에 우리가 겪은 현실은 유사하기 그지없다. 격리 수용, 도시 봉쇄, 이동 제한, 백신 부족, 신약 개발, 사재기, 암시장 등 기본적인 테마가 거의 동일하게 나타난다. 그렇기에 지금의 독자들도 『페스트』를 읽으면서 코로나19 시대에 세계가 무엇이었고 우리가 누구였는지를 깨닫고, 포스트 코로나19 시대에 세계는 무엇이어야 하고 우리는 누구여야 하는가를 깨우칠 수 있으리라 믿는다.

『페스트』는 어떤 소설인가?

　『페스트』는 『이방인*L'Etranger*』과 함께 카뮈의 예술적 여정에서 특별한 단계를 표시한다. 알다시피 카뮈는 자신의 창작 주제를 부조리, 반항, 사랑으로 압축했다. 각각의 주제는 소설로 쓰이고, 철학적 해설이 이루어지며, 연극으로 형상화된다. 부조리 계열의 작품은 소설 『이방인』, 에세이 『시지프 신화*Le Mythe de Sisyphe*』, 희곡 『칼리굴라*Caligula*』이고, 반항 계열의 작품은 소설 『페스트』, 에세이 『반항인*L'Homme révolté*』, 희곡 『정의의 사람들*Les Justes*』이다. 사랑 계열의 작품은 카뮈가 소설 『최초의 인간*Le Premier homme*』을 집필하던 중 사망함으로써 미완성으로 남았다. 카뮈는 『이방인』을 통해 '왜 삶인가'라는 문제와 '부조리 철학'을 제시했고, 『페스트』를 통해 '어떻게 살 것인가'라는 문제와 '반항의 철학'을 제시했다. 삶에는 합리적인 이유가 없다는 사실, 그 부조리한 삶에 대한 최선의 방책이 자살이나 종교가 아니라 반항이라는 사실은 여기서 상론할 필요가 없으리라. 다만 『이방인』에서 엿보인 개인적 반항이 『페스트』에서 집단적 반항으로 확대된다는 사실만을 강조하자.

　1938년부터 『페스트』를 구상한 카뮈는 1942년~1943년에 첫 번째 버전을 만들었고, 1942년~1946년에 두 번째 버전을 완성했다. 1947년에 출판된 『페스트』와 1943년의 첫 번째 원고 사이에는 약 1,500개의 변형이 보인다. 그렇다면 이처럼 긴 시간 동안 소설을 수정하고 보완한 이유는 무엇일까? 카뮈의 전기를 쓴 올리비에 토드는 카뮈가 자기 작품 중에서 『페스트』에 가장 많은 시간을 투자했으나 실패할지 모른다고 불안해했음을 확인한다.[1] 작가의 우려와 달리,『페스트』는 곧바로 큰 성공을 거두었다. 출간과 함께「비평가상Prix des Critiques」을 받았고, 석 달 만에 약 10만 부를 찍었다. 이후『페스트』에 대한 관심은 전 세계적으로 확대되어 지금까지 약 50개 언어로 번역되었다.

1955년에 롤랑 바르트가「전염병의 연대기 또는 고독의 소설?」이라는 글을 통해『페스트』의 모럴을 '반역사적 모럴'이라고 비판했을 때, 카뮈는『페스트』가 "나치즘에 대한 유럽 레지스탕스의 투쟁"을 그린 소설이라고 대답했다.[2] 즉『페스트』는 나치즘의 폭압과 레지스탕스의 투쟁이라는 역사를 기록하고 있다는 것이었다.

기실 전후의 독자들도 수용소, 죽음, 이별, 식량 부족, 등화관제 등 대전大戰의 악몽을 떠올리며『페스트』를 읽었다. 그런데 카뮈 스스로 '전쟁' 외에 두 가지 독법을 더 제시했다. "재앙 이야기, 나치 점령의 상징, 악이라는 형이상학적 문제에 대한 구체적인 예증."[3]

일반적으로 페스트를 무엇의 알레고리로 보느냐에 따라『페스트』를 읽는 방법은 세 가지로 나뉘는데, 의학적 전염병, 역사적 나치즘, 형이상학적 악이 그것이다.

---

1 Olivier Todd, *Albert Camus, Une vie*, Gallimard, 1996, p. 417.

2 Albert Camus, "Lettre à Roland Barthes" in *Théâtre, Récits, Nouvelles,* Bibliothèque de la Pléiade, Gallimard, 1962, p. 1973.

3 Olivier Todd, *Albert Camus, Une vie*, p. 331에서 재인용.

왜 『페스트』를 읽는가?

카뮈는 1945년 인터뷰에서 이렇게 말했다. "나는 체계를 믿을 정도로 이성을 신뢰하지는 않는다. 나의 관심은 우리가 신神도 이성도 믿지 않을 때 어떻게 행동할 수 있는가를 아는 데 있다."[4] 『페스트』는 신도 이성도 무력감을 드러낼 때 인간이 할 수 있는 행동이 무엇인지, 특히 시간의 변화에 따라 페스트 관련 집단의 행동이 어떻게 달라지는지를 잘 보여준다.

「해제」에서는 『페스트』의 시간 구조를 검토한 후 페스트 관련 집단의 행동을 시기별로 종합하고자 한다. '이야기란 무엇인가'를 논하는 조너선 갓셜이나 브라이언 보이드는 『일리아스』 『오디세이아』 이래 모든 신화가 '공동체의 난제를 시뮬레이션하는 강력하고도 오래된 가상현실 기술'이라고 말한 바 있다.[5]

신화가 공동체의 성공을 위한 연습문제라면 『페스트』는 팬데믹 시대의 영원한 신화일 수밖에 없고, 그 분석과 종합은 향후 발생할지도 모를 또 다른 팬데믹 사태에 유효한 교훈과 지혜를 제공할 수도 있지 않을까.

---

4   Roger Quilliot, "Présentation de *La Peste*" in *Théâtre, Récits, Nouvelles*, p. 1937.
5   조너선 갓셜, 『스토리텔링 애니멀』, 노승영 옮김, 민음사, 2014, 93-94쪽. 브라이언 보이드, 『이야기의 기원』, 남경태 옮김, 휴머니스트, 2013, 226쪽.

2. 연대기의 시간 구조

왜 연대기인가?

『페스트』는 이렇게 시작된다. "이 연대기의 주제를 이루는 기이한 사건들은 194×년 오랑에서 발생했다." 첫 문장에서 작가는『페스트』를 소설이 아니라 연대기로 규정한 후 이야기가 끝날 때까지 그 규정을 되풀이한다. 연대기는 실제 사건을 기술하는 것이므로『페스트』는 당연히 연대기가 아니다. 그럼에도 카뮈는 왜『페스트』를 애써 연대기라고 부르는 걸까?

『페스트』는 스탕달의『적과 흑 _Le Rouge et le noir_』에서 기술記述의 착상을 얻은 것으로 알려져 있는데,『적과 흑』의 부제는 「1830년의 연대기 _Chronique de 1830_」다. '연대기'라는 표현이『적과 흑』을 프랑스 왕정복고기 풍속의 역사로 제시하려는 사실주의적 의도의 산물임은 말할 필요조차 없다. 카뮈 또한 제2차 세계대전이라는 역사적 비극을 '페스트'라는 알레고리를 통해서 형상화하고자 했다. 디포의『페스트, 1665년 런던을 휩쓸다 _A Journal of the Plague Year_』에서 빌린『페스트』의 제사題詞는 '페스트'가 현실을 상징하고 있음을 뜻한다.

> 하나의 감금 상태를 다른 하나의 감금 상태로 표현하는 것은 실제로 존재하는 무엇인가를 실제로 존재하지 않는 무엇인가로 표현하는 것만큼 합리적인 일이다. – 대니얼 디포

『페스트』는 "실제로 존재하는 무엇인가"를 "실제로 존재하지 않는 무엇인가"로, 이를테면 전체주의를 페스트로 표현하고 있다. 상징의 울타리 안에서, 카뮈는 객관적인 증언으로서의 연대기를 작성하고자 한다. 그는 예상이나 회상을 자제하면서 사건을 발생 순서에 따라 선형적으로 기술했고, 연대기라는 인상을 제고하기 위해 부나 장에 제목을 달지 않았다. 또한 서술자와 사건 사이의 거리를 넓혀 증언의 객관성과 신빙성을 높이고자 도입부에서 서술자의 신원을 의도적으로 은폐한다. (소설의 종결부에서 서술자의 신원이 밝혀지는데, 그는 의사 베르나르 리외다.)

카뮈는 『반항인』에서 이렇게 말했다. "소설적 행위는 일종의 현실 거부를 전제로 한다."[6] 그가 보기에, 소설가는 작중 인물과 사건을 자유자재로 논평하고 장식하고 판단하면서 과거로 돌아가기도 하고, 시간을 건너뛰기도 한다. 한마디로 소설가는 폭넓은 서술적 자유를 누림으로써 핍진한 현실을 왜곡하기 쉽다. 그러나 연대기 작가는 본 것을 본 대로 이야기하는 자, 단지 "그런 일이 일어났다"라고 기록하는 자다. 카뮈가 첫 문장에서 『페스트』를 소설이 아니라 연대기로 규정하는 것은 『페스트』의 내용이 현실의 거울이라고 선언하는 것과 다를 바 없다.

---

6 알베르 카뮈, 『반항인』, 유기환 옮김, 현대지성, 2023, 377쪽

이야기의 시간 구조

『페스트』의 전체 스토리는 4월 16일부터 다음 해 2월 10일까지 약
10개월 동안 지속된다. 정확한 날짜의 언급은 페스트 선언, 도시 봉쇄
를 서술하는 제1부와 페스트 종료, 도시 개방이 실현되는 제5부에서
만 이루어진다. 다시 말해 달력의 숫자에 따른 시간은 '페스트 기간'
외에 적용되고, 9개월의 유폐 상태가 서술되는 제2부, 제3부, 제4부는
특별한 기념일이나 페스트에 결부된 사건에 비추어 이야기가 직조된
다. 예를 들면 만성절, 크리스마스, 문지기의 죽음, 파늘루 신부의 강
론, 오통 예심판사 아들의 죽음 등이 그것이다. 다섯 부로 구성된 『페
스트』는 연대기답게 시간이 선형적으로 흘러간다. 시간적 지표와 함
께 페스트의 진행 상황을 간략히 정리하면 다음과 같다.

제1부(8장): 약 1개월(4월 16일~5월 중순). 전염병 발견 과정이 기술되
는데, 쥐의 죽음(4월 16일), 문지기의 죽음(4월 30일), 노老의사 카스텔
의 페스트 확인(5월 1일), 중앙정부의 명령에 따른 도시 봉쇄(5월)가
특징적인 사건을 이룬다.

제2부(9장): 약 2개월 반(5월 중순~7월 하순). 페스트의 상승기에 해당
하는데, 유폐, 이별, 통신 제한, 식량 배급, 교통 제한 등 도시의 변
화(5월), 파늘루 신부의 첫 번째 강론(6월), 시민보건대 창설(6월
~7월), 파리 신문기자 랑베르의 탈출 시도가 중심 서사를 이룬다.

제3부: 약 1개월(8월). 유일하게 장의 구분이 없는 단일한 부로서 페스트의 절정기를 다루는데, 폭력, 약탈, 방화로 인한 등화관제 실시와 개별 장례, 집단 매장, 화장 등 시체 처리 방식이 주요 서사를 이룬다. 모든 사람, 모든 것이 '페스트의 질서'에 편입된다.

제4부(7장): 약 4개월(9월 초순~12월 하순). 페스트의 일상화 단계인데, 랑베르의 시민보건대 참여(10월), 오통 예심판사 아들의 죽음(10월 말), 파늘루 신부의 두 번째 강론과 죽음(11월), 타루의 과거(11월 말), 그랑의 감염과 회복(12월 말)이 중심 서사를 이룬다.

제5부(5장): 약 1개월 반(1월 초순~2월 중순). 페스트의 종식이 그려지는데, 통계 수치의 하강세, 타루의 감염과 죽음(1월 말), 시문市門의 개방(2월 초)이 특징적 사건을 이룬다. 서술자 리외가 마침내 자신의 신원을 밝히면서 '증언'을 위해 연대기를 쓰려고 결심한다.

·

다른 한편, 『페스트』에서는 '달력의 시간' 외에 '통계 수치'가 시간적 지표로 기능한다. 예컨대 제1부에서 한 마리로 시작된 쥐의 죽음이 10마리, 50마리, 수백 마리로 증가하다가, 4월 25일 6,231마리, 4월 28일 8,000마리로 폭증하고, 그다음에는 사람이 죽는다. 사망자도 두 명에서 20명, 40명으로 증가하고, 제2부에서 일주일에 700명, 하루에 124명으로 폭증한 후, 제3부에서는 집단 매장, 화장, 수장 등 시체처리의 가속화 필요성이 사망자 통계를 대신한다. 제4부의 종결부에 이르러서야 하향 곡선이 나타나고, 제5부에서 희망적인 통계가 제시된다. 통계 수치는 반복적이고 산술적인 특성에 의해 페스트의 위력을 실감하게 한다.

끝으로, '계절의 변화'는 『페스트』의 시간을 구조화하는 또 다른 기준이다. 제1부 4월 중순부터 5월 중순까지 약 1개월은 '봄'에 해당하고, 제2부 5월 중순부터 7월 하순까지 약 2개월 반은 '여름'에 해당한다. 제3부 8월은 '여름의 절정'이다. 제4부 9월 초순부터 12월 하순까지 4개월은 '가을'에 해당하고, 제5부 1월 초순부터 2월 중순까지 약 1개월 반은 '겨울'에 해당한다. 다시 말해 페스트는 봄에 발생해서, 초여름에 발전하고, 한여름에 절정을 이루다가, 가을에 정체 상태에 접어들고, 겨울에 소멸한다. 계절의 변화에 동반되는 기후의 언급, 예를 들면 봄의 안개와 비, 여름의 작열하는 태양, 8월의 불타는 바람, 가을의 폭우, 겨울의 맹추위는 역병 이야기에 신화적 성격을 부여한다.

달력의 시간, 사건의 시간, 통계 수치, 계절 등 이야기의 시간적 구조에 조응하는 페스트의 진행 경과에 따라 작중 인물들의 반응과 행동도 민감하게 변화한다. 의사라는 전문가 집단, 도지사로 대표되는 행정 당국, 서사를 이끄는 주요 개인들, 익명의 시민 집단이 보여주는 반응과 행동을 차례로 검토하면, 팬데믹 시대를 살아가는 21세기 세계인의 초상도 어느 정도 그려볼 수 있을 것이다.

3. 전문가의 행동

전염병 정보와 지식의 중심점

카뮈가 의사 리외를 서술자로 만든 것은 직책상 환자, 행정가, 동료 의사, 시민을 두루 접촉하면서 페스트 관련 정보를 수집하고 종합하기에 가장 유리한 위치에 있기 때문이리라. 장의 첫 문장이나 도입부에서 흔히 리외가 언급되며, 타루, 그랑, 랑베르, 파늘루 신부 등 주요 인물이 등장할 때도 대개 리외가 동반된다. 짧게 말해 의사 리외는 서술자일 뿐만 아니라 작중 인물로서 이야기의 중심점을 이룬다.

쥐의 죽음을 최초로 발견하고 전염병을 의심하는 사람도 리외, 의심이 현실로 드러나자 당국의 개입을 요청하는 사람도 리외다. 전염병에서 가장 중요한 일은 예방적 판단과 선제적 조처일 텐데, 문제의 질병이 페스트임을 확신했을 때 전문가로서 리외는 자신의 정보와 지식을 종합한다. 공시적 관점에서 그는 자신이 진찰한 환자들의 증상을 열거한 다음, 통시적 관점에서 페스트의 발생지와 특징을 요약한다. 참고로, 비평가 베르나르 알뤼엥이 요약하는 역사상의 페스트 발생은 다음과 같다. 기원전 429년에 페스트는 아테네를 초토화했고, 6세기와 7세기에 지중해 연안을 강타했다. 1337년~1353년, 페스트가 전 유럽을 휩쓸며 2,400만 명을 희생시켰다. 1575년과 1630년에 밀라노에 페스트가 창궐했다. 런던에서는 1603년 3만 6,000명, 1625년 3만 5,000명, 1665년~1666년 7만 명의 사망자를 냈고, 마르세유에서는 1720년에 4만 명을 죽게 했다. 19세기 말에는 중국에서, 1921년에는 알제리에서 페스트가 발생했다.[7] 즉 페스트는 기원전 5세기부터 기원후 20세기 전반까지 줄곧 인류와 함께해왔다. 다시 『페스트』이야기로 돌아가면, 초역사적인 대재앙 '페스트'라는 단어가 출현한 이상, 의사 리외에게 주어진 문제는 정보와 지식을 총동원해 최대한 과학적으로 대응하는 것이다.

최전선의 레지스탕스

『페스트』에서 '의사docteur'라는 단어는 250회 등장한다. 주인공이자 서술자인 '리외'가 526회(1위), 시민보건대를 조직하고 수첩에 페스트의 일상사를 기록한 '타루'가 299회(2위) 등장한 것을 보면 카뮈가 '의사'라는 직업에 얼마나 큰 중요성을 부여했는지를 짐작할 수 있다.[8] 카뮈의 말대로 페스트가 무엇보다 '나치즘'을 상징한다면, 가장 가까운 거리에서 페스트균과 싸우는 의사는 '최전선의 레지스탕스'임이 틀림없다.

카뮈는 「작가 수첩Carnets」에서 『페스트』의 주요 테마 중 하나가 "의학과 종교의 투쟁"이라고 기록했다.[9] 『페스트』에서 종교를 대표하는 인물은 파늘루 신부인데, 그에게 페스트는 짚과 낟알을 가려낼 때까지 인류라는 밀을 가차 없이 타작할 '도리깨'이며, 중요한 것은 치료

---

7 Bernard Alluin, *La Peste, Albert Camus*, Hatier, 1996, p. 19.

8 민진영, 「포스트 코로나 시대 알베르 카뮈의 『페스트』에 관한 탐색적 빅데이터 분석」, *The Journal of the Convergence on Culture Technology*, vol. 7, 2021, 436쪽.

9 Roger Quilliot, "Présentation de *La Peste*" in *Théâtre, Récits, Nouvelles*, p. 1937.

가 아니라 '회개'다. 이런 면에서 과학을 대표하는 리외는 파늘루 신부와 대척점에 서는데, 의사 리외의 최우선 과제는 '치료'다.

페스트에 대한 의사 집단의 반응과 행동을 가장 구체적으로 보여주는 장면은 5월 초에 개최된 도청의 보건위원회 회의 장면일 것이다. 여기서 의사들의 의견은 양분된다. 리외와 카스텔은 현재 상황으로 볼 때 페스트에 준하는 예방 조처를 시급히 시행해야 한다고 주장한다. 반면 위원장 리샤르를 비롯한 의사 대부분은 페스트 선언이 초래할 '후폭풍'을 염려하여 신중론을 펼친다. 의사 리외에게 문제는 명칭이 아니라 방역이다. "그것을 페스트라고 부르든 골수염이라고 부르든 명칭은 중요하지 않아요. 중요한 것은 시민의 절반이 사망하는 사태를 막는 일입니다." 소설의 종결부에서 리외는 자신의 마지막 임무를 연대기 작성, 즉 '의사의 증언'으로 규정한다. 이런 면에서 증언을 벗어나 경고에 가까운 '예고'를 남기는 마지막 문단은 각별한 주목을 요한다.

저기 기쁨에 젖은 군중은 모르고 있으나 책을 통해 확인할 수 있는 사실, 즉 페스트균은 결코 죽지도 사라지지도 않는다는 사실, 〔…〕 페스트균은 방, 지하실, 트렁크, 손수건, 서류 더미에서 끈질기게 기다린다는 사실 그리고 아마도 인간들에게 불행과 교훈을 주기 위해 페스트가 죽음의 숙주인 쥐들을 깨워 행복한 도시로 보낼 날이 다시 오리라는 사실을 그는 알고 있었다.

『저주의 몫La Part maudite』을 쓴 조르주 바타유에 따르면, 전쟁이나 페스트는 생태계의 안정을 위해 자연이 선택하는 최종적이며 파국적인 해결책이다.[10] 지구라는 공간은 한정되어 있으므로 생명은 개체가 늘어나면서 가처분 공간을 바다에서 육지로, 육지에서 공중으로 확대했다. 특히 인간은 만물의 영장으로 올라선 이후 끝없이 확대 재생산에 전념하여 인구를 폭발적으로 늘렸다. 지구라는 가처분 공간은 한정되어 있는데 개체가 무한히 늘어나면 어떻게 될까? 그것은 인간의 공멸, 생태계의 소멸로 귀결한다. 전쟁도 피상적으로는 인간의 선택처럼 보이지만, 근원적으로는 개체를 줄여 생태계를 안정시키려는 자연의 고육지책이다. 만일 인간이 지금처럼 생산과 축적의 노예이기를 멈추지 않는다면, 의사 리외의 예고는 반드시 현실화할 것이다. 그것이 '페스트'라고 불리든 '코로나19'라고 불리든 말이다.

4. 행정 당국의 행동

상상력의 결핍과 '늑장 대응'

『페스트』에서 행정 당국이란 오랑[11]의 시청과 도청 및 본국의 중앙 정부를 가리킨다. 전체적으로 페스트 관련 조치의 최종 결정권자는

---

10 Georges Bataille, *La Part maudite* in *Oeuvres complètes*, tome 7, Gallimard, 1976, pp. 31-33.
11 카뮈는 1940년 말에 오랑 출신의 프랑신 포르와 리옹에서 결혼하고, 1941년 초에 오랑으로 가서 일 년 반 동안 거주하며 소설 『페스트』를 구상했다.

중앙정부지만, 실질적인 행정 조치는 대부분 도지사의 책임하에 시행된다. 수도 알제에서 약 430킬로미터 떨어진 해안 도시 오랑은 알제리 제2의 도시이다. 현재 인구는 150만 명이지만, 『페스트』에서 오랑에 거주하는 인구는 약 20만 명이다. 『페스트』의 도입부는 "알제리 해안의 프랑스 도청 소재지"에 지나지 않는 오랑이 얼마나 평범한 도시인지를 강조한다. 말하자면 평범한 도시 오랑의 행정은 세계 곳곳에서 목격되는 평범한 행정이라고 할 수 있다.

『페스트』에서 행정 당국의 초기 대응은 전문가, 언론, 일반 시민의 공분을 사는데, 의사 리외의 눈에 가장 안타까운 것은 '상상력의 결핍'이다. 사망자가 16명, 24명, 28명, 32명으로 급증해도 도지사는 강력한 조처는커녕 중앙정부의 지침을 기다릴 뿐이다. "지침이라니! 상상력을 발휘해야지, 원!" 리외가 말하는 상상력이란 '최악의 상황에 대한 가정'을 뜻하는 것으로 보인다. 상상력의 결핍은 '늑장 대응'과 미온적인 대처로 이어진다. 예컨대 도청 보건위원회에서 '페스트'라는 단어가 입 밖으로 나왔을 때 도지사는 경악하며 그것을 "실언"으로 간주한다. 회의 이틀날 도청이 내린 조치는 시민들의 눈에 띄지 않는 곳에 지극히 미온적인 '포고문'을 게시하는 것이었다. 도지사에게 중요한 것은 방역이 아니라 여론이다.

행정의 난맥상은 중앙정부의 명령에서 절정에 이른다. 도지사가 지침을 요청했을 때 하달된 명령은 간명하기 그지없다. "페스트 사태를 선언하라. 도시를 봉쇄하라." '무의미한 벽보'와 '도시 봉쇄' 사이에 아무런 경과 조치가 없다. 말하자면 중앙정부는 현장을 방문하지도 조사하지도 않고 단지 보고서에 근거해 엄청난 사회경제적 파장을 몰고

올 도시 봉쇄를 결정한다. 단순화하자면, 중앙정부는 본국의 시민을 보호하기 위해 식민지 오랑 시민을 선제적으로 희생시키고 있다.

효율성의 왕국

시문 폐쇄는 페스트를 개인의 문제가 아니라 '만인의 문제'로 만든다. 5월 말, 페스트 선언에 상응하는 행정 조치, 즉 식량 보급 제한, 휘발유 할당량 판매제, 절전 명령이 공포된다. 감염의 확산기인 6월 말에는 '외출 금지 위반자의 징역형'이 발표되고, 감염의 절정기인 8월에는 '방화범 극형' '계엄령에 준하는 페스트령 적용' '등화관제'라는 강력한 행정명령이 공포된다. 카뮈는 『반항인』에서 나치즘을 예로 들어 전체주의의 '효율성 강박증'을 강조했다.[12] 페스트라는 전체주의적 재앙의 지배는 과연 감염 지역을 '효율성의 왕국'으로 만드는데, 극단적인 사례는 '시체 처리 방식'일 것이다. 처음에는 약식 장례를 허용했지만, 상황이 악화함에 따라 행정 당국은 집단 매장을 선택한다. 8월 말, 집단 매장이 한계에 다다랐을 때 화장火葬이 해결책으로 떠오른다. 화장 이후에 예정된 '특별 대책'은 수장水葬밖에 없다. 개별 장례, 집단 매장, 혼성 매장, 화장, 수장으로 변화하는 시체 처리 방식에서 최우선 고려 사항이 인간적인 가치가 아니라 신속성과 효율성임은 말할 필요조차 없다.

---

12   알베르 카뮈, 『반항인』, 271쪽

　페스트 종식 단계에서 보이는 당국의 행보는 '과시 행정'으로 요약
되는데, 그 특징은 초기 단계와는 반대로 전문가의 의견을 앞서는 '선
제적 조치'다. 도지사는 페스트가 정체 상태에 돌입하자 민심을 가라
앉히기 위해 의사들에게 상황 호전 보고서를 작성하게 하고, 페스트
가 하향 곡선을 그리지 않았음에도 낙관론을 유지하라는 수칙을 언론
에 하달하며, 페스트의 하강세가 뚜렷해지자 의학적 판정에 앞서 서
둘러 승리를 선언한다. 여전히 행정 당국에게 중요한 것은 진실이 아
니라 여론이다. 소설의 종결부에서 행정 당국은 사망자들을 기리기
위한 비석이나 동판을 제작할 계획을 세운다. 다시 말해 "공식적인 축
연의 첫 불꽃"이 사위어들기도 전에 벌써 페스트를 역사화하려 한다.
혈육이나 연인을 잃은 사람들과 투병 중인 환자들에게 페스트의 비극
은 여전히 현재진행형인데도 말이다.

5. 주요 개인의 행동

도피, 신앙, 협력

　『페스트』에는 약 30명의 인물이 등장한다. 그 가운데 페스트에 직
면한 인간 행동의 가능태를 대표적으로 보여주는 인물로는 리외, 타
루, 랑베르, 그랑, 파늘루, 코타르가 꼽힌다. 기존 연구는 페스트에 직

면한 인간의 태도를 대개 '반항적 태도' '도피적 태도' '초월적 태도'
로 요약했다. 여기서는 페스트에 편승하는 '협력적 태도'를 추가하고,
『페스트』의 핵심 테제를 이루는 반항적 태도는 다음 절에서 따로 설
명하기로 하자.

도피적 태도를 상징하는 레몽 랑베르는 '아랍인의 생활 조건'을 취
재하러 온 파리의 신문기자다.[13] 그는 파리의 연인과 재회하기 위해
필사적으로 오랑을 벗어나고자 한다. 처음에는 '합법적인 방법'으로,
그다음에는 '비합법적인 방법'으로 탈출을 시도하는데, 그가 탈출의
논거로 내세우는 것은 매번 이방인이라는 정체성이다. "저는 여기 사
람이 아닙니다." 랑베르의 주장에 대한 리외의 응답은 '전염병 앞의
공동체'라는 주제와 관련하여 독자들에게 깊은 울림을 불러일으킨다.

그것은 충분한 이유가 못 됩니다. 물론 어처구니없는 이야기인 줄은
압니다. 하지만 우리는 모두 같은 배를 타고 있습니다. 상황을 있는
그대로 받아들여야 합니다. [⋯] 지금부터는 불행히도! 우리 모두와
마찬가지로 기자님은 여기 사람입니다.

독자는 1963년 베를린 장벽 앞에서 행한 케네디의 명연설을 떠올
릴 수 있으리라. "모든 자유인은 그가 어디에 살든 베를린 시민입니

---

13 카뮈는 『알제 레퓌블리캥』 기자 시절에 『카빌리의 참상*Misère de la Kabylie*』이라는 르포
기사를 썼다. 신문기자 랑베르, 모럴리스트 리외, 사형폐지론자 타루, '문학청년' 그
랑 등 『페스트』의 긍정적 인물들은 저마다 작가 카뮈의 일면을 반영하는 것으로 일
컬어진다.

다." 페스트라는 장벽 앞에서는 출신이 어디든 그도 오랑 시민이다. 오랫동안 리외와 친구들의 사투를 지켜본 랑베르는 탈출 성공을 눈앞에 둔 시점에서 오랑에 잔류하기로 결정한다. 개인의 행복도 집단의 이익 못지않게 중요하다고 만류하는 리외에게 그는 이렇게 답한다.

하지만 혼자서만 행복한 건 부끄러운 일일 수 있습니다.

『페스트』에서 초월적 태도를 대표하는 인물은 예수회 신부 파늘루이다. 그가 행하는 두 번의 강론 가운데 회심을 강조하는 첫 번째 강론이 독자들에게 깊은 인상을 남긴다. "형제 여러분, 여러분은 불행을 겪어 마땅합니다"라는 비판으로 시작되는 강론의 핵심은 페스트가 신앙심이 약해진 인간에게 가하는 '하느님의 재앙'이요, 낟알과 짚을 구분 짓는 '피의 타작마당'이라는 것이다. 파늘루 신부가 자극하는 것은 청중의 공포인데, 카뮈가 『페스트』 이전에 예정한 제목 중 하나가 『공포La Terreur』였다는 사실을 잊지 말자.[14] 페스트가 초월적 시련이 아니라 현실적 고통이라는 사실을 파늘루 신부가 깨닫는 계기는 오통 예심판사 아들의 단말마적 고통, 즉 '죄 없는 어린아이의 죽음'이다. 두 번째 강론에서 그는 천국의 환희가 어린아이의 고통을 보상하리라고 확신하지 못한다.

『페스트』에서 페스트를 자신의 목적에 맞게 활용하는 또 다른 인물로는 코타르가 있다. 소설의 도입부에서 자살을 시도했던 코타르는

---

14 Olivier Todd, *Albert Camus, Une vie*, p. 417.

경찰을 경계하는 수수께끼의 인물로 나타난다. 범죄가 드러날까 전전 긍긍하던 그는 페스트 상황이 악화하면서 전혀 다른 삶을 산다. 집에 틀어박혀 지내던 그가 고급 레스토랑에 드나들고, 술과 담배의 암거래로 상당한 소득을 올리는 것이다. 비평가 로제 그르니에는 코타르의 죄를 두 가지로 정리한다. 하나는 경찰이 밝히려는 법적인 죄고, 다른 하나는 어린아이의 죽음을 초래하는 페스트에 동의한 죄다.[15] 소설의 종결부에서 총격전 끝에 경찰에게 체포되는 코타르는 일반적으로 독일 점령기의 '협력자collaborateur'로 해석된다.

참여와 연대

1955년 1월 11일에 쓴 「롤랑 바르트에게 보내는 편지」에서 카뮈는 『이방인』과 『페스트』의 차이를 '고독한 반항'과 '공동체의 저항'의 차이로 규정하면서 『페스트』의 의미를 "연대와 참여"에서 찾았다.[16] 『페스트』에서 연대 투쟁을 이끄는 매개체는 시민보건대인데, 타루와 리외가 이를 창설한다.

오랑에 정착한 지 오래되지 않은 비교적 젊은 외지인인 장 타루는 왜 생명을 건 투쟁에 참여하느냐고 묻는 리외에게 "윤리 의식", 즉 "상호 이해"라고 간명하게 답한다. 양자의 대화에서 리외의 행동 철학도 일정하게 드러나는데, 그는 파늘루 신부처럼 '천상의 이유'를 찾기 전

---

15 Roger Grenier, *Albert Camus, Soleil et ombre*, Gallimard, 1987, p. 186.

16 Albert Camus, "Lettre à Roland Barthes" in *Théâtre, Récits, Nouvelles*, p. 1974.

에 '지금 이대로의 세계'에 맞서 싸우는 것이 "진리의 길"이라고 주장한다. 특히 '신 없는 시대의 성자'를 꿈꾸는 타루와 달리 단순히 "인간"이 되고자 하는 리외의 희망은 『반항인』의 마지막 페이지에 나오는 형이상학적인 경구에 맞닿아 있다. "인간이 되기 위해 신이 되기를 거부할 것."[17] 『페스트』에서 리외의 '인간' 개념에 가장 걸맞은 인물은 시청 직원 조제프 그랑일 것이다. '위대함'을 뜻하는 이름에 어울리지 않게 몸이 허약한 그랑은 리외에게 "눈에 띄지는 않으나 없어서는 안 될 기능"을 수행하기 위해 태어난 사람으로 비친다. 시민보건대에서 담당한 기록과 통계 업무에 대해 리외가 감사를 표하자 그랑은 이렇게 답한다. "가장 어려운 일도 아닌데요, 뭘. 페스트가 발생했으니 우리를 지켜야죠." 서술자는 자신의 연대기에도 영웅이 있어야 한다면 그것은 바로 조용한 미덕을 실질적으로 대표하는 그랑, "영웅적인 면모가 전혀 없는 그랑"이라고 단언한다.

사실 『페스트』의 주요 인물들은 코타르를 제외하고 모두 시민보건대의 연대 투쟁에 참여한다. 리외, 타루, 그랑은 물론이려니와 초월적 태도를 강조했던 파늘루 신부, 도피적 태도를 견지했던 랑베르, 경직된 생활로 일관했던 오통 예심판사도 결국 페스트와의 싸움을 택한다. 애초의 입장이 무엇이든 거의 모든 인물을 '착한 사마리아인'으로 만든 카뮈에게는 극단적인 찬반양론이 있다. 예컨대 사르트르의 제자 프랑시스 장송은 『페스트』의 도덕을 역사적 필연성이 부족한 '적십자

---

17   알베르 카뮈, 『반항인』, 440-441쪽.

모럴'이라고 혹독하게 비판했다.[18] 반면 비평가 세르주 두브로프스키는 카뮈를 일컬어 역사의 소란 속에서 유실된 '삶과 행복의 가치'를 부활시킨 작가라고 상찬했다.[19]

6. 시민 집단의 행동

일상생활 속의 페스트 발병 : 권태에서 공포까지

일반 시민의 반응과 행동을 '페스트의 시간'에 맞추어 단계별로 분절하면, 페스트가 인간 공동체에 끼치는 사회경제적인 영향이나 심리 정서적 충격을 종합적으로 가늠할 수 있을 것이다. 다섯 부, 서른 장으로 구성된 『페스트』는 5막으로 구성된 고전 비극을 본뜬 연대기로서 선형적 시간에 따라 드라마의 상승과 하강을 그린다. 작가가 분류한 다섯 시퀀스에서 시민들의 반응과 행동이 어떻게 변화하는지 살펴보자.

카뮈의 『여름L'Eté』에 실린 「미노타우로스 또는 오랑에서 잠시」라는 수필은 실제 오랑을 '권태와 고독의 사막'으로 그리는데, 『페스트』의 오랑 또한 "아무런 예감이 들지 않는 도시", "권태"와 "관례"가 지배하는 도시로 묘사된다. 오랑 시민들의 권태가 '불안'으로 바뀌는 시점은

---

18 Paul-F. Semets, *Albert Camus*, Ellipses, 1999, p. 61.

19 Pol Gaillard, *La Peste, Camus*, Hatier, 1972, pp. 70-71.

쥐의 사체가 발견된 지 이틀 만에 죽은 쥐가 수백 마리나 쏟아져 나왔을 때다. 언론을 통해 구체적인 통계 수치, 즉 25일에 6,231마리의 쥐를 소각했고 28일에 약 8,000마리의 쥐를 수거했다는 사실이 발표되자 불안은 절정에 달한다. 죽은 쥐가 야기한 불안은 사람의 죽음과 함께 '공포'로 변하는데, 제1부 종결부에서 사망자가 16명, 24명, 28명, 32명으로 점증하자 돌연 페스트가 선언되고 도시가 봉쇄된다. 페스트 선언과 도시 봉쇄는 오랑 시민들의 일상생활을 완전히 전복시키며, 정서적 불안을 현실적 고통으로 바꾼다.

페스트의 상승기 : 상호 불신과 연대 투쟁

비평가 로제 키요에 의하면, 카뮈는 1941년 4월에 『페스트 혹은 모험La Peste ou Aventure』이라는 제목을 예정했지만, 페스트 관련 의학서와 역사적 기록을 탐구하면서 1942년 8월에 제목을 『죄수들Les Prisonniers』로 변경했다.[20] 이를테면 카뮈는 페스트가 초래하는 가장 특징적이고 충격적인 양상이 대니얼 디포에게서 빌린 소설의 제사가 보여주듯 '감금'이라고 여긴 듯하다. 페스트가 선언되어 시문이 폐쇄된 도시는 별안간 세계와 단절된 감옥이 될 수밖에 없고, 시민들은 죄수 공동체로 살아가지 않으면 안 된다. 요컨대 더 이상 개인은 없고 집단만이 존재한다.

도시 봉쇄는 맨 먼저 시민들에게 '이별의 고통'을 불러일으킨다. 예

---

20 Roger Quilliot, "Présentation de *La Peste*" in *Théâtre, Récits, Nouvelles*, pp. 1935-1936.

컨대 리외나 랑베르는 사랑하는 아내와 언제 재회할지 모르며 페스트 환자들은 부모, 형제, 자식과 분리되어 생사의 갈림길에 선다. 페스트 환자들에게 이별의 고통보다 더욱 보편적인 감정은 돌연 일상생활에서 추방된 채 낯선 삶을 맞이해야 하는 '유배의 감정'이다.『유배자들 *Les Exilés*』또한 카뮈가 예정했던 제목 중 하나였다는 사실을 기억하자. 아울러 도시 봉쇄는 심각한 사회경제적 변화를 초래한다. 식량 배급, 유류 제한, 교통 통제, 항구 폐쇄, 무역 붕괴, 매점 행위, 암시장 등 전쟁 상황을 방불케 하는 비상 상황이 전개된다. 페스트 선언, 그것은 전쟁의 시작이다.

  6월 말, 사망자가 일주일에 700명으로 급증하면서 시민들의 불안감은 '좌절감'으로 바뀌며, 감염의 공포로 거리두기와 유사한 '상호 불신'이 증폭된다. 예를 들면 유일한 교통수단인 전차에서 모든 승객이 서로에게 등을 돌리고, 하차하자마자 혼자가 되려고 발걸음을 서두르며, 단지 기분 나쁘다는 이유만으로 말다툼이 벌어지곤 한다. 7월, 죽음의 암울한 그림자가 더욱 짙게 드리우자 시민들의 뇌리에는 '사치'와 '향락'이 떠오른다. 죽음과 정념이 얼마나 깊은 관계에 있는지 알고 싶은 이는 바타유의 『에로스의 눈물*Les Larmes d'Eros*』을 읽어보라.[21] 땅거미가 질 무렵 불안은 "격렬한 흥분"으로, "서투른 자유"로 변한다. 일부 시민의 윤리 의식이 저하되는 가운데, 다른 일부 시민은 오히려 '연대 투쟁'의 필요성을 절감하며 페스트에 저항하는 레지스탕스, 즉 시민보건대를 창설한다. 그들에게 문제는 "가능한 한 많은

---

21 Georges Bataille, *Les Larmes d'Eros*, Pauvert, 1961, pp. 20-27.

사람을 죽지 않게 하고, 결정적인 이별을 겪지 않게 하는 것"인데, 이를 실현할 방법은 페스트와의 투쟁 외에 아무것도 없다.

페스트의 절정기 : 폭력과 순응

8월 중순, 무더위와 함께 페스트가 정점에 이른 단계에서 새로운 현상, 즉 방화, 폭력, 약탈이 발생한다. 격리 상태에서 돌아온 환자의 가족이 소독을 한다는 이유로 집에 불을 질렀고, 소규모 무장 집단이 시문을 공격하여 총격전이 벌어졌으며, 화재의 구경꾼들이 물건이나 가구를 약탈했다. 격정의 시간이 지나가자, 시민들의 행동은 폭력이라는 극점에서 '순응'이라는 반대쪽 극점으로 옮겨 간다. 감금 생활이 4개월을 넘겼을 때 먼저 감성적 차원에서 큰 변화가 생긴다. 즉 가장 깊은 고통이었던 이별이 "비장감"을 상실한다. 카뮈는 전후戰後에 이렇게 기록했다. "전쟁 포로 가운데 80퍼센트가 이혼했다. 인간의 사랑 가운데 80퍼센트는 5년의 이별을 견디지 못한다."[22] 4개월의 이별은 오랑 시민의 감정에 생생한 균열을 만들며, 페스트에 대한 "순종"을 유발한다. 이를테면 시민들의 삶이 '페스트의 질서'로 수렴되자, 조르조 아감벤이 『호모 사케르』에서 역설한 '비상 상황의 정상화'가 구현되는 것이다.[23] 시민들은 가치판단력을 빼앗긴 듯 삶의 질에 개의치

---

22 Roger Grenier, *Albert Camus, Soleil et ombre*, p. 178.

23 조르조 아감벤은 2001년 9·11 테러 이후 개인의 자유를 심각하게 제약하는 여러 예외적 조치가 통상적 규칙이 되는 모순 상황을 1995년에 발표한 『호모 사케르』에서 예견했다.

않았고, 결국 사망자 명단에 오르리라고 생각하면서 '똑같은 체념'에 빠진 채 '똑같은 평화', '똑같은 종말'을 기다린다.

페스트의 정체기 : 자포자기의 무관심

페스트의 정체기를 기술하는 제4부에서 지배적인 어휘는 단연 '피로'와 '무관심'이다. 9월과 10월, 페스트가 도시를 완전히 제압했을 때 시민보건대 참여자들은 과로로 인해 친구에게도, 자기 자신에게도, 심지어 페스트에게도 완전한 무관심을 보인다. 예컨대 승리를 포기한 전투원처럼 깊은 체념 속에서 자신에 대한 감염 예방 조치를 생략하기 일쑤다. 이런 비이성적인 행동이 일반 시민에게는 '쾌락과 낭비'의 지배로 나타난다. "물가가 걷잡을 수 없이 치솟았던 그때만큼 사람들이 돈을 낭비한 적은 결코 없었고, 생필품이 거의 모두에게 부족했던 그때만큼 사람들이 여분으로 남겨둔 것을 아낌없이 탕진한 적은 결코 없었다."

12월 말, 모두가 체념과 절망 속에서 페스트의 지배에 순응하고 있을 때 별안간 페스트의 퇴각을 알리는 징후가 나타난다. 페스트에 걸린 그랑이 기적적으로 회복된 후 리외의 관할 구역에서 네 건의 유사 사례가 발생하는 것이다. 통계 수치 또한 희망적 전망을 가능하게 한다. 바야흐로 부조리한 페스트가 아무런 합리적 이유 없이 '부조리하게' 물러가려 한다.

페스트의 종식 : 축제와 경고

제5부 1장에서 통계 수치가 급속히 하락함에도 시민들은 장기적인 고통에서 배운 신중성으로 성급한 판단을 자제한다. 그러나 제5부 4장에서 시문이 다시 열리자 거리에서는 교통량이 현저히 증가하고, 위락 시설에서는 손님들이 만원을 이룬다. 밤낮으로 성대한 축하 행사가 열리는 가운데 뭇 남녀들이 광장에서 춤을 추며 서로 포옹한다. 앞서 말한 대로, 카뮈는 페스트를 통해 전쟁의 악몽을 형상화하려 했다. 작가의 의도를 모르는 바 아니지만, 도시 전체가 이처럼 축제의 물결에 휩싸이는 것은 제2차 세계대전 해방일의 모습이지, 페스트 종식일의 모습이라고 보기는 힘들 것이다. 오히려 환호성을 자제해야 옳지 않을까. 서술자는 종결부에서 페스트로 여전히 고통받는 시민들을 언급하기를 잊지 않는다. 외지에서 돌아와 연인의 죽음을 확인한 사람들, 가족을 매장하거나 화장한 사람들, 병상에서 죽음을 기다리는 환자들…. 랑베르가 탈출을 포기하고 투쟁을 선택하는 이유는 축제의 시민들에게도 적용될 만하다. '혼자서만 행복한 건 부끄러운 일일 수 있다.' 게다가 축제의 시민들에게도 페스트가 완전히 끝난 것은 아니다. 페스트의 귀환을 경고하는 소설의 마지막 문장을 잊지 말자.

7. 나는 반항한다, 그러므로 우리는 존재한다

『페스트』의 종결부가 결론짓듯 페스트균은 결코 죽지도 사라지지도

않기에, 전쟁과 달리 페스트에는 오직 패자만이 있을 뿐이다. 그럼에
도 『페스트』가 인간 조건에 대한 절망의 벽화가 아니라면 그 이유는
무엇일까? 애초에 승산 없는 반항에서 의미를 찾는다는 점에서 그들
은 '집단적 시지프'라고 할 수 있다. 『시지프 신화*Le Mythe de Sisyphe*』의
마지막 문장을 보라. "산정을 향한 투쟁 그 자체가 인간의 마음을 가
득 채우기에 충분하다. 행복한 시지프를 상상하지 않으면 안 된다."[24]
시지프의 행복이 신벌로부터의 해방이 아니라 신벌에 대한 반항에 있
는 것처럼, 인생의 의미는 삶의 부조리에 대한 승리가 아니라 그 부조
리에 무릎 꿇지 않는 행동에 있다. 더욱이 『페스트』의 시지프들은 (혼
자만의 행복을 수치로 여기는) 랑베르의 신념을 공유함으로써 운명 공동
체를 이룬다. 카뮈가 데카르트의 '코기토'를 활용하여 『반항인』에서
제시한 뜻깊은 명제를 떠올리자.

　　　나는 반항한다. 그러므로 우리는 존재한다.[25]

다른 한편, 독자의 균형적인 읽기를 위해서는 『페스트』의 '우리'가 두
가지 면에서 한계를 지닌다는 비판도 적시할 필요가 있다. 먼저, 『페
스트』에는 여성의 존재가 미미하다. 리외의 아내와 랑베르의 연인은
아주 짧게 등장할 뿐이고, 그랑의 아내는 그의 회고담에서만 존재한
다. 『페스트』에서 존재감이 분명한 여성은 리외의 어머니지만, 그녀

24　Albert Camus, *Le Mythe de Sisyphe* in *Essais*, Bibliothèque de la Pléiade, Gallimard,
　　　1965, p. 198.

25　알베르 카뮈, 『반항인』, 48쪽.

또한 미소와 침묵으로 일관한다. 그러나 여성의 부재는 작가의 의도에 따른 것이다. 『페스트』를 집필하던 1946년 카뮈는 이렇게 썼다. "페스트: 그것은 여자들이 없는 세계, 그러므로 숨을 쉴 수 없는 세계다."[26] 다음으로, 『페스트』에는 아랍인이 없다. 파리 신문기자 랑베르가 '아랍인의 생활 조건'을 취재하러 왔다는 사실, 그랑이 '젊은 상사商社 직원의 아랍인 살인 사건'을 담배 가게 여주인에게서 들었다는 사실이 아랍인 이야기의 전부다. 당시 알제리 인구의 80퍼센트 이상이 비유럽인이었음에도 아랍인의 자취를 찾기 힘들다는 것은 놀랍다. 사실 카뮈의 대표작 『이방인』도 아랍인 살해에 대한 무심한 태도 때문에 오리엔탈리즘 시각에서 신랄하게 비판받곤 한다. 이런 면에서 『페스트』가 보여주는 인간 연대의 한계는 어쩌면 알제리에서 태어난 프랑스인 작가 카뮈의 태생적 한계일지도 모른다.

출간 당시에 작가 루이 기유는 『페스트』를 세 번 읽은 후 "이 작품은 지금도 위대하지만 앞으로 더 위대해질 책"이라고 예견했다.[27] 루이 기유의 예견은 2020년 벽두에 현실로 입증된 듯하다. 그러나 1940년대 말의 독법과 2020년대 초의 독법 사이에는 분명한 차이가 보인다. 출간 당시에는 전쟁의 상징으로 독자를 열광시켰지만, 오늘날에는 전염병 그 자체로서 수용되고 있다. 이를테면 『페스트』에 드러난 전염병 관련 주요 집단의 행동은 코로나19 시대를 살고 있는 세

---

26 Roger Grenier, *Albert Camus, Soleil et ombre*, p. 185. 로제 그르니에에 의하면, 카뮈는 여성의 부재를 통해 '사랑'이라는 감정에 깊이를 더하고자 했다.

27 Olivier Todd, *Albert Camus, Une vie*, p. 481.

계인의 행동을 거울처럼 비춘다. 플로베르의 말대로 '도덕적인 소설un roman moral'은 없고 '소설의 도덕une morale du roman'이 있을 뿐이라면,[28] 『페스트』의 도덕은 어린아이의 죽음을 방관하지 않는 참여, 인간의 고통을 줄이려는 연대가 아닐까? 『페스트』의 결론처럼 인간에게는 경멸할 것보다 찬양할 것이 더 많기를 바라면서 카뮈의 명제를 다시 한 번 되풀이하자. 나는 반항한다, 그러므로 우리는 존재한다.

28 Jean-Jacques Brochier, *Albert Camus, Philosophe pour classes terminales*, Différence, 2001, p. 115.

작가 연보

1913년   11월 7일 알제리 몽도비에서 포도 농장 지하 창고 담당 노동자였던 아버지 뤼시엥 오귀스트 카뮈Lucien-Auguste Camus(1885년생)와 어머니 카트린느 생테스Catherine Sintès(1882년생)의 둘째 아들로 태어난다.

1914년   제1차 세계대전의 발발로 아버지가 프랑스 보병 연대에 징집된다. 어머니는 두 아들과 함께 (자신의 어머니가 사는) 알제리의 수도 알제의 빈민가 벨쿠르로 이주한다. 아버지가 마른전투에서 중상을 입은 후 생브리외크 병원에서 사망한다.

1918년~1923년   초등학교 재학 시절 담임교사 루이 제르맹의 총애를 받았고, 그의 추천으로 장학생 선발 시험에 합격하여 중고등학교에 진학한다. 훗날 카뮈는 노벨문학상 수상 연설집 『스웨덴 연설』을 그에게 헌정한다.

1924년~1930년   알제의 뷔조 중고등학교에서 장학생으로 수학한다.

1930년   바칼로레아 시험을 치른다. 알제 대학교 문과 반에서 장 그르니에 교수를 만나 사제의 연을 맺는다. 훗날 스승에게 『안과 겉』, 『반항인』을 헌정하며, 스승의 책 『섬Les îles』에 서문을 쓴다.

1931년   외할머니의 집을 떠나 정육점 주인인 이모부 귀스타브 아코의 집에서 산다. 외할머니가 사망한다.

1934년 대학 동문 시몬 이에와 결혼하지만, 2년 후에 이혼한다. 이후 잊고 싶은 추억인 듯 이 결혼 생활에 대해서 극도로 말을 아낀다. 건강 문제로 병역을 면제받는다.

1935년 공산당에 가입하지만, 2년 후에 제명된다. 「노동극단」을 창설하고 연극 활동에 몰두한다. 작가와 배우와 관객이 우정을 나누는 무대를 사랑해 평생 연극계를 떠나지 않는다.

1936년 헬레니즘과 기독교의 관계를 주제로 하여 「기독교적 형이상학과 신新플라톤 철학」이라는 제목의 졸업논문을 발표한다. 중부 유럽을 여행하던 중 아내 시몬 이에의 부정을 알게 되어 그녀와 이혼한다.

1937년 첫 작품이라고 할 수 있는 산문집 『안과 겉L'Envers et l'endroit』을 발표한다. 무엇인가 탐탁하지 않았던 듯 이 작품의 재출판을 오랫동안 허락하지 않는다.

1938년~1940년 파스칼 피아가 창간한 신문 『알제 레퓌블리캥』에서 기자 생활을 한다.

1939년 인간과 자연의 결합을 축복하는 산문집 『결혼Noces』을 발표한다. 알제리의 산악 지방 카빌리를 탐사하여 「카빌리의 참상La misère de la Kabylie」이라는 제목의 기사를 쓴다. 제2차 세계대전이 발발한다.

1940년 파스칼 피아의 주선으로 프랑스 신문 『파리 수아르』의 편집 담당 직원으로 채용되어 파리로 이주한다. 『이방인』을 탈고한다. 리용에서 알제리 오랑 출신의 수학 교사 프랑신 포르와 재혼한다.

1941년 알제리의 오랑으로 가서 잠시 교사 생활을 영위한다.

1942년 프랑스로 돌아와서 레지스탕스 운동에 참여한다. 전후 최고의 소설로 꼽히는 『이방인 *L'Étranger*』을 발표한다. 부조리 철학을 담은 에세이 『시지프 신화 *Le Mythe de Sisyphe*』를 발표한다.

1943년 사르트르의 희곡 『파리 떼 *Les Mouches*』의 리허설 공연장에서 사르트르를 만난다.

1944년 희곡 『오해 *Le Malentendu*』를 발표한다. 사르트르와의 우정의 관계가 시작된다. 레지스탕스 신문 『콩바』의 편집장이 된다.

1945년 쌍둥이 자녀 장과 카트린이 태어난다. 독일 협력자 숙청 문제와 관련하여 소설가 프랑수아 모리악과 논쟁을 벌인다. 희곡 『칼리굴라 *Caligula*』를 발표하여 대성공을 거둔다.

1946년 미국을 방문하여 대학 특강을 하며, 대학생들에게 뜨거운 호응을 얻는다.

1947년 소설 『페스트 *La Peste*』를 발표하여 즉각적인 호평을 받는다. 정치적 논쟁을 계기로 메를로퐁티와 결별한다.

1948년 희곡 『계엄령 *L'Etat de siège*』을 무대에 올리지만, 실패한다.

1949년 희곡 『정의의 사람들 *Les Justes*』을 발표하여 대성공을 거둔다. 연극배우 마리아 카사레스를 만나 연인 관계를 맺는다.

1950년 동시대 문제에 대한 의견을 모은 『시사평론 1 *Actuelles I*』을 발표한다. 파리에서 아파트를 구입하고, 오랑에 머물던 가족을 불러 함께 산다.

1951년 반항 철학을 담은 에세이 『반항인 *L'Homme révolté*』을 출간한다. 반항과 혁명에 대한 견해 차이로 앙드레 브르통과의 불화가 깊어진다.

1952년 『반항인』 출간을 계기로 사르트르 진영과의 일대 논쟁이 일 년 이상 계속되는데, 논쟁은 결국 사르트르와의 절교로 끝난다.

1953년 『시사평론 2 *Actuelles II*』를 발표한다. 아내 프랑신의 우울증이 심화한다.

1954년 산문집 『여름 *L'Été*』을 발표한다. 알제리 민족주의 세력이 폭력 시위를 조직한다.

1955년 『이방인』을 상찬했던 롤랑 바르트가 『페스트』를 비판함으로써 촉발된 불화가 돌이킬 수 없는 상처를 남긴다. 폭력 사태가 격화된 알제리에 다녀온다.

1956년 알제리전쟁의 와중에 민간인의 희생을 줄이기 위해 휴전을 제안하지만, 동향인들로부터 혹독한 비난을 받는다. 포크너의 『어느 수녀를 위한 진혼곡』을 각색하여 무대에 올린다. 전편이 독백에 가까운 대화체로 구성된 문제작 『전락 *La Chute*』을 발표한다. 헝가리 민중 봉기를 지지한다.

1957년 단편소설집 『유배지와 왕국 *L'Exil et le royaume*』을 출간한다. 『사형에 대한 성찰 *Réflexions sur la peine capitale*』을 발표한다. 우리 시대의 인간 의식에 제기된 주요 문제를 규명했다는 이유로 노벨문학상 수상자로 선정된다.

1958년 노벨문학상 수상 연설집 『스웨덴 연설 *Discours de Suède*』을 발표한다. 미숙함이 느껴져 오랫동안 재출판을 허락하지 않았던 『안과 겉』을 새로운 서문과 함께 재출판한다. 『시사평론 3 *Actuelles III*』을 발표한다. 엑상프로방스, 아비뇽, 압트가 이루는 삼각지대 한가운데 위치한 루르마랭에 별장을 마련한다.

1959년 도스토예프스키의 『악령』을 직접 각색하고 연출하여 무대에 올린다. 『반항인』 논쟁 이후 긴 슬럼프에 빠져 있었지만, 루르마랭에서 심기일전하여 『최초의 인간 *Le Premier homme*』을 의욕적으로 집필한다.

1960년 갈리마르 출판사 사장의 조카인 미셸 갈리마르의 자동차를 타고 루르마랭에서 파리로 가던 중, 파리 근교 빌블뱅에서 불의의 자동차 사고로 사망한다.

옮긴이 유기환

한국외국어대학교 프랑스어과를 졸업했고, 프랑스 파리 제8대학교에서 '노동소설의 미학' 연구로 불문학 박사학위를 받았다. 한국외국어대학교 프랑스어학부 교수로 오랫동안 재직한 후 명예교수로 활동하고 있다. 『알베르 카뮈』, 『조르주 바타이유』, 『노동소설, 혁명의 요람인가 예술의 무덤인가』, 『에밀 졸라』, 『프랑스 지식인들과 한국전쟁』(공저) 등을 썼고, 현대지성 클래식 『이방인』을 비롯하여 바르트의 『문학은 어디로 가고 있는가』, 바타유의 『에로스의 눈물』, 바타유의 소설 선집 『마담 에드와르다 / 나의 어머니 / 시체』, 졸라의 『나는 고발한다』, 『실험소설 외』, 『목로주점』, 『돈』, 『패주』, 졸라 단편 선집 『방앗간 공격』, 외젠 다비의 『북 호텔』, 그레마스/퐁타뉴의 『정념의 기호학』(공역) 등을 번역했다.

현대지성 클래식 63

페스트

1판 1쇄 발행 2025년 4월 8일

지은이 알베르 카뮈
옮긴이 유기환
발행인 박명곤 **CEO** 박지성 **CFO** 김영은
기획편집1팀 채대광, 이정미, 백환희, 이상지
기획편집2팀 박일귀, 이은빈, 강민형, 박고은
기획편집3팀 이승미, 김윤아, 이지은
디자인팀 구경표, 유채민, 윤신혜, 임지선
마케팅팀 임우열, 김은지, 전상미, 이호, 최고은

펴낸곳 (주)현대지성
출판등록 제406-2014-000124호
전화 070-7791-2136 **팩스** 0303-3444-2136
주소 서울시 강서구 마곡중앙6로 40, 장흥빌딩 10층
홈페이지 www.hdjisung.com **이메일** support@hdjisung.com
제작처 영신사

ⓒ 현대지성 2025

"Curious and Creative people make Inspiring Contents"
현대지성은 여러분의 의견 하나하나를 소중히 받고 있습니다.
원고 투고, 오탈자 제보, 제휴 제안은 support@hdjisung.com으로 보내 주세요.

현대지성 홈페이지

이 책을 만든 사람들
편집 이은빈 **디자인** 윤신혜

"인류의 지혜에서 내일의 길을 찾다"
현대지성 클래식

현대지성 클래식 살펴보기